KB051360

제인 오스틴 *The* 소사이어티
Jane Austen
Society

내털리 제너 장편소설

제인 오스틴 *The* 소사이어티
Jane Austen Society

김나연 옮김

하빌리스

사랑하는 남편에게

누가 영국을 계승해야 하는가?
영국을 움직이는 사업가인가,
아니면 영국을 이해하는 대중인가?

_ E. M. 포스터

차례

제 1 장

햄프셔주, 초턴
1932년 6월

남자는 허리를 쭉 뻗고 무릎을 세운 채로 낮은 돌담 위에 누워 있
었다. 새가 지저귀는 소리가 이른 아침 공기를 가르며 머리를 쪼
아댔다. 작은 교회 묘지를 에워싼 돌담에 누워 하늘을 올려다보자
니 꼭 죽음의 냄새가 느껴지는 것 같았다. 남자의 모습은 영원한
안식에 잠겨 침묵하는 무덤을 지키는 대성당 꼭대기의 석상처럼
보이기도 했다. 하지만 그는 이 작은 마을을 떠나 영국에서 명소
로 손꼽히는 대성당에 실제로 가본 적이 없었다. 다만 지어진 지
수 세기가 지나 그와 같은 평범한 사람들이 경외심을 품을 수 있
도록 대성당의 가장 높은 곳에 가로누운 고대 통치자를 조각해놓
았다는 것에 대해서는 책에서 본 적이 있었다.
　늦봄은 건초를 만드는 계절이었다. 그는 고스포트 로드 끝으로

농장과 맞닿은 좁은 울타리 문 옆 길가에 마차를 세워두었다. 마차에는 건초가 산더미처럼 쌓여 있었다. 지금쯤 얼턴에서 이스트 티스테드로 이어지는 마을 외곽의 말이나 젖소 농장까지 마차를 몰고 가야 했겠지만, 대신 그는 돌담을 바닥 삼아 누워버리는 쪽을 택했다. 해가 수평선 위로 떠오른 지 얼마 되지 않아 날이 뜨거워지려면 아직 먼 시간이었으나 그의 등과 셔츠는 벌써부터 땀으로 축축하게 젖어 있었다. 그도 그럴 것이 남자는 아침 아홉 시가 되기도 전에 들판에서 몇 시간 동안 힘든 노동을 겪고 온 참이었다.

재잘대던 되새, 울새, 박새 몇 마리가 명령이라도 받은 듯 조용해지자 그는 스르르 눈을 감았다. 그의 개는 여전히 경계를 늦추지 않았다. 영지의 구분선 역할을 하는 이끼 낀 돌담 너머의 너른 들판에 양 떼가 점점이 흩어져 노니는 동안 개는 가만히 풍경을 응시하며 주인을 지켰다. 그러다 거칠게 오르내리던 농부의 숨결이 선잠과 함께 느릿한 박자를 되찾자 개도 경계를 늦추며 묘지의 서늘한 흙바닥에 배를 깔고 주인 곁에 누웠다.

"저, 실례합니다." 그는 얼굴 위에서 울리는 목소리에 화들짝 놀라 눈을 번쩍 치켜떴다. 웬 여자의 목소리였다. 그것도 미국인 억양을 가진 아가씨였다.

몸을 일으켜 앉은 그는 돌담 밑으로 발을 디디고 목소리의 주인공 앞에 섰다. 그러고 나서 여자의 얼굴을 한번 보고는 머리부터 발끝까지 쓱 훑은 다음 재빨리 시선을 돌렸다.

여자는 꽤 어려 보였다. 끽해야 20대 초반 정도일 것 같았다. 그녀의 짙은 감색 리본이 달린 밀짚모자가 단정한 진파랑 테일러드 원피스와 아주 잘 어울렸다. 남자는 자신과 눈높이가 나란한 여자

를 보며 키가 상당히 크군, 하고 생각했다가 그녀의 구두가 여태
껏 본 신발 중 가장 높다는 사실을 깨달았다. 그녀는 양손에 각각
작은 팸플릿과 검은색 클러치를 들고 있었다. 그녀의 목에서 자그
마한 십자가가 달린 은목걸이가 반짝거렸다.

"방해했다면 미안합니다. 아침 내내 돌아다녔는데 사람이 없더
라고요. 그쪽이 처음이에요. 거기다 길까지 잃어서……."

인구 377명의 작은 마을 초턴에서 평생을 살아온 남자에게는
여자의 말이 그다지 놀랍지 않았다. 그는 아침 일찍 마을에 얼굴
을 드러내는 몇 안 되는 사람 중 하나였다. 그보다 먼저 활동을 시
작하는 사람들이라 하면 우유 배달부, 응급 환자를 보러 가는 그
레이 박사, 지역 우체국에서 우편물을 수거해 배달하는 집배원 정
도일 것이었다.

그녀는 남자가 아무 말이 없자 조심스럽게 말을 이어가기 시작
했다. "이 마을에 제인 오스틴이 작품 집필을 하던 집이 있다고 해
서 런던에서 당일치기로 왔어요. 중간에 윈체스터에서 기차를 갈
아타고요. 근데 도저히 못 찾겠네요. 마침 작은 교회가 보이길래
주변을 한번 둘러봐야겠다고 생각하던 참이었어요. 혹시 제인 오
스틴의 흔적을 찾을 수 있을까 싶어서요."

남자가 오른쪽 어깨 너머의 교회로 시선을 돌렸다. 여자가 말
한 교회는 그가 일요일마다 예배를 드리는 교회였다. 이 지역에서
나는 석영과 붉은 사암으로 지어진 교회 건물은 너도밤나무와 느
릅나무에 아늑하게 둘러싸여 있었다. 교회는 몇 세대 전에 현재의
모습으로 재건되었으므로 제인 오스틴이나 그녀의 직계 가족들과
관련된 흔적이 남아 있을 리 만무했다.

그는 고개를 틀어 이번에는 왼쪽 어깨 너머를 바라보았다. 교회 묘지 뒤에 배죽 솟은 기둥 사이로 원뿔 모양으로 된 주목나무 울타리의 꼭대기가 시야에 들어왔다. 예나 지금이나 그 울타리는 그에게 있어 큼지막한 소금, 후추 저장고만큼이나 아무 감흥이 없었다. 나란한 주목나무 울타리를 지나면 엘리자베스 시대 양식의 저택이 자태를 드러냈다. 전형적인 튜더 스타일의 그 저택은 가파르게 경사진 지붕에 붉은 벽돌로 지어진 3층짜리 건물로 현관 주변이 덩굴로 덮여 있었다.

"저택은 저쪽에 있습니다." 그가 침묵을 깨고 심드렁하게 대답했다. "교회 지나서요. 여기 사람들은 그레이트 하우스라고 부르죠. 제인 오스틴의 오빠인 나이트 일가가 살던 곳입니다. 제인 오스틴의 어머니와 언니의 무덤은 교회 묘지에 안장돼 있고요. 저기 교회 담벼락 옆으로요. 보입니까?"

무뚝뚝한 안내와 느릿느릿한 말투가 무색하게 그녀의 안색은 고마움과 반가움으로 환하게 피어올랐다.

"세상에, 정말 이 근처일 줄이야……."

그녀의 눈이 반짝거렸다. 그는 태어나서 지금까지 이렇게 예쁜 사람을 한 번도 본 적이 없었다. 그녀는 마치 신문에서나 볼 법한 헤어 모델 혹은 비누 광고 모델 같았다. 그녀의 눈에 감동의 눈물이 차오르면서 보랏빛에 가까운 푸른 눈동자가 아름다운 크리스털처럼 빛났다. 그녀가 눈을 깜박이자 머리카락보다 짙은 흑단 같은 속눈썹 끝에 눈물방울이 맺혔다.

그는 그녀의 시선을 피해 조심스럽게 한 걸음 물러서며 몸을 틀었다. 그의 개 라이더가 진흙이 잔뜩 묻은 그의 부츠에다 코를 대고 킁킁거렸다. 그는 우뚝 솟은 묘지 비석을 향해 말없이 걸음을 옮겼다. 그녀는 엉겁결에 그의 뒤를 따랐다. 그녀가 걸을 때마다 묘지 흙길에 검은색 펌프스 굽이 찍혔다. 그는 두 개의 묘비에 아로새겨진 묘비명을 묵묵히 읽어 내려가는 그녀의 모습을 지켜보았다.

그는 살짝 뒤로 물러서서 모자를 찾아 주머니를 뒤적거렸다. 일을 하다 보면 밝은 금발 머리가 이마 위로 흘러내리기 일쑤였다. 그는 머리카락을 쓸어 넘겨 모자 밑으로 쑤셔 넣고는 모자를 단단히 눌러써 눈을 가렸다. 문득 이 여자에게서 벗어나고 싶었다. 100년도 더 전에 세상을 떠난 사람들의 투박한 무덤을 뚫어져라 쳐다보는 여자가 일으킨 생경한 감정으로부터 그만 도망치고 싶은 마음이 들었던 것이다.

그는 그 자리를 완전히 뜨지는 못하고 교회 뜰로 나가는 묘지의 정문 근처에서 개와 함께 어슬렁거렸다. 몇 분이나 지났을까, 마침내 그녀가 교회 모퉁이를 돌아 슬그머니 나타났다. 그를 향해 걸어오면서도 지나치는 모든 비석의 비문을 읽느라 쉽게 발걸음을 떼지 못했다. 영면한 영혼을 조금이라도 더 많이 발견하고픈 마음인 건가 싶었다. 이따금 길에 깔린 돌 사이에 구두 굽이 끼어 걸음걸이가 흔들리면, 그녀는 자신의 부주의를 탓하기라도 하듯 얼굴을 슬쩍 찌푸리기도 했다. 그러면서도 여전히 시선은 무덤에 고정되어 있었다.

그가 기다리고 있는 묘지의 정문 앞에 다다른 그녀가 만족스러운 한숨을 내쉬었다. 입가의 미소는 전보다 차분했다. 그녀의 잔잔한 미소를 바라보던 그는 여자에게서 부유한 사람들 특유의 매너를 감지했다.

"기다리게 해서 죄송해요. 이곳에서 구두는 영 도움이 안 되네요. 전 그저 제인 오스틴이 책을 쓰던 별채가 보고 싶어서 여기까지 온 거거든요. 작은 탁자라든가 삐걱거리는 문 같은 거요." 그녀는 듣는 이의 무반응에도 아랑곳하지 않았다. "런던에서는 이 마을에 대한 정보를 좀처럼 찾을 수가 없었는데, 알려줘서 정말 고맙습니다."

그는 이렇다 할 대꾸 없이 묘지의 정문을 열어주었다. 두 사람은 마을로 향하는 큰길로 가기 위해 왔던 길을 되돌아가기 시작했다.

"괜찮으시면 거기까지 데려다 드릴 수도 있습니다. 여기서 길을 따라 올라가면 한 1.5킬로미터 정도 걸려요. 날이 더워지기 전에 오전 건초 작업을 얼추 마무리 지어놔서 시간 여유가 좀 됩니다."

여자가 환하게 웃어 보였다. 아주 매력적인 미소였다. 남자는 이런 게 바로 미국인의 미소구나 싶었다. "이렇게 큰 친절을 베풀어주시다니 너무나 감사드려요. 전 저 같은 사람들이 여기 많이 찾아오는 줄 알았어요. 저 같은 사람이 무슨 뜻인지 아시죠? 혹시 사람들이 좀 찾아오나요?"

남자는 어깨를 으쓱하며 그레이트 하우스로 향하는 길이 나오는 지점까지 나 있는, 1킬로미터가 좀 안 되는 자갈길을 여자의 보폭에 맞추어 천천히 걸었다.

"종종 온다고 봐야겠죠. 별로 볼 건 없지만. 지금 그곳은 노동자들이 묵는 숙소일 뿐입니다. 소작인들이 세를 들어 살고 있거든요."

남자는 실망으로 딱딱하게 굳은 여자의 표정을 살피고자 고개를 돌렸다. 그러고는 그녀를 격려하려는 마음에서 제인 오스틴의 책에 대해 물었다. 하지만 그는 이 한마디가 스스로에게 어떤 결과를 불러일으킬지 전혀 예상하지 못했다.

"어떻게 대답해야 좋을지 모르겠네요." 남자의 손이 시골길로 내려가는 방향을 가리키는데 여자가 말했다. 길목이 만나는 곳에 잠시 동안 남자의 관심에서 멀어져 있었던 마차가 덩그러니 세워져 있었다. "제인 오스틴의 책을 읽으면, 그리고 여러 번 읽고 또 읽다 보면요⋯⋯. 다른 작가들의 책은 안 그런데 제인 오스틴은 정말 여러 번 읽게 돼요. 아무튼 제인 오스틴의 책을 읽다 보면 제인 오스틴이 꼭 제 머릿속에 들어가 있는 기분이 들어요. 음악처럼요. 제가 아주 어렸을 때 아버지가 처음으로 읽어준 책이 제인 오스틴의 소설이었어요. 아버지는 열두 살 때 돌아가셨고요. 그래서인지 제인 오스틴의 소설을 읽으면 아버지의 목소리도 같이 들리는 것 같아요. 제인 오스틴 소설처럼 아버지를 소리 내 웃게 한 건 없었어요."

여자가 중구난방으로 주절거리는 이야기를 들으며 남자는 전혀 공감이 가지 않는다는 듯 고개를 절레절레했다.

"제인 오스틴 소설을 한 번도 읽어본 적이 없어요?" 불신이 가득한 남자의 눈을 들여다보며 여자가 물었다.

"딱히 구미가 당기지 않았습니다. 헨리 라이더 해거드에 푹 빠진 적은 있습니다. 모험 소설 같은 거요. 이런 말 들으면 저에 대해 선입견이 생기실 테지만."

"전 절대 독서 취향으로 그 사람을 판단하지 않아요." 그녀의 대답에 남자의 얼굴 위로 모호한 표정이 떠올랐다. 여자는 환하게 웃으며 덧붙였다. "방금 저도 모르게 판단을 내리긴 했지만요."

"저도 마찬가지입니다. 남편감을 찾는 여성들의 이야기가 어떻게 톨스토이 같은 위대한 작가들과 어깨를 나란히 할 수 있는지 이해하지 못하니까 말입니다."

남자의 대답에 여자의 눈이 새로운 흥밋거리로 휘둥그레졌다. "톨스토이를 읽어본 적이 있으세요?"

"예전에요. 전쟁 때만 해도 계속 공부를 할 예정이었습니다만, 두 형님이 다 전쟁에 징집당하는 바람에 집일을 도와드려야 해서 남게 되었습니다."

"그럼 지금은 형님들이랑 다 같이 농장 일을 하시는 건가요?"

남자는 시선을 피했다. "아니요. 형님들은 전사했습니다. 전쟁 중에요." 그는 이런 식의 대화법을 선호했다. 날카롭고 깊어 다신 돌이킬 수 없는 상처 같은 말을 던지면서 이어질 대화를 깔끔하게 차단하는 방식 말이다. 그러나 눈앞의 여자 같은 사람에게는 그의 화법이 오히려 더 많은 질문만 불러오리라는 생각이 들었다. "저기 두 길목이 만나는 곳이 보이십니까? 윈체스터에서 왔다고 하셨으니 왼쪽 방향으로 내려왔겠군요. 오른쪽 길은 런던으로 향하는 메인 도로입니다. 그러니 초턴에 제대로 오신 거고요. 저쪽에 보이는 게 별채 지붕입니다."

"이렇게 친절하게 알려주시다니 다시 한번 감사드려요. 그런데요, 제인 오스틴 소설도 꼭 읽어보세요. 꼭 읽어보셔야 해요. 다른 데도 아니고 이 마을에 살면서 어떻게 제인 오스틴 소설 한번 안 읽어보셨어요?"

감성적인 설득에 익숙지 않은 남자는 이제 그만 방향을 돌려 이

자리를 뜨고 싶었다.

"부디 약속해주세요. 성함이……."

"애덤이요. 제 이름은 애덤입니다."

"메리 앤이에요." 여자가 작별 인사 겸 남자에게 악수의 손을 뻗으며 대답했다. "일단《오만과 편견》으로 시작하시고, 그다음엔《에마》를 읽어보세요. 제가 제일 좋아하는 작품이거든요. 남 일에 과감하게 나서길 좋아하면서 정작 본인 일엔 눈치가 없는 여자가 주인공이에요. 제발 한번 읽어보시면 안 될까요?"

남자는 이번에도 어깨만 으쓱했지만 최대한 예의를 차리며 왔던 길을 되돌아가기 위해 몸을 돌렸다. 호수를 지날 즈음 여자와 헤어진 쪽을 큰마음먹고 돌아보았다. 그러고는 여전히 그 자리에 꼿꼿이 서 있는 여자를 보았다. 큰 키와 호리호리한 실루엣에 진파랑 원피스를 입은 그녀는 활짝 열린 하얀색 현관문이 있는 붉은 벽돌집을 하염없이 바라보고 있었다.

○———○

애덤 버윅은 남은 일을 끝마치고 좁은 울타리 문 옆 길가에 빈 마차를 세웠다. 그러고는 양손을 모두 꼽을 만큼의 세월 동안 살아온 테라스가 딸린 작은 연립 주택까지 큰길을 따라 터벅터벅 내려갔다.

버윅가(家)도 한때는 대가족이었다. 집은 아버지와 어머니, 세 형제로 제법 북적였다. 그때까지만 해도 애덤은 집안의 막내아들 역할에만 충실하면 되었다. 친가 쪽에서 4대째 이어받은 자랑스러운 자그마한 농장도 소유하고 있었다. 이 유산으로 말미암아 버윅가 사람들은 아주 어렸을 때부터 노동을 시작했지만 애덤은 그마저도 좋았다. 반복되는 노동, 한결같은 계절의 순환, 대화가 필요 없는 일상까지 모두 애덤과 잘 맞았다.

애덤은 부지런히 노력하는 학생이기도 했다. 다섯 살 무렵부터 아버지가 집 안 곳곳에 놓아둔 책들을 모조리 읽어치우며 독서 습관을 키웠다. 그리고 기회가 있을 때마다 어머니를 따라 초턴보다 더 큰 도시 얼턴에 갔다. 애덤이 사탕 가게를 구경하는 것보다, 그리고 어머니가 손에 들려주던 왕사탕을 먹는 것보다 더 좋아한 일은 다름 아닌 도서관의 아동 도서 서가에서 신간을 빌려오는 일이었다. 책장을 하나씩 넘길 때마다 완벽하게 새로운 세계를 만날 수 있었기 때문이다. 그는 이 즐거움을 모르는 형들이나 다른 사람들을 이해할 수 없었다.

애덤은 바깥세상이나 타인들에게서 압박을 느낄 때, 혹은 스스로 원할 때면 언제든 책이 선사하는 세상으로 사라질 수 있었다. 압박이라고 해보았자 누구나 겪을 법한 인간관계며 사회적인 기대 정도가 전부였지만, 애덤은 이런 유의 문제를 유독 힘들어하고 불편해했다. 하지만 그는 다른 이의 관점에서 모든 것을 경험하려 노력하고 그 사이에서 교훈을 얻는 사람이었다. 뿐만 아니라 그가 무엇보다 중요하게 생각하는 행복한 삶에 대한 해답을 가지고 있었다. 그의 눈에 비친 바깥세상은 저마다의 감정과 욕망이 무한히 이어져 귓가에 진동하고 크고 작은 마찰이 끊임없이 일어나며 폭죽을 터트리는, 마치 다른 차원의 사람들이 사는 곳 같았다. 아무리 애덤이 농장이라는 거친 환경에서 살고 있다 하더라도 이런 바깥세상에 비하면 그의 삶에서 일어나는 일이라고는 사소한 불꽃 정도가 전부였다.

아마도 대학 장학금을 탔던 순간이 옛 시절 통틀어 가장 행복하고 기쁜 순간이었겠으나, 두 형들이 참전하면서 그 행복은 빠르게 사그라들고 말았다. 형들을 따라 전장에 나가 싸우기에는 너무 어렸고, 어머니의 표현을 빌리자면 '목적 없는 공부를 지속하기에는 너무 빨리 철이 들어버린' 까닭이었다. 전쟁은 애덤의 가족뿐만 아니라 모든 것을 바꾸어놓았다. 다만 마을 사람들 모두 버윅가가 제일 심한 타격을 입었다고 입을 모아 인정하기는 했다. 1918년 에게해 전쟁에서 형들이 전사하고 1년이 채 지나지 않아 유행한 스페인 독감으로 아버지마저 세상을 떠났기 때문이다. 일련의 비극적인 사건들이 버윅가를 휩쓸고 지나가면서 마을 사람들은 어머니와 애덤을 특히 더 따스하게 위로하고 배려해주었다.

나락으로 떨어지기 직전에 간신히 살아남은 애덤 모자는 영원히 벼랑 끝에 매달린 채 살아가야 하는 운명에 처했다. 애덤과 어머니는 완전히 다른 성격의 소유자들이었지만 삶을 이겨내려는 의지가 없다는 딱 한 가지 공통점이 있었다. 하나 남은 토지를 지켜내야겠다는 생각은 둘의 머릿속에서 이미 사라진 지 오래였다. 그와 어머니는 전쟁이 끝나고 몇 년 지나지 않아 가족을 잃은 슬픔과 빚더미 사이에서 결단을 내려야 했다. 그리하여 그들은 집안의 농장을 엄청난 헐값으로 나이트 가문에 팔아넘겼다. 여기에는 어머니의 끊임없는 잔소리도 한몫했다. 버윅가의 이전 세대 사람들은 나이트 가문의 영지에서 가정부나 하인 같은 고용인으로 살아왔고, 애덤의 어머니와 할머니도 마찬가지였다. 그리고 이제는 애덤 역시 매년 여름이면 건초를 모으고, 남의 밭을 경작해서 밀, 홉, 보리 같은 윤작물을 키움으로써 선대의 고용 방식을 이어갔다.

그 나이트 가문도 결국엔 다른 마을 사람들처럼 경제적 어려움에 봉착하고 말았다. 애덤은 마을 전체가 하나로 묶여 상호 의존적으로 살아가는 듯한 인상을 받았다. 더불어 자신이 나이트 가문에 농장을 팔고 그 집에서 일하는 건 어찌 보면 마을 공동체의 구성원으로서 살아남고자 하는 일종의 노력이라고 생각했다.

그는 악착같이 생계를 유지하며 생존하기 위해 고군분투했다. 아니, 겉으로는 그래 보였다. 하지만 내면에는 아직도 책을 향한 열정을 간직하고 있었다. 그것은 마음속 가장 깊은 밑바닥에 찌를 듯한 통증과 함께 남아 있었다. 애덤은 고통을 차단하기 위해 머리의 일부분이 작동을 멈추어버렸다는 걸 알고 있었다. 스스로를 보호하고자 만들어낸 통렬한 노력의 결과였다. 어머니는 애덤보다 더 심했다. 어머니는 꼭 죽을 날만 기다리는 사람 같았다. 그런 어머니를 보며 애덤의 머리는 어머니가 돌아가시고 나서의 끔찍한 미래에 대해 끊임없는 경고 메시지를 보냈다. 어머니는 아침이면 애덤에게 토스트와 차를 챙겨주고 그가 일과를 마치고 돌아오면 따뜻한 저녁을 차려주었다. 그러면서 하나 남은 아들을 그저 무심하게 보살피며 하루하루를 살아내고 있었다.

지금처럼 마주 보고 앉아 저녁 식사를 하며, 그는 어머니에게 하루 일에 대해 이야기하고 어머니도 그에게 마을의 새로운 소식이나 낮에 장을 보러 얼턴에 다녀온 일 등에 대해 들려주었다. 두 사람은 이런저런 사소한 것들을 포함해 모든 걸 서로에게 이야기했지만 과거 일은 절대 입 밖에 꺼내지 않았다.

그런데 왠지 오늘 만난 젊은 미국 여자에 대한 이야기는 하고 싶지 않았다. 우선 늦기 전에 얼른 신붓감 좀 찾아보라고 입버릇처럼 말하는 어머니가 헛된 희망을 품는 게 싫었다. 마을에 나타난 그 이방인은 애덤의 세상에서는 볼 수 없는 아름다움을 지니고 있었다. 뿐만 아니라 어머니는 다른 마을 사람들과 마찬가지로 마을에 제인 오스틴의 연결 고리가 남아 있다는 사실을 귀찮아했다. 어머니는 이 작은 마을에 찾아와 정보며, 볼거리며, 소설 속에 나오는 삶과 똑같은 그림 따위를 대놓고 요구하는 관광객과 얼빠진 팬들을 향해 신랄한 불평을 쏟아냈다. 방문객들은 마을 사람들의 현재의 소박한 삶은 비현실적인 것처럼 취급하면서 100년도 더 전에 일어났던 일들은 중요한 진짜 삶으로 여겼다.

○──○

애덤은 다아시가 걱정되기 시작했다.

한 여자를 마음에 품은 남자가 사사건건 그녀의 대화를 엿들으려고 하고 자신을 향한 여자의 악평에 지나치게 영향을 받는다면 그 남자의 앞날은 안개가 낀 듯 불투명할 게 분명했다. 당사자가 인정하든 인정하지 않든 말이다. 그렇다고 해서 애덤이 여자에 대해 빠삭하진 않았다. 게다가 어머니는 여자에 대해 잘 알 필요가 없다고 귀에 못이 박히도록 강조했다. 어쨌거나 문학뿐만 아니라 인생의 관점에서 보아도 다아시처럼 누군가에게 빠른 속도로 푹 빠졌는데도 그 사람을 소홀하게 대하는 것 외에 아무 행동도 취하지 않으면 의도치 않게 상대를 밀어내버릴 거란 사실은 굳이 경험하지 않아도 알 수 있었다.

애덤은 지금 그가 살고 있는, 층마다 방이 두 개인 별채가 마음에 들었다. 집은 윈체스터 로드에서 뻗어 나온 골목 옆에 위치해 있었다. 애덤에게는 책을 읽을 수 있는 공간과 자기만의 침실이 있었다.

방은 박공 천장으로 되어 있었으며 가구가 별로 없어 휑했다. 그의 방에 있는 싱글 침대—두 개가 한 세트인데 하나만 쓰고 있었다—는 어린 시절부터 써왔던 것이다. 맞은편 구석에는 참나무 장식장과 앤티크 옷장, 그리고 아버지가 물려준 책장이 있었다. 책장에는 모험 소설, 소년들의 우정에 관한 책, 아서 코난 도일, 알렉상드르 뒤마, H. G. 웰스 같은 작가들의 작품이 꽂혀 있었다. 그러나 지금 그의 침대맡에는 전혀 다른 성격의 책이 놓여 있었다. 두께가 상당한 양장본으로서 표지에는 그림—정원을 배경으로 보닛을 쓴 두 여자가 귓속말을 하고 있고 한 남자가 고풍스러운 석조 화분 옆에 거만하게 서 있었다—이 있었다.

책은 술술 읽혔다. 덕분에 도서관에서 빌려온 지 이틀 만에 진도를 꽤 많이 뺄 수 있었다.

하지만 책은 재미있었던 만큼 그에게 혼란스러움을 안겨주었다. 우선 소설 여주인공의 아버지인 베넷 씨에 대해 궁금한 점이 있었다. 베넷 씨가 세상과 담을 쌓고 홀로 서재에 틀어박혀 여가 시간을 다 써버리거나, 열과 성을 다해 다른 사람들을 비꼬고 조롱하는 게 애덤의 상식으로는 좀처럼 이해가 되지 않았다. 그에 비해 베넷 부인은 비교적 쉽게 받아들일 만한 인물이긴 했지만, 그럼에도 여전히 베넷가에 대한 서술에서 충분한 설득력이 느껴지지 않았다. 이전에 읽었던 문학 작품을 통틀어 한 번도 접해본 적이 없는 가족의 유형이라고나 할까, 어쨌든 다른 소설에서 일반적으로 묘사하는 대가족의 모습과는 확연히 달랐다. 여태껏 애덤이 읽은 소설 속에는 고아, 배신자, 빚을 지고 감옥에 간 아버지 같은 인물이 등장했고, 이들을 둘러싼 복수, 탐욕, 아니면 사라진 유언장 같은 것들이 큰 줄거리를 이루었다.

베넷가 사람들은 어떤 의도나 목적과 상관없이 마냥 서로를 좋아하지 않았다. 여성 작가라면 으레 결혼이라는 행복한 결말만 쓰는 줄 알았지 이런 전개는 전혀 예상하지 못했다. 하지만 역설적이게도 이와 같은 부분들이 이 소설을 지금까지 읽었던 다른 어떤 책보다 더욱 현실감이 느껴지게 했다.

애덤은 다아시가 청혼을 매몰차게 거절한 엘리자베스에게 자신의 영지를 소개해주는 장까지 읽은 다음에야 마침내 책을 물리고 잠을 청했다. 그는 자리에 누워 최근에 마을을 찾았던 방문객을 떠올려보았다. 그녀의 목에 걸린 작은 십자가 목걸이부터 그의 삶에서 사라진 지 오래인 믿음과 희망의 상징 같은 새하얀 미소까지. 순간적인 행복을 위해 그 여자처럼 이렇게 먼 곳까지 오는 수고를 감수하는 마음이 어떤 건지 애덤은 감히 상상조차 할 수 없었다. 그러면서도 여자의 온몸에서 뿜어져 나오던 무방비한 상태의 행복이 실은 그가 책에서 찾아 헤매던 바로 그 행복이었음을 인정할 수밖에 없었다.

애덤은 제인 오스틴의 소설을 읽으며 다아시라는 인물에게 단단히 감정 이입이 되었다. 그는 다아시를 통해 평소에 아무리 평정심을 잘 유지하는 사람이라 하더라도 매력적인 외모 앞에서는 완벽히 무너져 내릴 수 있다는 사실을 깨달았다. 더불어 특별히 풍족한 재산이나 수완이 없는 사람마저도 대접받기를 바란다는 사실 또한 알게 되었다. 이렇게 인간은 옆에서 알려주지 않으면 얼마든지 바보가 될 가능성이 있는 존재였다.

그 미국 여자가 애덤의 인생에 다시 나타날 확률은 거의 없을 터였다. 하지만 그녀 덕분에 제인 오스틴의 소설을 읽게 됨으로써 그녀가 느꼈던 행복을 조금이나마 이해할 수 있을 것도 같았다.

어쩌면 제인 오스틴의 작품을 읽는 일은 애덤에게 새로운 세상을 여는 열쇠가 될지도 몰랐다.

제 2 장

햄프셔주, 초턴
1943년 10월

그레이 박사는 널찍한 응접실에 붙어 있는 작은 진료실 책상 앞에 홀로 앉아 있었다. 그는 망연자실한 얼굴로 앞에 놓인 엑스레이 사진을 응시했다. 찰스 스톤의 두 다리는 손쓸 수 없을 정도로 으스러졌다. 이 상태라면 아무리 실력이 좋은 의사라 해도 다리가 원래대로 기능할 수 있으리라는 진단을 내리지 못할 것이었다.

그레이 박사는 책상 옆 창가로 쏟아지는 10월의 황금빛 햇살에 엑스레이 사진을 비추며 마지막으로 한번 더 유심히 들여다보았다. 하지만 그는 몇 번이고 사진을 본다 한들 결과는 달라지지 않을 것이며, 불편한 마음 또한 나아지지 않으리라는 것을 알았다.

초턴에서 어린 시절을 보낸 그레이 박사는 1차 세계 대전 당시 런던으로 이주해 그곳에서 의대를 다니고 수련의 과정을 거친 후

1930년에 다시 마을로 돌아와 심슨 박사의 병원을 인수했다. 지난 13년 동안 그는 세상으로 내보낸 환자의 수만큼이나 실력을 인정받고 환대받는 존재였다. 그는 마을에 사는 모든 가족들의 역사와 그들의 비극적인 운명에 대해 알고 있었다. 이를테면 정신병력은 한 대를 뛰어넘어 발현된다거나 천식은 그렇지 않다는 등등의 사실들에 대해서 말이다. 그는 또한 누구한테는 냉혹한 현실을 단도직입적으로 말해주어야 하고, 반대로 누구한테는 진실을 비밀에 부쳐야 한다는 것에 대해서도 잘 알고 있었다. 찰스 스톤의 경우라면 지금 당장은 결과를 사실대로 알리지 않는 편이 나았다. 그레이 박사는 명성에 저해되지 않는 범위 내에서 절망적인 진단 결과를 환자에게 알리는 일을 적절히 유보할 줄 알았다.

그레이 박사는 손가락으로 관자놀이를 세게 눌러보았다. 그의 앞에 약병들이 압지 위에 나란히 올려져 있었다. 그는 약병 하나를 멍하니 바라보다가 뭔가 마음을 먹은 듯 목조 회전의자에서 몸을 일으켜 세웠다. 때는 한낮이었고, 평소대로라면 간호사나 가사 도우미가 차를 가져다줄 시간이었다. 하지만 그는 지금 이 순간 다른 무엇보다 상쾌한 공기가 절실했다. 눈앞에 쌓여 있는 걱정과 근심에서 벗어나 휴식을 취할 필요가 있었다. 그레이 박사는 초턴이라는 작은 마을에 병원을 연 의사인 동시에, 마을 사람들이 믿고 의지하는 막역한 친구이자 아버지 같은 사람이었으며, 과거와 미래 일에 빠삭한 일종의 지박령 같은 존재였다.

그는 장미로 뒤덮인 작은 시골집의 초록색 대문을 빠져나와 길거리로 직행했다. 대문은 환자들을 향해 언제나 활짝 열려 있었다. 이전에 노동자 숙소였던 건물들이 그러하듯 그의 병원은 큰

길과 아주 가까워 건물의 절반이 길 위에 나앉아 있다고 해도 무방할 정도였다. 간호사 해리엇 페컴은 환자가 내원할 때면 대로변쪽 창문을 커튼으로 꼼꼼하게 가리기 위해 애썼지만, 그럴수록 마을의 수많은 눈들은 기를 쓰고 커튼과 창문 사이의 틈새를 훔쳐보려고 난리였다.

그가 좁은 골목길을 따라 내려가고 있을 때였다. 윈체스터 로드가 둘로 갈라지는 지점이자 얼마 전부터 말라가기 시작한 오래된 연못 옆으로 얼턴에서 온 택시 한 대가 멈추어 서는 게 보였다. 가끔 길 위에서 방황하는 오리 세 마리도 현장에 함께 있었지만, 그레이 박사의 시선은 택시에서 내리는 세 명의 중년 여성들에게 고정되어 있었다. 세 여자는 종종걸음으로 제인 오스틴의 옛집 앞으로 나아갔다. 그들이 걸을 때마다 모자와 핸드백이 덩달아 부산스럽게 들썩였다.

대서양을 가로지르며 전쟁이 한창인 시기에도 불구하고 이따금씩 특정 연령대의 여성들이 제인 오스틴이 살았던 집을 보러 초턴으로 여행을 오곤 했다. 그레이 박사는 위대한 작가에게 경의를 표하기 위해 먼 곳까지 찾아오는 여성들의 정신력에 일종의 경외심을 느꼈다. 마치 전쟁으로 말미암아 여성들의 내면에 있던 뭔가가 해방이 된 것 같았다. 세상은 그들에게 본질적인 공포를 주입시키기 위해 안간힘을 썼지만 더 크고 위대한 적 앞에서 무너져 내린 모양새라고나 할까. 그는 이런 여성들―끊임없이 이야기를 나누고 모임을 갖고 여행을 떠나며, 원하는 것이라면 크기에 상관없이 열의와 사명감을 가지고 추구하는―이 영화에서처럼 세상을 호령하는 미래가 오면 어떤 모습일지 내심 궁금해졌다. '제저벨'의 주인공 베티 데이비스나 그가 제일 좋아하는 영화 '마음의 행로'의 그리어 가슨처럼 말이다.

그레이 박사는 지금은 고인(故人)이 된 아내 제니와 함께하는 취미가 있었다. 그건 바로 일주일에 한 번 버스를 타고 이웃 마을 얼턴에 가서 최신 개봉 영화를 보는 것이었다. 그는 되도록이면 아내 생각을 하지 않으려고 노력했다. 그러나 영화관의 불빛이 꺼진 지 오래이고 연인들마저 등을 돌리는 시국에 살다 보니 아내와 영화를 보러 가곤 했던 기억을 떠올리지 않을 수 없었다. 아내의 영화 취향은 한결같았다. 아내는 캐서린 헵번이나 바버라 스탠윅 같은 여배우가 나오는 '신파극'을 아주 좋아했다. 그런 아내에게 서부 영화나 갱스터 영화를 보자며 약간의 고집을 피울 때도 있었지만, 결국에는 아내의 선택에 따랐고 그 선택은 늘 옳았다. 영화를 다 보고 나온 두 사람은 가끔 가다 30분 정도 되는 길을 걸어서 돌아오며 그날 본 영화에 대한 감상을 나누기도 했다. 그는 영화를 보는 일 자체도 좋았지만 달빛 아래에서 영화에 대한 아내의 의견을 듣는 시간이 더 기다려졌었다.

그레이 박사는 아내의 모든 것을 사랑했지만 그중에서도 그녀의 내면을 가장 사랑했다. 그는 자신보다 아내가 훨씬 똑똑하다는 것을 알고 있었다. 아내는 대학 시절 몇 안 되었던 여학생 중 한 명으로서 남학생인 그와 마찬가지로 도서관과 연구실에서 공부했다. 아내의 날카로운 수학적 사고방식은 전쟁에 큰 도움이 될 수 있었을지 모르나, 아내가 세상을 떠난 지금은 결코 알 수 없는 그녀의 다양한 모습 중 하나일 뿐이었다. 4년 전 아내는 침실로 향하는 계단에서 추락했다. 하필이면 그가 항상 고쳐야지 마음만 먹었던 맨 밑 계단의 툭 튀어나온 부분으로 떨어지고 말았다. 추락으로 인한 충격으로 내출혈이 일어났고 그는 아내를 살리지 못했다.

제 아내 하나 살리지 못한 의사는 슬픔과 자책감에 불행한 악명까지 얻는 법이었다. 마을 사람 누구도 그레이 박사를 탓하지 않았지만, 그의 몹쓸 직업병은 과연 마을 외부의 사람들도 같은 생각일지, 혹시 아내를 살리지 못한 의사라고 비난하진 않을지 하는 의구심을 갖게 했다.

그는 오스틴 저택의 하얀 대문 앞에서 한껏 들떠 대화를 나누는 세 여인들을 지나가며 모자를 살짝 들어 올려 인사를 건넸다. 그는 여타의 마을 사람들과 달리 관광객을 성가신 존재로 여기지 않았다. 그들은 제인 오스틴의 옛집을 보기 위해 이곳을 찾고 마을을 일종의 성지 순례지로 만들며 오스틴의 유산과 분위기를 지켜주었다. 뿐만 아니라 이 집이 마을 사람들이 생각하는 것보다 훨씬 큰 가치를 지니고 있다는 생각을 무의식에 심어줌으로써 마을 사람들 전체를 일종의 공동 관리인이 되게 해주었다. 그레이 박사 개인적으로는 제인 오스틴 평생의 팬으로서 방문객들이 끼치는 직간접적인 영향에 그저 감사할 따름이었다.

그레이 박사가 그레이트 하우스와 이웃한 나이트가의 영지로 이어지는 고스포트 로드로 방향을 트는데 같은 쪽으로 학교 이사회의 이사진 하나가 다가오는 게 보였다.

서로를 향해 모자를 들어 올리며 인사를 나누자마자 상대방이 말문을 열었다. "벤저민, 이렇게 만나서 다행이네. 학교에 문제가 생겼어."

그레이 박사는 한숨을 터트렸다. "새로운 선생 말입니까?"

남자는 고개를 끄덕였다. "그렇다네. 세상에, 루이스 선생 말이야. 그 젊은 여선생이 남학생들한테 1700년대 여성 작가들의 작품만 읽게 한다지 뭔가. 당최 이유를 모르겠어." 그는 잠시 숨을 고르고 덧붙였다. "자네가 그 선생과 이야기 좀 해보면 어떨까 싶은데."

"제가 말입니까?"

"그나마 자네가 그 선생이랑 세대가 비슷하고."

"꼭 그렇지도 않습니다."

"무엇보다 자네라면 왠지 루이스 선생을 휘어잡을 수 있을 것 같아서. 교육 방식이라든가, 기타 등등 말일세."

그레이 박사가 미간을 살짝 찌푸렸다. "여기서 의사 생활을 한지도 꽤 됐고, 이 마을 사람들에 대해서라면 제법 잘 알고 있다고도 생각합니다만, 그렇다고 해서 제가 그분들에게 어떤 영향력까지 행사할 필요는 없을 것 같은데요."

"일단 말이라도 한번 해보게. 응? 자네만 믿겠네."

그레이 박사는 어떤 방식으로도 애덜린 루이스를 설득할 순 없을 거라 생각했다. 학교 이사회의 이사진은 죄다 남성에 50대를 넘긴 사람들로 그들은 젊은 여선생의 첫 부임지, 첫 학기라는 점에 약간의 두려움을 가지고 있었다. 그러나 애덜린은 자신의 수업계획에 상당한 자신감을 보였으며, 그녀의 일에 관여하려는 낌새를 보이는 누구에게든 그 즉시 반기를 들었다. 큰 키 역시 남자들과 견주어 절대 뒤지지 않았다. 그녀와 눈높이가 맞지 않는 사람은 180센티미터 가까이 되는 그레이 박사가 유일했다. 하지만 이사진이 가장 불안해하는 부분은 따로 있었다. 애덜린 루이스는 아주 매력적인 사람이었고, 그런 그녀가 은근하게 가까이 다가가면 상대방은 하려던 말을 까맣게 잊어버리곤 했다. 그녀는 이사진의 눈을 똑바로 응시하며 언제든 마음먹은 말을 시작하고 싸울 의지가 준비되어 있었다. 이런 이유로 이사진들이 힘 한번 써보지 못하고 그녀에게 굴복하는 일이 반복되었다. 그레이 박사는 월례 이사회가 열릴 때마다 벌어지는 망신살에 고개를 절레절레했다.

"뭐, 지금 잠깐 들릴 순 있습니다." 그레이 박사는 마지못해 대답하면서도 혹시 길거리에 응급 환자가 부상을 입고 쓰러져 있진 않을까 기대하며 주변을 둘러보았다.

"역시 자네밖에 없어. 혹시 급한 일을 제쳐두고 가는 건 아니지?" 남자가 활짝 웃으며 물었다. 그레이 박사는 고개를 내저었다.

"아닙니다. 머리 좀 비울 겸 산책하는 길이었습니다."

남자가 다시 모자를 들어 올려 인사를 건네고 가던 길로 발걸음을 옮기는가 싶더니 잠시 멈추어 서서 방금 전보다 훨씬 활기찬 목소리로 그레이 박사를 불러 세웠다. "어떻게 설득하든 일단 루이스 선생을 세워놓고 말하는 게 좋지 않을까 싶네만……."

남자를 돌아보는 그레이 박사의 얼굴에 망설임이 서려 있었다. 그는 크리켓 구장 건너편에 있는 빅토리아 시대식 학교 건물에 다다를 때까지 걸어갔다. 오후 세 시 반이면 수업은 얼추 끝났을 터였다. 아니나 다를까, 텅 빈 상급반 교실에 도착하니 애덜린 루이스가 한 손으로는 판서를 하고 다른 한 손으로는 교사 책상에 앉아 있는 어린 소녀에게 뭔가를 설명하는 모습이 보였다. 학생은 그 자리에 앉은 게 한두 번이 아닌 듯 아주 자연스러워 보였다. 그러다 학생이 들고 있는 버지니아 울프의 책이 눈에 들어왔다.

'결혼은 가난에서 벗어나기 위한 사회적 계약에 불과하다'라는 문구가 칠판에 쓰여 있었다.

그레이 박사는 다시 한번 깊은 숨을 내쉬었다. 애덜린이 인기척을 느꼈는지 빙그르르 돌아섰다.

"절 야단치라고 이사회가 보냈군요." 애덜린이 살며시 웃으며 말했다. 다만 그녀의 미소는 깨달음의 미소일 뿐 패배한 자의 것이 아니었다. 무의식중에 그레이 박사의 턱에 힘이 들어갔다.

"야단치려는 게 아니라 널 좀 이해해보려고. 애덜린, 여성 작가의 책만 연달아 읽힌다며? 그것도 10대 청소년 남자애들한테?"

애덜린이 책상에 앉아 있던 여학생 쪽으로 시선을 돌렸다. 버지니아 울프를 열심히 읽던 아이는 눈앞의 상황이 흥미로웠는지 대놓고 두 사람 쪽을 지켜보고 있었다.

"남학생들만 있는 건 아닌걸요, 그레이 박사님. 여기 스톤 양도 있잖아요."

그레이 박사가 고개를 끄덕이며 말했다. "잘 지냈니, 에비? 아버지는 좀 어떠셔?"

에비의 아버지는 아까 그레이 박사에게 고민거리를 안겨주었던 엑스레이 사진의 주인이었다. 찰스 스톤은 몇 달 전 트랙터 사고로 중상을 입었다. 그레이 박사는 이 사고가 찰스와 그 가족들에게 경제적으로나 정서적으로 얼마나 큰일인지 알고 있었다. 게다가 찰스가 다시는 육체노동에 복귀할 수 없으리란 사실도 알고 있었다. 물론 환자에게는 어떻게 해서든지 검사 결과를 돌려 말할 테지만. 무엇보다 이제 겨우 열다섯이 채 되지 않은 아이가 식구가 다섯이나 되는 대가족의 유일한 수입원인 가장의 경제력 없이 앞으로 어떻게 생계를 유지할 수 있느냐 하는 점이 가장 걱정스러웠다. 그레이 박사는 스톤네가 첫째 딸 에비의 학업을 중단시키고 하녀 일을 보낼 거라는 말을 농장 사람들로부터 전해 들었었다. 그리고 이 이야기는 그가 지켜야 할 수많은 비밀 중 하나였다.

"아버지는 요즘 독서에 빠져 계세요. 루이스 선생님이 아버지 힘내시라고 도서 목록을 주셔서 도서관에서 한 권씩 빌려서 읽고 계세요." 에비가 말했다.

그레이 박사는 한쪽 눈썹을 치켜뜨며 루이스 선생을 바라보았다. 마치 자신의 행동에 도움이 될 만한 증거라도 찾는 듯했다. "괜찮다면 나도 목록을 한번 보고 싶은데."

"그럴 순 없죠." 애덜린은 단박에 거절했다. "그렇잖아도 제가 선택한 책 때문에 이미 충분한 비난을 받고 있는데요."

에비의 시선은 눈앞의 두 어른에 고정되어 있었다. 에비가 책상에 앉아 두 사람을 지켜보고 있다는 사실 따위에는 아랑곳하지 않는다는 듯 그레이 박사와 루이스 선생 사이에 묘한 기류가 흘렀다. 그레이 박사는 숙녀들과 있을 때면 신사적인 면모를 갖추기 위해 노력했다. 그의 의사라는 직업뿐만 아니라 희끗희끗한 머리카락, 날카로운 갈색 눈동자, 넓은 어깨 같은 외모며 태도까지 모두의 관심사가 되곤 했다. 어린 에비의 눈에도 마을 여자들 사이에 흐르는 그레이 박사를 향한 어떤 욕망 같은 게 보일 정도였다. 하지만 이상하게도 그는 애덜린 앞에서는 어딘지 모르게 허둥대고 쉽사리 수세에 몰리는 것 같았다. 뿐만 아니라 애덜린에게서는 그를 향한 흑심 같은 걸 찾아볼 수 없었다. 에비는 애덜린의 이런 면이 그레이 박사의 심기를 거슬리게 하는 게 아닐까 추측했다.

"음, 우리 에비 양에게 물어보는 건 어떨까요?" 잠시 다른 생각에 빠져 있던 에비가 애덜린의 제안에 화들짝 놀라 두 사람을 쳐다보았다.

그러나 에비는 교수법에 관해서라면 온전히 루이스 선생의 편이었고, 두 어른의 싸움에는 별로 끼어들고 싶은 마음도 없었다. 에비는 책상에 올려두었던 가방을 집어 들고 말없이 고개만 끄덕하며 재빠른 작별 인사를 건넸다. 그러고는 삐걱삐걱 낡은 떡갈나무 마룻바닥 소리를 내며 허둥지둥 교실을 빠져나갔다.

"아, 다시 열네 살로 돌아갈 수 있다면 정말 좋겠군. 저렇게 허둥거려도 되고." 꽁무니가 빠지게 자리를 뜨는 에비의 뒷모습을 바라보며 그레이 박사가 기분 좋은 웃음을 터트렸다.

"에비 스톤은 차분한 학생이에요. 그저 박사님과 제 논쟁에 휘말리고 싶지 않았던 거겠죠."

책상 앞으로 다가온 애덜린이 몸을 뒤로 기대어 팔짱을 단단히 꼈다. 손에는 여전히 분필이 꼭 쥐어져 있었다. 그녀는 무릎까지 일자로 떨어지는 갈색 스커트에 목 주변 단추 두어 개가 풀린 크림색 블라우스를 입고, 스커트 색과 비슷한 갈색 옥스퍼드 슈즈를 신고 있었다. 애덜린의 옷차림은 그녀의 갈색 피부 톤을 더욱 돋보이게 해주었다. 최근 젊은 직장 여성들에게는 흔한 스타일이라는 것을 그레이 박사 또한 알고 있었다.

"박사님, 제 수업에서는 작품의 주제와 관련한 비판적인 분석을 배우고 있답니다. 그런데 학생들에게 보물을 찾거나 해적을 쫓는 책만 읽게 한다면 그게 과연 수업 목표와 관련이 있을까요? 문학을 통해 사회적 가치를 이해하는 것은 여학생들에게도 중요하지만 남학생들에게도 똑같이 중요해요. 혹시 남학생들에겐 전혀 중요하지 않은 공부라고 생각하시는 건가요?"

그레이 박사가 모자를 벗었다. 애덜린은 고개를 갸웃하고는 그레이 박사가 머리를 쓸어 올리며 앞에 놓인 자그마한 책상에 앉는 모습을 말없이 지켜보았다.

"왜 그렇게 봐?" 애덜린의 시선을 의식한 그레이 박사가 물었다.

"그렇게 앉아 계시니까 되게 작아 보이셔서요. 제 눈엔 항상 큰 사람처럼 보였는데."

"나랑 너랑 키 차이가 그렇게 많이는 안 나는데."

"그게 아니고, 그냥 기분상 더 크게 느껴졌다 할까요."

"최소한 앤서니 트롤럽의 작품이라도 포함시키면 어떨까?《닥터 손》아니면 비슷한 작품으로다가 말이야."

"박사님과 박사님이 아껴 마지않는 트롤럽이요?" 애덜린이 자세를 고쳐 발목을 꼬았다. 눈빛에는 여전히 그레이 박사에 대한 호기심이 담겨 있었지만 태도만큼은 그와 영원히 논쟁을 이어나갈 자신이 있다는 투였다. "박사님도 저만큼이나 제인 오스틴의 소설을 사랑하시잖아요. 우리 둘 다 알잖아요. 저도 마찬가지예요. 수업 시간에 나폴레옹 전쟁과 군주제 폐지에 대한 토론 같은 것도 한다고요."

"물론 그렇겠지." 그레이 박사가 미소를 띠며 말했다. "수업 시간에 다양한 주제를 다루고 있다는 거 알아. 수업 계획을 꼼꼼히 세우고 철저하게 따르고 있다는 것도 알고. 하지만 이사진들 생각엔……."

"그리고 박사님 생각에도요."

"아니. 난 정도에 대한 부분에만 동의해. 하지만 우선은 네가 교사직을 잃을까 봐 걱정돼서 그러는 거야. 이사회에서 이번 학기에 널 채용하기로 결정했을 때, 네가 집에서 가까운 데 직장을 얻고 네 어머니를 도울 수 있게 돼서 아주 기뻤거든. 초턴에서 자란 사람이 이 마을 아이들의 인격 형성에 한몫하게 된 것도 좋았고."

"박사님, 뭘 그렇게 거창하게 말씀하세요? 그냥 제가 어떻게 했으면 좋겠는지만 말씀해주세요. 제가 박사님 말씀대로 할 거 아시면서." 애덜린이 장난기 가득한 웃음을 지으며 대꾸했다.

그런 애덜린을 보고 있자니 어쩐지 그녀가 알게 모르게 자신을 놀리는 듯한 느낌이 들었다. 아니, 어쩌면 최소한 자신에게 장난을 거는 게 아닌가 싶었다. 애덜린과의 대화는 늘 이런 패턴으로 흘러갔다. 자신을 놀리는 게 아닌가 하는 생각에 긴가민가하다가 결국에는 불안해지는 식이었다.

"애디!" 젊은 남자의 목소리가 교실 밖 복도에서부터 쩌렁쩌렁 울려 퍼졌다.

그레이 박사는 몸을 틀어 소리가 들려오는 쪽을 보았다. 정복을 말끔하게 차려입은 새뮤얼 그로버가 행복하게 웃으며 교실 안으로 들어왔다. 새뮤얼은 이 마을의 또 다른 젊은 피였다.

"그레이 박사님, 잘 지내셨어요?" 새뮤얼은 애덜린의 책상으로 다가와 대화에 끼어들었다. 자기 팔을 애덜린의 허리에 두르고 뺨에 키스 세례를 퍼붓는 일도 잊지 않았다.

이 마을의 의사로서 벤저민 그레이 박사는 새뮤얼과 애덜린에 대한 애정이 남달랐다. 그는 긴 시간 동안 두 사람이 함께 자라는 모습을 지켜보았다. 갈색 머리, 갈색 눈동자에 잘 웃는 성격까지 새뮤얼과 애덜린은 마치 한 배에서 태어난 쌍둥이마냥 똑 닮아 있었다. 이 두 젊은이는 태어나 지금껏 자랑스러운 자식 역할을 충실히 해왔다. 새뮤얼은 아버지의 뒤를 이어 변호사가 되었고, 애덜린은 교직을 이수하고 학위를 받지 않았는가. 그러나 그레이 박사는 두 사람이 마을의 공식 커플이라는 사실은 까맣게 몰랐다.

그레이 박사는 성급히 자리를 박차고 일어나 벗어놓은 모자를 손에 쥐었다. "아, 난 그만 가봐야겠네, 루이스 선생, 새뮤얼, 아니, 그로버 변호사."

그레이 박사가 학교 정문을 향해 부지런히 발걸음을 옮기는데 애덜린이 그의 뒤를 쫓아 따라 나왔다.

"박사님, 죄송한데 잠시만요. 저희 얘기 아직 안 끝났잖아요." 그레이 박사를 황급히 따라붙은 애덜린이 그의 코트 자락을 붙잡아 세웠다.

그레이 박사는 애덜린이 움켜쥔 코트 자락을 내려다보았다. 그러고는 그녀의 손가락에 끼워진 작은 석류석이 박힌 약혼반지를 그제서야 발견했다.

"몰랐어." 그가 속사포처럼 말을 쏟아냈다. "두 사람한테 축하 인사부터 했어야 했는데. 새뮤얼에게도 축하한다고 전해주게."

"박사님, 괜찮으세요? 박사님 말씀대로 따르겠단 건 진심이었어요. 사실 요즘 들어 제가 좀 멀리 나간 건 아닌가 싶기도 했고요. 이사진 말마따나 권력의 맛을 봐서요." 애덜린이 밝고 행복한 미소를 슬며시 흘리며 말했다. 애덜린이 이토록 행복해하는 걸 본적이 있었던가.

"그래서, 날짜는 언제로 잡았어?" 손에 쥔 모자를 만지작거리며 그가 물었다.

"서두르지 않으려고요."

"어쨌거나 두 사람 다 아직 젊으니까."

"새뮤얼 생각하면 꼭 그렇지만도 않아요. 나라의 부름을 받으면 어쩔 수 없겠죠. 하지만 박사님이 무슨 뜻으로 하신 말씀인지는 알아요. 저희가 아직 젊은 건 사실이니까요. 박사님께서 누누이 강조하시기도 했고. 어쨌든 젊다는 거 하나 믿고 열심히 살아가야 하지 않겠어요?" 애덜린이 이를 드러내며 환하게 웃었다.

"분명 그럴 거야. 너희 둘 모두. 그럼 잘 지내고." 그레이 박사는 들고 있던 모자를 쓰고는 마을로 향하는 길목으로 걸음을 옮겼다.

예상했던 바였지만, 애덜린 루이스와의 조우는 복잡했던 그의 머릿속을 더욱 어지럽히고 말았다.

제 3 장

영국, 런던
1945년 9월

소더비 경매장 아래층 메인 홀이 꽉 들어찼다. 다른 홀에서 여분의
의자―빈티지한 자수가 놓아져 있고 대나무 팔걸이가 달린 암체
어―를 가져다두었음에도 불구하고, 사람들은 앉지 않고 거울로
된 벽을 등지고 서 있었다. 반대쪽에도 같은 거울 벽이 있어 홀 안
을 가득 채운 사람들이 몇 번이고 반사되고 있었다. 경매사가 단상
에 오르자 홀 전체가 들썩이며 분위기가 한층 고조되었다.

"오늘은 켄트 지방의 중심부에 자리를 잡았던 나이트 가문 조상
들의 고향인 가드머셤 파크에서 확보한 물건들을 소개해드릴 예
정입니다. 작센 코부르크 왕가가 수 세대에 걸쳐 이곳을 소유해왔
고, 1794년에는 작가 제인 오스틴의 큰오빠가 이곳을 물려받기도
했는데요. 이처럼 가드머셤 파크는 저명한 가문과 방문객의 손을

거친 곳입니다."

그때 입구 쪽에 있던 사람들이 웅성거리기 시작했다. 30대 정도로 보이는 한 여자가 압도적인 존재감을 뿜내며 거울에 비친 문을 통해 들어와 차분하게 좌중을 살폈다. 여자를 알아보는 몇몇 신사가 자리를 양보하기 위해 몸을 일으킨 덕분에 그녀는 단상과 가까운 곳에 자리를 잡을 수 있었다.

소더비 유산 경매 부서의 부국장 야들리 싱클레어는 단상 옆 열외 공간에 서서 이 모습을 지켜보고 있었다. 홀 안의 사람들이 여자의 존재를 알아차리면 분위기가 더욱 고조될 거라 예상하고 여자에게 일정보다 늦게 등장해줄 것을 부탁했던 전략이 먹혀들었다며 내심 좋아하던 참이었다. 그녀는 여러 해 동안 오스틴과 관련된 수집품이 있는 곳이라면 어디든 만사 제쳐두고 쫓아다녔다. 최근에는《에마》의 희귀 초판본을 기록적인 가격으로 사들이기도 했다. 야들리는 가드머셤 파크 경매 소식에 대한 초기 입수자 명단에 그녀가 꼭 포함되게 해놓았다. 그는 할리우드의 영화 제작사들이 그녀의 스케줄을 미리 조정해서 몇 달간 비워두었다는 정보를 입수하고, 그녀가 어디에 있든 제시간에 경매장으로 날아올 수 있도록 모든 가능성을 열어두었다.

야들리는 그녀가 몸을 슬그머니 앞으로 수그려 통로 건너편의 남자와 눈빛을 주고받는 걸 보았다. 두 사람 사이에 무언의 신호가 왔다 갔다 했고, 그들의 심각한 표정을 확인한 야들리의 심장이 몹시 두근거리기 시작했다. 특히 상대 남자는 오늘이 아주 중요한 날인 만큼 승리를 거머쥐고 말겠다는 듯 단단히 각오한 얼굴이었다.

야들리는 이번 경매 건에 유난히 공을 들였다. 가드머셤 파크는

1차 세계 대전에서 살아남은 역사적 건물 중 하나였고, 2차 세계 대전 후에도 저택의 하층부만 유실되었을 뿐이었다. 소더비는 지난 수십 년간 이곳에 있는 제인 오스틴 관련 물건들을 예의 주시해왔는데, 그도 그럴 것이 해를 거듭할수록 작가의 명성이—특히 해외를 중심으로—점점 높아져갔기 때문이다. 부유한 미국인들이 다양한 판본과 편지의 경매가를 공격적으로 올려댔고, 이런 추세라면 특정 시기를 기점으로 몇몇 물건들이 평범한 수집가들은 감히 손에 넣을 수 없을 정도로 가격이 뛸 거라 야들리는 예상했다. 그리고 마침내 오늘 그를 비롯한 유산 경매 부서원 모두가 바라는 새로운 시대에 대한 염원을 실현시킬 시간이 된 것이었다. 아직까지는 오스틴이 직접 쓴 짤막한 메모 같은 것들이 비교적 적정한 가격대에 형성되어 있었다. 야들리 개인적으로도 대학 시절 채링 크로스의 한 희귀 고서(古書) 딜러에게서 구한 1833년도 소설집 초판본을 소장하고 있었다.

"물품 10호입니다." 경매사가 목소리를 높였다. "토파즈가 박힌 이 정교한 십자가 목걸이는 제인 오스틴의 오빠였던 찰스 오스틴이 해군에 몸담았던 시기에 적선(敵船)을 함락시키고 포상으로 받은 것이었습니다. 이 목걸이는 형태는 다르나 똑같이 토파즈가 박혀 있는 다른 십자가 목걸이와 한 세트입니다. 두 목걸이 모두 순금이며 오스틴-나이트 가문의 편지 내용을 통해 제인 오스틴과 언니 카산드라의 것임이 확인되었습니다. 편지 사본은 여러분 앞에 놓인 카탈로그에 실려 있습니다."

야들리는 앞에서 세 번째 줄에 앉아 있는 이 유명한 영화배우가 카탈로그에서 세 가지 물품에 관심이 많다는 것을 알고 있었다. 하나는 오스틴의 소유임이 분명한 터키석 금반지였고, 또 하나는 토파즈 목걸이, 그리고 나머지 하나는 오스틴 가문에서 대대로 전해지는 자그마한 휴대용 마호가니 책상이었다. 비록 제인 오스틴이 집에 머물거나 여행을 다니면서 이 책상에서 집필 활동을 했는지 여부는 확인할 수 없었지만, 분명한 건 직계 가족이 물려받은 두 개의 책상 중 하나라는 사실이었다. 나머지 책상 하나는 개인 수집가들 사이에서 거래되는 과정에서 분실되었다.

"물품 10호의 입찰은 100파운드부터 시작합니다. 예상 판매액은 1,000파운드입니다. 100파운드, 100파운드 맞습니까?" 본격적인 경매가 시작되었다.

여배우는 동의하듯 고개를 끄덕였다.

"자, 100파운드입니다. 150파운드 나왔습니다. 150파운드."

뒷줄의 누군가가 고개를 끄덕였다. 영화배우가 왼쪽 어깨 너머로 슬그머니 뒷줄을 쳐다보았다. 그러더니 통로 반대편 남자와 재빨리 시선을 주고받았다.

몇 분간 비슷한 상황이 이어졌다. 입찰가가 1,000파운드에서 1,500파운드로 올라가자 경매사는 단상 오른편 거울 벽 앞에 선 동료를 보았다. 눈이 마주친 두 사람은 고개를 끄덕였다. "2,000파운드," 경매사가 날카롭게 소리쳤다. "2,000파운드 나왔습니다."

야들리는 말없이 시선만 주고받는 여배우와 남자를 물끄러미 바라보았다. 남자 역시 영화배우처럼 잘생겼고, 모자를 쓰지 않은 머리가 주변에 앉은 사람보다 월등히 높은 것이 키도 180센티미터가 훌쩍 넘어 보였다. 남자는 진회색 맞춤 정장에 다크 초콜릿 색 브로그 차림이었다. 그는 아무것도—손목의 카르티에 시계도, 눈앞의 카탈로그도, 심지어 홀 안의 일행 말고 다른 이들마저도—쳐다보지 않았다. 얼굴에는 그 어떤 걱정이나 불안함도 드러나지 않았다. 입찰이 진행되면서 경매 가격이 예상을 훨씬 웃돌았음에도 불구하고 말이다. 장내 군중들은 흥분을 감추지 못하고 주변 사람들과 귓속말을 하며 몸을 들썩였다. 하지만 남자는 아랑곳하지 않고 줄곧 침착한 자세로 오른쪽 검지만 쓱 들어 올렸다. 마치 끝나지 않는 경매가 그저 지겹다는 투였다.

"5,000파운드!" 경매사가 우렁차게 외치자 경매장 안 사람들의 소곤거림도 덩달아 커져갔다. 홀 안의 모두가 유명한 할리우드 여배우와 통로 건너편의 남자를 보기 위해 연신 고개를 왔다 갔다 했다.

"하나, 둘……, 낙찰입니다! 제인 오스틴과 언니 카산드라의 토파즈 십자가 목걸이 두 개는 세 번째 열에 앉아 계신 신사분에게 5,000파운드에 낙찰되었습니다."

여배우가 의자에서 벌떡 일어나 남자를 향해 달려갔다. 남자는 자리에 앉아 여자를 안아주는 내내 입꼬리를 올린 채 웃고 있었다. 눈에 띄게 아름다운 그녀의 얼굴을 올려다보는 남자를 본 야들리는 그가 오늘 경매에 참여한 이유를 확실히 알 수 있었다. 두 개의 토파즈 목걸이와 미모의 여배우 모두를 차지한 남자의 자신만만한 미소가 홀 안에 설치된 스크린을 통해 생중계되고 있었다.

터키석 반지는 물품 14호였다. 반지는 7,000파운드라는 기록적인 가격에 낙찰되었다. 반지 역시 여배우와 함께 온 남자가 가져갔다. 책상은 이보다 두 배 가까운 가격에 팔렸다. 제인 오스틴이 사용했다는 공식적인 검증이 되지 않아 시작가가 다소 낮았는데, 출신이 불분명한 어느 미국인 수집가가 영국 박물관을 제치고 책상을 차지했다. 이번 건은 야들리도 주춤하고 말았다. 그는 제인 오스틴과 관련한 모든 경매 물품이 영국에 남거나, 되도록 최대한 많이 남아야 한다는 주의였기 때문이다.

기록적인 낙찰가와 함께 경매가 끝나고 야들리와 경매사는 팀 동료들과의 축하 자리에 여배우와 남자를 초대했다. 야들리는 성공적인 경매를 자축하며 크리스털 샴페인 잔을 들어 올리면서 여배우에게 보석을 어떻게 할 계획인지 물었다.

"계획이요?" 그녀가 되물었다. "잘 모르겠어요. 아마 차고 다니지 않을까요?"

가격을 매길 수 없을 만큼 문화적으로 귀중한 가치를 지닌 물건을 두고, 화장대에 아무렇게나 던져놓거나 택시 뒷좌석에 두고 내리겠다는 투로 말하는 여자의 태도에 야들리는 편두통이 밀려오는 듯한 아찔함을 느꼈다.

"그렇지만 그 가치가……." 야들리가 조심스럽게 말을 꺼냈다.

"물건의 가치는 해리슨 양이 정하는 겁니다." 함께 온 남자가 대화를 가로막으며 말했다. "그게 바로 제가 이 숙녀분을 위해 물건들을 사들인 이유이니까요."

그제서야 야들리는 남자의 말에 여배우의 표정에 만연했던 순수한 흥분이 살짝 가라앉는 것을 발견했다. 야들리는 두 사람이 어느 정도로 가까운지 궁금해졌다. 어쩌면 이번 경매는 더 커다란 거래의 일부일지도 모른다는 의구심이 들었다. 야들리는 무대나 스크린 속 여배우들에 대한 소문을 익히 들어왔지만, 그럼에도 은연중에 이 둘은 조금 달랐으면 하는 일말의 기대를 가졌었다.

"방금 전에 한 말은 잊어주세요." 여배우가 사과를 건넸다. "요즘 들어 자꾸 말실수가 늘어요. 오늘 일 때문에 기분이 좋아서 실언이 나왔나 봐요. 소장품은 당연히 가치에 맞게 소중히 다뤄야죠."

여배우가 야들리의 기분을 달래주려는 듯 눈짓했다. 그녀는 주변성이 기가 막히게 좋았다. 야들리는 의심을 거두지 않으며, 행동거지가 완전히 전형적인 미국인이라고 생각했다. 실수를 깨닫는 순간 신속하게, 그리고 가능한 한 매력적으로 거두어가는 태도는 미국인의 특기였다.

"오늘 경매는 만족스러우셨나요?" 이번엔 그녀가 질문을 던졌다.

야들리는 샴페인을 천천히 한 모금 삼킨 다음 잔을 내려놓으며 대화를 이어나갔다. "네. 경매가 성공적으로 마무리되어 기쁩니다. 몇 년 동안 가드머섐 파크를 경매에 올리고자 노력했어요. 아시다시피 제인 오스틴의 유물은 수집하는 것 자체가 어렵습니다. 남아 있는 물품들은 모두 햄프셔에 있는 나이트 가문의 소유이고요. 현재 영주인 나이트 씨는 상대하기가 여간 까다롭지 않고, 유일한 상속자인 프랜시스 나이트 양은 광장 공포증을 앓는 미혼 여성이라서요."

"광장 공포증?" 줄곧 눈앞의 서류에만 시선을 고정하고 있던 남자가 고개를 들며 물었다.

남자를 호기심 어린 눈으로 바라보는 여배우를 의식하며 야들리가 대답했다. "바깥세상을 두려워하는 공포증 말입니다. 집을 떠날 수가 없죠."

"안타까운 일이네요." 여자가 말했다. "그야말로 고딕스럽네요."

야들리는 자신과 마찬가지로 그 상속인 역시 과거에 한 발을 걸치고 사는 것뿐이라고 말해줄 수도 있었지만 가만히 미소만 지었다.

"다른 건 모르겠고, 그분이 제인 오스틴을 소중하게 대해줬으면 하는 바람뿐입니다." 야들리는 한마디 더 덧붙였다. "제인 오스틴의 소장품이 될 수 있는 한 영국 내에 머물렀으면 하는 제 개인적인 소망은 이미 눈치채신 듯한데요."

여배우는 미소를 숨길 수 없다는 듯 싱긋 웃고는 다음 말을 이어가기 전에 옆자리의 동석자를 힐끗 보았다. "음, 야들리 씨, 마침 좋은 소식이 있어요. 원하시는 대로 될 거거든요. 최소한 제가 소장하는 물품들은 그렇게 될 거예요. 제가 영국으로 이주할 예정이라서요."

"오." 야들리의 목소리가 커졌다. "좋은 소식이네요. 전혀 몰랐습니다. 아, 이제야 모든 게 제자리를 찾는 기분입니다. 어디로 갈 예정이신가요?"

"저희는," 여자는 동석자에게 한번 더 시선을 주고는 하던 말을 계속했다. "햄프셔주로 갈 거예요. 그 넓은 영국 중에서도 햄프셔요! 어떻게 생각하세요?"

"해리슨 양의 상황을 고려하면 햄프셔보다 더 완벽한 곳은 없으리라 믿어 의심치 않습니다." 야들리가 여자의 텅 빈 왼손 약지를 발견하고는 물었다. "그럼, 반지가?" 그의 입꼬리가 슬쩍 올라갔다.

"네. 맞아요." 여자가 생글생글 웃었다. 이렇게 웃으면서 애원하는데 어떻게 소원을 안 들어줄 수 있겠나, 하고 야들리는 생각했다.

거래 결제를 위한 서류 작업은 전부 마무리되었지만 뉴욕 은행에서 미국 달러가 송금되는 일이 지연되고 있었다. 야들리는 의견을 구하듯 경매사를 쳐다보았다. 몇 번의 신중한 고갯짓을 주고받은 끝에 두 사람은 14호 물품부터 넘기자는 결론에 이르렀다. 경매사가 14호 물품을 가지러 잠시 방을 나갔다. 야들리는 새삼 자신의 직업이 경탄스러웠다. 그의 일은 많은 부분이—특히 가장 중요한 부분이—철저한 침묵 속에서 진행되었다. 그는 마치 영화배우가 된 것처럼 할 수 있는 한 최선을 다해 타인의 필요와 요구를 조율할 뿐만 아니라 스스로를 위해 고수해야 할 몇 가지 기본적인 권위에 대해서도 잘 알고 있었다.

몇 분 후 경매사가 물품을 들고 방으로 돌아왔다. 그러고는 맨해튼 은행에서 몇 가지 질문 끝에 구매자가 본인 명의의 유럽 계좌에서 구매 비용을 인출할 수 있도록 구매자의 변호사를 통해 재가해주었다고 귀띔했다. 놀랍도록 빠른 일 처리였다. 마침내 전보로 승인된 취리히의 계좌에서 결제 금액이 빠져나갔다. 야들리는 허가의 의미로 고개를 주억거리며 신사에게 다가가 작게 숫자가 적혀 있는 상자를 보여주었다.

"물건을 주인에게 드려야 할 시간인 것 같군요." 야들리가 남자에게 상자를 내밀었다. 남자의 이름은 잭 레너드로 성공한 사업가이자 할리우드의 신흥 영화 제작자였다.

여배우가 황급히 자리에서 일어나는 바람에 하이힐—야들리는 지금껏 그렇게 높은 하이힐을 본 적이 없었다—굽이 바닥에 깔린 인도풍의 앤티크 카펫 끝에 살짝 걸렸다.

"세상에." 그녀는 무척이나 흥분되었는지 외마디 감탄사를 내뱉고는 작은 상자를 향해 손가락을 뻗었다. 그녀의 손이 미세하게 떨리고 있었다.

상자를 건네받은 잭 레너드는 자리에서 일어나 장난스럽게 손을 천장으로 뻗어 올렸다. 그녀에게는 닿지 않는 높이였다. 그녀가 자신만큼이나 제인 오스틴의 열렬한 팬이라는 것을 알아서일까, 야들리는 신사의 행동이 도를 넘은 게 아닌가 싶었다. 약간의 잔인함이 가미된 짓궂은 장난이라고나 할까.

"기다리는 자에게 복이 있다잖아." 결국 포기하고 팔을 끌어내린 여자에게 잭이 말했다.

야들리는 외모를 무기로 뭇 여성들을 홀리고 다닐 것만 같은 이 할리우드 거물이 미덥지 않았다. 두 미국인은 작별 인사를 건네고 경호를 받으며 9월 초의 황혼 속으로 사라졌다. 야들리는 그들의 뒷모습을 지켜보다 문득 남자와 여자 중 누가 진짜 배우인지 모르겠다는 생각이 들었다.

○──○

미미 해리슨과 잭 레너드는 촬영을 앞둔 영화의 제작자가 주최한 풀 파티에서 6개월 전 처음 만났다. 영화 '영광의 귀환'은 두 아들을 전장에 내보낸 미망인에 대한 이야기였다. 영화의 내용은 이러했다. 영국 해군은 한 가족에게 생길지 모를 상실의 고통을 최소화하기 위해 아들들을 각기 다른 전투에 전략적으로 배치했다. 하지만 형제는 필사적으로 함께 싸우기를 원하고, 결국 이들은 비극적인 운명을 피해 가지 못한다는 결말이었다. 미미는 몇 년 전 영국을 여행하며 비슷한 실화를 들은 적이 있었다. 그녀는 대본도 보지 않고 역할을 수락했다.

영화의 장르는 미미 해리슨을 일약 할리우드 스타로 만들어준 '신파극'—이른바 여성 영화—이었다. 그녀의 꿈은 훌륭한 여배우가 되는 것이었다. 그녀는 스미스 대학에서 역사와 드라마 전공으로 학사 학위를 딴 뒤 1930년대 중반 브로드웨이에서 인상 깊은 조연을 몇 번 맡으며 연기 생활을 시작했다. 그러면서 썩 내키진 않았으나 메리 앤이라는 본명이 다소 우울한 인상을 준다기에 예명을 사용하기로 했다. 그녀의 어둡고 이국적인 분위기의 외모가 어느 날 밤 극장 맨 앞줄에 앉아 있던 영화사 캐스팅 감독의 눈에 들게 되었다. 그녀는 뉴욕에서 민낯으로 간단한 카메라 테스트를 받은 다음 서부로 가는 기차를 타고 로스앤젤레스로 향했다. 그리고 그곳에서 또 한 번의 카메라 테스트를 받았다. 다만 이번에는 풀 메이크업이었다. 그녀는 소위 말하는 화면발을 잘 받기 위해 주근깨를 없애는 미백 시술을 받았고, 엄마가 알면 필시 남사스럽다고 한 소리 했을 성형 수술도 살짝 했다.

"자기야, 이 정도 성형은 누구나 해." 스타일리스트는 얼굴에 난 상처를 가리키는 미미에게 대수롭지 않다는 듯이 말했다. 사실상 미미의 할리우드 생활은 노예와 다름없었지만, 배우로서 그녀의 몸은 온전히 자신의 것이 될 수 없었기에 현실을 받아들이는 수밖에 별다른 도리가 없었다.

스튜디오에서의 첫 촬영은 정말 다사다난했다. 대공황 시절 성공적인 희극 연기로 주인공을 도맡아오던 상대 남배우가 그녀에게 한눈에 반해 수작을 걸어댔다. 미미는 며칠을 끈질기게 저항했지만 결국은 유명 레스토랑에서의 저녁 식사를 허락하고 말았다. 단, 그녀는 딱 거기까지였고, 남자는 이 사실을 인정하지 못하는 바람에 난동을 피우며 그날 밤의 피날레를 장식했다. 만약 미미 해리슨이 성공적인 필모그래피를 가지고 있지 않았더라면 훨씬 더 불안에 시달렸을지 몰랐다. 다른 배우들보다 조금 늦은 나이에 할리우드에 진출한 그녀는 현재의 위치까지 오르게 된 데에는 자신의 신념이 한몫했으며, 두려움 때문에 이 소중한 가치를 포기해버렸다면 여태 밑바닥에서 헤어 나오지 못했으리라 믿었다. 제3 연방 항소 법원의 저명한 판사였던 미미의 아버지는 그녀에게 승마, 르네상스 미술, 제인 오스틴에 대한 열정을 가르쳐주었다.

배우 생활을 시작하고 처음 몇 달간은 수많은 남자들이 그녀와 하룻밤을 보내기 위해 들러붙었다. 꽤 많은 남자들이 그녀를 한번 자빠뜨려보겠다는 목적으로 애프터 파티를 열고 보란 듯이 그녀를 초대했으나, 그녀는 참석은 하되 파티장에서 한 발짝도 벗어나지 않았다. 기실 미미가 기쁘게 해주어야 할 남자는 따로 있었다. 바로 영화사 대표인 몬테 카트라이트였다. 카트라이트 대표는 아버지 같은 마음으로 신중하게, 그리고 영리하게 신인인 미미를 키워주었다. 그는 다른 건 몰라도 미미 해리슨에 대한 일만큼은 훌륭하고 고결하게 처리해왔다고 스스로 호언장담하고 뿌듯해했다.

지난 10년간 그녀는 할리우드에서 아주 현명하고 성공적으로 커리어를 쌓아왔다. 계약상 1년에 평균 네 편 정도의 소속 영화사 작품을 촬영했으며 이외에 다른 영화사의 영화 한 편 출연이 가능했다. 정신없이 살다 보니 그녀에게는 이렇다 할 인간관계나 남자관계가 없었다. 그녀는 사생활을 반납한 대가로 영화 한 편당 4만

달러라는 거액의 개런티를 받으며 이 바닥에서 몸값 높은 여배우 중 한 명으로 거듭날 수 있었다.

그린 그녀가 할리우드의 떠오르는 큰손이었던 잭 레너드를 만나는 건 시간문제에 불과했다.

잭 레너드는 평소의 그에게서는 좀처럼 찾아볼 수 없는 인내심을 발휘해 경쟁 영화사의 유망주인 미미 해리슨의 박스 오피스 성공을 지켜보고 있었다. 사실 그의 성공에는 집안의 후광을 뛰어넘는 흥미로운 뒷이야기가 숨겨져 있었다. 그는 수 세대를 거치며 의류 산업에서 벌어들인 가문의 재력을 뒤로하고, 대공황 시대에 정면으로 반격하며 내일 당장 지구가 멸망이라도 하는 듯 주식이란 주식을 모조리 집어삼키고 경쟁자들을 매수했다. 그러다 루스벨트 대통령이 독점 금지법을 발의함에 따라 해외 시장으로 눈을 돌려 유럽의 철강이나 무기 생산 업체와 긴밀한 계약을 맺기 시작했다. 그는 나날이 늘어나는 군사 수요를 맞추기 위해 다수의 나라에 군수 공장을 세웠고, 그의 사업은 이들 나라들에게 재정적으로나 외교적으로 없어서는 안 될 중요한 존재로 발돋움하게 되었다. 잭 레너드는 누구보다 신속하게 그리고 정확하게 세상의 흐름을 읽어내고, 경쟁자들의 가장 취약한 부분을 날카롭게 공략할 줄 알았다. 잭에게 인생이란 결국 끊임없는 전쟁의 연속일 뿐이었다.

잭의 사전에 자아 성찰이란 없었다. 대신 그는 주변 사람들을 포섭하는 데에 모든 에너지를 쏟았다. 잭은 스스로를 이해하고 돌아보는 일을 중요하게 생각하는 유형의 인간이 아니었다. 뿐만 아니라 본인의 이러한 냉혈한적 면모를 잘 감출 줄 알았다. 덕분에 그는 겉으로는 여느 사람들처럼 걷고 말하고 행동하면서 극소수만

이 가능한 방법으로 끊임없이 승리를 거머쥘 수 있었다. 혹시 다른 사람들이 잭 레너드가 그들을 이기는 데에 어느 정도로 혈안이 되어 있는지 짐작이라도 할 수 있었다면 그와 붙어볼 만했을지도 모른다. 하지만 그 사람들이 경쟁의 기회를 가진다 한들 잭 레너드식 성공법을 감당할 수 있을지는 미지수였다. 잭은 거침없이 다른 사람들을 짓밟고 승리함으로써 막대한 부를 챙겼다. 그러면서 그는 이러한 결과물이 사실상 자신의 우월함에서 기인한 것이라고 믿어 의심치 않았다(어차피 피도 눈물도 없는 이기적 인간은 본인의 행위에 정당성을 부여하는 데 그다지 관심이 없기는 하다).

잭 레너드는 재산이 쌓일수록 더 많은 돈을 버는 데 집착했다. 돈이 벌리는데 굳이 주저할 이유가 없는 일종의 강박 같은 것이라고나 할까. 그는 행동하지 않으면 원하는 결과를 얻을 수 없듯, 더 많은 돈을 벌 수 있음에도 그렇게 하지 않는 건 결과적으로 더 큰 손실을 불러일으킬 거라는 확고한 신념을 가지고 있었다. 그래서 뉴욕의 몇몇 동료 사업가들이 서부의 신흥 영화 제작사에 대한 투자를 결정했을 때 잭 역시 빠지지 않고 뛰어들었다. 큰 노력 들이지 않고 젊고 아름다운 여성들을 원 없이 만나기에 이보다 더 좋은 방법이 없기도 했거니와, 유명한 제작자들이며 배우들, 감독들이 나치에 대항하느라 공석이었던 까닭에 영화 사업에 비집고 들어가기에 이보다 더 좋은 시기가 없었다.

1945년 봄이 되면서 미국은 전쟁에 총력을 쏟아부었고, 잭은 수백만 달러에 달하는 철강과 무기 사업 계약을 성사시켰다. 더불어 그가 소유한 영화 제작사는 일주일에 한 편씩 꼬박꼬박 새 영화를 내놓았다. 잭 레너드가 미미 해리슨을 만난 건 이 즈음이었다. 잭은 보라색 원피스 수영복을 입고 선 베드에 누워 있는 미미 해리슨 옆에 다가가 섰다. 그가 만들어낸 그늘에 슬그머니 눈을 뜬 미미가 한마디했다. "당신이 내 해를 다 가리네요."

"'당신' 해?" 잭이 한쪽 눈썹을 치켜올리며 되물었다.

미미가 몸을 살짝 일으키며 선글라스를 내려 맨눈으로 잭의 얼굴을 한번 보았다. 그러고는 주근깨 흔적이 남아 있는 콧대 위로 선글라스를 고쳐 썼다. "파티 주최자한테서 돈 주고 빌렸거든요."

"빌렸다고요? 그 정도는 제가 그냥 드릴 수 있는데요. 잭입니다." 잭이 미미에게 손을 내밀며 말했다. "잭 레너드라고 합니다."

통성명까지 했지만 그녀는 그가 누군지 모르는 듯했다. 그의 뒷목이 짜증으로 빳빳하게 굳어갔다.

"미미 해리슨이에요." 잡은 손을 가볍게 흔들며 그녀가 대답했다. 여자치고 악력이 꽤 세다는 느낌을 받았다. 그녀의 손에는 그 흔한 액세서리 하나 없었고 예상 외로 굳은살도 조금 잡혀 있었다.

그녀는 손을 놓아줄 생각이 없어 보이는 남자와 자신의 손을 번갈아 보며 덧붙였다. "승마를 해요."

"연기도 하시고요?"

"말을 타지 않을 때만요."

"아니면 책을 읽지 않을 때나." 그가 미미 바로 옆자리의 빈 선 베드에 펼쳐져 있는 책을 집어 들고는 뒤집어서 표지를 보았다.

"《노생거 사원》." 그가 큰 소리로 말하며 호기심 어린 눈빛으로 그녀를 바라보았다.

이건 일종의 테스트였다. 적어도 로스앤젤레스에서는 그랬다. 대다수의 영화계 남자들은 돈에만 밝았지 책과는 담을 쌓고 살았다. 배우들은 보통 야외 활동을 좋아했다. 늘 뭔가를 하고 있었고, 지루한 건 질색이라 한자리에 가만히 앉아 있지 못했다. 지난 몇 년간 그녀는 2인용 경비행기, 오토바이, 요트를 셀 수 없이 탔다. 골프, 협곡 하이킹, 작은 선실이 하나 딸린 낚싯배는 또 어떻고.

"제인 오스틴이에요." 그녀가 무심한 척 어깨를 으쓱했다. "잘 모르는 작가인가 봐요?"

잭은 책을 원래 있던 자리에 두고 그녀를 마주 보며 선 베드의 끄트머리에 걸터앉았다. "다음 작품이 이건가요?"

"그랬으면 좋겠네요. 그냥 릴랙스하려고 읽는 거예요."

"릴랙스라…… 요즘 이 말의 가치가 좀 과대평가되지 않았나 싶은데."

미미가 지금껏 만난 남자들과 달리 그는 아주 자신감이 넘쳐 보였다. 게다가 그는 그녀가 누구인지 알고 있는 게 분명했다. 미미는 이 남자가 누군지 몰랐지만.

"그럼 어떤 게 가치 있는 건데요?" 마침 그 둘 곁을 지나가던 음료 서버의 쟁반에서 아이스티를 한 잔 집어 들며 그녀가 물었다.

"이기는 것?"

"비용이 얼마가 들더라도?"

"비용이 얼마가 들더라도, 아니 그 이상의 대가가 따르더라도 이기는 일보다 중요한 건 없죠. 전쟁만 봐도 그렇잖아요."

그녀가 푹 한숨을 내쉬었다. 그녀의 얼굴에 퍼지는 지루한 표정을 보자니 누그러졌던 짜증이 다시금 척추를 타고 관자놀이 쪽으로 올라왔다. "남자들은 왜 말만 했다 하면 죄다 전쟁이랑 연결 짓는지 모르겠네요."

"왜요, 그럼 안 됩니까? 여기서 전쟁 안 겪는 사람도 있어요?"

"아, 죄송해요. 혹시 곧 참전하시나요?"

관자놀이께에서 지끈지끈하던 감각이 어느새 완연한 편두통으로 바뀌어 있었다. 잭이 선 베드에서 일어나 한 걸음 물러섰다. "아니요. 제 스타일이 아니시네요. 물론 저도 그쪽 취향이 아닌 것 같고. 어쨌거나 만나서 반가웠습니다." 그가 잠시 숨을 골랐다. 그의 담갈색 눈동자에 갈망 비슷한 것이 어렸다. "예전부터 뵙고 싶었는데 말입니다."

그는 마지막 말을 던짐으로써 스스로를 자신감으로부터 무장 해제시키고 취약함을 드러냈다. 이런 부류의 남자들은 원하는 건 무엇이든 손에 넣어야 직성이 풀렸다. 미미는 그가 자신을 원하고 있다고 단언할 수 있었다. 그리고 오직 그녀만이 그의 자신감 넘치는 태도와 그녀를 향한 관심 사이의 간극을 메울 수 있을 거라 확신했다. 엘리자베스 베넷의 말마따나 이런 남자를 원하는 대로 조련하는 일은 아주 만족스럽기 그지없었다.

그녀는 그의 구김 하나 없는 흰 셔츠와 단정한 베이지색 면바지, 그리고 짧게 깎은 연갈색 머리를 바라보았다. 그의 구릿빛 손목에서 카르티에 시계가 반짝거렸고, 왼손 약지에는 희미한 반지 자국이 남아 있었다. 미미는 이 남자에 대해 좀 더 알아보아야겠다고 생각했다.

제 4 장

햄프셔주, 초턴
1945년 8월

왕진을 모두 끝마친 그레이 박사는 머리 좀 식힐 겸 산책을 나가기로 마음먹었다. 그는 제인 오스틴의 별채 앞을 지나는 윈체스터 로드를 따라 내려갔다. 그러고 나서 나이트가의 영지와 성 니콜라스 교회 쪽으로 이어지는 자갈길로 힘찬 발걸음을 옮겼다.

길을 따라 조금 더 내려가니 오늘 할 일이 다 끝났는지 건초 더미가 비워진 버윅의 마차가 묘지의 좁은 문 옆에 세워져 있었다. 그레이 박사는 이렇게 더운 여름날 들판을 가로질러 어퍼 패링던과 로어 패링던까지 갈 생각은 없었다.

대신 그는 교회를 향해 난 길로 걸어 올라갔다. 오후 세 시가 조금 넘은 시간이었다. 그레이 박사는 이 시간쯤 되면 파월 목사가 몸이 성치 않은 마을 사람들을 살펴보러 나간다는 것을 알고 있었다. 두 사람이 인정하든 인정하지 않든 목사와 의사라는 직업은 비슷한 구석이 많았다. 다만 목사가 기도로써 현실을 바꾸고자 한다면, 의사는 실질적인 처방을 내린다는 차이가 있었다. 동전의 양면은 하나의 운명 공동체이지만 동전이 어느 쪽으로 뒤집히느냐에 따라 한 면은 반드시 밑에 깔려 어둠이 될 수밖에 없었다. 마치 앞에 뭐가 있는지 보이지 않는 계단의 코너처럼, 혹은 어떤 결과가 나올지 모를 엑스레이 사진처럼 언제든 문제가 발생할 여지가 있었다. 그레이 박사의 일은 이러한 동전의 이면을 관리하고 없애주는 것이었다. 물론 포기하고 싶을 때가 한두 번이 아니었지만 의사라는 직업상 어떻게든 주어진 운명을 뒤집으려는 노력을 해야 했다.

그레이 박사는 돌로 지어진 자그마한 성 니콜라스 교회에 대한 애정이 깊었다. 길에서 살짝 떨어진 곳에 위치한 교회는 경사진 작은 벽으로 둘러싸여 있었다. 교회의 규모는 그의 기준에 완벽하게 딱 들어맞았다. 교회는 친밀감을 느낄 수 있을 만큼 아담하면서도 사람들로 북적댈 수 있을 만큼 널찍했다. 교회를 찾는 사람들이 알고 있는지 모르지만 성 니콜라스 교회는 오스틴 가문 사람들이 가장 힘든 시절을 보낸 곳이었다. 교회 부지는 초턴 파크의 소유로 초턴 파크는 후계자가 없는 부유한 부부에게 입양되었던 제인 오스틴의 오빠 에드워드가 물려받은 땅이었다. 초턴 파크 부지에는 고스포트 로드와 윈체스터 로드가 교차하는 지점에 위치한 작은 관리인 건물과 제인 오스틴이 수년간 여러 남자 친척들의 도움을 받은 끝에 간신히 찾은 작업 공간도 포함되어 있었다. 그로부터 150여 년이 흐른 지금 이 교회는 여전히 나이트 가문의 소유였다. 창문의 스테인드글라스에는 나이트가의 문장(紋章)이 남아 있었고, 제단도 나이트가의 지하 제실에 있었다. 뿐만 아니라 예배당 의자 또한 나이트가의 영지에서 베어낸 참나무로 만든 것이었다.

그레이 박사는 교회로 들어서서 모자를 벗고 성호를 그었다. 그러다 예배당 맨 앞줄에 앉아 있는 애덜린 그로버를 발견했다. 갈색의 긴 생머리가 고개 숙여 기도 중인 그녀의 발그레한 뺨을 내려 덮었다. 애덜린은 허리 부분을 늘인 잔잔한 꽃무늬 원피스를 입고 있었다. 하얀색 소녀풍 칼라와 소맷동이 달린 반팔 원피스였다.

애덜린의 남편 새뮤얼 그로버는 지난 3월 크로아티아의 한 해안가에서 공중 폭격을 받아 전사했다. 그녀가 임신한 지 고작 한 달 만에 벌어진 일이었다. 배 속의 아이는 그녀의 전부나 다름없었다. 새뮤얼은 크로아티아 비스섬의 초라한 흰 십자가 아래 묻혔다. 애덜린은 크나큰 시련을 겪으면서도 놀라우리만치 침착했다. 그레이 박사는 인생이 이런 식으로 불공평한 손을 내민다면 애덜린은 예민한 성격 탓에 분명 쉽게 상처받고 식음을 전폐할 거라 예상했다. 하지만 그녀는 어디서 나오는지 알 수 없는 긍정의 힘을 발휘하며 모든 일이 어떻게든 잘 될 거라는 절박한 결심을 했다. 그레이 박사는 이게 다 애덜린이 아직 젊기에 가능한 거라 여겼다. 물론 애덤 버윅 같은 환자들은 젊음과 무관하게 비극이 인생을 덮쳤을 때 쉽사리 견뎌내지 못하겠지만.

그레이 박사는 지난 6개월 동안 일요일마다 양손을 배에 올리고 선 채 평온하게 파월 목사의 설교를 듣는 애덜린을 통로 건너편 자리에서 지켜보았다. 남자인 그는 죽었다 깨어나도 알 수 없겠지만 그녀는 곧 태어날 아기를 생각해 버티고 있는 건지도 몰랐다. 아니면 임신 중이라서 남편을 잃은 슬픔을 온전히 느낄 겨를이 없는 건가 싶기도 했다. 어쨌거나 그레이 박사는 애도하는 방식을 두고 그 사람의 옳고 그름을 판단하지 않았다. 올바른 애도라는 것의 존재 자체에 대해 매우 회의적이었기 때문이다.

애덜린은 오래된 석조 바닥에서 울리는 그레이 박사의 무거운 발걸음 소리를 듣고도 고개를 돌리지 않았다. 그는 성호를 긋는 애덜린을 조용히 지켜보았다. 이윽고 그녀가 예배당 가운데 통로를 지나 그에게 다가왔다.

그레이 박사는 새뮤얼과 애덜린이 결혼하던 날을 떠올렸다. 지난 2월 젊은 장교 새뮤얼은 제대 전 마지막 휴가 때 애덜린과 결혼식을 올렸었다. 애덜린은 늘 밝은 에너지로 가득했는데, 결혼식 날에는 더욱 빛이 났다. 그녀의 초롱초롱한 눈은 어떤 일이든 기꺼이 맞닥뜨릴 준비가 되어 있는 것처럼 보였다. 하지만 애덜린의 적극적이고 활발한 모습은 햄프셔 같은 조용한 마을에서는 과하고 튀어 보일 수밖에 없었다. 그녀는 결혼식을 올리고 나서 맞이한 봄 학기 도중 교편을 내려놓았다. 그러고는 새뮤얼이 제대하면 함께 살 집을 꾸미는 데 온 신경을 쏟았다. 심지어 출산을 3개월 앞둔 지금도 늦여름 더위 따위에는 아랑곳하지 않고 무릎까지 쑥쑥 빠지는 정원의 진창을 누비며 애호박, 강낭콩, 비트를 수확했다. 다가올 겨울을 대비해 피클을 만들어놓기 위해서였다. 그레이 박사는 가끔 그로버 부부의 작은 집 주변을 배회하며 애덜린이 정원 일을 하는 걸 지켜보곤 했다.

그레이 박사는 애덜린이 가까이 다가오자 미소를 지어 보였다. 부디 그녀가 한마디라도 건네고 지나가길 바랐다.

"애덜린, 기분은 좀 어때?"

"지난주보다 괜찮아요. 이상해요. 나이 지긋한 동네 아줌마들 말로는 기분이 점점 나빠질 거라던데요."

"그분들 얘기는 한 귀로 듣고 한 귀로 흘리는 게 좋지." 그레이 박사가 웃음을 터트리며 조언이랍시고 건넸다. "본인들만의 방식이 있으니까 그걸 따르는 거야. 물론 그분들의 그런 면은 연륜에서 우러난 거라 믿음직스러워 보이긴 하지만."

그레이 박사는 말없이 걸음을 옮기는 애덜린의 옆에서 보조를 맞추어 걸었다.

"혹시 제가 박사님을 잡아두는 건가요?" 그녀가 물었다.

"전혀. 난 오히려 내가 널 붙잡는 거 아닌가 싶은데."

애덜린이 재빨리 고개를 저었다. "저도 전혀 아니에요. 기도는 끝났어요. 하고 싶은 말도 다 했고요. 추신까지 말씀드린걸요."

"분명 주님이 다 들어주실 거야. 네 말은 무시하기 쉽지 않거든."

"박사님!" 애덜린이 그의 농담에 성을 냈다.

그레이 박사는 마을에서 갑자기 그녀를 마주쳐도 움찔하지 않는 몇 안 되는 사람 중 하나였다. 사람들은 애덜린과 마주치면 그녀가 겪은 상실의 기억이 새삼 떠오르는 모양이었다. 물론 마을 사람들의 이런 태도는 그들의 의도와 다르게 애덜린의 기분을 상하게 했다. 애덜린은 그레이 박사의 무심한 농담이 좋았다. 그는 겉으로는 상대방을 가르치는 듯한 태도를 보여도 속은 아주 부드러운 사람이었다. 새뮤얼이 휴가를 받아 나오면 새뮤얼과 애덜린은 얼턴으로 영화를 보러 가곤 했다. 영화 선택은 언제나 애덜린

담당이었다. 그녀는 극장에서 미미 해리슨의 '신파극'을 보고 있는 그레이 박사를 종종 목격했었다. 그는 자욱한 담배 연기 속에 몸을 반쯤 숨긴 채 보는 사람을 기어코 울게 만들고 마는 로맨스 영화를 보러 온 커플들 틈에 끼어 뒤쪽 자리에 홀로 앉아 있었다.

어쩌면 영화 관람은 그레이 박사에게 있어 일종의 정화 작용 같은 건지도 몰랐다. 애덜린은 그레이 박사가 끔찍하고 종잡을 수 없는 진단 결과를 속에 담고 견뎌내는 게 놀라울 따름이었다. 그도 그럴 것이 그레이 박사는 자신이 내리는 몇 마디 진단에 의해 누군가는 고통이 배가되고, 심지어 삶이 송두리째 파괴될 수도 있다는 사실을 잘 알고 있는 듯했기 때문이다. 애덜린은 자신의 교육 방법에 대해 학교 내 모든 이사진들과 의견 충돌을 겪을 때도, 항상 편안하고 자상한 미소를 건네는 그레이 박사만은 우러러보지 않을 수 없었다. 그녀는 그레이 박사의 아내가 안타까운 죽음을 맞은 이후로 그가 속마음을 털어놓을 수 있는 믿을 만한 사람이 곁에 있는지 줄곧 궁금했었다. 안타깝게도 그레이 박사의 유일한 측근인 간호사 해리엇 페컴은 병원을 드나드는 사람들에게서 소문 낼 거리를 찾는 데에만 혈안이 되어 있었다.

두 사람은 햇살 속으로 걸어 나왔다. 관광객으로 보이는 여자 둘이 자갈길을 두리번거리며 서성대는 게 보였다. 그들은 나무 그늘이 드리운 텅 빈 교회를 지나 언덕 위로 솟아오른 엘리자베스 시대풍 저택으로 향했다.

"관광객들이 돌아왔네요." 애덜린이 입을 열었다. "얼마 안 된 것 같은데. 오직 전쟁만이 관광객들을 쫓아낼 수 있나 봐요."

"그런 식으로 말고, 관광객이 끊이지 않는 멋진 곳에서 일상을 살아가는 우리가 얼마나 운이 좋은가에 초점을 맞춰 생각할 순 없니? 제인 오스틴이 그랬던 것처럼 말이야. 난 그렇거든. 내가 이 마을에 다시 돌아온 이유 중 하나이기도 하고."

애덜린이 그레이 박사의 말에 관심을 보이며 고개를 돌려 그를 바라보았다. "사실, 저도 그래요. 늘 그랬어요. 어렸을 때는 마을을 찾는 관광객들 때문에 이곳이 더 멋있게 보이기도 했어요. 그 관광객들이 우리 마을의 이야기를 외부로 퍼져나가게 했으니까요. 이곳의 산책로며, 길, 작은 교회, 햇볕이 내리쬐는 들판, 좁은 묘지의 문까지 이곳의 모든 것들을 알리는 역할을 했고요. 우리 마을이 굉장히 영국스러운 것도 사실이고. 책에서나 볼 법한 곳이 실제로 있으니까 관광객들이 끊이지 않는 거겠죠. 어쨌든 우리 마을은 존재하니까요. 진짜니까."

그레이 박사가 동의하듯 고개를 끄덕였다. "내가 요즘 《에마》를 읽고 있다고 말했었나? 책을 다시 읽을 때마다 이전에는 몰랐던 새로운 단서를 발견하는데, 마치 제인 오스틴이 여전히 이야기를 쓰고 있는 것 같다니까. 주인공들에게 계속해서 삶을 부여하면서 말이야."

애덜린은 그레이 박사와 책에 대해 토론하는 것을 좋아했다. 학교에서 공식적으로 해고되었을 때—물론 해고 통보를 받기 전에 결혼을 핑계로 제 발로 그만두었지만—그녀의 수업 방식에 대한 마을의 우려는 하루가 멀다 하고 커져갔었다. 특정 주제와 작가군이 부적절하다는 지적이 계속되었던 것이다. 반면 애덜린은 어떤 고전 문학을 다루든지 간에 마을 사람들이 관여할 사항은 아니라는 생각을 고수했다. 교사라는 직업은 마땅히 학식이 높고 현명한 사람들에 의해 이루어져야 하는 일이 아니었던가. 이런 면에서 애덜린이 책에 대해 완전히 자유로운 태도로 견해를 나눌 수 있는 이는 그레이 박사가 유일했다.

"전 에마를 잘 모르겠어요, 박사님. 박사님 말마따나 전 활발한 성격의 소유자이지만, 가끔 예의 없는 것과 활발한 것을 구분할 수 없기도 하거든요."

"엄밀히 말하면 에마가 예의가 없는 건 아니지. 에마는 그저 보통 사람들은 감당할 수 없을 정도로 자기애에 빠진 인물일 뿐이야."

애덜린은 이 부분이 좀처럼 이해가 되지 않았다. 그녀는 에마라면 기꺼이 즐겼을 관심 따위 결코 원하지 않았다. 비록 지금은 어쩔 수 없는 상황으로 그녀가 마을 사람들 사이에서 불안한 관심의 대상이 되었지만, 이토록 강렬한 타인의 시선을 다른 곳으로 돌리기 위해 갖은 노력을 함으로써 하루하루를 견디고 있었다. 모든 관심이 자신에게 집중되기를 열망하는 에마가 이런 자신을 보면 과연 어떤 반응을 보일까.

두 여자는 여전히 길 초입에서 서성이고 있었다. 그레이 박사는 관광객과 마주치고 싶은 기분이 영 아니었다. 그는 그레이트 하우스를 힐끗 올려다보고는 애덜린을 향해 고개를 틀었다. 처음으로 그녀의 눈밑에 피로감이 자욱하다는 사실을 깨달았다.

"잠깐 부엌 뒤로 가서 차 한잔하는 게 어때?"

애덜린이 고개를 끄덕이며 대답했다. "네. 그렇게 해요."

예전부터 나이트가는 방문객에게 후한 것으로 소문이 자자했다. 부엌 뒷문이 늘 열려 있다는 사실을 아는 사람들은 다 알았다. 물론 뻔뻔하게 저택의 현관문을 두드리는 관광객 또한 결코 외면

하는 법이 없었다. 저택 뒤쪽의 부엌을 통하면 붉은 벽돌과 초록 담쟁이덩굴, 그리고 나이트가의 문장들이 새겨진 스테인드글라스로 이루어진 네 개의 높은 벽으로 둘러싸인 아름다운 안뜰로 들어갈 수 있었다. 그곳에 앉아 차와 갓 구운 슈가 번을 들고 있으면 잠시 동안만이라도 근처 교회의 평온함과 고요함을 느낄 수 있었다.

주방의 조세핀은 가문에서 가장 오래 일한 고용인으로서 이제는 관절염에 시달리는 허리 굽은 노파가 되었다. 방문객만 보면 환영해 마지않는 그녀는 그레이 박사와 애덜린의 신발이 문턱에 채 닿기도 전에 부엌으로 들어오라며 손짓했다. 그레이 박사와 애덜린은 갓 구운 빵과 따뜻한 밀크티를 들고 안뜰의 벤치로 향했다. 두 사람은 따뜻한 빵 접시를 조심스럽게 무릎 위에 올리고 양손으로 머그잔을 받쳐 들었다.

"그래서 《에마》에서 알아내신 비밀이 무엇인가요?" 애덜린이 호기심 가득한 눈으로 물었다. 단 한 번이라도 그레이 박사보다 앞서 생각해볼 수 있으려나 싶은 마음이었다.

"아, 그렇지. 별건 아니고 나이틀리가 에마의 훈육 부족에 대해 심사숙고하던 차에 나온 몇 마디인데. 《오만과 편견》에서도 보면 다아시가 엘리자베스의 피아노 연주를 넋 놓고 듣는 장면에서 엘리자베스가 다아시더러 낯선 사람과 편안하게 대화하는 법을 모른다고 조롱하잖아. 자신이 피아노 연주 실력을 향상시키기 위해 연습이 필요하듯 다아시도 타인과의 더 나은 소통을 위해 연습이 필요하다면서 말이야."

애덜린은 그 장면을 아주 좋아했다. "당연히 기억하죠! 다아시가 굉장히 정중하게 대답하잖아요. 엘리자베스를 좋아하니까요.

근데 엘리자베스는 다아시가 자신을 좋아해서 구애한다는 생각은 꿈에도 못하고, 다아시 본인도 엘리자베스에게 호감이 있는지 모르고요. 엘리자베스가 피아노 연주 연습보다 다른 일들에 시간을 훨씬 유용하게 쓴다면서 '당신의 피아노 연주를 들을 수 있는 특권을 가진 사람 중 누구도 당신의 연주에 부족함이 있다고 생각하지 않을 것'이라고 하잖아요. 어릴 때는 왜 이렇게 표현했을까 궁금했어요. 연습이 부족한 사람치고 훌륭한 연주라고 표현한 걸까? '부족하다'는 표현은 어딘가 모자란다는 거잖아요. 답을 요하는 방정식이나 퍼즐처럼요. 그런데 생각할수록 다아시가 한 말이 이해가 가는 거예요. 엘리자베스가 연습을 자주 할 필요가 없다는 말이었어요. 누구든 엘리자베스의 피아노 연주를 들으면 행복할 테니까요. 그러니까 자신의 시간을 연습에 낭비하지 않고 효율적으로 잘 쓰고 있다는 뜻이었던 거죠. 다아시는 이미 속수무책으로 엘리자베스에게 빠져버렸던 거예요."

"네가 가장 좋아하는 책이《오만과 편견》이라는 건 잘 알겠네." 그레이 박사가 온화한 미소를 띠며 대꾸했다. "아무튼 지금은《에마》이야기를 계속하자고. 어젯밤에 나이틀리가 다아시와 정반대로 생각하는 장면을 읽었어. 나이틀리는 에마가 잠재력을 발휘하지 못할 거라 생각하지. 아니, 심지어 그녀가 시간을 효율적으로 쓸 거란 기대조차 하지 않아. 그런데 한번은 에마가 추린 읽어볼 만한 가치가 있는 훌륭한 도서 목록에 대해 언급해. 기억나니?"

"네. 에마는 결국 한 권도 못 끝내죠! 꼭 제가 가르치던 여덟 살짜리 남자아이 같은 집중력이라니까요. 항상 뭔가 새로운 것에 정신이 팔려 있잖아요. 이 부분이 주인공 에마에 대해서 박사님과 다르게 생각하는 지점이기도 해요. 에마는 그냥 스스로 재미있으면 그만이에요. 절대 발전하지 않아요."

그레이 박사가 고개를 내저었다. "그래도 에마는 나름 발전이란 걸 해. 생각해봐. 소설 도입부에서 에마가 고작 스물한 살이라고 하잖아."

"그렇게 어린 나이는 아니죠. 저도 에마보다 몇 살 더 먹었을 뿐인데, 지금 제가 견디고 있는 상황을 생각해보세요."

"정말 그렇네, 애덜린." 박사가 고심 끝에 대답했다. 그러고 나서도 한참을 말이 없자 애덜린이 그를 부추기며 되물었다.

"그래서 작은 단서……가 뭔데요? 아니다, 작은 비밀……이라고 하셨었나요?"

"내용을 되짚어보니까 나이틀리가 에마의 도서 목록에 대해 언급하면서 지나가는 말로 잠깐 동안 그걸 지니고 다녔다고 한 거야. 난 여기서 책을 덮고 고민했어. 왜냐하면 아주 똑똑한 독자들조차도 나이틀리가 에마를 사랑하고 있다는 사실을 알기 전이니까 말이야. 아마도 제인 오스틴은 독자들의 지적 수준을 생각보다 훨씬 더 낮게 봤던 거 같아. 나만 해도 그렇게 여러 번 책을 읽으면서 이부분을 알아차린 적이 없었거든."

"세상에, 정말 그랬나 봐요!" 애덜린이 즐거운 웃음을 터트리며 말했다. 지극히 현실적인 결점을 지닌 가공인물들의 대화 속으로 숨을 수 있다는 건 너무나 재미있는 일이었다. "저도 그 대목은 전혀 눈치채지 못했어요. 세상에, 아니, 잠깐만요. 이건 책 속에서 해리엇이 '가장 소중한 물건'이라며 모아둔 작은 컬렉션이랑 비슷하잖아요. 엘턴이 해리엇에게 준 붕대며, 그녀가 슬쩍한 연필, 그리고 결국 불태워버렸던 물건들 말이에요! 나이틀리는 해리엇이랑 똑같이 행동한 거예요. 다른 사람들에게는 사소할 수 있는 것들을 자신은 무의식중에 중요하게 여긴 거죠. 제인 오스틴은 소설 속에서 나이틀리를 해리엇이나 다른 등장인물들보다 지적으로 월등한 사람처럼 보이게 하려고 애를 쓴 거네요."

그레이 박사가 빈 접시에 머그잔을 내려놓았다. "자, 어때? 난 심지어 그렇게 연관 짓지도 못했다고. 상상해봐. 나이틀리와 해리엇에게 그런 공통점이 있었다니."

"사람들이 그러잖아요. 사랑에 빠지면 바보가 된다고."

"아내가 살아 있었다면 참 좋아했을 거야."

"불쌍한 새뮤얼은 결코 용납하지 않았겠지만요." 애덜린이 우울한 미소를 지으며 말했다. "그 사람은 제인 오스틴의 책을 사랑하는 제 마음을 이해하지 못했어요. 작품을 읽어도 무덤덤했다 할까요. 새뮤얼은 달리는 기차의 엔진 같은 줄거리에 정직한 주인공이 등장하는 책을 좋아했어요. 박사님과 사모님은 대화가 통했다니 너무 좋으셨겠어요."

"우린 참 많은 걸 공유했었지."

"대신 새뮤얼과 전 어린 시절을 같이 보냈잖아요. 뭐, 다른 것들을 나눌 시간은 많지 않았지만."

"그렇지 않아. 사랑하는 사람과 함께 자랐다는 게 얼마나 큰 행운인데."

"그런데도 나이틀리와 에마는 이야기 내내 싸우기만 하네요. 좀 웃긴 것 같아요."

그레이 박사와 애덜린은 벤치에 나란히 앉아 서로에게만 털어놓을 수 있는 속내를 이야기했다. 제인 오스틴은 이들에게 묘한 연결 고리를 만들어주었다.

제인 오스틴의 소설은 전쟁으로 정신적인 고통을 겪는 군인들에게 특히 더 권장되었다. 러디어드 키플링은 전쟁 통에 아들을 잃은 슬픔을 매일 밤 가족들과 함께 제인 오스틴의 소설을 소리 내어 읽으면서 극복했고, 윈스턴 처칠은 2차 세계 대전을 제인 오스틴의 소설을 읽으며 버텼다. 그레이 박사와 애덜린은 제인 오스틴의 글을 사랑했고 등장인물에 대한 대화만으로도 몇 시간이고 수다를 떠는 일이 가능했다. 그리고 이제 제인 오스틴은 이들의 슬픔을 덜어내주는 역할도 하고 있었다.

읽었던 책을 다시 읽음으로써 얻어지는 편안함 속에는 주인공이 사랑과 행복을 찾을 수 있을까 하는 불안감이 없다는 만족이 녹아 있었다. 이와 동시에 결국 모든 일이 다 잘 풀린다는 안심의 마음도 있었다. 그러면서도 한번 읽은 책을 또 읽으면 작중 인물보다는 한발 앞설 수 있을지 몰라도 작가인 제인 오스틴보다는 여전히 한발 뒤처져 있다는 사실을 새삼 깨닫게 되었다.

이들이 제인 오스틴의 책을 여러 번 읽는 이유에는 제인 오스틴이라는 사람 자체에 대한 존경심도 있었다. 지병과 절망 속에서도 글쓰기를 멈추지 않다가 생을 마감한 그녀에게서 영웅의 면모를 보았던 것이다. 그레이 박사와 애덜린은 제인 오스틴이 그랬던 것처럼 그들 또한 힘든 상황을 극복해갈 수 있을 거라고 따로 또 같이 생각했다.

제 5 장

햄프셔주, 초턴
같은 시각

프랜시스 나이트는 늦여름의 후끈한 공기 속에서 차를 마시며 안 뜰 벤치에 앉아 있는 그레이 박사와 애덜린을 지켜보고 있었다. 엘 리자베스 시대풍 스테인드글라스 패널 옆에 있는 2층 회랑의 작 은 창가 자리는 그녀의 고정석이었다. 각 창문에는 이 영지의 역 대 상속자들의 문장이 연도와 함께 장식되어 있었다. 그레이트 하 우스에서 나고 자란 프랜시스는 어린 소녀였을 때부터 이 자리를 좋아했다. 그리고 두문불출하는 지금도 여전히 이 창가 자리를 고 수하고 있었다.

　프랜시스는 한때나마 애덜린의 어머니 베아트릭스 루이스와 꽤 친하게 지냈음에도 불구하고, 애덜린 그로버를 교회에서 보았을 때 그녀가 누구인지 겨우 알아보았다. 반면에 그레이 박사는 마을에서 눈에 띄는 사람 중 하나였다. 그레이 박사는 수십 명의 마을 아이들을 손수 받아냈고, 이보다 더 많은 마을 사람들에게 죽음을 선고했으며, 각종 부상이며 질병을 치료하는 이였다. 그레이 박사는 최근 몇 달 동안 프랜시스의 아버지를 진찰하기 위해 그레이트 하우스로 왕진을 오고 있었다. 다만 오늘은 그레이트 하우스를 방문하는 날이 아니었다.

프랜시스는 두 사람이 무슨 이야기를 나누는 건지 궁금해서 열린 창문 틈새로 귀를 기울였다.

그들의 대화 주제는 그녀가 예상했던 내용과 전혀 달랐다.

"내가 발견한 또 다른 비밀스러운 순간은…… 나이틀리가 에마의 아버지 우드하우스를 갑자기 방문했을 때야. 우드하우스가 미리 계획했던 산책을 나가려는데 나이틀리가 찾아오잖아. 나이틀리를 집에 남겨두고 나가기 뭣해서 망설였는데, 나이틀리와 에마가 우드하우스에게 걱정하지 말고 산책을 나가라고 등을 떠밀었잖아……. 잠깐만, 그 장면 찾아줄게……."

프랜시스는 그레이 박사가 코트 주머니에서 문고본을 꺼내는 모습을 위층에서 지켜보았다. 애덜린이 슬그머니 장난기 어린 웃음을 터트렸다.

"박사님, 에마를 품고 다니시는 거예요? 박사님의 심장 가까이에?"

그레이 박사가 책장을 넘기며 슬며시 미소를 지었다. 그가 자신이 언급했던 부분을 찾아내고는 다시 입을 열었다.

"'나이틀리 씨가 찾아와 우드하우스 씨와 에마 곁에 얼마간 앉아 있었다. 딸은 산책을 염두에 두었던 우드하우스 씨에게 산책을 미루지 말라며 설득했고, 두 사람의 간청에 따라 우드하우스 씨는 예의에 대한 마음의 가책을 무릅쓰고 나이틀리를 남겨둔 채 산책을 나가게 되었다.'"

애덜린이 콧잔등을 찡그리며 말했다. "근데 박사님이 너무 그 생각에 사로잡혀서 책을 읽는 건 아닌가 싶기도 한데요."

"흠, 글쎄, 그럴 수도 있고 아닐 수도 있고. 어쨌거나 한 가지는 확실해. 이 장면에서 우드하우스는 계속해서 반론을 제기하고 나이틀리는 조금도 물러서지 않는다는 거야. 그러니까 우드하우스는 예의를 차리지 못할까 봐 안달복달하고 나이틀리는 그런 우드하우스의 마음을 너무 갑자기 자기 의지대로 바꾸려고 하는데, 이 두 남자의 고집이 우스꽝스럽게 폄하돼 있는 거지. 난 이 장면이야말로 오스틴이 내준 결정적인 힌트가 아닐까 싶어. 에마와 나이틀리를 둘러싼 서사나 상황 따위가 두 사람 사이의 감정의 조류를 감춰버림으로써 교착 상태에 빠지게 될 거라는 사실을 넌지시 알려준 거야. 어쨌든 이런 장치로 인해 독자들은 첫 번째 오해를 하게 돼. 나이틀리가 프랭크 처칠을 싫어하는 이유가 자식을 과잉보호하는 고루한 집안 출신이기 때문이라고 말이야. 근데 우드하우스야말로 딸자식 과잉보호하는 데 둘째가라면 서러운 인물 아니겠니. 에마가 이런 아버지의 약한 마음을 이용해서 제멋대로 구는 것도 있고. 오스틴은 의미 없는 감정 소모만 일으키는 격렬한 질투심보다 대립되는 가치관을 가진 인물을 원했던 거야."

"나이틀리도 뭘 잘 모르는 인물 아닌가요? 이 책에 등장하는 남자들은 왜 자신이 사랑에 빠졌다는 걸 모르죠? 오스틴 소설에 등장하는 인물들은 왜 그렇게 자각 능력이 부족할까요?" 애덜린이 물었다. "이렇게 어리석은 게 인간의 본질이자 숙명인 걸까요? 왜 특정 행동을 하는지, 누구를 사랑하는지 모르는 거요. 많은 일들이 결국은 헛수고로 끝나버리는 것도 이 때문일까요? 해피 엔딩은 그저 운인 걸까요?"

"등장인물들이 시작부터 진정으로 깨닫고 이해해버리면 독자들에겐 그다지 매력적으로 다가오지 않기 때문이 아닐까?《맨스필드 파크》의 패니 프라이스만 봐도 그렇고."

애덜린은 그레이 박사가 패니 프라이스를 얼마나 싫어하는지 알고 있었다.

"수준 있는 독자들은 의도나 행동의 순수함에 대해서도 불만을 가질 수 있는 거야." 그레이 박사는 덧붙여 말했다. "'뭘 꾸물대. 다른 사람들처럼 너도 한번 망가져봐. 헨리 크로포드에게 푹 빠져보라고.' 같은 거라고나 할까. 사람들이 제인 오스틴을 좋아하는 데에는 등장인물들의 영향도 커. 그녀의 소설 속 인물들은 분명 반짝반짝 빛이 나거든? 그러면서도 현실을 사는 우리보다 막 더 낫지도 않고 그렇다고 막 더 나쁘지도 않아. 그들은 되게 출중한 듯하면서도 그렇게 인간적일 수 없어. 이렇게 인간의 면면을 꿰뚫고 있는 제인 오스틴의 소설을 보고 있노라면 커다란 위안을 얻게 된다니까."

프랜시스는 천천히 창문을 닫고 한쪽 구석에 등을 기댄 채 지그시 눈을 감았다. 문득 친구와 의미 있는 대화를 나눈 지 참 오래되었다는 생각이 들었다. 집 안에 갇혀 있을수록 그녀를 찾는 사람들의 발길이 뜸해졌다. 그녀도 머리로는 이해했다. 하지만 우정이란게 논리적으로 딱딱 떨어질 수 있는 성질의 것은 아니지 않은가.

그레이트 하우스에 남은 사람은 2층 스위트룸에 누워 있는 병든 아버지와 프랜시스 둘뿐이었다. 여기에 요리사 조세핀, 그리고 빨래와 청소를 책임지는 어린 두 하녀 샬럿 듀어와 에비 스톤이 입주 고용인으로서 거주 중이었다. 낮 동안에는 정원에서 장미며 사과나무, 호박 등을 돌보는 마구간 청년 톰과 그녀의 소유지에서 밭을 경작하는 말수 적은 불운의 사나이 버윅이 다녀갔다.

아버지마저 끝을 향해 달려가고 있으니 머지않아 프랜시스만이 나이트가의 유일한 후손이 될 터였다. 그렇게 되면 그녀의 조상들이 에드워드 나이트를 입양하는 과정에서 겪었던 진통이 반복될 게 분명했다. 이 일은 프랜시스에게 있어 유달리 아픈 손가락으로, 단순히 결혼을 못해서, 그리고 아이를 낳지 못해서와 같은 개인적인 슬픔과는 차원이 다른 고통이었다. 가문의 역사라는 측면에서 보았을 때 애석한 점은 한둘이 아니었다. 그녀는 엘리자베스 시대풍 벽돌집이 무너져 내리듯 세계 최고의 작가를 배출한 가문이 후손 없이 끝나리라는 압박감으로 힘들어했다. 만약 그녀에게 좋은 친구가 있었다면 이런 속내를 털어놓음으로써 그녀가 느끼는 의무감이나 부담감을 조금이라도 덜게 해주었을지도 몰랐다.

프랜시스는 우정을 나누는 데 실패한 이유를 스스로의 탓으로 돌렸다. 물론 그녀도 지역 사회에서 활발한 활동을 했던 시절이 있었다. 그녀가 물려받은 아름다운 영지를 모두에게 개방하며, 봄가을에는 축제를 열고 겨울에는 영지 뒤편의 언덕에 썰매장을 개장했었다. 그녀는 천성적으로 타인에 대한 연민과 걱정을 아끼지 않았다. 다른 사람들에 대해 알고, 그들의 이야기를 듣고, 그들을 도울 방법을 생각하는 가운데 얻어지는 에너지는 그녀에게 무엇과도 바꿀 수 없는 선물과도 같았다. 프랜시스는 그녀에게 벌어진 일련의 일들로 인해 이러한 에너지로부터 멀어지게 된 현실이 그렇게 원망스러울 수가 없었다. 혹시 몰락에도 방법이 있다고 한다면 그녀가 겪어온 모든 과정이 바로 그것이 아닐까.

그렇다고 해서 프랜시스가 자신의 처지를 객관적으로 보지 못하고 마냥 불쌍히 여긴 것은 아니었다. 그녀는 살아남은 마을 사람들이 겪은 끔찍한 상실에 대해서 누구보다 잘 알고 있었다. 아버지와 두 아들을 모두 잃은 버윅가만 해도 그랬다. 심지어 두 아들은 같은 전투에서 사망하지 않았는가. 슬하에 아이 하나 없이 아름다운 아내를 잃은 불쌍한 그레이 박사는 또 어떤가. 그녀가 헛디딘 작은 발걸음 하나가 그녀를 죽음에까지 이르게 했다. 그럼에도 그레이 박사는 언제나 그래왔듯 변함없는 마음으로 타인의 슬픔에 귀를 기울이고 그들을 보살피며 일생을 보내고 있었다. 그녀는 박사의 삶을 상상하는 것만으로도 견딜 수가 없는데 말이다.

한편 프랜시스는 타고난 운명에 대해서도 잘 알고 있었다. 그녀는 진정 삶이 상실의 연속이라 한다면 소중한 가문의 유산과 막대한 부를 물려받은 만큼 잃을 것도 많을 수밖에 없다고 생각했다. 물론 가문에 일어난 일들이 전부 그녀의 탓은 아니었으나, 불행히도 비난의 대상으로 삼을 수 있는 사람은 그녀가 유일했기에 홀로 그 모든 상실의 무게와 중압감을 짊어질 수밖에 없었다.

어느덧 작은 빗방울이 유리창을 때리고 있었다. 프랜시스는 옆에 있는 빨간 벨벳 의자 위의 종을 들어 흔들었다. 잠시 후 2층 회랑으로 연결되는 계단에 조세핀이 나타났다.

"조세핀, 고마워. 종을 울려서 자네를 부르는 건 정말이지 너무 싫다."

조세핀은 고개를 끄덕였다. "아가씨 마음 잘 알죠. 부엌에 발 들이는 걸 싫어하는 분이 아니셨잖아요."

"아버지 변호사는 아직 도착 전인가?"

"네, 아가씨. 아직 30분 정도 남았어요. 포레스터 씨는 시간을 칼같이 지키시는 분이라."

"이렇게 한참이나 왕래하는 걸 보면 두 분이 영지에 대해 의논하는 게 틀림없어." 프랜시스는 다시 한번 창밖으로 고개를 돌렸다. 그레이 박사가 입고 있던 코트를 벗어 애덜린의 머리 위에 덮어서 비를 가려주고 있었다. "조세핀, 지금쯤이면 톰과 애덤이 헛간 일을 얼추 끝냈을 것 같은데. 일찌감치 가서 어미 양이 출산하는 걸 지켜볼 거라고 했었거든. 자네가 가서 톰한테 운전 좀 해달라고 하는 건 어떨까? 애덜린이 비를 맞지 않게 집까지 좀 바래다주라고 말이야."

조세핀은 오래된 떡갈나무 계단을 내려갔다. 그러고는 우산을 챙겨 들고 그레이 박사와 애덜린에게 나이트 양의 뜻밖의 제안에 대해 알리기 위해 안뜰로 나갔다.

안주인을 대신해 조세핀이 전달한 내용을 들은 그레이 박사와 애덜린은 빠르게 눈빛을 주고받았다. 그레이 박사가 자리에서 일어섰다. 하지만 애덜린은 자리에 앉은 채로 오른손으로는 코트 깃 한쪽을 붙들고 비를 피하는 동시에 왼손으로는 그레이 박사의 소매를 잡아당겼다. 너무도 조심스러운 애원의 손길에 그레이 박사가 잠시 애덜린을 내려다보았다.

"전 정말 괜찮아요. 이 정도 비는 아무것도 아니에요. 그보다 괜

찮다면 헛간에 가서 새로 태어난 양을 보고 싶은데. 비는 거기서
도 피할 수 있잖아요."

그레이 박사가 머뭇거리다가 고개를 끄덕이며 조세핀을 향해
입을 열었다. "나이트 양의 사려 깊은 배려는 늘 감사드리고 있다
고 전해주세요. 다만 지금은 이 숙녀분의 의견에 따르는 게 어떤
가 싶습니다만."

그가 말하자 애덜린이 배가 꽤 나와 무거워진 몸을 천천히 일으
켜 그레이 박사 옆에 섰다. 조세핀은 애덜린에게 우산을 내밀며 중
얼거렸다. "코트보단 우산이 나을 거예요."

애덜린은 감사의 의미로 고개를 끄덕하고는 그레이 박사에게
코트를 건네주었다. 그러는 사이 조세핀이 연륜 지긋한 여자의 보
호 본능 가득한 눈길로 애덜린의 행동을 쫓았다.

"무슨 일이었을까요?" 우산을 쓰고 안뜰에서 중세풍 마구간으
로 이어지는 붉은 벽돌 길을 서둘러 걸으며 애덜린이 그레이 박
사에게 물었다. "혹시 우리가 제의를 거절해서 기분이 상하셨으
려나요?"

"조세핀 배로가 고작 그런 일로 기분이 상할 만큼 예민한 사람
은 아니야."

"이렇게 크고 텅 빈 집의 살림을 꾸려나가는 게 쉬운 일은 아니
잖아요. 중년이 넘은 여자 둘에 무뚝뚝하고 심술궂은 할아버지만
사는데. 어렸을 때는 나이트 양이 좀 무서웠어요. 나쁜 의미에서
그런 건 아니고요. 그냥 어린 눈에 비친 나이트 양은 항상 차분하
고 우아해 보였으니까. 흔들림 하나 없이요. 지금은 얼굴조차 보
기 힘든 분이지만."

"나도 프랜시스만큼은 언제나 우러러봤지. 지금처럼 홀로 나이 들지 않았으면 좋겠다고 생각해왔는데. 어쩌면 프랜시스의 시간은 우리보다 좀 더디게 흘러가는 건지도 몰라."

"왜 결혼을 안 했을까요?"

"알다시피 부모가 굉장히 까탈스러웠어. 그러니 애초에 남편감을 고를 수 있는 선택지가 좁았겠지. 게다가 모순적이게도 이 집안 조상들은 지주가 아닌 자작농 출신이라 그네들이 원하는 완벽한 남편감을 찾는 데 제약이 많았을 거야."

"나이트 양과 가까이 지내신 적이 있나요? 박사님은 어땠어요? 두 분 동갑이시죠? 함께 자라셨겠네요?"

"동갑이야. 세기가 바뀌기 직전인 1898년생. 학창 시절을 함께 보냈지."

"로맨스가 싹 트기 딱 좋은 조건인데요." 애덜린이 말했다.

"나 따위가 나이트가의 성에 찰 리가 없지." 그레이 박사가 가벼운 농담조로 대꾸했다. "천하디천한 시골 동네 의사 주제에."

"말도 안 돼요." 애덜린이 장난기 어린 미소를 지으며 핀잔을 늘어놓았다. "박사님 정도면 마을 최고의 신랑감이었을 텐데요."

그레이 박사는 죽은 아내를 만나기 이전의 연애 사업에 대해 사람들과 이야기하는 걸 달가워하지 않았다. 그는 재빨리 화제를 바꾸며 말했다. "뭐, 아무튼 그때도 프랜시스 나이트는 늘 혼자였어. 프랜시스를 좋아하는 반 친구들이 있긴 했는데 좋게 이어지지 않았어. 다분히 내 추측이지만, 프랜시스는 결국 이 작은 마을에 갇혀서 적당한 사람을 못 찾고 포기한 게 아닌가 해."

"이상하지 않아요? 전 바로 그 작은 마을에서 제 짝을 찾았는데요? 아마 저 말고도 그런 사람들 많을걸요."

그레이 박사는 우산의 물기를 털어내며 건성으로 고개를 끄덕였다.

두 사람은 마구간으로 통하는 문 앞에 서서 안을 들여다보았다. 마구간 가운데에 매달린 등불 아래 톰 에지웨이트와 애덤 버윅이 어미 양과 갓 태어난 새끼 양을 돌보고 있었다. 그레이 박사와 애덜린 그로버가 뜻밖에도 함께 걸어 들어오자 그들은 하던 일을 멈추고 벌떡 일어섰다.

애덤은 그레이 박사보다 두 살 아래로 나이가 꽤 되었지만 모자를 벗으며 소심하게 애덜린에게 인사를 건넸다. 그는 일평생 루이스 일가와 알고 지내왔으나 루이스네 외동딸 애덜린과는 대화 한 번 제대로 나누어보지 않았다. 그럼에도 애덤은 애덜린을 장차 마을을 이끌어갈 젊은 세대로서 인정해 마지않았다. 애덜린은 매우 활기차고 누구에게나 다정한 사람이었다. 다만 내성적인 애덤은 이러한 거리낌 없는 그녀의 태도를 쉽게 받아들이지 못했다. 헛간의 여유로운 공기 속에서도 애덤은 애덜린에게 고개만 까딱하고 말 뿐이었다.

반면 톰은 훨씬 외향적이고 짓궂은 면도 있었다. 톰은 애덜린에게 생각보다 상태가 좋아 보인다는 애매한 칭찬을 건넸다. 그레이 박사는 다소 퉁명스러운 표정을 지으며 말했다. "의학적인 발언은 나한테 맡기는 게 어떨까, 톰?"

애덜린이 새끼 양에게 젖을 물리고 있는 어미 양 옆에 쌓여 있는 건초에 걸터앉자마자 어찌할 새도 없이 눈물이 터졌다. 그레이 박사와 빗속을 걸으며 웃던 자신의 모습이 순식간에 사라지고, 불현듯 돌아가신 아버지, 전사한 남편, 그리고 곧 태어날 아기에까지 생각이 미치며 새로운 삶이 불어닥치리라는 현실적 압박감이 몰려들었던 것이다. 그녀는 손을 뻗어 새끼 양을 쓰다듬으며 복잡한 머릿속을 털어내려고 했다. 그때 애덤이 다급히 앞으로 나서며 말했다.

"죄송하지만, 부인, 출산 직후의 동물들은 보호 본능이 아주 강합니다. 아직은 새끼를 만지면 안 됩니다. 사람 손을 싫어해요."

애덜린이 움찔하며 손을 거두어들였다. "사람이랑 비슷하네요." 그녀가 억지웃음을 지으며 대답했다. 그레이 박사는 애덤이나 톰보다 빨리 애덜린 쪽으로 와서 그녀가 일어설 수 있도록 부축해주었다. "양을 보여줘서 고맙습니다. 어머님은 잘 계시죠, 버윅 씨?"

애덤이 고개를 끄덕였다.

"꼬마 아가씨 에비 스톤은 어떻습니까? 잘 지내고 있습니까?" 애덤이 긍정의 의미로 다시 한번 고개를 끌어 내렸다.

"학교를 그만두기 전엔 제가 그 아이를 가르쳤어요. 정말 아끼던 학생이었는데. 두 분이 잘 보살펴주시길 바랄게요."

"톰이 잘 보살펴주고 있습니다, 부인." 애덜린이 호기심 어린 시선으로 애덤을 바라보았다. 이 조용한 농부는 그녀가 생각했던 것보다 훨씬 더 다양한 면을 가지고 있는 듯했다.

"그럼 비가 잦아든 것 같으니 이만 가봐야겠네요." 애덜린이 미소를 지으며 세 남자를 번갈아 보았다.

그레이 박사가 애덜린을 마구간 밖으로 안내해 큰길로 통하는 들판을 가로지르는 것을 지켜보며 두 남자는 대화를 이어나갔다.

"가만 보면 착한 역은 늘 저분 몫이란 말이죠." 톰이 말했다.

애덤은 우산 아래 두 사람이 마을로 돌아가는 모습을 지켜보며 얼굴을 찡그렸다. "그레이 박사님은 좋은 분이셔."

"박사님이 나쁜 사람이라는 말이 아니고요." 톰이 낄낄거렸다. "아니, 멀쩡한 총각을 둘씩이나 앞에 두고 우스운 꼴을 만들잖아요."

애덤이 비웃으며 대꾸했다. "헛소리 그만하지, 톰 에지웨이트."

"그냥 말이 그렇다는 겁니다." 젖을 물린 어미 양 쪽으로 몸을 틀며 톰이 고집스럽게 말했다. "내 눈은 못 속인다고, 내 눈은."

애덤은 별다른 응수 없이 마구간을 나와 집으로 향했다. 저녁 식사 시간이 얼마 남지 않았고 늘 하던 대로 식사 후에는 책을 읽을 계획이었다. 톰의 험담과 빈정거림을 더 듣고 싶지 않은 마음도 컸다. 그보다는 제인 오스틴의 소설을 읽는 편이 훨씬 나았다.

∘——∘

언젠가 마주쳤던 미국 여자의 확언에도 불구하고 애덤은 에마 우드하우스를 좋아하게 되지는 않았다.

대신 그는 엘리자베스 베넷에 대한 애정이 깊었다. 가상 인물에게 이렇게까지 빠질 수 있을까 싶을 만큼 열렬히 좋아했다. 엘리자베스 베넷은 직설적이면서도 인간미와 유머를 갖추고 있었다. 애덤은 자신이 엘리자베스 베넷이었다면, 하고 바랐다. 엘리자베스처럼 완벽하고 신랄한 말투로 사람들을 끌어당기는 매력을 가지며 어머니에게 자신의 주관을 고집할 수 있기를 바랐다. 그는 엘리자베스 베넷이야말로 베넷가의 핵심 인물이라고 생각했다. 베넷가 전체의 배짱과 감정적 지성을 유지하면서 가족이 벼랑 끝으로 떨어지지 않게 지킨 인물이 바로 엘리자베스 아닌가. 그러면서도 그녀는 스스로를 구원자라고 떠벌리거나 뽐내지 않았다. 그녀에게는 철저하고 현명한 방법으로 가족과 타인을 구하는 행동이 당연한 일이었기 때문이다.

이와는 다르게 애덤은 다른 사람은 고사하고 자기 자신조차 구제하기 힘들 것 같은 심정이었다. 그는 제인 오스틴을 통해 쓸쓸한 마음을 구원받고 대리 만족을 얻었다. 하지만 마을 사람들에게 제인 오스틴이 외로움을 달래준다고 말한다면 말도 안 되는 소리 하지 말라고 할 게 뻔했기에 한 번도 속내를 드러낸 적이 없었다. 그럼에도 여전히 애덤은 제인 오스틴의 작품에 대해 대화를 나눌 수 있는 사람이 있었으면, 하는 바람을 버리지 않았다. 안타깝게도 그가 지금까지 만났던 유일한 제인 오스틴 대화 상대는 지구 반대편에 살고 있었다.

물론 스크린에서 그녀의 얼굴을 본 순간 그는 파란 드레스를 입고 있던 그 여자임을 한눈에 알아보았다. 이후로 애덤은 미미 해리슨의 열렬한 팬이 되었고, 그녀가 출연한 모든 영화를 챙겨 보았다. 심지어 '영광의 귀환'은 세 번이나 관람했을 정도였다. 그는 책을 몇 번이고 다시 읽으며 할리우드에 있을 그녀를 생각했다. 이렇게 유명한 영화배우와 공통점을 갖고 있다니. 애덤과의 공통점이라기보다는 제인 오스틴을 함께 좋아하는 것뿐이지만, 그래도 이런 생각들이 스스로를 조금 덜 이상하고 덜 상처 입은 사람으로 만들어주는 것 같아 위로가 되었다.

마구간에서 집으로 걸어가는 사이 애덤은 윈체스터 로드가 갈라지는 길목에 서서 잠시 휴식을 취했다. 이 길에서 원래 가려던 방향 말고 왼쪽으로 꺾으면 한때 그가 태어났고 지금은 스톤가가 살고 있는 옛 농가에 다다를 것이었다. 그리고 그 집을 그대로 지나치면 25킬로미터 정도 떨어진 윈체스터시(市)에 도달했다.

비록 애덤은 그렇게 멀리까지 나가본 적은 없지만, 제인 오스틴이 세상을 떠나기 직전 그곳에 셋방을 빌려 살았다는 사실은 알고 있었다. 마흔한 살에 찾아온 의문스러운 병에 대한 치료법을 찾아 떠난 여정이었다. 한 달 후 언니 카산드라는 제인을 담은 관이 마차에 실려 윈체스터 성당으로 운반되는 것을 위층 방 창문에서 지켜보았다. 카산드라는 그날의 기분을 다음과 같이 기록했다. "동생의 관이 내 시야에서 사라지고…… 나는 그렇게 동생을 영원히 잃었다." 이 구절만 읽으면 애덤은 그렇게 눈물이 났다. 그의 두 형들은 에게해에서 수백 킬로미터가 떨어진 곳에 묻혔고, 형제들에게는 애덤이 한 번도 찾아가지 못한 묘지만이 남았다.

때 이른 청춘의 상실은 그들을 거세게 흔들 뿐 아니라, 너무 빨리 잃어버린 사람에 대한 기억을 숨기고 끈질긴 힘으로 그들의 나날을 잠식하는 듯했다. 카산드라는 이 힘을 바탕으로 마지막 수십 년의 일생을 초턴에서 보내며 여동생의 유산을 지켰다. 반면 애덤은 자신의 삶은 물론 형제들의 유산마저 지키지 못한 게 아닌가 싶어 두렵기만 했다. 그러나 우울함 속에서도 여전히 삶에 의미를 부여할 만한 뭔가를 찾고 싶은 마음은 굴뚝같았다. 다만 어떻게 시작해야 할지 갈피를 잡지 못했을 뿐이었다.

집으로 돌아가는 방향으로 걸음을 틀자 비가 그치고 다시 해가 났다. 애덤은 관리인의 별채 옆에 있는 낮은 나무 문을 열고 마당

한구석의 벤치로 걸어갔다. 하루를 끝내고 집으로 돌아갔을 때 폭격처럼 쏟아질 어머니의 질문에 대비하며 애덤은 이곳에 앉아 휴식을 취하곤 했다. 어머니는 죽을 날이 머지않은 나이트 씨의 상태를 예의 주시하는 동시에, 어머니같이 공격적인 성품의 사람에게 손쉬운 표적이 되곤 하는 유한 프랜시스 나이트의 사회적 지위가 얼마나 떨어져 있는지를 추적하는 데 여념이 없었다.

지난날 분명 제인 오스틴이 살았지만 흔적은 하나도 남지 않은 이 집에서, 애덤은 자신이 앉아 있는 바로 이 벤치에서 휴식을 취하거나 정원을 거닐었을 제인 오스틴을 상상했다. 그는 마을의 고물상이 끄는 수레 소리를 들으며 저녁노을 아래 뜰에서 졸고 있는 새끼 고양이를 조용히 구경했다. 그러다가 그레이 박사와 애덜린이 고물상의 뒤를 따라 바깥 담장의 벽돌담 앞을 지나가는 모습을 발견했다. 들판을 가로질렀으니 집으로 가는 길이 훨씬 더 오래 걸렸을 터였다.

자리를 털고 일어난 애덤은 대문 쪽으로 걸어갔다. 그는 왼쪽으로 돌아서서 별채 앞에 쌓여 고물상이 오기만을 기다리는 쓰레기 더미를 힐끔거렸다. 쓰레기 가운데 다리가 세 개뿐인 평평하고 네모난 좌석의 골동품 의자 하나가 보였다. 목수 일을 전문적으로 배우지 않은 애덤의 눈에도 의자 다리의 곧은 선과 좌석 부분으로 말미암아 멀리 섭정 시대에서부터 내려온 물건이 분명해 보였다. 혹시 이 의자가 제인 오스틴의 가족이나 혹은 제인 오스틴 본인이 사용했던 것일지도 모른다는 생각이 들자 심장이 두근거리기 시작했다.

애덤이 쓰레기가 쌓여 있는 곳으로 다가갔다.

"뭐 좀 건질 게 없나 보는 건가요, 버윅 씨?"

애덤은 고개를 끄덕이며 의자를 잡아당겨 꺼냈다. 짙은 색 마호가니 등받이는 어디로 갔는지 없었다. 외관상 전혀 쓸모없어 보이는 의자인 데에다 남의 시선을 끌지 않고 무사히 의자를 집으로 가져갈 수 있을 만한 방법 또한 딱히 떠오르지 않았다. 일단 의자를 잘 세워두고 나머지 쓰레기 더미를 힐끔거렸다. 이번엔 한눈에 뭐라고 말하기 어려운 장난감 비슷한 나무로 된 물체가 그의 눈에 들어왔다. 그는 밭을 갈거나 책을 읽지 않을 때면 나무로 된 딸랑이나 고리 던지기 세트 같은 수제품을 만들었는데 마을에서 실력을 제법 인정받기도 했다. 애덤은 이 버려진 물건이 과연 얼마나 오래되었을지 궁금해졌다. 어쩌면 쓰레기에 불과한 지금의 처지 이상의 의미를 가지고 있는 건 아닐까. 혹시 오스틴가와 연결 고리가 있진 않을까. 물론 정반대로 아무짝에도 쓸모없는 물건일 수도 있고. 분명한 사실은 마을 사람 중 누구도 이 물건에 어떤 의미를 부여하지 않는다는 것이었다.

"그런 건 그냥 버리는 게 낫습니다. 아무 쓸모가 없다니까요."

애덤은 고맙다는 인사치레를 중얼거리며 상의 앞주머니에 물건을 푹 집어넣고 가던 길을 재촉했다. 그는 마을 사람들이 자신을 두고 차분하되 마음이 좀 고장 난 사람, 후대에 물려줄 만한 재산을 모으는 데에 관심이 없는 사람으로 여긴다는 사실을 잘 알고 있었다. 한마디로 마을 사람들의 눈에 애덤은 그저 그런 하루를 보내고 길가에 버려진 쓰레기나 잊혀진 과거 따위에만 관심을 쏟는 사람으로 비쳐졌던 것이다.

제 6 장

캘리포니아주, 로스앤젤레스
1945년 8월

제인 오스틴에 대한 과도한 집착을 난생처음 접한 잭 레너드는 어
안이 벙벙했다.

　협곡 꼭대기에 자리 잡은 미미 해리슨의 작은 단층집 거실 선반
에는 낡은 가죽 장서가 빼곡했다(그중에서도 특히《에마》는 유독 낡아 있었
다). 그리고 버니, 리처드슨, 시인으로 추정되는 쿠퍼 등 잭이 살면
서 단 한 번도 들어본 적 없는 작가들의 책들이 꽂혀 있었다. 그중
월터 스콧은 간신히 알아보았지만 이마저도 최근 다른 제작사가
엄청난 돈을 투자해 만든 영화 '아이반호' 덕분이었다.

　어쨌거나 가장 큰 비중을 차지하는 건 단연 제인 오스틴이었다.
잭 레너드는 수영장에서 처음 미미를 만났을 때 미미의 태닝된 손
에 들려 있던 손때 묻은《노생거 사원》을 기억했다가 이 책에 대해

주변에 물어보고 다닐 만큼 영리한 구석이 있었다. 덕분에 미미 해리슨은 어린 시절에 아버지가 자주 책을 읽어주곤 했다든가, 제인 오스틴의 발자취를 따라 영국의 작은 마을을 여행했다든가(이 대목에서 잭 레너드는 그녀가 제인 오스틴에 대한 열정이 과하다 못해 광적이라고 생각했다), 언젠가 꼭 《이성과 감성》을 영화로 만드는 게 꿈이라든가 하는 사적인 이야기들을 잭 레너드에게 털어놓게 되었다.

그는 결국 미미 해리슨을 침대로 이끌 수 있는 유일한 열쇠는 제인 오스틴이라는 생각으로 인내심을 가지고 그녀의 이야기에 귀를 기울였다. 그러나 함께 저녁 식사를 하고 칵테일파티에 참석하고 레드 카펫을 밟고 매일 밤 미미를 집 앞 현관까지 바래다주면서, 예의 편두통이 슬그머니 다시 시작되는 듯한 느낌이 들었다. 일단 미미 해리슨은 예전의 풋내기가 아니었다. 미미의 박스 오피스 성적이 한창 빛을 발하고 있었으므로 지금까지 그가 시도한 방법들이 잘 통하지 않았던 데에다 최악의 경우 그가 바라는 육체적 보상은 꿈도 꾸지 못할 판이었다. 그래도 희망적인 사실 하나는 미미 해리슨이 점점 그에게 관심을 보인다는 것이었다.

물론 잭은 미미가 평소 자신의 판단력을 믿고 그의 강렬한 육체적 매력에 지지 않기 위해 고군분투하는 줄은 꿈에도 몰랐다.

그가 할리우드에서 배운 한 가지가 있다면 바로 여주인공과 잠자리를 갖는 데 제일 좋은 방법은 그녀를 주연 배우로 만들어버리면 된다는 것이었다. 잭 레너드는 근래에 작업을 시작한 로렌스 올리비에-그리어 가슨의 《오만과 편견》 각색에 대해서는 그다지 신경 쓰지 않게 되었다. 대신에 미미가 좋아한다는 《이성과 감성》으로 관심을 돌리기 시작했다. 우선 20대 미만의 풋풋한 세 자매가 나온다는 점이 마음에 들었다(머릿속으로 이미 캐스팅도 진행해보았다). 작중 윌러비가 결혼을 하지 않고도 젊은 여인들을 유혹하고 싶어 하는 마음에는 진심으로 감탄했다. 당시의 전통적인 혼인법이나 관습에 저항하는 듯한 암시를 주기 위해 이런 장면을 넣은 게 아닌가 싶었다. 그는 미미를 통해 제인 오스틴에 대해 더 많이 배울수록 작품 속 일탈 행위에 더 깊이 감명을 받았다. 잭이 아는 한 소설 속에는 착한 캐릭터들이 등장하는 일이 드물었다. 소설 속 인물들은 툭하면 실수를 일삼고, 나쁜 남자 혹은 나쁜 여자와 사랑에 빠지고, 애먼 사람을 의심했다. 그리고 그는 이런 자극적인 요소들을 좋아했다.

단, 잭은 그 어떤 소설도 읽지 않았다. 잭에게는 시나리오를 쓰는 작가가 따로 있었기 때문이다. 이 작가는 원래 유명한 통속 소설가로 현재 촬영장의 단층 건물 17호에서 살고 있었다. 잭은 지금까지 나온《이성과 감성》영화 버전의 스토리가 꽤 만족스러웠다.

하지만 미미는 생각이 달랐다.

"시나리오에서 메리앤이 죽어간다는 소식을 듣고 윌러비가 나타나는 장면 있잖아요. 이 부분 너무 거짓말 같아요. 다른 사람도 아닌 제인 오스틴이 이런 생각을 했을까요? 절대 아닐걸요. 윌러비는 자기밖에 모르는 인물이에요. 그런 작자가 메리앤을 찾았다는 건 마음의 짐을 덜기 위한, 말하자면 순전히 자기중심적인 의도에서 비롯된 걸 텐데요. 근데 그렇다고 하기엔 윌러비는 죄책감 따위를 신경 쓰는 사람도 아니거든요. 그런 자가 대체 왜 밤새 말을 타고 달려가서 엘리너에게 자신의 입장을 한 번만 더 생각해 달라고 부탁한 거죠? 어떤 생각으로 그런 행동을 한 거냐고요."

두 사람은 잭의 널따란 사무실 안락의자에 마주 보고 앉아 있었다. 그의 사무실은 제작사 부지의 경계에 위치한 단층 건물 5호에 있었다. 퇴창 밖으로 커다란 분홍 수국 덤불과 하얀 울타리가 보였다. 메인 도로의 정면 출입구에는 최근 촬영을 끝낸 뮤지컬 영화 '쇼를 시작해' 광고가 걸려 있었다. 미미가 윌러비에 대한 이야기를 계속해서 늘어놓는 사이 잭은 그녀가 윌러비에게 본인을 투영하고 있는 듯한 느낌을 받았다. 그리고 이런 식으로 그를 과소평가하는 그녀가 견딜 수 없을 정도로 짜증스러웠다. 그럼에도 그는 원하는 걸 얻을 수만 있다면 쓰레기 취급을 받아도 상관없었다. 누가 뭐래도 삶의 주인공은 그 자신이었고, 주인공은 항상 원하는 여자를 쟁취하지 않는가.

미미의 태도뿐만 아니라 미미가 언급한 장면 역시 또 다른 이유로 잭을 짜증 나게 했다. 미미의 말과 시나리오의 내용을 종합해 보면 윌러비는 패배자처럼 보이지만 결과적으로는 본인이 원하는 모든 걸 얻어냈다. 미성년자를 임신시켰고, 가장이 부재한 빈집을 드나들며 여주인공을 유혹했고, 상속녀와 결혼까지 했다.

잭 레너드는 미미 해리슨과의 관계에서 애초에 의도한 절반만이라도 진도를 나갔다면 충분히 만족했을 터였다.

"이 장면의 요점은 윌러비가 자신을 사랑했다고 생각한 메리앤이 틀렸다는 걸 보여주려는 데 있는 게 아니에요. 다 떠나서 윌러비가 메리앤이 처한 상황을 전해 듣고 어떤 행동을 취한다는 생각 자체가 틀렸다고요. 윌러비가 정말로 자신의 과오를 만회하려고 그녀를 찾아갔겠어요?" 잭은 최근 회의에서 미미와 비슷한 우려를 내보였던 공동 제작자의 질문에 작가가 했던 답변을 앵무새처럼 반복했다.

잭의 대답에 미미는 고개를 저으며 말했다. "독자들은 이미 다 알고 있어요. 제 생각엔 오스틴이 자기 이야기를 한 것 같아요. 윌러비에게 실제로 답을 해준 거나 마찬가지라고요. 아마도 오스틴은 헨리 크로포드도 좋아했던 것 같아요." 잭이 그녀를 멍하니 바라보았다. "《맨스필드 파크》의 헨리 크로포드, 알죠? 어쨌든 제 생각엔 오스틴은 이 장면을 통해 독자들이 그 남자들을 용서해줬으면 했던 것 같아요. 아니면 최소한 불쌍하다고 여겼거나. 제인 오스틴의 종교적 신실함이 이런 식으로 표현된 것 같아요. 패니 프라이스가 대표적이잖아요. 그렇지만 윌러비가 진심으로 속죄할 방법을 찾고 싶어 했다면……."

"뭘 찾는다고?"

미미가 눈을 깜빡이며 잭을 쳐다보았다. 잭은 아이비리그의 경영 대학원을 졸업했다고 했었다. 하지만 이런 식으로 대화가 끊길 때면 그가 정말로 경영 대학원을 다닌 게 맞는지 의심하지 않을 수 없었다.

"속죄, 죗값을 치르는 거. 용서를 구한다고요."

잭이 들고 있던 스카치 잔을 비스듬히 기울이며 얼버무렸다. "아, 그거, 알지. 아무튼," 그가 한껏 느긋해진 어조로 말을 이어나갔다. "메리앤 역할로 앤절라 커밍스를 생각하고 있는데, 몬테 말로는 당신이랑 합이 좋을 거라더군."

미미는 최근 영화에 함께 출연했던 배우의 이름을 듣고도 그리 놀라지 않았다. 앤절라는 동부 쪽에서 짧게 모델 일을 하다가 할리우드로 넘어온 뒤로 나날이 이름값이 높아지고 있었다. 못마땅해할 하등의 이유가 없었다. 무엇보다 앤절라는 찌는 듯한 여름 네바다 사막에서 서부 영화를 촬영할 당시 감독 테리 트레몬트에게 맞서는 미미의 편을 가장 잘 들어준 동료 배우이기도 했다. 미미는 원하는 건 그게 무엇이든 간에 아랑곳하지 않고 좇는 앤절라의 스타일에 내심 감명을 받은 적도 있었다. 미미는 앤절라가 트레몬트 감독과의 불륜 관계와 개봉을 앞둔 영화에 함께 출연했던 유부남 배우와의 새로운 관계 사이를 저울질 중이라는 걸 눈치채고 있었다. 할리우드에서도 아주 극소수만이 이 사실을 알고 있었다. 이제 겨우 스무 살인 여배우의 이런 사생활과 비교하자면, 비슷한 의미로 악명이 높은 잭 레너드와 미미의 관계는 의외로 굉장히 정숙한 편이었다.

"음, 앤절라가 어리긴 하죠." 미미가 고심 끝에 대답했다. "나도 그 배우 좋아해요. 함께 일하기 편하고. 뭐든 심각하지 않게 받아들이는 성격도 맘에 들고."

잭이 짐짓 놀라고 안도하는 얼굴로 그녀를 바라보며 입을 열었다. "저, 내가 다섯 시에 해럴드와 비벌리 힐스에서 약속이 있어. 엘리너의 '액체 다이어트'에 대해 논의를 좀 해야 해서. 대신 끝나고 만나서 저녁이나 먹으며 이야기를 계속하는 게 어떨까?"

"왜 맨날 호텔에서 미팅을 해요? 오늘 밤에 샤토 마몽에서 몬테 만나기로 했어요. '다시는 노래하지 않을래' 홍보 투어 때문에 얘기할 게 있대요."

"그 사람 조심해. 뻑하면 바지를 벗는 놈이니까. 자기 거시기가 빌어먹을 깃발이라도 되는 것처럼 흔들고 다니잖아."

"잭, 제발, 욕 좀."

"당신, 내 말 명심해. 그 새끼랑 얽이면 이 정도 욕은 아무것도 아닐 테니까."

"내 몸은 내가 알아서 지켜요."

"당신이 어련히 알아서 잘 하겠지만 아무튼." 잭이 응수했다. 하지만 어련히 알아서 잘 하리란 말은 진심이 아니었다. 이 견고한 성 같은 여자에게 미세한 틈이 하나라도 있었으면, 그가 비집고 들어갈 치명적인 약점이 단 하나만 있었으면 싶었다. 미미같이 곱게 자란 여대생들은 이게 문제였다. 늘 요구 사항이 많고, 남자들을 시험에 들게 하며, 그런 테스트의 끝에는 가치 있는 어떤 결과물이 있기를 바랐다. 그렇지 않으면 한 치의 양보도 하지 않았다.

잭은 책에 대한 지식은 부족하더라도, 미미가 혼자 힘으로 얻을 수 없는 것들(이를테면 경제력, 권력 같은 것, 물론 돈이 주가 되긴 했지만)을 자신이 쥐고 있다는 사실만큼은 귀신같이 파악하고 있는 기민한 사람이었다. 그는 미미로 인해 스스로가 능력 없는 사람으로 느껴지는 생소한 경험을 하게 되었고, 제인 오스틴의 작품을 영화화하는 데 뛰어듦으로써 그만의 방식대로 자신의 능력을 입증하기로 했다. 하지만 잭은 미미와의 게임에서 제대로 한 방 먹고 판 밖으로 밀려난 듯했다. 지금껏 미미는 키스 한 번을 허락하지 않았다. 정확히 말하면 프렌치 키스를 허락하지 않은 것이지만, 어쨌거나 그녀의 자제력이 의외로 만만치 않다는 사실만이 명확해지고 있었다.

"미미, 우리 이 영화 만들자. 같이하자. 우린 훌륭한 팀이 될 거야. 두고 보라고. 당신이라면 내 헛짓거리를 굳이 참지 않고 날 올바른 길로 이끌어줄 테니. 그뿐이겠어? 당신이 사랑하는 제인 오스틴의 작품에 직접 참여할 수도 있잖아."

잭이 한 손에 스카치 잔을 들고 미미가 앉아 있는 의자 쪽으로 천천히 다가와서 팔걸이에 걸터앉자 미미의 입에서 한숨과도 같은 은은한 숨소리가 흘러나왔다. 잭은 거의 다 넘어왔군, 하고 생각하며 체념의 소리에 귀를 기울였다.

미미가 조금씩 체념하고 있던 건 사실이었다. 다만 잭을 향한 체념이 아니라 스스로를 내려놓는 중이었다. 그녀는 잘생긴 사람 앞에서 속절없이 무너졌다. 그 사람이 농부든 배우든 대학교수든 상관없이 말이다. 잭 레너드는 영화배우처럼 아주 잘생긴 남자였다. 잭과 함께 걷고 있노라면 그의 출중한 외모가 쉼 없이 내뿜는 에너지로 인해 온몸에 전율이 느껴질 정도였다. 미미는 이 모든 게 아주 낯설었다. 그 다사다난한 할리우드에서도 이런 적은 없었다. 게다가 어마어마한 부를 소유한 잭은 무엇이든 손에 넣었다. 처음이자 마지막으로 미미는 자신이 《맨스필드 파크》의 메리 크로포드와 닮은 구석이 있음을 발견했다. 메리는 에드먼드 버트럼이 자신과 어울리지 않다고 생각하면서도 이렇게 투덜댔었다. "그는 분명 나에게 어울리는 사람이 아닌데 자꾸만 내 머릿속을 헤집어놔."

미미 해리슨은 자신이 잭 레너드를 원하고 있다는 사실을 부정하려 애쓰지 않았다. 그녀는 그와 키스하고 싶고, 그에게 안기고 싶고, 그와 사랑을 나누고 싶었다. 확실히 잭은 여자의 마음을 흔드는 재주가 있었다. 이런 능력은 그저 대담한 감정 표현에서 오는 게 아니었다. 한마디로 표현하기 힘들지만 잭은 소년미 같은 게 있었다. 그녀가 그의 속마음을 꿰뚫어 보는 듯한 얼굴을 하고 있으면 그는 여지없이 상처받은 어린양이 되었다. 때문에 미미는 자신이 쳐놓은 철벽을 더 이상 지탱하기 힘든 지경에 이르렀다. 어쩌면 이 또한 잭이 여자를 유혹하는 과정의 일부분일 수 있었다. 만에 하나 그렇다고 한다면 잭은 지금껏 미미가 만난 배우 중 가장 연기력이 뛰어난 상대 배우라 해도 손색이 없을 것이었다.

"잭, 솔직히 말할게요. 나 때문에 돈 쓰지 말아요. 내가 하고 싶은 영화에 당신이 돈을 대줄 필요는 없다고요."

그의 얼굴에 짓궂은 미소가 천천히 드리워졌다. "있잖아, 난 돈으로 당신의 환심을 살 생각은 추호도 없어. 난 바라는 거 없어. 그저 당신을 원할 뿐이야. 당신이 나에게 마음을 열고 모든 걸 줬으면 좋겠어. 마지막 한 가닥까지 전부 다. 버티기 힘든 건 피차 마찬가지잖아."

잭은 손가락을 잔 속에 담갔다가 빼서 미미의 기다란 목 아래에서 쇄골을 지나 더 아래로 쓸어 내려갔다. 그가 그녀 쪽으로 몸을 더 기울이면서 셔츠 소매 끝이 그녀의 오른쪽 가슴 위를 스쳐 지나갔다(이 남자는 아무리 더워도 테니스 코트가 아니고서야 반팔 셔츠를 입은 적이 없다는 사실이 문득 떠올랐다). 잭의 손길이 닿은 미미의 몸이 조금씩 달아오르고 있었다. 그가 다른 손으로 그녀의 턱을 부드럽게 들어 올려 입을 맞추는 순간 잠시 놓쳤던 감각이 되살아나는 듯했다. 그녀는 육체적인 끌림에 이성의 끈을 놓았다가 가까스로 마음을 추스렸다.

미미는 내내 월러비만 바라보다가 열병으로 죽을 고비를 넘기고 나서야 중후하고 과묵한 브랜던 대령을 선택한 메리앤을 더 이상 비난할 수 없었다. 그저 본인의 선택이 슬픔과 외로움이라는 엔딩을 맞지 않기를 간절히 바라고 기도할 뿐이었다.

◦——◦

"미미, 오늘도 여전히 예쁘군. 샴페인 한잔 줄게."

몬테 카트라이트는 50대에 접어든 풍채 좋은 중년 남자였다. 그는 미미를 스타로 만들어준 제작사의 대표로 카메라 테스트 후에 배우의 상업적 가치가 파악되면 향후 10년은 거뜬히 그에게 발이 묶이게 하는 노예 계약을 체결하는 데 아주 탁월한 재주를 지닌 사람이었다.

미미의 10년짜리 계약은 아직도 3년이나 남아 있었고, 몬테를 만날 때마다 그녀는 자신의 노예 생활이 얼마나 남았는지 달력에 체크하며 정신을 가다듬었다. 잭과 함께하는 《이성과 감성》 각색 작업처럼 별도의 계약 협상으로 외부 프로젝트를 진행하는 일이 가능했던 건 필라델피아에 살고 있는 변호사 오빠의 도움이 컸다. 서른다섯의 미미 해리슨은 흥행 성적이 좋아야 원하는 바를 제작사와 조율할 수 있는 가능성이 열린다는 사실을 간파했다. 그래서 그녀는 성공의 기미가 보이는 작품만 골라서 하게 되었다. 슬슬 나이를 먹어가는 동료 여배우 중 일부는 이미 가족을 꾸렸거나, 그렇지 않으면 인기와 타이밍이 전부라 해도 과언이 아닌 연예계에서 은퇴나 다름없는 '휴식기'를 가졌다. 하지만 미미는 흰머리가 올라오기 전에, 눈가의 주름이 깊어지기 전에 조금이라도 더 많은 커리어를 쌓기 위해 앞만 보며 달렸다.

호텔 방의 소파에 미미와 마주 앉은 몬테 카트라이트는 언제쯤 그녀의 이마에 주름이 지고, 언제쯤 까마귀같이 짙은 머리카락에 새치가 돋을지 궁금해졌다. 미미를 자세히 뜯어보고 있자니 처음 만났을 때와 비교해 아주 미세하게 달라진 부분들이 눈에 들어왔다. 몬테는 본인의 직업상 배우들에게 부상이나 피로의 징후가 나타나지는 않는지 맹수가 먹잇감 주변을 빙빙 돌듯 주기적으로 관찰하고 경계할 수밖에 없는 위치에 있었다.

"평소처럼 예쁘긴 한데, 오늘따라 좀 피곤해 보이네. 미미, 테리랑 서부 영화 촬영하는 게 많이 힘들었나? 빌어먹을 일출이 뭐 얼마나 멋있다고 네바다 사막에서 촬영하는 것도 모자라서 꼭두새벽부터 불러내고 난리들인지. 그나저나 요즘도 메이크업 받는 데 두 시간 정도 걸리나?"

미미는 자리에서 슬그머니 비켜 앉았다. 몬테가 한바탕 지껄인 헛소리에 그녀의 나이 이야기가 몇 번이나 언급되는지 세다가 말았다.

"괜찮았어요. 촬영도 다 끝났고. 앤절라가 눈에 확 들어올 거예요." 몬테는 짐짓 놀란 얼굴로 미미를 쳐다보았다. 그녀의 나이를 생각하면 얼마 남지 않은 본인의 커리어나 신경 써야 할 판이건만 영화에 같이 출연한 훨씬 젊은 여배우를 콕 집어 그에게 어필해주는 미미가 이해되지 않았다.

"뭐, 앤절라 괜찮지. 걔가 몇 살이지? 스무 살? 많이 먹어봤자 스물하나? 에이, 모르지 뭐. 젊은 애가 무슨 트럭 운전수마냥 담배도 피고 욕도 잘하고. 말투도 그래. 고치려고 노력은 한다는데. 허스키한 목소리도 그렇고 애가 좀 살벌해."

미미는 이렇게 가끔씩 성사되는 몬테와의 만남이 재미있었다.

몬테는 입을 가만히 두지 못하고 반드시 상대방을 앉혀놓고 끊임없이 떠들어야 하는 유형의 사람이었으므로 자신은 그저 느긋하게 기대앉아 딴생각이나 하면 그만이었다. 요즘 미미의 딴생각의 단골 주인공은 놀랍고 경악스럽게도 잭 레너드였다. 실로 잭 레너드는 그녀의 머릿속을 가득 채우고 있었다. 심지어 이런 그녀의 상태를 잭 레너드가 다 알아버린 듯해서 심기가 여간 불편한 것이 아니었다. 설사 그가 모르고 있다 하더라도 몇 시간 전에 나눈 키스로 인해 상황은 완전히 뒤바뀌어버렸다.

미미가 생각에 잠겨 있는 사이 몬테는 딱한 처지의 '멍청한' 여배우들 이야기 중이었다. 누가 혼전 임신으로 결혼을 했다더라, 누구는 이혼을 하려고 했는데 도미니카 공화국 법에 걸렸다더라(이 대목에서 몬테의 실력을 인정할 수밖에 없었던 것이, 그는 법에 대해 잘 알아서 이런 종류의 일을 성공적으로 처리해왔기 때문이다) 하는 가십거리들 말이다. 미미는 멍하니 귀만 열어둔 채 몬테가 따라준 파이퍼 하이직 샴페인을 두 잔째 홀짝였다. 별안간 몬테가 스카치를 들이켜더니 묻지도 않고 그녀 곁에 앉았다.

그가 미미의 무릎을 톡톡 두드리며 슬그머니 물었다. "감독이 말했지?"

"누가 무슨 말을 해요?"

"테리 말이야. 앤절라 얘기했지?"

"앤절라가 왜요?"

"아, 이름 순서 말이야."

"글쎄, 걔 이름 순서가 왜요."

몬테가 능글맞게 씩 웃으며 말했다. "이러다가 하루 종일 스무 고개만 하겠네. 앤절라 이름이 영화 제목 위에 네 이름 옆에 올라갈 거야."

미미가 숨을 크게 들이마셨다 내뱉었다. "무슨 소리예요. 걘 조연인데."

"조연이긴 하지. 근데 주인공 쿠퍼를 사이에 두고 삼각관계에 빠지는 거니까 아예 말이 안 되는 건 아니잖아. 내 말은 감독 생각이 그렇다나 봐. 미미, 감독 말이 일리는 있어. 그래도 네 입장은 충분히 이해해."

"대표님, 무슨 말씀하시는 거예요? 최근 몇 년간 이 업계에서 나만 한 흥행 배우가 몇이나 돼요? 이제 막 데뷔한 애가 내 옆에 나란히 이름을 올리다니, 이건 아니죠. 물론 앤절라가 톱 배우가 되는 건 시간문제라는 거쯤은 나도 알아요. 연기도 곧잘 하니까. 근데 그건 걔 사정이지 왜 내가 그런 거까지 봐줘야 하냐고요. 말 같지도 않은 소리예요, 정말."

몬테 카트라이트가 한숨을 푹 내쉬었다. "알아. 쉽지 않지. 근데 내가 어쩔 도리가 없네. 몇 년 전에 크로포드, 게이블, 데이비스까지 다 말아먹는 바람에 이번 건은 계약서부터 전권이 감독한테 넘어갔어." 몬테가 미미에게 더 가까이 다가앉으며 말했다. "이봐, 미미, 우리 둘 다 이런 날이 오리란 예상을 못한 건 아니잖아. 정 네가 원하면 내가 입김을 넣어볼 순 있지만 딱히 뭐가 바뀌진 않을 거 같아."

슬그머니 타고 올라온 몬테의 손이 그녀의 허벅지를 주무르고 있었다. 지나치게 가까운 그의 입에서 니코틴과 스카치가 뒤섞인 냄새가 스멀스멀 흘러나왔다.

"대표님!" 미미가 차갑게 굳은 얼굴로 그의 손을 밀어 치웠다.

"미미, 그래도 앞으로 2년 정도는 누구도 네 자리 못 건드려. 베티 윈터스는 노래가 안 되고, 재니스 스탈링은 연기가 안 되잖아. 그런 면에서 넌 원 톱이나 마찬가지야. 너도 잘 알잖아. 꼭대기 자리에 최대한 오래 머물 수 있도록 내가 도와줄게. 너, 내가 널 얼마나 믿는지 알지. 네가 우리 제작사의 얼굴이야, 얼굴."

"내가 진짜 이 회사의 얼굴이면 내 이름이 제일 먼저 나왔어야죠."

"이봐, 외모에 대해서라면 난 할 말이 없는 사람이야. 난 외모 팔아서 돈 버는 사람이 아니잖아. 근데 네바다에서 찍은 편집본이 왔는데 앤절라 비중이 크긴 커."

"그래서요?"

미미의 반응에 몬테가 다시 한번 한숨을 푹 내쉬었다. "제작진이 보기엔 네가 좀 나이 들어 보이나 봐. 사실 힘든 촬영이었잖아. 그래도 스튜디오 촬영본은 네가 더 잘 나오니까 괜찮아. 다음 작품은 '셰에라자드'라며. 맞지?"

미미가 샴페인 잔을 소파 옆 협탁에 내려놓으며 말했다. "대표님, 아무리 그래도 순서는 포기 못해요. 논의할 가치가 없다고요. 저 정말 열심히 찍었어요. 개인적으로 누구 이름이 먼저 올라가느냐에 연연하고 싶지 않지만, 이 업계에 발 담그고 있는 한 신경 안 쓸 수 없는 부분이고요. 굳이 양보해야 할 일이 아닌데 포기할 만큼 어리지도 않아요, 나."

"포기해야 할 때도 있는 거야." 몬테가 미미의 허벅지에 다시 손을 갖다 댔다. "가끔은 싫어도 해야 하는 일이 있는 거라고. 누가 뭐래도 난 늘 네 편이야, 미미."

"대표님……."

"미미, 난 그저 널 돕고 싶을 뿐이야. 늘 같은 마음이었다니까."

미미가 자리를 박차고 나가려 하자 몬테도 그녀를 따라 자리에서 우뚝 일어섰다. 그런 다음 미미의 양팔을 우악스럽게 잡아채고 소파로 밀어 앉혔다.

"몬테 카트라이트, 더러운 손 당장 치워."

몬테는 미미보다 최소 45킬로그램은 더 나가고, 신고 있는 하이힐을 감안해도 머리 하나는 더 큰 거구였다. "미미, 그만 좀 뻗대라." 그는 그녀를 찍어 누르며 억지로 입을 맞추려고 했다. 미미의 몸 위로 그의 몸무게가 고스란히 느껴지며 충격이 몰려들었다. 스카치와 담배가 뒤섞인 냄새, 코를 찌르는 향수 냄새, 땀 냄새가 범벅이 된 그의 체취가 영원히 뇌리에 남을 것만 같았다. 아무리 밀어내려고 안간힘을 써보아도 그는 이미 제 몸뚱이를 그녀에게 비벼대고 있었다. 금방이라도 그가 사정할 것 같다는 생각에 미치자 미미가 겨우 목소리를 끌어냈다.

"몬테, 당장 꺼져…… 몬테…… 몬테, 안 그럼 소리 지를 거야!"

그가 온몸으로 헐떡대는 순간 미미는 겨우 그를 밀쳐낼 수 있었다. 몬테 카트라이트는 그대로 등받이에 자빠지더니 제 손으로 마무리를 지었다. 그런 그의 모습을 바라보며 미미는 충격과 더러움에 치를 떨었다.

"고소할 거야, 더러운 새끼야."

"아니. 넌 그렇게 못할걸." 소름 끼치게 침착한 표정을 되찾은 몬테는 상의 앞주머니에서 뻣뻣한 리넨 손수건을 꺼내 손가락을 닦기 시작했다. "넌 하락세야, 미미. 너도 알지? 어디 신고해봐. 그럼 난 네 이름을 앤절라 밑에다 집어넣어버릴 테니까. 어디 입 한 번 함부로 놀려보라고. 너 따위 신경 쓰는 사람이 있을 거 같아?"

그녀가 겁을 먹든 말든 그는 미미의 몸을 농락하며 추악한 밑바닥을 드러내는 데 스스럼이 없어 보였다. 소파에 늘어져 마치 교미 후 몸단장을 하는 동물마냥 몸을 추스르는 몬테를 남겨둔 채 미미는 도망치듯 그 자리를 벗어났다.

○——○

몇 시간 후 저녁 식사를 위해 미미의 집에 도착한 잭은 안락의자에 웅크리고 앉아 있는 미미를 발견했다. 물기가 마르지 않은 축축한 머리카락이 그녀의 목 주변에 늘어져 있었다.

"샤워하면서 피부가 벗겨질 때까지 문지르고 또 문질렀어. 그 새끼 냄새를 지우려고." 미미는 자신에게 벌어진 일에 대해 잭에게 털어놓았다.

잭은 아무 말도 하지 않았다. 머릿속에 수많은 감정과 생각이 떠올랐다. 그중에서도 분노가 가장 컸다. 그는 미미의 집을 뛰쳐나갔다가 한 시간쯤 지나 한쪽 눈이 찢기고 오른손이 퉁퉁 부어 멍이 든 채로 다시 나타났다.

미미는 소독약으로 상처 부위를 닦아주고 잭의 손에 얼음을 얹어준 후 의자에 걸터앉은 잭을 마주 보고 카펫 위에 앉았다. 잭에게서 어느 정도 직성이 풀린 듯한 얼굴, 비통한 심정, 머리가 쪼개질 것 같은 두통이 번갈아 나타났다 사라졌다.

"그러지 말지." 아무 말없이 잭을 바라보던 미미가 마침내 입을 열었다. "내가 알아서 할 수 있다고 했잖아요. 절대 그냥 넘어가지 않을 거라고."

"어떤 놈한테는 당신이 알아서 해결하겠다고 하는 그 방식이 과분하니까." 잭이 이를 갈며 말했다.

"그래서 죽도록 패고 왔어요? 이제 어쩔 건데. 그 새끼는 아마 나한테 더한 짓도 할 거예요. 그리고 당신을 폭행죄로 신고하겠죠. 난 작품은 작품대로 못하고, 당신이 감옥에 가는 걸 지켜볼 수밖에 없겠네요."

잭은 살면서 단 한 번도 해본 적 없는 부드러운 몸짓으로 미미를 무릎에 앉혔다. "이렇게 해. 당신은 그 새끼를 강간으로 고소하지 않을 거야. 그 새끼도 알고 있어. 그럼 그 새끼도 날 폭행으로 신고할 일은 없겠지. 내 생각을 그 새끼도 알고 있을 거야. 당신이 원한다면 남은 계약은 파기해. 그 새끼도 당신을 놓아준다고 했으니까."

"나이 많은 여배우는 필요 없다 이거겠죠."

"당신 나이 안 많아."

"어리지도 않죠. 아니, 앤절라 커밍스나 재니스 스탈링만큼 어리진 않다고요."

"엿이나 먹으라 그래, 미미. 남은 관계도 정리할 수 있어. 자유 계약 상태로 나와서 당신이 원하는 일을 원하는 출연료를 받고 하면 돼. 앞으로는 내가 당신을 돌봐줄게."

"내 일은 내가 알아서 해요. 돈이라면 나도 충분히 벌었으니까."

"그럴 일은 없을 거야." 잭이 그녀의 말을 끊으며 두 손을 그녀의 손에 포갰다. 미미가 깜짝 놀란 얼굴로 그를 쳐다보았다. "잭, 무슨 말이에요?"

"우리 결혼하자. 당신도 이만 은퇴하고."

"난 은퇴하고 싶지 않아요."

"그럼 뭐, 잠정 은퇴라고 해. 무슨 배우도 비슷하게 했잖아. 가끔 가다 괜찮은 작품 들어오면 찍고. 당신이 노래를 부르던 영국에다 여름 별장도 하나 마련하고. 제인 오스틴 소설도 읽으면서 시간을 보내라고. 나머지 일은 내가 다 알아서 할 테니까."

"잭, 난 몬테 같은 인간을 믿지 않아요. 내가 바쁘게 활동하지 않으면 나에 대한 루머를 퍼트릴 위인이라고요. 그렇게 된다면 내 이름이 진흙탕에 처박히는 건 시간문제겠죠."

"그런 새끼는 더 이상 신경 쓰지 마. 지금까지 당신이 차곡차곡 쌓아온 커리어를 생각해봐. 당신한테 절대 손 못 댈걸."

"그럼 아이는요?" 미미가 갑작스러운 질문을 던지고는 숨죽이며 잭의 대답을 기다렸다.

"무슨 아이?"

"글쎄요, 잭, 먹는 건 아니니까. 내 말이 무슨 뜻이겠어요?"

미미의 말에 잭이 살포시 미소를 지었다. "음, 벌써부터 나와 함께 아이를 가질 생각을 하고 있다면……."

열린 창문 틈새로 정원사가 잘 가꾸어놓은 히아신스와 장미 향기가 풍겼다. 협곡을 따라 올라온 코요테 무리의 울음소리가 멀리서 희미하게 들렸다. 하늘에서 빛이 새어 들어오며 8월의 밤하늘이 반짝였다.

"머리가 깨질 것 같아요." 미미가 속삭였다. "지금은 아무것도 결정하면 안 될 것 같아."

"그럼 하지 마. 생각만 좀 해봐." 잭이 피식 웃으며 덧붙였다. "너무 오래 고민하진 말고. 결국은 시간도 다 돈이니까."

제 7 장

햄프셔주, 초턴
1945년 9월

프랜시스 나이트는 그레이트 하우스의 1층 서재에 앉아 멍하니 서가를 응시하고 있었다. 영지의 숲에서 베어낸 참나무와 호두나무로 만든 서가는 마룻바닥에서 시작해 천장까지 닿아 있었다. 집안일을 담당하는 에비가 최근에 알려주길 서가의 책이 2,000권은 되는 것 같다고 했다. 1700년대부터 소장하기 시작한 책들 대부분은 가죽으로 제본이 되어 있고 표지에 나이트가의 문장이 찍혀 있었다. 아마 오스틴가 사람들도 여기 있는 책을 읽었을 것이다. 제인 본인을 비롯해 오빠 에드워드, 제인이 사랑했던 조카 패니 나이트-내치불, 언니 카산드라, 그리고 언급도 다 할 수 없을 만큼 많은 이모, 삼촌, 사촌들까지 모두.

자그마치 2,000권이었다. 그리고 이제 이 책들은 모두 그녀의 것이었다.

아이러니한 점은 프랜시스는 여기 있는 책들을 몇 권밖에 읽지 않았다는 것이다. 그녀는 브론테 자매, 조지 엘리엇, 기싱, 토마스 하디, 트롤럽 정도만 읽고 또 읽었다.

심지어 30대에 이르러서야 서재의 책을 좀 읽기 시작했다. 폐렴으로 어머니를 잃고 충격 사고로 오빠가 죽은 지 2년 정도 흘렀을 무렵이었다. 주변에 먼 친척 한 명과 어렵고 까다로운 아버지만 남은 프랜시스는 문학의 세계로 일종의 현실 도피를 한 셈이었다. 어떤 책들은 상상 이상의 커다란 위안을 주었고, 나아가 콕 집어 말할 수 없는 기묘한 통제력을 쥐어주는 듯했다. 다만 그녀는 책 속 세상에서 누구를 좋아하고 누구를 신뢰해야 하는지, 또 작가가 선택한 비극이나 종말, 혹은 상실 따위를 어떻게 견뎌야 하는지 고민하느라 시간을 허비하는 걸 별로 좋아하지 않았다.

프랜시스는 전쟁이 일어나기 전 어린 시절에 다양한 종류의 책을 수시로 읽었었다. 그녀가 사랑했던 오빠는 제멋대로이고 반항심이 가득해서 그 나이 또래 소년이라면 누구나 좋아할 만한 승마, 사냥 같은 거친 야외 활동을 즐겼다. 프랜시스는 오빠와 달리 집 안에 남아서 자신이 특히 좋아하는 창문에 걸터앉아 책 무더기에 파묻혀 있는 편을 좋아했다. 지금 생각해보면 당시의 독서 행위는 그녀만의 반항 방식이 아니었나 싶었다. 책을 읽는 동안에는 아주 사적인 시간을 보낼 수 있었고, 엄격한 집안의 젊은 여성에게는 그야말로 완벽한 알리바이가 되어주었기 때문이다. 게다가 그녀는 독서를 통해 부모님과의 물리적인 거리뿐만 아니라 부모님의 줄어드는 기대감과 늘어가는 실망감으로부터 심리적인 거리도 둘 수 있었다. 그녀는 부모님이 옳다고 여기는 바를 무턱대고 따르는 타입이 아니었고, 이런 딸의 성정을 그들 역시 잘 알고 있었다.

프랜시스는 집안의 유일하고 진정한 독서가였다. 어머니는 매우 사교적인 사람이었고 아버지는 부동산 사업에서 얻어지는 수입에만 몰두했다. 다른 가족들은 유서 깊은 장서나 나이트가가 공유하게 된 제인 오스틴의 유물 따위에는 관심이 없었다. 아버지는 제인 오스틴의 열렬한 팬들이 그들이 사랑해 마지않는 작가의 흔적을 찾기 위해 그레이트 하우스 정문 앞을 서성이는 걸 여전히 달가워하지 않았다. 특히 미국인들의 방문에는 극도의 불쾌감을 드러내곤 했다.

열어놓은 문 근처에서 누군가 발걸음을 멈추는 소리가 들렸다. 서류를 만지작거리는 소리가 나서 고개를 돌려보니 아버지의 변호사 앤드류 포레스터가 서 있었다.

"나이트 양." 그가 고개를 숙이며 인사를 건넸다. 앤드류 포레스터는 올해 마흔일곱 살로 그녀와 동갑이었다. 그는 키가 매우 컸으며, 늘 꼿꼿한 자세를 유지하고 다녔다. 길쭉한 얼굴에 로마 시대 조각상 같은 멋들어진 광대뼈가 도드라져 있었고, 짙은 갈색 머리를 소년마냥 옆 가르마를 타서 깔끔하게 넘겨놓았다.

프랜시스는 가볍게 목례하며 인사를 받았다. 그녀는 항상 창백한 잿빛 눈동자로 허공을 응시하며 서글프고 아련한 얼굴을 하고 있었다. 앤드류 포레스터는 그런 그녀를 마주하는 게 어려워 서재 안에 선뜻 발을 들여놓지 못하고 문간에서 머뭇거렸다.

"제가 방해가 된 건 아닌가 모르겠습니다." 그가 부자연스럽게 한마디 건넸다.

"전혀요. 아버지는 무슨 일로 찾으시나요?"

앤드류가 몇 걸음 더 다가서며 손에 들고 있던 서류 뭉치를 갈색 가방에 집어넣었다. "유감스럽게도 같은 용건입니다. 그레이 박사가 이번 주에도 왕진을 다녀갔습니까?"

프랜시스가 고개를 끄덕이며 말했다. "네. 요즘도 매주 화요일, 목요일 아침에 왔다 가세요. 아침 일찍, 아버지 정신이 가장 맑은 시간에."

"가장 덜 공격적이실 때이기도 하고요." 앤드류가 아무 생각 없이 덧붙였다가 재빨리 입을 다물었다. "이런, 정말 죄송합니다, 프랜시스, 아니, 나이트 양. 무례를 용서해주십시오."

"괜찮아요. 신경 쓰지 마세요. 틀린 말씀도 아닌데요." 프랜시스가 유연하게 대꾸하며 아직 따스한 기운이 남아 있는 쟁반의 찻잔으로 몸을 틀었다. "얼턴으로 떠나기 전에 차 한잔하고 가실래요? 몇 시간 전에 조세핀이 구운 슈가 번도 있고요."

앤드류가 잠시 망설이다가 프랜시스의 맞은편에 놓인 윙백 체어로 다가갔다. 그가 자리에 앉자 프랜시스가 그에게 찻잔을 내밀었다. 그는 차에 레몬즙을 넣어 마시는 자신의 취향을 그녀가 기억하고 있었다는 사실을 깨달았다.

"아버지와 사업 이야기를 나누느라 정신없으시겠어요. 전 그냥 집안에서 여기저기 투자를 했다, 정도로만 알고 있어요."

앤드류가 차를 한 모금 마신 다음 입을 열었다. "아버님께서 집안 사업에 나이트 양을 얼마나 참여시키셨습니까?"

프랜시스는 고개를 저으며 대답했다. "전혀요. 전 사업 수완이 없어요."

앤드류는 뭔가 생각난 듯 천장을 올려다보았다. "좀 놀랍네요. 학창 시절 수학 과목만 떠올려봐도 나이트 양이 벤저민 그레이와 저를 늘 앞서지 않았습니까."

프랜시스는 어깨만 으쓱할 뿐이었다. "옛날엔 뭐든 마음먹으면 할 수 있었던 것 같은데, 지금은 할 줄 아는 게 별로 없네요. 포레스터 씨는 어때요? 사업은 잘되나요?"

앤드류는 그녀의 말을 주의 깊게 경청하고 있었다. 그의 잔뜩 찡그린 미간에서 불안감이 느껴졌다.

"사무실 상태는 좋습니다. 뭐, 괜찮아요. 항상 똑같죠. 영지 업무로는 바쁘지 않았으면 싶긴 합니다만."

"힘드시겠어요. 벤저민도 마찬가지일 거 같고요. 어린 시절을 함께 보낸 사람들의 힘든 일을 돌봐주는 건 성가시기도 하고요."

"음, 특별히 뭘 바라고 고향을 떠나는 사람을 없을 겁니다. 어딜 가도 힘든 일은 있고요. 어쨌든 얼턴에 있으면 확실히 돈은 더 잘 벌립니다."

프랜시스는 앤드류의 말이 새삼 흥미롭게 다가왔다. 그도 그럴 것이 앤드류는 소위 말해 다 갖춘 남자였지만 여태껏 결혼도 하지 않았고 물론 아이도 없었다. 그녀는 고향에 남았을 때의 장점이 또 뭐가 있을지 궁금해졌다. 하지만 그녀는 이미 답을 알고 있었다. 그녀 개인적으로 고향에 남을 만한 이유는 딱히 없다고 느끼는 때가 한두 번이 아니었기 때문이다.

"사람들을 돕는 일, 특히 아는 사람들을 도와줄 수 있다는 건 외려 복 받은 겁니다." 그가 덧붙였다.

"그런 걸 두고 행복의 열쇠라고 하는 덴 다 이유가 있겠죠."

그녀의 대답을 듣고 보니 이번엔 앤드류에게 궁금증이 생겼다. 그녀가 그레이트 하우스에서 한 발자국도 나가지 않는 게 어떻게 해서 가능한 건지, 현재 그녀는 바깥세상과 아예 교류를 끊어버린 건지 말이다.

"그 말 자체로 충분한 설명이 되네요." 앤드류의 표정을 읽은 프랜시스가 재빨리 말끝을 이었다.

앤드류는 차를 한 모금 더 마시고는 두 사람 사이에 놓인 쟁반에 찻잔을 내려놓았다. 그가 헛기침을 하며 목소리를 가다듬었다.

"영지에 대해 말씀드리자면…… 아버님께서 영지 관리를 하는 데 있어서 나이트 양을 제쳐놓으셨다는 사실은 저도 알고 있습니다. 그리고 지금이 얼마나 힘든 시기인지도 잘 알고 있고요. 안타깝지만 현재 상태와는 별개로 결정은 내리셔야 합니다. 보유하신 영지의 수입이 썩 좋은 편도 아니고. 저 역시 아버님을 위해 나름대로 최선을 다해왔습니다만, 이제는 두 분이 이야기를 좀 하실 때가 아닌가 싶습니다. 그런 말도 있잖습니까, 가장 현명한 방법은 대화로 푸는 거라고요. 미리 대비하지 않으면 안 그래도 힘든 일이 더 힘들어질 수 있어요."

그녀는 마치 보이지 않는 책이 무릎 위에 놓여 있기라도 한 듯 머리를 수그리며 중얼거렸다. "호시절에도 아버지와 전 대화가 통한 적이 단 한 번도 없었어요."

"네. 압니다."

두 사람이 과거를 공유하고 있다는 사실을 암시하는 말이 처음으로 나왔다. 그녀는 그의 말을 재확인하듯 걱정이 가득한 그의 얼굴을 다급히 바라보았다.

"어쨌든 별 차이는 없을 겁니다. 아버님께서 원하시는 대로 하시겠죠."

"네. 저도 그렇게 생각해요."

그녀가 한숨을 푹 내쉬었다. "끔찍한 전쟁이 마침내 끝났으니 모두들 올해를 무사히 넘겼으면 좋겠어요."

말이 끝나기 무섭게 그녀는 자신이 대체 무슨 이유로 이토록 감정적인 말을 꺼냈는지 궁금했다. 프랜시스는 남은 차를 마시고 달그락 소리와 함께 은쟁반에 찻잔을 내려놓았다.

앤드류는 그녀가 만들어낸 작은 소음을 자리를 뜰 신호로 여기고 의자에서 일어섰다. "이만 사무실로 들어가봐야 할 것 같습니다."

"올 때 걸어왔어요?"

"네. 제가 가장 좋아하는 길이라서요. 뭐, 늘 그랬습니다."

앤드류 포레스터는 작별 인사를 건네고는 서재를 나갔다.

프랜시스는 앤드류가 가고 나서도 한참을 가만히 앉아 있었다. 그녀는 오늘처럼 버거운 대화를 하고 나면 오갔던 말들을 다시 상기시켜보기 위해 빈방에 오도카니 앉아 있곤 했다. 그녀는 그동안 집안 사업에 전혀 관여하지 않았기에 생각하는 데 시간이 오래 걸렸다. 이 집안 사람들은 수명이 길었고 심지어 말년에조차 날카로운 정신 상태를 유지했다. 회계 장부가 말해주듯 그녀의 아버지 역시 모든 면에서 완벽했다. 때문에 무슨 연유로 앤드류가 집안의 모든 사업 건에 대해 거리가 멀어도 너무 먼 그녀와 확인을 하려고 하는 건지 의아할 수밖에 없었다.

앤드류와의 대화를 좀 더 깊게 곱씹어보려는데, 서재에서부터 뒤편 화랑과 부엌, 지하 저장고까지 토끼굴처럼 이어지는 반대편 문에서 조세핀이 나타났다.

"프랜시스 아가씨, 전화가 왔습니다. 소더비 경매의 야들리 싱클레어라는 신사분입니다."

프랜시스가 고개를 갸웃거리며 되물었다. "처음 듣는 이름인데."

"그럼 아가씨께서 통화하기 좀 어려운 상태라고 전할까요."

프랜시스가 의자에서 몸을 일으켜 세웠다. "아니야. 괜찮아. 복도에서 받을게. 고마워요, 조세핀."

프랜시스는 복도로 걸어 나가며 먼지떨이를 들고 서재로 향하는 에비 스톤을 보았다. 수천 권의 책에 쌓인 먼지를 떨어내는 소녀의 부지런함에 절로 미소가 지어졌다. 긴 세월 방치되어온 책들에게는 참으로 다행스러운 일이 아닐 수 없었다.

프랜시스는 위층 방들로 통하는 암갈색 계단 아래쪽 복도 끝의 작은 책상에서 수화기를 집어 들었다.

"프랜시스 나이트입니다." 그녀가 질문에 가까운 말투로 조심스럽게 대답했다.

전화 너머에서 한 남자가 목소리를 가다듬는 소리가 들려왔다. 그는 그녀와의 통화를 위해 꽤 오래 기다린 모양이었다.

"나이트 양, 안녕하십니까. 전 런던 소더비 경매의 야들리 싱클레어입니다."

"네." 그녀가 잠자코 기다렸다.

"아, 네. 우선 통화해주셔서 감사드립니다. 다름이 아니라 몇 주 전 귀댁의 가드머섬 파크 매각을 담당했던 건으로 연락드렸습니다."

남자가 말하는 가드머셤 파크는 한때 나이트가의 소유였으나 막대한 세금과 가족의 빚 때문에 수십 년 전에 매각한 장소였다.

"아, 네. 그렇다고 들었습니다." 그녀와 그녀의 아버지는 앤드류 포레스터에게서 부동산 매각이며 영지 내 소장품 경매에 대한 이야기를 들은 적이 있었다. 앤드류 포레스터는 소더비의 카탈로그 사본도 가져다주었었다.

"실례를 무릅쓰고 여쭤봅니다만, 전화로 말씀드릴 건이 아니라서요. 음, 제가 댁으로 찾아뵙고 설명을 드려도 괜찮을까요? 외람된 말씀이지만 저 또한 제인 오스틴의 아주 열렬한 팬입니다. 진심으로요."

"얼마나 열렬하신지 어떻게 알 수 있을까요?" 프랜시스가 묻자 남자는 잠시 입을 다물었다가 멋쩍은 웃음을 터트렸다.

"아, 고급 유머라 순간 못 알아들었습니다. 이해합니다. 이런 제안을 수도 없이 받으셨겠죠."

"네." 그녀가 짧게 대꾸하며 입을 닫아걸었다.

"저, 그게요, 가드머셤 파크 소장품의 경매를 진행하면서 오스틴 작가의 소장품 몇 점이 미국으로 넘어갔습니다. 여러 구매자들을 통해서요. 그중 한 분이 저에게 나이트 양과 연락할 수 있는 방법을 물어보셨습니다."

"싱클레어 씨라고 하셨죠? 죄송하지만 지금은 그럴 여유가 없습니다. 부친인 제임스 나이트 씨의 건강이 좋지 않으세요."

"아, 그러시군요. 정말 유감입니다."

"감사합니다. 제 상황을 이해하시리라 믿어요."

"물론입니다. 다만 그 구매자분이 굉장히 집요하셔서요. 예상하셨겠지만 아주 부유한 신사분이신데, 최근에 사랑하는 사람과 약혼을 했고 약혼녀 일이라면 하늘의 별도 따다 줄 기세여서요. 약혼녀 역시 제인 오스틴 작가에 대한 열의가 상당하고요."

"좋은 일이네요. 그렇지만 제가 굳이 신경 쓸 일은 아닌 것 같습니다. 지금 당장은 말이에요." 프랜시스의 칼 같은 거절을 끝으로 두 사람 사이에 침묵이 오갔다.

"네. 잘 알겠습니다. 그럼 그렇게 전달하도록 하겠습니다."

"네. 부탁드릴게요."

프랜시스는 전화를 끊고 텅 빈 복도를 바라보았다. 복도마다 이어진 방들 역시 비어 있긴 마찬가지였다. 그녀는 한때 세계 최고의 작가와 연고가 있는 위대한 영지였던 곳의 관리인이자 수문장이라는 현재 자신의 위치를 실감했다. 아마도 그녀는 아버지의 자리를 대신해 남은 가족의 유산을 지키는 법을 배워야 할 것이었다.

프랜시스는 싱클레어 씨가 또다시 전화하는 일은 생기지 않기를 바랐다. 자신이 타인의 설득에 아주 쉽게 넘어가는 사람이라는 걸 누구보다 잘 알고 있었기 때문이다.

o——o

에비 스톤은 서재 구석에 놓인 작은 의자에 오도카니 앉아 있었다. 자정이 훨씬 넘은 시간이었다.

에비는 프랜시스는 물론 다른 고용인들까지 모르게 나이트가 서재의 먼지를 부지런히 떨어내는 일 이상의 작업을 진행 중이었다. 지난 1년 반 동안 그녀는 매일 일을 핑계로 비밀리에 장서 목록을 작성해왔다.

사실 처음 이곳의 하녀로 고용되었을 때부터 에비는 제인 오스틴에 대해 이 집의 주인에게 말한 것보다 훨씬 더 많은 관심을 갖고 있었다. 열네 살 때 이미 제인 오스틴의 소설 여섯 권을 모두 완독했으며, 제인 오스틴의 작품을 읽고 또 읽으면서 10대 시절을 보냈다. 제인 오스틴의 팬들이 응당 그렇듯 그녀는 필연적으로 제인 오스틴에게 푹 빠져들었다. 그러면서 제인 오스틴을 더 많이 알고 더 깊이 이해하고 싶었고, 또 제인 오스틴이 작품을 어떻게 구상하고 집필했는지 알아내고 싶었다.

에비에게 이러한 열정적인 취미의 세계를 알게 해준 한 사람을 꼽는다면 그건 바로 학교를 그만두기 1년 전 마을에 부임한 루이스 선생일 터였다. 당시 애덜린 루이스 선생은 다소 긴장된 모습이었지만 특유의 유머러스함을 잃지 않고 수업에 임했었다. 그녀는 학생의 관심과 집중력을 끌어 올리고 수업을 원활하게 이끌어가는 방법을 직관적으로 깨우치고 있었다. 이로 인해 아이들은《노수부의 노래》,《에블리나》,《올랜도》,《서부 전선 이상 없다》같은 수 세기에 걸친 작가들의 다양한 작품들을 접하게 되었다. 루이스 선생은 작중 인물의 행동과 의도에 대해 설명하는 데 유달리 공을 들였다. 그녀는 아이들의 이해를 돕기 위해 조지 왕조 시대의 부유한 지주나 셰익스피어 희곡의 육군 장교를 동시대의 실존 인물과 연결시키는 방식을 택했다. 뿐만 아니라 전시 상황임을 고려해 타고난 영웅이 등장하거나 후천적 노력으로 만들어진 위대한 사람들이 등장하는 이야기를 수시로 들려주었다.

작은 마을의 학교 밖에서 벌어진 전쟁이 격렬해질수록 아이들은 넋을 잃고 루이스 선생의 이야기에 귀를 기울였다. 매주 토요일의 뉴스 영화에는 런던과 유럽 전역의 폭격 장면이 빠지지 않았으며, 전장에서 집으로 날아드는 전보도 나날이 늘어만 갔다. 슬픔에 잠긴 아이들이 격주로 학교에 등교했다. 비보를 접한 아이들의 얼굴은 대체로 하얗게 질려 있었고 눈에는 눈물이 가득했다. 마을 어른들은 전쟁이 장기화될 조짐을 보이고 있으며, 이런 시기일수록 정신 교육을 제대로 받아야 한다고 아이들에게 주입시키는 데 혈안이 되어 있었다. 에비가 평생 잊지 못할 극기와 끈기에 대해 배운 것도 이때였다.

새벽 한 시가 가까워지고 있었고, 그날 밤도 여느 때처럼 에비의 작업은 순조롭게 진행되는 듯 보였다. 그러다 서가에서《오만과 편견》의 초판본을 발견했고, 가죽 장정본을 천천히 훑어보다가 제인 오스틴이 오빠 에드워드 나이트의 아이 하나에게 직접 써준 헌사를 찾아냈다. 에비는 오스틴의 친필을 손가락으로 쓰다듬으며 의자에 앉아 있었다. 지금껏 살면서 손으로 만져본 것 중에서 이보다 더 신성한 건 없었다. 어린 시절 읽은 책 중에서, 그리고 제인 오스틴의 모든 소설을 통틀어서 에비가 가장 좋아하는 작품이 바로《오만과 편견》이었다. 이 부분에서도 에비는 루이스 선생에게 고마운 점이 많았다.

루이스 선생은 에비의 '지적 성숙함'을 조기에 알아보고, 에비에게 본인이 어린 시절부터 끼고 읽던《오만과 편견》을 추천해주었다. 애덜린의 예상대로 에비는 작품의 미묘하고 아이러니한 유머를 어렵지 않게 이해했다. 에비는 베넷 부부의 대화 장면을 특히 좋아했다. 베넷 부인은 딸을 새로 이사 온 부유한 이웃 빙리와 결혼시키고 싶어 일방적인 관심을 쏟아부었다. 자신의 동네로 이주한 이유가 빙리에게 어떤 '목적'이 있기 때문이라고 굳게 믿으면서 말이다. "목적이라니? 말도 안 되는 소리! 하지만 아이들 중 하나와 그이가 사랑에 빠질 가능성이 아주 없진 않지……." 에비는 이 장면이 너무나 재미있었다. 대사 하나에 베넷 부인의 아둔함과 절박하고도 일방적인 의도를 이렇게까지 여실히 담을 수 있다니.

하지만 루이스 선생의 수업이 시작되고 얼마 지나지 않아 학교 이사회의 남자들이 그녀를 면담하기 위해 뻔질나게 드나들기 시작했다. 에비는 루이스 선생이 그 남자들 앞에서 자신의 입장을 고수하고 수업의 가치를 강조하기 위해 대담하고 배짱 좋게 밀어붙이는 모습에서 커다란 매력을 느꼈다. 호기롭게 루이스 선생을 방문했던 남자 이사진들은 그녀의 주장에 기가 꺾여 별다른 소득 없이 발길을 돌려야 했다. 심지어 침착하지만 의사 특유의 고집스러운 태도를 지닌 그레이 박사조차 애덜린의 고집을 꺾을 수는 없었다. 그러다 루이스 선생이 이 마을에서 함께 나고 자라 연인 사이로까지 발전한 남자와 약혼을 했고, 아이들은 그녀가 교사 생활을 오래 지속하진 않을 거라고들 짐작했다. 1944년 봄 에비는 학교를 그만두었다. 1년 후 에비는 루이스 선생 역시 교직에서 물러났다는 이야기를 전해 들었다. 남편이 전사했고, 루이스 선생은 임신한 몸으로 직업도 없이 홀로 남겨졌다는 안타까운 소식도 들려왔다.

에비는 마지막 등교 날 루이스 선생이 건네준 고전 문학 목록—에비의 아버지가 끔찍한 트랙터 사고로 부상을 입고 오랫동안 병상에 있을 때 준 것과 전혀 다른 도서 목록이었다—을 파헤치며 지난 1년을 보냈다. 그녀는 루이스 선생의 흠잡을 데 없는 문학적 판단력에서 비롯된 선구안과 비록 검증은 받지 못했으나 분명히 타고난 뭔가가 있는 자신의 재능을 무기 삼아 이 시간을 버텨냈다. 에비는 앞으로 교육을 더 받을 수 있을지 장담할 수 없는 상황에 놓여 있었다. 하지만 언젠가 좋은 기회가 오리라는 희망을 품고 열심히 독서에 임했으며, 그날을 위해 자신의 능력을 꾸준히 갈고닦았다.

그러던 어느 날 에비는 〈더 타임스 문학 증보판〉에서 버지니아 울프에 대한 기사를 읽게 되었다. 울프는 위대한 작가들 중에서도 제인 오스틴의 작품이 가장 이해하기 어려웠다고 했다. 나이트가에서 일하게 된 것은 에비에게 남다른 의미가 있었다. 비록 지금은 이 집안이 쇠퇴의 길을 걷고 있지만 어쨌든 제인 오스틴과 관련된 집에서 일함으로써 위대한 작가에게 한 걸음 더 다가설 수 있었기 때문이다. 루이스 선생도 비슷한 말을 에비에게 했었다. 에비는 문학사에 길이 남을 위대한 작품의 환경을 이렇게 가까이서 느낄 수 있게 된 자신이 얼마나 행운아인지 곱씹으며 학교를 그만둔 스스로를 위로했다.

제인 오스틴의 유산에 가까이 다가갈 수 있는 좋은 생각이 에비의 머릿속에 떠오른 것도 이때 즈음이었다.

제인 오스틴의 아버지는 스티븐턴이란 마을의 교회 사택에서 살 적부터 수백 권의 책을 소장하며 서재를 꾸려놓았다고 했다. 그 덕에 어린 제인은 원하는 대로 책을 꺼내 읽을 수 있었다고 루이스 선생이 말했었다. 루이스 선생 역시 세상에 '나쁜' 책은 없다는 주의였기 때문에 실제로 일어난 일들은 죄다 인쇄물로 남겨야 공정하다며 학생들과 이사진들에게 주문처럼 읊어댔다. 루이스 선생은 어린 시절의 제인 오스틴이 '어른'들의 책을 읽을 수 있는 환경에서 자란 것이 작가로서의 재능을 키울 수 있는 원동력이 되었다고 믿었으며, 청소년기에 쓴 수많은 습작이 재능에 완벽함을 더해주었다고 단언했다.

에비는 나이트가의 서재 정도라면 필시 제인 오스틴이 빌려 읽었을 법한 책이 남아 있을 거라고 확신했다. 그녀는 서재의 먼지를 떨어내며 소장 중인 책의 규모를 파악한 다음 장서 목록을 분석해 책의 마모 정도를 파악하는 작업을 했다. 이렇게 하다 보면 제인 오스틴이 생의 마지막 시기에 어떤 독서 취향을 가지고 있었는지 가상의 도서 목록을 작성할 수 있을 것 같았다.

에비는 서재의 책장 한쪽에 작은 노트를 숨겨두고, 수천 권의 책을 하나하나 훑어가며 주목할 만한 것은 무엇이든 적어두었다. 모두가 잠자리에 들었을 시간이 되면 3층 다락방에 있는 자신의 작은 침실—에비가 일을 끝내고 집까지 걸어가기엔 다소 먼 거리라며 나이트 양이 배려해준 덕분이었다—에서 나와 이와 같은 작업을 진행한 지도 어느덧 1년 반이 훌쩍 지나 있었다. 에비는 매일 밤 서재의 작은 의자에 앉아 자신이 하는 일에 대해 누구에게도 털어놓진 않았다. 그녀는 아직 어리고 제대로 된 교육을 받지 못했지만, 나이트가의 서재라면 제인 오스틴은 물론이고 가치를 헤아릴 수 없는 수많은 책들에 대한 귀중한 통찰력을 배울 수 있으리라는 판단 정도는 할 줄 알았다. 또한 당분간은 이 은밀한 작업을 혼자만의 비밀로 하는 게 좋겠다는 결론을 내릴 수 있을 만큼 영리하기도 했다. 같은 날 이른 시간에 나이트 양이 소더비 경매의 누군가와 전화 통화를 했었다. 전쟁도 끝났겠다, 제인 오스틴의 소장품이며 편지, 친필 기록에 대한 사람들의 관심이 뜨거워질 게 불 보듯 뻔했다.

지금껏 에비는 2,000권이 넘는 책 중 1,500권의 목록을 작성했다. 하룻밤 평균 열 권가량의 책을 정리한 셈이었다. 그녀는 처음에 작업을 시작하면서 이 정도 규모의 책을 정리하려면 적어도 2년은 잡아야 한다는 계산을 했었다. 이 작업이 의미를 가지려면 모든 책을 한 권 한 권 일일이 훑어보아야 한다는 사실도 인지하고 있었다. 제인 오스틴이 남긴 작은 머리글자나 토씨 하나라도 빠뜨려선 안 되었다.

모든 책의 제목, 판권 정보, 그리고 여백에 남겨진 메모 따위를 노트에 베끼는 작업이 가장 부담스럽고 시간도 오래 걸렸다. 어떤 날에는 단 몇 권밖에 끝내지 못했다. 그래도 주말에는 나름 휴식 시간을 가지며 어머니의 농장 일을 돕고 아버지를 보기 위해 집에 갔다. 물론 이때도 에비는 애덜린이 준 도서 목록을 바탕으로 매일매일 꾸준히 정해놓은 목표를 쉬지 않고 이어나가야 한다는 생각을 마음속에 새기고 잊지 않았다.

조용한 달빛이 어룽거리는 9월의 밤 에비는 비교적 낮은 위치에 달린 등유 램프에 의지해 고대 게르만어로 쓰인 책장을 넘겨보고 있었다. 한 권이 몇 백 장씩 되는 전집이었다. 독일어의 기원에 관한 연구 책자에서 여백에 남아 있는 제인 오스틴의 글씨를 찾을 확률은 사실상 없으리라는 생각도 들었지만 어쩔 수 없었다.

그녀는 이런 순간이 올 때마다 몇 페이지 정도는 그냥 지나치고 싶은 유혹을 느꼈다. 하지만 머릿속에서 울리는 다른 목소리—세상이 그녀를 어떻게 바라보든 간에 상관없이 그녀에게 있는 그대로 특별하다고 말해주는—가 그녀를 앞으로 나아갈 수 있게 해주었다. 의욕이 저하되거나 피곤할 때면 이 고집스러운 내면의 목소리에 귀를 기울이며 마음을 다잡았고, 지금도 이 목소리는 자신에게 포기하지 말라고 말해주고 있었다.

어느새 새벽 두 시가 다 되었다. 슬슬 마무리를 할 시간이었다. 에비는 몇 번의 시도와 연습 끝에 하루 네 시간의 수면 시간을 확보할 수 있었다. 그녀는 적어도 앞으로 몇 달간은 이러한 일상을 유지할 수 있을 거라 자신했다. 부족한 잠은 충분히 조절할 수 있었다. 그레이트 하우스에서의 생활은 바쁘긴 하나 다소 무료하고 지적 호기심을 채우기도 마땅치 않으므로, 그녀는 이렇게 조용한 밤을 보내며 삶의 의미를 채워갔다.

크고 빽빽한 전집을 한 장씩 넘겨가며 가장자리를 샅샅이 살펴보는데 책의 뒷부분 중간에 약간 볼록하게 튀어나온 부분이 느껴졌다. 그녀는 최대한 빠르게 책장을 넘기며 마지막 페이지에 도달했고 거기서 편지 한 통이 툭 떨어졌다.

필체는 이전에 발견했던 주석, 비문, 여백의 친필 가운데 한 가지와 비슷해 보였다. 겉면에 소인이 찍혀 있지 않은 걸로 보아 부치지 못한 편지 같았다.

처음 편지를 읽으면서는 얼떨떨한 마음에 편지가 마치 신기루처럼 사라져버릴까 봐 매우 두렵고 조심스러웠다. 그러다 두 번, 세 번 천천히 다시 읽어가면서는 자신의 두 눈을 의심하지 않을 수 없었다. 편지는 그녀가 존재의 가능성을 염두에 두며 찾아 헤매던 그것이 분명했다.

에비는 최대한 충실하고 묵묵하게 노트에 편지를 베끼기 시작했다. 자신이 적은 편지 구절이 원문과 정확히 같은 단어로 시작되고 끝나는지, 문법이나 철자에 오류는 없는지, 문장 부호가 맞게 들어가는지 몇 번이나 확인했다.

이전에도 밤늦게 서재에 남아 글씨를 끼적이며 행복을 느꼈지만 지금처럼 흥분되는 순간은 없었다. 에비는 서재의 작은 의자에 홀로 앉아 보내온 수많은—어쩌면 헛될지도 모를—밤의 의미를 비로소 찾을 수 있게 되었다. 그녀는 이런 순간이 반드시 오리라 믿었기 때문에 결코 포기하지 않았었다. 덕분에 루이스 선생을 향한 그녀의 믿음 또한 굳건해졌다.

에비는 이 밤의 발견을 시작으로 더 거대한 세상에 한 걸음 다가갈 수 있게 되었다.

버지니아 울프의 묘사를 빌리자면, 제인 오스틴은 에비에게 딱 걸린 것이었다.

제 8 장

햄프셔주, 초턴
1945년 10월

어느 금요일 늦은 오후 해리엇 페컴이 그레이 박사의 반쯤 열린 진료실 문을 두드렸다. 그레이 박사는 고개를 들어 그녀의 얼굴을 보았다. 최근 들어 그는 간호사 페컴의 얼굴에 떠오르는 다양한 표정을 머릿속으로 분류하는 혼자만의 작업을 시작했다. 그녀와 오랜 시간 일해왔음에도 그녀의 속을 좀처럼 파악하기 힘들다는 생각에서였다. 그레이 박사의 평소 성격대로라면 해리엇 페컴같이 뭐라도 하나 캐내려고 눈에 불을 켜는 사람보다 쓸데없는 농담을 하지 않고 은근히 떠보거나 끼어들지도 않으면서 그저 웃기만 하는 사람을 선호했을 터였다.

"죄송해요, 그레이 박사님. 루이스 부인이 전화를 주셨네요." 해리엇은 문틈으로 몸을 살짝 더 내밀고는 소곤거리며 덧붙였다. "애덜린 그로버 양의 어머니요."

"루이스 부인이 누군지는 나도 압니다, 페컴 양." 그레이 박사가 대꾸했다. "진료실로 돌려줘요."

"네. 알겠습니다, 박사님." 해리엇이 문 앞을 서성이다가 사라졌다. 그레이 박사는 수화기를 들고 복도 저편에서 수화기를 내려놓을 때까지 잠자코 기다렸다.

"루이스 부인, 무슨 일입니까? 애딜린 일입니까?"

"네, 박사님. 저녁 시간에 연락드려 죄송해요."

"전혀요. 진통이 시작됐습니까?" 그가 벽에 걸린 달력을 곁눈질하며 물었다. "좀 이른데요. 아직 한 달은 더 남았습니다만."

"확실하진 않아요, 박사님. 그냥 상태가 안 좋은가 봐요. 애딜린이 이렇게까지 걱정한 적은 없었는데요."

"그렇다면 뭔가 있단 소린데," 그레이 박사가 자리에서 일어나 왕진 가방을 챙기기 시작했다. "전화 잘하셨습니다. 지금 출발하겠습니다. 애딜린한테 5분 정도 걸린다고 전해주십시오." 이 정도 시간이라면 마을 반대편까지 넘어가는 데 충분할 것이었다.

그레이 박사는 검은색 왕진 가방을 손에 든 채 마을의 큰길을 최대한 빠르게 걸어갔다. 골목을 돌아 그로버가의 자그마한 집 앞에 도착한 그는 천천히 숨을 골랐다. 서둘러 찾아온 기색을 내비침으로써 루이스 부인의 걱정에 불안까지 보태고 싶지 않았기 때문이다. 현관은 이미 활짝 열려 있었고 루이스 부인이 그를 기다리고 있었다.

"딱 맞춰 오셨어요. 애딜린이 깊이 감사해할 거예요." 그녀가 말했다. 그레이 박사는 코트도 벗지 않고 루이스 부인의 뒤를 쫓아

좁은 층계를 올랐다.

하지만 침대에 누운 애덜린은 감사한 얼굴이 아니었다. "어머니, 제발, 말했잖아요. 별로 심각하지 않다니까."

그레이 박사는 애덜린의 말을 못 들은 척하며 침대맡에 앉아 그녀의 손목을 잡고 맥박을 쟀다. 그러고는 청진기로 심장과 폐의 소리를 듣더니 손등으로 이마를 짚어보았다.

"어때요? 저 통과했나요?" 애덜린이 장난스러운 미소를 지으며 물었다.

"증상이 어떤데."

그녀는 문간에 서 있는 친정 어머니를 힐끗거렸다. "어머니, 가서 그레이 박사님 드릴 아주 진한 진토닉 한 잔만 만들어줄래요? 진찰 끝날 때쯤이면 필요하실 거야." 루이스 부인은 방문을 열어둔 채 마지못해 아래층으로 내려갔다.

"귀찮게 해드려 죄송해요." 애덜린은 그레이 박사가 등에 받쳐준 베개에 몸을 기대며 말했다. "그냥 가벼운 경련이에요."

"어디에서 경련이 나는데?"

"배 아래쪽이요."

"허리 아래쪽도 통증이 있니?"

"그렇진 않아요. 아주 경미한 통증이 왔다 갔다 해요."

"피가 비치진 않고?"

애덜린은 고개를 저었다. "아니요. 오늘은 없었어요. 어젯밤에 피가 몇 방울 비쳤다가 금방 멈췄어요. 이 정도는 괜찮잖아요. 그렇죠?" 그녀가 재촉하듯 물었다.

그레이 박사가 청진기로 아랫배를 진찰하며 말했다. "심장은 잘

뛰고 있지만 계속 지켜보는 게 좋을 것 같다."

"아, 그 부분은 걱정 안 하셔도 되겠어요. 어머니가 절 꽁꽁 가둬놨으니까요."

"부인에게도 첫 손주라 그러시겠지." 그레이 박사가 청진기를 가방에 넣은 다음 자리에서 몸을 일으키는데 애덜린이 그를 향해 손을 뻗었다.

"잠깐 더 계실 수 있으세요? 어차피 제 덕에 병원 진료도 끝났잖아요."

"가봐야지. 너도 좀 쉬고."

"그럼 진토닉은 꼭 드시고 가세요."

새하얀 레이스 나이트가운에 똑같이 새하얀 베개에 기대앉은 애덜린은 무척이나 피곤해 보였다. 창백하게 질린 그녀의 얼굴을 보고 있자니 차마 발이 떨어지지 않았다.

"애덜린, 혹시라도 무슨 일이 생기면 어머니한테 말해서 나한테 전화하시라고 해. 아주 작은 증상 하나라도 있다면 꼭 그래야 해."

"걱정하시는 거예요?"

그레이 박사는 왕진 가방을 집어 들며 말했다. "그것도 그렇지만 네가 자제력이 얼마나 강한 사람인지 알고 있어서 하는 말이야. 아무리 작은 증상이라도 놓치면 안 돼."

"자제력이요? 제가요? 학교 이사회와 그 난리를 쳤는데요. 생각 안 나세요? 제 기억이 정확하다면 전 입을 다물 줄 모르는 사람인데요."

그레이 박사는 피식 웃고 말았다. "다른 일들에 대해선 자제력이 썩 훌륭한 편은 아니지. 그건 그래."

"아무튼 말씀하신 대로 할게요. 그래도 어머니가 전화할 때마다 이렇게 쏜살같이 달려오진 않겠다고 약속해주세요. 아까 방에 들어오실 때도 정말 박사님다워 보이지 않았어요."

그레이 박사는 떡갈나무로 만든 낡은 난간의 상태가 괜찮은지 손으로 짚어보며 계단을 내려갔다. 그러고는 아래층에 다다르자 다시 한번 뒤를 돌아보았다. 루이스 부인이 손에 진토닉을 들고 그를 기다리고 있었다.

"애덜린더러 계단 내려올 때 꼭 난간을 잡으라고 하십시오. 몸이 균형을 잃을 수도 있습니다. 벌써 배가 많이 불렀어요."

루이스 부인이 진토닉을 건네주며 그를 현관 옆 응접실로 안내했다. "애덜린한테는 그런 말씀 마세요. 어찌나 고집스러운지 기함하실 거예요."

"그럼요. 잘 알죠." 그가 진토닉을 들이켜며 말했다. "학교도 애덜린을 많이 그리워합니다."

바로 옆 소파에 앉은 루이스 부인이 대꾸했다. "애덜린은 본인이 하고 싶은 일만 하는 아이예요."

"그것도 잘 알죠. 어리석은 이사회가 애덜린을 너무 몰아세웠어요." 그레이 박사가 소파에 등을 기대고 앉으며 루이스 부인을 바라보았다. "언젠가는 복직하겠죠? 그렇지 않습니까? 애덜린의 재능을 이대로 썩히기엔 너무 아깝습니다."

"모르죠. 지금은 배 속의 아기 생각밖에 하질 않아서. 응당 그래야 하고."

"저도 부인 생각엔 동의합니다." 루이스 부인이 자신을 빤히 쳐다보자 그레이 박사는 이상하게 부끄러운 마음이 들었다. 마치 아직 하지도 않은 일로 그녀에게 꾸중을 듣는 듯했다. 그는 멋쩍게 방 안을 둘러보다가 지난겨울에 있었던 애덜린과 새뮤얼의 결혼식 사진에서 시선이 멈추었다. "애덜린이 새뮤얼 이야기를 자주 합니까?"

"그건 왜 물어보시는 거죠?" 루이스 부인이 딱딱하게 되물었다.

"별 뜻은 없습니다. 저도 사별한 심정이 어떤 건진 잘 알고 있으니까요. 곧 아이가 태어난다는 기분은 잘 모르지만."

"아니요. 모르실 거예요. 박사님은 운이 좋으셨잖아요. 저도 그렇고요. 사별한 배우자와 많은 시간을 보냈으니 추억할 게 남아 있기도 하고요." 그녀가 말을 이어나가자 그레이 박사는 자세를 바르게 고쳐 앉았다. "슬프지만, 아주 잠깐의 결혼 생활이라고 해서 상실감을 상쇄시켜주진 않을 거예요. 중요한 건 마음에 남은 상처겠죠. 애덜린과 새뮤얼은 갓난아기였을 때부터 함께였어요. 새뮤얼에겐 애덜린이 전부나 다름없었을 텐데. 새뮤얼은 말을 떼자마자 애덜린과 결혼하겠다고 했던 아이예요. 근데 어떻게 됐나요. 결혼하고 뭐, 일주일이나 살았나, 바로 그 끔찍한 전쟁터에 나갔잖아요. 일주일짜리 결혼이라니. 우리 딸이 혈혈단신으로 아기를 키울 생각만 하면……."

"재혼할 수도 있잖습니까."

"박사님은요? 재혼하실 건가요?"

그레이 박사는 미소를 지으며 남은 술을 단숨에 들이켰다. "아니요. 전 나이가 너무 많죠. 저 같은 늙은이랑 어느 누가 결혼하고 싶어 하겠습니까."

"아유, 박사님," 루이스 부인이 그레이 박사의 말을 끊으며 단호하게 대꾸했다. "박사님은 본인을 너무 과소평가하시네요. 페컴 양도 있고." 그레이 박사가 몸을 일으켜 세웠다. 애덜린의 배짱과 날카로운 화법이 누구를 닮았는지 알 것 같았다.

"부인, 시간은 전혀 상관없으니 조금이라도 무슨 일이 있으면 연락 주십시오. 특히 출혈이 보이면 무조건 연락하셔야 합니다."

o——o

그레이 박사는 깊은 잠에 빠져 있었다. 집으로 돌아와 마신 두 번째 진토닉이 효과를 발휘한 건지, 아니면 이 밤을 홀로 보내야 한다는 생각 때문인지 모르겠지만 쓰러지듯 일찌감치 잠이 들었던 것이다. 그래서 한밤중에 울린 전화벨 소리에 정신을 차리고 무슨 일이 일어났는지 깨닫는 데 몇 초가 걸렸다.

공포에 질린 루이스 부인을 뒤로하고 침실에 들어선 그레이 박사의 눈앞에 피로 물든 침대 시트와 양동이며 수건이 바닥에 널브러져 있는 광경이 펼쳐졌다. 방 한가운데에 애덜린이 누워 있었다. 고통에 몸부림치며 비명을 내지르는 그녀의 새하얀 레이스 나이트가운이 이리저리 찢기고 피로 물들어 있었다. 하얗게 질린 손으로는 침대 기둥을 움켜쥐고 있었다.

그가 애덜린의 복부를 최대한 조심스럽게 살펴보며 미세하게 압박을 가할 때마다 그녀의 몸이 움찔거렸다. 그는 청진기로 그녀와 아이의 심장 박동을 확인한 다음 한 걸음 뒤에서 오들오들 떨고 있는 루이스 부인에게 말했다.

"아기의 심장 박동이 불규칙적입니다. 통증도 출혈도 너무 빨리 진행되고 있어요. 병원에 전화하셔서 제가 부른 구급차가 오고 있는지 다시 한번 확인해주십시오."

그레이 박사의 단호한 어조에 놀란 루이스 부인이 황망한 얼굴로 방을 뛰쳐나갔다.

루이스 부인이 자리를 비우자 애덜린이 그레이 박사의 팔을 움켜쥐며 물었다. "아이는 괜찮은 거죠?"

"당장 병원에 가야 해. 아직 진통이 온 건 아니지만 하혈이 너무 심해. 그러면 배 속의 아기가 스트레스를 심하게 받을 거야."

애덜린은 그의 팔을 더욱 세게 그러쥐며 말했다. "아이가 잘못됐나요? 사실대로 말씀해주세요, 박사님. 제발 부탁이에요."

"제왕 절개 수술을 할 거야. 아기가 너무 지쳐서 자연 분만을 할 수가 없어. 물론 배 속의 아이가 안전하게 태어나지 못한다는 건 절대 아니야. 하지만 서두르는 게 좋겠다. 1층으로 내려가자. 할 수 있지?"

그레이 박사는 애덜린에게 로브를 덮어준 다음 그녀를 부축해서 할 수 있는 한 조심스럽고 빠르게 좁은 계단을 내려왔다. 운전사와 구급 대원이 차에서 뛰어내려 들것을 들고 달려왔다.

구급차가 얼턴을 향해 내달렸다. 그레이 박사는 애덜린의 이마에 젖은 수건을 얹어주고 얼음장처럼 차가운 손을 주무르는 것 말고는 달리 해줄 수 있는 게 없었다.

그레이 박사의 오랜 동료인 외과 의사 하워드 웨스트레이크 박사는 예후가 좋지 않다는 말과 함께 수혈이 필요할 경우를 대비해 30킬로미터쯤 떨어진 윈체스터 병원의 혈액 저장소에서 혈액을 가져와야 한다고 했다. 둘은 여기보다 시설이 훨씬 나은 햄프서 병원까지의 거리를 익히 알고 있었다. 지난 세월 동안 마을 사람들이 심각한 상태에 빠질 때를 대비해 미리 계획을 세워두고 혹독하게 익혀놓은 덕분이었다. 애덜린이 수술 준비를 하는 틈에 그레이 박사는 웨스트레이크 박사에게 그녀의 상태에 대해 짤막한 브리핑을 해주었다.

"태반 조기 박리인 것 같아." 그레이 박사가 반쯤 속삭였다. "증상이 정확히 맞아떨어져. 출혈이며 자궁 압통이며, 태아의 심장 박동 수도 그렇고."

웨스트레이크 박사가 그레이 박사의 얼굴을 주의 깊게 살피며 말했다. "곧바로 분만을 시도해본 건가?" 그의 질문에 그레이 박사가 고개를 내저었다. "태아에게 너무 부담이야. 자네도 알다시피 그럼 산모까지 위험하고. 만일의 상황에 대비해서 병원으로 오는 게 더 나았어."

잠시 생각에 잠긴 그레이 박사가 수술실 내부가 들여다보이는 좁은 창문을 통해 애덜린을 보았다. 긴 갈색 머리가 부채처럼 뒤로 축 늘어져 있고, 얼굴에는 마취용 마스크가 씌워진 상태였다.

"하워드, 산모가 제일 중요하다는 데 자네도 동의하지? 논문만 봐도 말이야……."

"벤저민, 전에도 수없이 이야기하지 않았나. 자네도 내 맘 알면서. 걱정할 거 하나도 없네." 그레이 박사는 알았다는 듯 고개를 끄덕이긴 했지만 커다란 충격을 받은 듯했다. 웨스트레이크 박사는 눈앞의 친구가 자기 말을 제대로 듣기는 한 건가 싶었다.

"일단 집에 가서 좀 쉬게, 벤저민. 알았어? 오래 걸릴 거야. 결과가 어떻든 그로버 부인은 내일 자네가 필요할걸세. 다 끝나면 전화할게."

그러나 그레이 박사는 잠 한숨 이루지 못하고 병원에서 밤을 지새웠다. 눈만 감았다 하면 당장 기절할 듯 잠에 빠져들 것 같았지만 기를 쓰고 지옥의 문턱을 지키며 애덜린이 그 속으로 빠지지 않기를 간절히 바랐다. 애덜린은 아직 너무 젊었고, 앞날이 창창했다. 무슨 일이 있어도 이대로 삶을 끝내서는 안 되었다. 그는 그녀의 미래를 자신의 눈으로 직접 보기 위해 무엇이든 해야 했다. 형언할 수 없는 본능적인 뭔가가 그의 내면을 마구 휘저어대기 시작했다.

제 9 장

햄프셔주, 초턴
1945년 11월

애덜린이 딸을 잃은 지도 어느덧 한 달이 다 되었다. 그레이 박사는 오늘도 애덜린의 머리맡에 앉아 그녀를 돌보는 중이었다.

애덜린이 겪은 상실의 고통은 헤아릴 수 없을 만큼 깊다는 걸 그도 알고 있었다. 애덜린은 새뮤얼의 급작스런 죽음으로 말미암아 파도처럼 밀려든 슬픔을 엄마가 되리라는 희망과 꿈으로 견뎌냈다. 그녀는 그 고통에서 살아남기 위해 아이를 생각하고 품으면서 손에 쥔 모든 것을 쏟아부었다. 그리고 이제 그녀에게 남은 건 아무것도 없었다. 수년간의 연습 끝에 그레이 박사가 깨달은 게 두 가지 있었다. 그건 바로 때로는 견딜 수 없을 만큼 커다란 고통을 겪는 사람도 있다는 것, 그리고 이런 고통은 어마어마한 전쟁의 피해보다도 훨씬 더 끔찍하다는 것을 말이다.

그날따라 애덜린은 보이지 않는 벼랑 끝에서 떨어지지 않으려는 듯 그레이 박사의 양복 소매를 힘껏 잡아당기며 그의 팔을 움켜쥐었다.

"이대로 고통이 끝났으면 좋겠어요. 저 좀 도와주세요."

"알아, 애덜린. 그 맘 나도 알아. 시간이 지나면 괜찮아질 거야. 약속해."

"거짓말. 모든 사람들이 다 그런 건 아니라는 거 아시면서." 애덜린이 그에게서 고개를 돌리며 잡고 있던 팔을 거세게 밀쳐냈다. "살면서 사랑하던 모든 것들을, 모든 사람들을 다 잃어버렸는데 어떻게 그래요? 만약 이 고통이 끝나지 않는다면 그땐 뭐라고 말씀하실 건가요?"

돌아누운 그녀의 뒤통수를 물끄러미 내려다보며 그가 입을 열었다. "네가 다시 행복해지려고 한다 해서 누구도 널 비난하진 않아."

"남들이 뭐라고 생각하든 상관없어요." 그녀가 거칠게 되받아쳤다. "난 내가 가진 모든 것을 새뮤얼에게, 그다음엔 우리 아기에게 다 내줬어요. 내가 가진 마지막 한 조각까지 전부 다. 그게 날 다치게 할 줄 알면서도요. 난 그저 운에 맡긴 것뿐인데. 내 잘못이에요." 애덜린은 그녀답지 않은 자조적인 웃음을 터트렸다.

"넌 모든 게 네가 마음먹은 대로 움직인다고 생각하는구나. 인생마저도."

그녀가 다시 돌아누우며 그레이 박사를 쳐다보았다. "네. 그래요. 그러는 박사님은요? 박사님도 꼭 그렇게 행동하시잖아요." 그레이 박사가 자신을 빤히 쳐다보는 애덜린의 시선을 받으며 자세를 고쳐 앉았다. "지금 내 얘길 하자는 게 아니잖아, 애덜린."

"어쩌면 박사님에 대한 대화가 필요한 건지도 모르죠."

"애덜린, 맘껏 화내고 짜증 내. 그런 건 다 괜찮아. 하지만 네 주치의로서, 그리고 바라건대 네 친구로서 나한테 화내는 건 적절치 않은 것 같은데. 어떻게 생각하니?"

애덜린이 다시 그에게서 고개를 돌리며 대꾸했다. "아, 적절하지 않다, 알았어요. 죄송해요. 그냥 뭐라도 좀 주세요. 제발. 잠 좀 잘 수 있게 도와주세요. 제발 부탁이에요. 이번 한 번만요."

그레이 박사가 늘 가지고 다니는 검은 가방에 손을 뻗었다. 애덜린의 부탁이라면 한없이 마음이 약해지는 그는 사무실에서 채워온 작은 약병을 꺼냈다. 그저 애덜린이 더 이상은 그에게 요구하는 게 없기를 바라는 마음뿐이었다.

그는 말없이 유리병을 침대 머리맡의 탁자에 올려놓은 다음 어둑한 침실을 조용히 떠났다.

초겨울의 보랏빛 노을 사이로 걸어 나온 그레이 박사는 애덜린의 상실감과 스스로의 공허함에 짓눌린 채 1킬로미터 남짓 떨어진 자신의 집으로 향했다. 병원에서 보낸 그 끔찍한 밤에 시작된 당황스러움과 혼란스러움이 몇 주째 이어졌고, 애덜린을 염려하는 마음에 무력감이 스며들기 시작했다.

설상가상으로 그는 애덜린에게 아무런 도움이 되지 않는—그 자신에게처럼—약까지 놓고 나왔다. 모르핀은 그녀가 견뎌야 할 일들을 회피하고 내면의 목소리를 무시하며 살아갈 수 있게 도와주었다. 그는 그녀가 모르핀을 통해 마음속 깊은 곳의 자아를 제거함으로써 가까스로 삶을 이어나가게 하는 일 말고는 해줄 수 있는 게 없었다. 그의 손으로 고통을 멈출 수 없었고, 그녀에게 살아야 할 이유를 만들어줄 수도 없었으며, 머릿속에 남은 트라우마도 치유해줄 수 없었다. 그는 일련의 일들을 곱씹어보며, 좋은 의사는 삶이 송두리째 뒤흔들리는 위기에 처한 환자에게 어떤 처방을 내릴지 생각해내기 위해 고민을 거듭했다. 사실 그는 이 질문에 대한 답을 찾고자 인생의 호시절을 모조리 쏟아부어왔다. 하지만 오늘 밤만은 예외였다.

간호사는 이미 퇴근하고 없었다. 그는 여느 때처럼 적막하고 외로운 집으로 들어갔다. 외투와 가방을 현관 옆 낡은 벤치 위에 내던지고, 진료실을 지나 집무실까지 천천히 가로지른 다음 등 뒤로 문을 닫았다.

그가 두고 간 나머지 약병이 책상 위에 그대로 있었다. 원래는 약병을 보관하는 곳에 잘 두고 잠가놓아야 했다. 하지만 그는 1회분 이상의 약을 책상에 방치한 채 자신이 없는 사이에 누군가 약을 훔쳐갔으면 하는 마음으로 진료실의 문을 잠그지 않고 그대로 두었다.

그레이 박사는 책상 앞에 앉아 너울거리는 투명한 액체를 물끄러미 바라보았다. 그는 갖은 애를 써서 자신이 행하고자 하는 일을 하지 말아야 할 이유를 생각했다. 그러고 나면 정말 타당한 이유가 하나나 두 개쯤 꼭 떠올랐다. 머릿속에 죽은 아내, 웨스트레이크 같은 동료 의사, 고해성사를 했던 파월 목사 등등 다른 사람들의 목소리가 들려오는 것이 아직 귀가 멀진 않은 모양이었다. 사람들은 고통에 대해 그 어떤 경고도 해주지 않았다. 거대한─너무나도 커서 이 고통을 품고 내일을 맞이하느니 차라리 죽는 게 낫겠다 싶을 정도의─고통은 결코 줄어들지 않으며 시간이 갈수록 현실 속으로 더 가까이 침투해왔다. 마치 세월이 흘러도 줄어들거나 늘어나지 않는 무한한 슬픔의 순환처럼 말이다. 슬픔은 고통과 더불어 팽창하고 고통을 먹고 자라며 온 주변에 전염되었다. 슬픔의 표면에는 당사자가 겪은 것만큼의 강력한 슬픔을 아직 경험해보지 못한 사람들이 베푸는 선의로 인해 쉽게 사라지지 않는 교활한 어둠이 상주했다. 이 어둠은 모든 것을 감추어버리며, 심지어 몇 안 되는 소박한 약속까지도 집어삼켰다.

출구 없는 곳에 갇혀버린 듯한 좌절감에 빠지면 결국 최선을 다하거나 올바르고 현명하게 살아갈 의욕을 상실하게 될 것이었다. 삶이 그저 연명되기만 한다면 무슨 의미가 있겠는가.

그의 앞에 놓인 약병은 누구도, 그리고 무엇도 해주지 못했던 일을 도와주겠다고 약속하는 것 같았다. 그는 하느님의 심판에 저항하기로 마음먹었다. 다른 사람이 그의 일탈을 알아차린다면 어떻게 될지에 대해서는 이미 관심조차 없었다. 행여 들통이 나더라도 그가 생각보다 오랫동안 생존했다는 의미 그 이상도 이하도 아닐 터였다.

그는 약을 향해 손을 뻗었다. 커튼을 내려 모든 빛을 차단하고는 어둡고 작은 침실에 홀로 오도카니 앉아 있던 애덜린처럼 약을 한 모금 마셨다. 구원이 그의 몸을 타고 흘렀다. 제아무리 찰나의 구원일지라도, 제아무리 환상에 지나지 않는 구원일지라도 전혀 상관없었다.

○──○

애덤 버윅은 일찌감치 퇴근해서 집에 머무르는 중이었다. 수확기가 끝나자 낮이 점점 짧아졌다. 늦은 오후 새의 지저귐이 멎고 햇살이 긴 그림자를 그리기 시작하자 그는 빨리 밤이 오기만을 기다렸다. 그는 올해 내내 거의 매일같이 쟁기질을 하고 가축을 먹이는 마구간 잡일을 하며 다가올 휴식의 계절을 오매불망 기다렸다.

일단 겨울이 되면 독서 시간이 충분해질 것이었다. 애덤은 제인 오스틴의 작품을 다시 읽으며 겨울을 보냈다. 어떨 때는《오만과 편견》마저 다시 읽기도 했다.

그는 진한 커피 한 잔 그리고 낡은《오만과 편견》문고본과 함께 부엌 식탁에 앉아 다아시가 건넨 엉망진창 일색인 첫 번째 프러포즈 장면을 읽고 있었다. 읽을 때마다 느끼는 거지만 다아시의 둔감함은 정말이지 너무나 놀라웠다. 특히 애덤같이 세심함—너무 세심해서 탈일 정도로— 빼면 시체인 사람 입장에서는 여러모로 다아시의 행동이 이해가 되지 않았다. 다아시는 무의식중에 대물급 삽질을 했다. "내가 당신의 열등한 인맥을 기뻐하기라도 할 거라 기대하셨습니까? 나보다 확실히 낮은 집안의 당신과 나의 관계에 희망이 드리운다고 자축이라도 할 줄 아셨습니까?"라니. 애덤은 이 장면만 나오면 참지 못하고 책을 덮었다. 그런 다음 폭주하는 피츠윌리엄 다아시에게 그만하라고, 왜 손수 굴욕의 무덤을 파느냐고 실제로 고함을 쳤다.

애덤은 서로를 정직하게 대하고 신분에 상관없이 진심으로 보살피는 제인 오스틴의 작품 속 세상이 너무 좋았다. 따뜻한 식사 한 끼 나눌 수 있는 가족이 있는 베이츠 양의 세계도, 약혼자를 잃고 슬픔에 잠식된 벤윅 대령을 거두어준 하빌 가문도 애덤을 흐뭇하게 했다. 심지어 거만하고 무심하기 짝이 없는 버트럼조차도 패니 프라이스에게 거처를 제공해주지 않았는가. 게다가 정기적으로 주고받는 장문의 편지들은 사람들이 아무리 극복하기 힘든 물리적 거리에 놓여 있더라도 그들의 마음이 가깝게 느껴지도록 만들어주기에 충분했다. 비록 애덤의 현실 속 삶은 좌절로 점철되어 있을지언정, 그는 사회적 위험을 최소화하면서 가능한 한 깊고 의연한 배려를 보여줄 수 있는 방법을 진지하게 고민하는 일을 게을리하지 않았다.

"오늘도 줄이 끔찍하게 길더구나. 사람 한 명당 오렌지 하나라니. 그나마도 쓴맛이 너무 많이 나. 그리고 우체국에 갔다가 해리엇 페컴을 마주쳤지 뭐니. 우리한테 온 우편물은 없었지만 말이야. 아무튼 해리엇이 그러는데 애덜린 그로버가 영 잘 못 지내나 보더라." 어머니는 의기양양한 태도로 이야기를 전하며 애덤을 지나쳐 부엌으로 걸어 들어갔다. 그러고는 배급 통장과 식료품이 든 작은 가방과 돌돌 말린 신문을 조리대에 올려놓았다. 그녀는 애덤에게 눈길 한번 주지 않으며 주전자 앞에 서서 말을 이어갔다. "거봐라, 내가 그럴 거라 했지."

애덤은 이만 책을 덮을 때가 왔음을 깨달았다.

"그 가엾은 아이가 침대에 누워만 있나 보더라. 그레이 박사가 항시 걱정하며 붙어 있는 모양이야. 애를 낳다가 그리됐으니. 수시로 애덜린을 들여다본다나 봐. 지금은 아예 그 아이만 진료한다는데."

"당장은 애덜린이 제일 중요한 환자니까 그렇겠죠."

난로 앞에 서 있던 어머니가 뾰족한 시선으로 아들을 돌아보았다. "넌 아직 한창인 애가 왜 애덜린을 한번 찾아가보지도 않는 거냐?"

애덤이 앞에 놓인 책을 멀찌감치 밀어냈다.

"아들, 사람은 알아서 기회를 잡아야 돼. 너도 얼른 널 돌봐줄 사람을 찾아야지. 너도 알다시피 어미가 영원히 너랑 살 순 없잖니."

당연히 애덤은 알고 있었다. 어머니는 잊을 만하면 한 번씩 이런 소리를 했다. 그는 어머니의 이런 잔소리가 싫었다. 애덤이 생각하는 배려와는 정반대의 느낌을 불러일으켰기 때문이다. 어머니의 태도는 그가 책에서 읽은 더 행복한 세계의 열쇠를 찾는 데 전혀 도움이 되지 않았다. 어머니의 말을 들으면 답답하고, 절망스럽고, 더욱 외로워질 뿐이었다.

"애덜린 그로버는 저 같은 남자한텐 관심도 없어요, 어머니. 그리고 지금은 그런 이야기를 할 시기도 아니고요."

"참나, 너 좋을 대로 해라. 아무튼 시기가 그렇든 아니든 마을에서는 항상 널 두고 이러쿵저러쿵 입방아를 찧어댄다는 사실만 알아두려무나." 어머니는 어깨를 으쓱하며 기어코 한마디 쏘아대고는 조리대로 가서 빵과 버터를 잘랐다. 그리고는 차를 한 잔 만들어 들고 애덤의 반대편에 앉아서 아들이 읽던 책을 힐끗거렸다.

"예전에 읽은 거 아니니?"

"작년 겨울에요."

"독서를 너무 많이 하는 것 아니냐? 그것도 그 여자 책만 너무 많이. 차라리 외출을 좀 해. 얼턴에도 좀 자주 가고."

"얼턴은 자주 가고 있어요."

"맨 영화만 보러 가잖니. 극장에 혼자 앉아서 청승맞은 사랑 영화나 보고. 아니면 책이나 읽고." 어머니가 책을 곁눈질하며 못마땅한 듯 혀를 찼다. "제 아버지마냥 책에 코를 박고 사니, 원."

애덤이 커피를 재빨리 삼키고는 자리에서 일어섰다.

"어디 가니?" 어머니가 둥글게 말려 있던 석간신문을 펼치며 물었다.

"루이스 부인이 서리가 심해지기 전에 마당에 짚을 깔아야 한다고 했었거든요. 도와드린다고 약속한 게 생각나서요. 한 시간쯤 있으면 해가 지니까."

"그래? 잘 생각했다." 어머니가 신문을 집어 들며 그제야 아들을 향해 만족스러운 미소를 지어 보였다.

◦——◦

애덜린 그로버는 응접실 앞쪽 창가 옆에 임시로 만들어놓은 자기 자리에 가 앉았다. 마당 창고에서 발견한 낡은 여닫이문 한 짝을 가져다가 폭이 넓은 창문턱과 비슷한 높이의 라디에이터 위에 걸쳐놓은 것이었다. 위에다가는 두꺼운 누비이불을 깔고 쿠션도 몇 개 가져다놓았으며 책도 몇 권 두었다. 하지만 그녀는 책 대신 창밖의 마을 사람들이 살아 움직이는 걸 지켜보며 대부분의 시간을 보냈다.

그녀는 자신이 곤경에 처해 있다는 사실을 알고 있었다. 가끔은 새뮤얼이 아직도 세상 어딘가에서 전쟁을 하고 있을 것 같다는 생각이 머릿속을 지배함으로써 새뮤얼의 부재를 온전히 인정하지 못한다는 것도 잘 알고 있었다. 새뮤얼의 죽음을 극복하는 일은 아주 어렵고 복잡했다. 아기를 잃은 것과는 결이 달랐다. 그

녀는 새뮤얼과 아기를 모두 잃어버린 현실을 좀처럼 이겨내지 못
했으며 앞으로 나아가는 일은 꿈도 꾸지 못했다. 가끔 과거에 자
신이 얼마나 당당하고 똑똑한 사람이었던가를 생각하면 새삼 놀
라웠다. 그리고 다시는 그런 모습을 되찾을 수 없을 것 같았다. 그
녀는 이토록 거대하고 피할 수 없고 잘못되어도 한참 잘못된 일
이 자신에게 일어나리라 예상하지 못했다. 하지만 애덜린은 자신
이 괜찮아 보이도록 다른 사람들의 눈을 속일 만큼 영리했다. 이
는 그녀에게 일종의 게임이나 마찬가지였다. 그녀는 아무렇지 않
아 보이기 게임을 하는 동안 진짜 본인의 모습, 그러니까 모든 것
이 잘못되기 전의 모습에서 완전히 분리되는 듯한 느낌이 들었고
심지어 자유롭기까지 했다. 그녀는 감정을 아주 객관적으로, 아주
완벽하게 단절시키는 스스로의 능력에 새삼 감탄하며 성취감 비
슷한 것도 느꼈다.

애덜린은 남자들의 마음을 조금씩 들여다보는 눈도 생겼다. 그
녀는 감정 회피와 과잉 행동이 불러온 삶이 과연 어떤 방향으로
흘렀을까 궁금했다. 새뮤얼의 철옹성과도 같았던 낙관주의—두
사람이 반드시 결혼하고 말리라는 그의 결심, 애덜린이 어떤 실수
를 해도 용서해주던 태도, 늘 밝은 성격과 행복했던 얼굴 등—는
현실적으로 정반대의 결과를 낳았다. 어쨌거나 그녀는 새뮤얼의
그런 모습과 애덜린이 하루하루를 견딜 수 있게 도와주던 새뮤얼
만의 방식을 무척이나 사랑했었다. 그가 있었기에 매일이 새로웠
고 어제는 돌아볼 필요가 없었으며 내일은 걱정할 이유가 없었다.

애덜린은 폭격을 앞둔 비행기, 새뮤얼의 눈앞에서 덜컹거리는
계기판, 드넓은 바다와 바위섬을 머릿속에 그려보았다. 그리고 이

순간 그가 느꼈을 혼란과 고립감 따위를 상상해보았다. 새뮤얼은 분명 노력이 필요치 않은 순간에도 최선을 다해 모든 걸 바쳤을 것이다. 물론 그 하나쯤이야 다른 사람에게는 궤도 위 작은 얼룩일 뿐이었겠지만, 새뮤얼은 외줄타기를 하며 심연을 가로지르고 바늘 끝으로 삶 전체의 균형을 잡는 사람이었다.

이제는 애덜린 또한 바늘 끝으로 살아가고 있었다. 길은 두 갈래뿐이었다. 바늘을 따라가면 깊은 심연으로 떨어질 것이었다. 언젠가 스스로 빠져나올 수도 있겠지만 반대로 영원히 빠져나올 수 없을지도 몰랐다. 피할 수 없는 고통을 약의 힘을 빌려 잊으려 하는 것도, 마음 약한 그레이 박사를 이용하는 것도 멈추어야 했다. 그랬다. 애덜린은 그레이 박사의 죄책감, 동정심, 그가 자신에게 품은 작고 여리고 혼란스러운 감정, 그리고 의사라는 직업 정신이 아닌 자상한 한 남자로서 보이는 행동들을 보란 듯이 이용하고 있었다.

애덜린은 창밖의 석양을 바라보다가 애덤 버윅과 어머니가 마당에서 겨울철 서리를 대비해 죽은 식물을 솎아내고 섬세한 여러해살이 위에 짚을 덮어주고 있는 걸 발견했다. 두 사람은 창가에 앉아 있는 그녀를 힐끔거리며 무슨 말을 주고받았다. 그러더니 애덤이 들고 있던 삽을 내려놓은 다음 옆에 놓인 바구니를 집어 들었고 둘은 집 안으로 들어왔다.

"애덜린, 버윅 씨가 가져온 것 좀 보려무나."

애덜린은 자리에 앉은 채로 고개를 수그려 바구니를 들여다보았다. 안에는 작은 새끼 고양이가 잠들어 있었다.

그녀가 눈물을 흘리기 시작했다.

루이스 부인은 이런 급작스러운 감정 변화에 퍽 익숙한 듯 보였지만 가엾게도 애덤은 그렇지 않았다. 그는 어떻게 해야 할지, 무슨 말을 해야 할지 몰라 마디마디 불거진 손으로 바구니만 움켜쥔 채 그 자리에 얼어붙어 있었다.

루이스 부인이 애덤의 팔을 부드럽게 두드리며 말했다. "신경 쓰지 마세요. 다정도 하셔라. 우리 애가 아직은 감정 기복이 좀 있어요. 애덜린, 난 가서 차 좀 내올게."

루이스 부인이 응접실을 나서자 애덤은 바구니를 창가 의자의 책더미 옆에 올려두며 맨 위에 놓인 《설득》을 물끄러미 바라보았다.

애덜린이 로브 소매로 눈가를 닦아내며 말했다. "죄송해요, 버윅 씨."

"애덤이라고 불러요." 그가 무심하게 대꾸하며 바구니로 손을 뻗어 새끼 고양이를 조심스럽게 꺼내서 그녀의 품에 안겨주었다. "저택 관리인 별채에 사는 얼룩무늬 고양이가 낳은 거예요. 태어난 지 몇 달 안 됐어요."

애덜린은 작은 새끼 고양이의 불그스름한 갈색 털을 어루만졌다. "생각해주셔서 감사해요. 그리고 정말 죄송해요." 이전까지 애덜린은 수줍음 많고 과묵한 애덤 버윅과 교류가 거의 없었다. 때문에 그녀는 느닷없는 감정 표현으로 그를 불편하게 만든 것 같아 끔찍한 기분이 들었다.

애덤은 헛기침을 하며 앉을 만한 데를 찾아 두리번거렸다. 애덜린은 찻주전자가 올려진 채반과 책을 곁에 두고 하루에 몇 시간이고 창가에만 앉아 있는 모양이었다. 갑자기 그의 머릿속에 몇 년전 장면이 스쳐 지나갔다. 그때 그는 작은 교회 묘지의 돌담 위에 석상처럼 가만히 누워 있었다.

"아, 죄송해요. 저 흔들의자 가져다가 앉으시면 돼요. 제가 제일 좋아하는 의자예요. 계속 움직이게 해주잖아요." 애덜린이 옅은 미소를 지었다.

애덤이 벽난로 옆에서 의자를 가져와 그녀 곁에 앉았다. "《설득》을 읽고 있었나 봅니다."

"아세요?"

그가 고개를 끄덕이며 말했다. "어려운 책이죠."

"읽기 어렵다는 말씀이세요?"

"공감하기 어렵다는 뜻입니다."

"어머, 세상에, 맞아요. 무슨 생각으로 이 책을 골랐나 모르겠어요. 끝까지 읽으면 행복하긴 하지만요. 제인 오스틴, 좋아하세요?"

애덤은 고개를 끄덕이며 애덜린의 시선을 피해 방 구석구석을 두리번거렸다.

"그럼 이 질문을 안 할 수가 없겠네요. 어떤 작품을 제일 좋아하세요?"

그가 무릎을 가만히 내려다보며 그녀 모르게 살짝 웃었다. "다 좋아하지만 그중에서도 엘리자베스 베넷을 제일 좋아합니다."

"와, 저도요. 모든 문학 작품을 통틀어 엘리자베스 같은 캐릭터는 없을 거예요. 그레이 박사님은 이래도 에마, 저래도 에마, 에마 얘기만 하시지만 전 에마보다는 엘리자베스가 좋아요."

어느 순간부터 애덤은 고개를 들고 애덜린을 똑바로 응시하고 있었다. 그녀는 마치 주인공들이 살아 있는 사람인 양 말하고 있었다. 애덤에게도 그 인물들은 살아 있는 사람이나 다름없었는데,

자신과 같은 생각을 하는 이가 또 있으리라고는 예상하지 못했다.

"그레이 박사님과 책 이야기를 많이 하시나 봐요?" 애덤이 고양이를 쓰다듬기 위해 몸을 살짝 기울이며 물었다.

"네. 박사님이 굉장한 제인 오스틴 팬이거든요. 말이 되는 게 그분은 좀 기묘하게 섞인 사람이에요. 오스틴이 베넷 씨더러 '재빠르고 냉소적이고 내성적이면서 변덕이 기묘하게 섞인 사람'이라고 했던 거 기억나세요?"

"그레이 박사님은 좋은 분이죠." 애덤이 짧게 대답했다.

"네. 맞아요. 그분은 놀라울 정도로 모든 사람과 사물을 명료하게 보는 분이에요."

"제인 오스틴처럼."

"네." 그녀가 그의 말에 동조하며 허리를 꼿꼿이 세워 앉았다. "정확해요. 원체 인류애가 넘치시는 데다가 사람들의 진짜 내면을 꿰뚫어 보실 줄도 아시니. 그러니까 다른 사람들을 사랑할 줄 아시는 거고요. 그럼에도 다른 사람들을 사랑하시기도 하고."

애덤이 고개를 주억거렸다. 그는 그 정도로 누군가를 사랑해본 적이 없었다. 엄밀히 말해 기회조차 주어지지 않았다. 지금 애덜린이 하는 것처럼 창가에 앉아 지나가는 사람들을 관찰하기만 했지 자신을 바깥으로 떠밀어본 적이 없었다. 때문에 그는 아무것도 얻지 못했다.

○——○

그날 밤 애덤은 《오만과 편견》을 다시 꺼내 들었다. 벌써 몇 번째인지 모르겠지만. 그는 애덜린과 나눈 대화를 떠올리며 엘리자베스 베넷을 향한 그와 그녀의 애정을 다시 한번 곱씹었다. 동시에 엘리자베스 베넷이라는 이 멋진 캐릭터에 제인 오스틴의 모습이 얼마나 녹아들어 있을지 궁금해졌다. 애덤은 표지에 있는 숱 많은 갈색 곱슬머리, 오똑한 콧날, 뽀얀 뺨을 한 여인의 자그마한 초상화를 볼 때마다 제인 오스틴에 대해 좀 더 알고 싶은 마음이 들었었다. 제인 오스틴의 언니가 보냈다던 편지가 보존되어 있다면, 그리고 카산드라 오스틴이 그린 작은 스케치가 저 너머를 응시하는 보닛 속 시선 이상의 것을 드러내고 있다면 얼마나 좋을까.

그는 가끔 오스틴이 살았던 마을이자 작가가 마지막 책 세 권을 처음부터 써 내려간 곳에서 자랐다는 사실이 실감이 나지 않았다. 그도 그럴 것이 자신의 주변에서는 오스틴의 흔적을 찾아보기 힘들었기 때문이다. 물론 나이트가 소유의 그레이트 하우스며 제인 오스틴의 어머니와 언니의 무덤, 마을 한가운데에 남겨진 관리인의 별채가 있기는 했다. 하지만 제인 오스틴이 사망한 지 100년이 되던 1917년 나라에서 수백 명의 저명한 영국 작가들에게 남긴 작은 위패를 제외하고는 제인 오스틴의 삶을 조명할 만한 발자취는 발견할 수 없었다.

며칠 후 매년 있는 건강 검진에서 그레이 박사를 만난 애덤은 큰 용기를 내보았다. 초턴에서 이 위대한 작가에게 지대한 관심을 갖는 사람이 자기 말고 한 명 더 있음을 알았기에 가능한 일이었다. 해리엇 페컴은 다소 무뚝뚝하게 애덤을 박사의 진료실까지 안내해주고는 그레이 박사와 애덤이 대화를 시작하자 주변을 정리하는 척하며 문을 열어두었다.

그레이 박사가 애덤의 진찰 기록을 내려놓고 호기심 어린 눈으로 그를 바라보며 입을 열었다. "솔직히 당신에게서 이런 얘기를 들으리라고는 전혀 예상하지 못했습니다. 다른 게 아니라 제인 오스틴의 유산을 기리고자 하는 건 대부분……."

"여자들의 몫이라고요?"

"아니요. 그게 아니라 대부분 역사학자들이라고요. 아니면 뭐, 교육자라든가."

애덤은 고개를 저었다. "벌써 100년이 넘었지만 특별히 관심을 보이는 사람은 없었잖아요."

"그럼 어떤 생각을 갖고 계신 겁니까? 박물관 같은 거예요?"

"네. 비슷합니다. 제 생각에는 별채의 용도를 단독으로 개조해도 괜찮을 거 같습니다. 작가의 물건을 일부라도 되찾을 수 있다면 한데 모아서 관광객들에게 보여주고 직접 만져볼 수도 있게 해주는 거죠. 이것 좀 보세요." 애덤이 코트 주머니를 더듬더니 이미 망가져 쓸 수 없는 나무로 된 물건을 꺼냈다. "애들이 갖고 노는 작은 장난감입니다. 도서관에서 찾아봤는데 조지 시대 물건으로 추정됩니다. 저택 앞에 쌓아놓은 쓰레기 더미에서 발견했어요. 최근에 정원을 좀 파내고 있는 모양이던데. 만약 이게 제인 오스틴 가족이 소유했던 물건이라면 어떡합니까? 지금은 누구의 소유도 아니고 그냥 거리의 쓰레기처럼 버려져 있을 뿐인데요."

그레이 박사는 애덤이 이렇게 긴 문장을 말하는 것을 들어본 적이 없었다. 그는 잠시 생각에 잠겼다가 고개를 끄덕이며 천천히 대답했다. "일종의 제인 오스틴을 기리는 집 같은 곳이겠군요. 나도 버윅 씨 말에 동의합니다. 나 또한 늘 이 마을이 옛날 감성을 잘 간직하고 있다고 느꼈었습니다. 마치 시간을 거슬러 올라간 것처럼요."

"그럼 일이 수월하겠군요."

"음, 우선 집이 한 채 필요하겠습니다. 별채만으로는 충분하지 않을지도 몰라요. 수리도 해야 하고, 마을의 승인도 받아야 합니다. 마을 위쪽 러셀 부지가 1,000파운드에 팔렸다고 했습니다. 내 생각엔 부지 크기와 수리 비용을 고려하면 최소 몇 천 파운드는 들지 않을까 싶은데요."

애덤이 조용히 웅얼거렸다. "별채가 아직도 나이트가의 소유였던가요."

그레이 박사가 고개를 끄덕였다. "내가 알기로는 그렇습니다. 가문이 괜찮던 시절에는 시장가보다 낮은 가격에도 매각을 했을 테지만 지금은 확실치 않군요. 애덤, 미안한 말이지만, 당신의 솔선수범에 나도 꽤 감명을 받았습니다만 일단 오는 봄에 다시 한번 논의하면 어떻겠습니까?"

문득 그레이 박사는 이 조용하고 어찌 보면 지루한 마을이 유일하게 가진 것은 시간뿐이라는 사실을 깨달았다. 제인 오스틴은 이런 마을에서 집안일을 하고 방문객을 맞이하며 천재적인 작품을 써냈다. 이후로 초턴의 인구수가 거의 변하지 않았으니 마을 사람들 자체가 과거를 대체하는 불순물이 섞이지 않은 순수한 존재나 다름없었다. 이들이 제인 오스틴의 유산을 보존하는 일을 도맡지 않는다면 세상 어느 누가 그 일을 할 수 있겠는가.

애덤은 책상 너머 그레이 박사를 바라보며 불편한 나무 의자에서 몸을 들썩였다. "한번 읽은 소설을 읽고 또 읽을 시간도 있는데,

이 일을 할 시간은 당연히 있죠."

단연코 그레이 박사가 지금껏 애덤에게서 들은 가장 똑 부러지는 말이었다.

"좋소, 애덤. 우선 생각할 시간이 좀 필요합니다. 그리고 저택에 사는 프랜시스 나이트 양을 함께 방문해볼 수도 있겠습니다. 그녀부터 만나보는 게 좋을 겁니다. 그 댁 어르신은 우리가 관광객을 끌어들인다고 불만이 가득하실 테니 말입니다." 열린 문으로 소음이 들리자 그레이 박사가 말을 하다 말고 자리에서 일어나 진료실 문을 닫은 다음 책상으로 돌아왔다. "그러는 동안 우린 이 일에 관심을 갖고 도움을 줄 수 있을 만한 사람들을 더 찾아봅시다. 어머님은 어떨까요?"

애덤은 고개를 내저었다. "저희 어머님은 관광객이건 오스틴의 유산이건 별로 관심이 없는 분이십니다."

그레이 박사는 호기심 가득한 눈으로 애덤을 바라보았다. 그는 버윅가 세 형제와 함께 학교를 다녔었고, 눈앞의 농부와 그의 우울한 정신 상태에 특별한 관심을 기울였었다. 수십 년 전 인턴십의 일환으로 얼턴 병원에 근무하던 중 버윅가 가장이 스페인 독감으로 비극적인 죽음을 맞기도 했다. 그리고 세월이 흐르며 까탈스럽게 자기 연민을 키워온 집안의 안주인이 얼마나 고압적인 성격인지도 알게 되었다. 그레이 박사는 애덤이 여자를 통해 오스틴에 관심을 갖게 된 게 아닌가 짐작하고 그의 어머니를 언급했었다. 여전히 총각인 농부에게 집안의 여자는 홀어머니뿐인데, 어머니가 아니라면 혹시 선생님이 알려준 건가. 아주 오래전 애덤이 장학금을 받고자 공부하던 시절 만난 선생님일 수도 있었다. 그때도 애덜린 그로버 같은 선생님이 있었을지 모른다.

생각이 거기까지 미치자 그레이 박사가 턱끝을 치켜세우며 입을 열었다. "우리를 도와줄 만한 사람이 하나 생각났습니다."

제 10 장

햄프셔주, 얼턴
1945년 11월 15일

앤드류 포레스터는 사무실 문을 굳게 닫고 홀로 앉아 있었다. 맞은편 책상에 제임스 에드워드 나이트가 마지막으로 작성한 유언장이 놓여 있었다.

위장 깊은 곳에서 토기가 올라왔다. 앤드류는 이 남자 때문에 수십 년 전 사랑했던 프랜시스 나이트를 잃어야만 했다. 그리고 이제 곧 프랜시스가 가지고 있던 모든 것을 잃을 참이었다.

그날 아침 제임스 에드워드 나이트가 앤드류 포레스터를 병상으로 불러들였었다. 나이트 씨는 밖으로 나가지 않고 방에 홀로 틀어박혀 있었다. 나이트 씨에게 법적 자문을 해주는 동안 프랜시스의 이름이 수면 위로 떠오른 적은 없었다. 두 사람 모두 과거를 언급하지 않음으로써 관계를 이어나갔다.

그런데 오늘 나이트 씨가 자신의 딸에 대한 언급을 했던 것이다.

"프랜시스는 사업 머리가 없어."

앤드류는 차분하게 나이트 씨의 말에 귀를 기울이고 있었지만 나이트 씨의 생각에 동의하지는 않았다. 프랜시스가 수줍음이 많고 순종적일지 몰라도 그녀는 분명 재산은 물론 이와 관련한 내용들에 대해 정확히 파악하고 있었다. 뿐만 아니라 영지를 운영하는데 드는 비용을 처리하기 위해 그녀 자신의 선에서 할 수 있는 희생도 마다하지 않았다.

"어르신, 따님은 영지와 어르신을 늘 신경 쓰고 계십니다." 분명이 대화가 아주 어려운 국면을 맞이하리라 예상하면서도 앤드류는 반박 의견을 내밀었다.

제임스 나이트는 고개를 내저으며 대꾸했다. "그 애가 뭘 신경쓰는지 누가 알아. 나도 모르겠는 것을. 여자라면 모름지기 결혼하고 애 낳고 가문의 대를 이을 생각을 해야지."

앤드류는 배 속에서 익숙하고 케케묵은 분노가 치밀어 오르는 것을 느꼈다. 제임스 나이트가 프랜시스에게 있었던 몇 번의 연애를 어떤 식으로 훼방 놓았는지 떠올리며 입술만 깨물 뿐이었다. 앤드류는 살날이 얼마 남지 않은 눈앞의 이 남자야말로 자신이 만난 가장 지독한 위선자일 거라 확신했다.

제임스 나이트는 침대에 앉아 있었다. 앤드류는 나이트 씨의 등 뒤에 받쳐진 베개를 바로잡아준 다음 아주 드물게 찾아오는 방문객을 위해 가져다 놓은 침대 옆 의자에 앉았다.

"서류 좀 건네줘보게." 어르신이 주문했다. "그리고 나가서 그레이 박사의 간호사 좀 불러와. 아마 아래층에 있을걸세. 목욕을 준비하고 있을 게야. 아, 그리고 구석에 있는 휴대용 책상……, 그래, 그것도 좀 가져오고."

짐짓 주저하던 앤드류는 노인이 시키는 대로 따랐다. 이를 악물고 한 층을 내려간 그는 현관 입구에 서서 작은 협탁에 놓인 방문객 일지를 살펴보는 해리엇 페컴을 발견했다.

그는 여기저기 참견하기 좋아하는 해리엇을 별로 좋아하지 않았다. 하지만 상업 시설 하나 없이 100가구 정도만 모여 사는 작은 마을 초턴에서 간호 학교를 졸업한 간호사가 일을 할 리 만무했고, 이러니저러니 해도 마을에서 나고 자란 해리엇이 마을 사람들에게 친근하고 어떤 위급 상황에도 달려와줄 거란 믿음이 있었다.

앤드류와 간호사가 침실에 들어서자 제임스 나이트는 앤드류가 넘겼던 서류 한 장을 들어 올리며 입을 열었다. "서명할 테니 두 사람이 증인이 됐으면 해. 누구도 의심하지 않게 말이야. 특히 내 정신 상태에 대해선 염병할 논쟁이라곤 없어야 한다고. 내용은 딱 맘에 들어. 더 덧붙일 말도 없다네. 알아들었지?"

제임스 나이트는 마호가니 책상에 올려놓은 서류에 과장된 손짓으로 서명을 했다. 앤드류는 침대 옆으로 천천히 다가가 자신의 이름을 쓰고 해리엇에게도 가까이 오라는 손짓을 건넸다.

"이제 다 끝났군. 마땅히 될 대로 됐어. 별채를 포함해서 이 영지는 새로운 국면을 맞이하겠지. 내가 가고 나면 미국놈들이 관광을 하겠다며 이 집에 고개를 들이밀고 안을 엿보려고 혈안이 될 텐데, 과연 딸애가 그걸 막을 수 있을까 늘 의심이 들었었단 말이지." 제임스 나이트가 페컴을 한번 힐끗 보고는 앤드류 쪽으로 시선을 돌렸다. 오랜 시간 자신의 변호사였던 남자의 얼굴이 분노로 일그러지는 게 눈에 들어왔다. "자네는 이 유언장을 가져다가 잘 보관해 두기만 하면 돼. 자네 역할은 그걸로 끝인 거야. 알겠나? 그리고 내 변호사니 당연히 내용은 철저히 비밀에 부쳐야 하고."

앤드류는 한숨을 내쉬었다. 그는 자신이 서 있는 같은 자리에서 지금처럼 한 방 먹은 적이 있었다.

°——°

자신의 공간으로 돌아온 앤드류는 눈앞에 놓인 새로운 유언장을 읽어 내려갔다.

잠긴 캐비닛에는 또 다른 유언장이 있었다. 거의 반세기 전인 1896년에 작성된 것이었다. 죽음의 세금법이 막 통과된 직후였다. 앞선 유언장에서는 영지 전체가 제임스 나이트의 장남에게 상속되는 걸로 되어 있었다. 집행 당시 상속인은 프랜시스의 오빠였던 세실이었다. 그는 앤드류와 같은 해에 태어났으나 사냥 사고로 30대에 숨을 거두었다. 이후로 1898년생으로 세실보다 두 살 어린 프랜시스에게 상속권이 넘어갔다. 여기까지는 나이트 가문이 대대로 정해놓은 상속의 방식과 비슷한 모양새였다. 나이트가는 재산을 온전히 소유하기 위해 아들이 부재한 경우 먼 남자 친척 대신 딸에게 모든 걸 물려주었다.

1896년에 작성한 유언장은 수년에 걸쳐 나이트가의 다른 친척들에게도 인정받은 유일한 문서였다. 그런데 이 모든 것이 세상에서 가장 냉혹하고 탐탁잖은 노인네 하나 때문에 전복될 위기에 놓여 있었다.

프랜시스는 집안의 딸로서 상속을 받아야 마땅했으나 이제 그녀에게는 아무것도 돌아가지 않을 터였다. 긴 세월 동안의 외로움, 까다롭기 그지없는 아버지 부양, 후사를 만들지 못한 데 대한 씻을 수 없는 죗값이 이런 식으로 돌아왔던 것이다.

앤드류는 자리를 박차고 일어섰다. 언젠가는 이 소식을 프랜시스에게 전달해야 할 텐데 벌써부터 그날이 오는 게 두려워졌다. 두 사람은 이전에도 비슷한 상황에 놓여 있었다.

그럼에도 이렇게 처참히 부서지는 실망감을 공유하는 일은 결코 익숙해지지 않았다.

제 11 장

햄프셔주, 초턴
1945년 12월 14일

그레이 박사는 몇 주째 애덜린 그로버를 만나지 않았다. 그녀의 집에 왕진을 가는 게 썩 적절하지 않다는 생각이 들었기 때문이다. 이제 스스로를 돌보는 건 온전히 그녀의 몫이었다. 또다시 불편한 입장에 처해지거나 해서는 안 될 일을 부탁받고 싶지도 않았다. 그는 자신이 그녀의 눈앞에 나타나지 않으면 그녀를 지배하고 있는 분노가 누그러질 확률이 커질 거라 생각했다. 언뜻 그 분노란 게 직접적으로 그를 향한 것처럼 보이기도 했기 때문이다.

　어느 어둡고 추운 금요일 아침 간호사가 작은 카드 하나를 들고 책상 앞에 앉아 있던 그레이 박사에게 나타났다. 그는 그녀가 놓아둔 연하장을 재빨리 읽어 내리고는 자리에서 우뚝 일어섰다. 그레이 박사는 카드를 재킷의 왼쪽 앞주머니에 쑤셔 넣은 다음 해리엇의 간절한 시선을 못 본 척하며 책상 서랍에서 작은 소포를 꺼냈다.

"페컴 양, 곧 왕진을 나갈 겁니다."

그녀는 호기심이 가득한 눈으로 그를 바라보았다. 사실 그레이 박사는 페컴의 과한 궁금증에 대해 크게 신경 쓰는 편이 아니었다. 그러나 이런 때라면, 특히 지금처럼 마을의 온갖 시선이 그를 향해 있는 시기라면 이야기가 달랐다. 자신에 관한 뒷담화가 해리엇 페컴으로부터 시작되었겠거니 의심할 수밖에 없었다.

그리하여 그레이 박사는 간호사에게 행선지를 따로 알려주지 않았고, 그녀가 연하장 봉투에 적힌 글씨체도 알아차리지 못했기를 바랐다.

그는 복도에서 코트와 모자를 챙겨 들고 해리엇 페컴이 쓸데없는 말을 건네기 전에 재빨리 병원을 빠져나왔다.

지붕과 주변 들판 위에 흩뿌려진 눈이 하얗게 빛났다. 지루한 전쟁이 끝나고 처음 맞는 크리스마스였다. 많은 사람들이 목숨을 잃은 데에다 사정이 어려워 배급을 받고 있었기 때문에 크리스마스를 앞두고도 마을의 분위기는 한층 차분했다. 사람들은 올해도 어김없이 영지의 숲에서 베어온 전나무와 담쟁이덩굴로 아름답게 장식된 성 니콜라스 교회에서 크리스마스이브 예배를 드릴 예정이었다. 그레이 박사는 예배가 끝나면 프랜시스 나이트가 사람들을 그레이트 하우스로 초대해 군밤과 뱅쇼를 제공해주면 좋겠다고 생각했다. 이것은 초턴에서 대대로 이어져 내려오는 크리스마스 전통 행사였다. 그는 잠깐이나마 과연 제인 오스틴은 나이트가와 어떤 식으로 크리스마스를 기렸을지 궁금해졌다. 그리고 애덤 버윅의 놀라운 계획이 이렇게 자신에게도 전염되는구나 싶었다.

그레이 박사는 그로버가의 정원으로 향하는 작은 대문을 열었다. 문득 상단 경첩이 헐겁다는 사실을 깨닫고는 고쳐줘야지, 하고 머릿속에 새겨 넣었다. 서리가 내린 오솔길을 걸어 올라가자 토마토와 참제비고깔이 심어진 곳부터 버드나무를 덮어놓은 덮개와 스위트피가 열린 화단까지 이어지는 빈 말뚝이 눈에 들어왔다. 그의 눈에 들어오는 모든 것이 다소 황량한 분위기를 자아냈다. 그레이 박사는 빨간 대문을 두어 번 세게 두드리고 어두컴컴한 12월 아침 응접실에 불이 켜지기를 기다렸다. 이윽고 현관문이 열렸다.

"그레이 박사님." 베아트릭스 루이스가 그를 맞았다. 그녀는 그가 용건을 꺼내기를 기다리며 그 자리에 서 있었다. 루이스 부인은 딸이 영 기운을 차리지 못하고 집에 딸을 도와줄 남자가 없다는 이유로 몇 달째 이 집에 머무르는 중이었다.

"루이스 부인, 안녕하십니까. 애덜린을 만나러 왔습니다. 애덜린 일어났습니까?" 자신을 뚫어져라 쳐다보는 부인의 시선이 조금 불편했다.

"네. 그런데 우리 딸이 박사님을 부른 줄은 몰랐네요."

그는 재킷 앞주머니에 넣어둔 크리스마스카드를 생각하며 말했다. "딱히 그런 것은 아닙니다만, 애덜린이 카드를 보냈습니다. 곧 연휴가 다가오니 오랜만에 검진 겸 잠깐 들르는 게 어떤가 싶어서요."

생사가 오가는 그녀의 딸을 안아 들고 이 문을 빠져나와 마당 입구에 들어서는 앰뷸런스까지 달려갔음에도, 루이스 부인은 그레이 박사에게 꽤 냉정한 태도를 보이고 있었다. "그러시군요. 사실 간호사가 전화로 박사님께서 오늘 방문하실지도 모른다고 알려줘서 딱히 놀란 건 아니에요."

"부인, 제 방문이 불편하신 거라면 다음에……."

그때 계단을 내려오는 애덜린의 발소리가 들렸다. 무척 구불구불하고 좁은 계단이었다. 계단의 삐걱거리는 소리가 들려오자 미처 인지하지 못했던 설명할 수 없는 불안감이 그를 덮쳤다.

"박사님, 안녕하세요. 어머니, 그레이 박사님을 응접실로 모실게요."

그는 가냘픈 애덜린의 뒤를 따라 오른쪽 방으로 들어섰다. 그러고는 그녀가 문을 닫을 때까지 그 자리에서 기다렸다.

"앉으세요, 박사님." 그녀는 밖을 향한 퇴창 앞에 서서 몇 걸음 앞에 놓인 널찍한 의자를 권했다. 그녀 뒤로 낡은 라디에이터에 임시로 만들어놓은 창가 자리가 보였다. 레이스로 뜬 쿠션 몇 개와 인상적인 책 더미가 창문의 선반 높이까지 켜켜이 쌓여 있었고, 그 곁으로 작은 새끼 고양이가 몸을 말아 감은 채 잠들어 있었다. 그레이 박사가 고양이를 부드럽게 도닥이며 애덜린에게 호기심 어린 눈길을 보냈다.

"애덤 버윅 씨가 선물로 줬어요."

그레이 박사가 고양이를 쓰다듬던 손길을 거두고 주변을 둘러보며 입을 떼었다. "완벽하게 꾸며놨네." 그러고 나서 쿠션을 몇 번 두드리고는 쌓여 있는 책으로 시선을 던지며 말했다.

"뭐, 단서라도 찾으세요?" 애덜린이 희미한 미소를 지으며 말했다. "작고 편안한 저만의 자리예요. 여기서 세상 돌아가는 것도 구경하고요."

"애덜린," 그레이 박사는 애덜린을 나무라고 싶었으나 최대한 부드러운 목소리로 말하기 위해 애썼다. "그런 식으로 말하지 마. 너무 자책하지 말라고. 힘들다는 거 다 알아."

"저도 박사님 마음 알아요." 그를 보는 그녀의 눈빛은 루이스 부인처럼 냉정하진 않았지만 체념이 담겨 있었다. 그녀는 벽난로 건너편의 흔들의자에 앉아 그를 비스듬히 올려다보며 다시 한번 의자를 권했다.

"카드 고마워." 몇 초간의 침묵 끝에 그가 말을 건넸다.

"그 말하려고 여기까지 오신 거예요?"

"애덜린," 그가 한숨을 쉬며 부탁했다. "이러지 말자."

"왜요. 전 이게 훨씬 편한데요." 그녀가 숨을 토해내며 말했다.

"뭐가 편한데? 주변 사람들에게 이렇게 함부로 행동하는 거? 어머니한테, 그리고 나한테?"

"다른 뜻은 없어요. 그냥 예전 같은 기운이 안 나서 그래요."

"맞아. 넌 정말 활기가 넘쳤지. 너무 넘쳐서 문제일 정도로 말이야." 그레이 박사는 창백하게 질려 굳어버린 애덜린의 얼굴에 한 줄기 미소를 기대하며 말했다.

애덜린은 그레이 박사의 마음을 알기에 억지로라도 웃지 않을 수 없었다. 그녀는 가끔 그가 자신에 대해 얼마나 많은 걸 알고 있었는지를 잊고 살았다. 그레이 박사는 지금은 기억 속에만 살아 있는 그녀의 진짜 모습을 다 아는 사람이었다.

"글쎄요, 좋은 건가. 참 카드는……."

"아, 그러고 보니 생각나는군." 그가 의자 등받이에 걸쳐놓은 재킷 주머니에 손을 뻗었다. "뭘 좀 준비했어. 곧 크리스마스이기도 하고."

그는 작은 직사각형 꾸러미를 꺼내 그녀에게 건네주기 위해 일어섰다. "전 준비한 게 없는데요." 그녀가 얼굴을 살짝 찡그리며 말했다.

"연하장만으로 충분해." 그가 다시 의자에 걸터앉았다. "아무튼 사람들 말마따나 무슨 생각을 하는지가 중요하다잖아."

"전 요즘 제 생각밖에 안 하는데요. 오늘은 어떻게 헤쳐나갈까, 이 시간을 어떻게 보낼까, 어떻게 하면 생각을 좀 흐트러뜨릴까, 어떻게 잊을까."

"혹시 학교에 다시 돌아갈 생각은 안 해봤어? 이런, 미안해. 괜한 말을 했네. 내가 너무 성급했어."

그녀는 선물을 양손으로 만지작거리며 고개를 저었다. "괜찮아요. 아무튼 생각 안 해봤어요. 다시 가고 싶은 생각도 전혀 없고요." 애덜린이 선물 꾸러미를 오른쪽 귓가로 들어 올려 가만히 흔들어보았다. "디킨스? 그러기엔 너무 가벼운데……. 엘리엇? 아니야. 너무 얇은데…… 흠…… 누구일까……."

애덜린이 작은 의자를 끌고 와 그레이 박사 곁에 앉았다. 그레이 박사는 그레이트 하우스 뒤뜰에서 함께 차를 마셨던 지난여름 이후로 이렇게 나란히 앉아본 적이 없다는 사실을 새삼 깨달았다. 애덜린은 1년 가까이 너무하다 싶을 정도로 커다란 고통을 견뎌야 했고, 그 이후로도 아주 많은 일들을 겪었다. 그레이 박사는 애덜린뿐만 아니라 그 자신을 위해서 1945년이 빨리 끝나기를 간절히 바랐다. 무릇 새해에는 좋은 일이 생기게 마련이니까.

애덜린은 선물을 준 상대방이 인내심을 가지고 설레는 마음을 꾹 참아내는 모습을 놀려대듯 일부러 느릿느릿 포장을 열었다. 안에서 나온 건 제인 오스틴이었다. 지난여름 뜰에 앉아 그녀에게 읽어주었던《에마》와 같은 판본의《오만과 편견》이었다.

"제가 제일 좋아하는 책이네요." 애덜린이 배시시 웃어 보였다. "감사합니다."

그레이 박사도 그녀를 따라 다정하게 미소를 지었다. "그럴 것 같았어. 문고본도 가지고 있으면 좋아. 어디든 들고 다닐 수 있을 테니까. 애덜린, 이제 그만 밖으로 나오는 게 어떠니? 좀 걷기도 해야지. 멀리로 산책 나가서 폐와 머리에 신선한 공기도 쐬고. 밖에 좀 나가야 해. 나도 왕진 겸 한 바퀴 쭉 돌고 오면 그렇게 상쾌할 수가 없더라고. 다른 사람들과 이야기를 나누고, 다른 사람들을 돕는 일은 큰 도움이 될 거야. 물론 마법의 처방전이라고 할 순 없지만 이렇게 시작해보는 거지. 독서는 정말 훌륭한 일이지만 우리를 머릿속에만 머물게 만들어. 난 기운 없을 땐 어떤 작가들의 작품은 잘 안 읽히더라."

"하지만 제인 오스틴은 읽으실 수 있군요."

"그럼. 그리고 그게 바로 오스틴이 우리에게 주는 선물 아닐까. 책 속 세상과 현실은 다르긴 하지만 어쨌든 그 세상도 우리의 일부니까. 그러니 독서가 약처럼 힘이 될 때가 있는 거고. 아무리 어리석은 등장인물도 종국엔 일리 있는 행동을 하게 되잖아. 세상이 엉망진창이더라도 일단 살아보는 게 어쩌면 가장 합리적일 수 있어. 제인 오스틴이 여전히 인기 작가로 남은 이유도 그 때문인 것 같아. 셰익스피어처럼 말이야. 작품 속에 모든 게 녹아 있잖아. 삶에서 중요한 것들, 그리고 지금도 중요하게 여겨지는 것들까지 다.

그리고 너도 이것들을 느끼게 될 거야."

긴 대화를 이어나가는 동안 애덜린은 고개를 숙인 채 그레이 박사의 얼굴 대신 손에 든 작은 책만 내려다보았다.

"그래도 문제의 표면만으로 누군가를 이토록 쉽게 속일 수 있다는 게 너무 놀랍지 않아요." 마침내 애덜린이 그를 바라보며 말문을 열었다. "앤 엘리엇을 생각해보세요. 웬트워스와 결혼하지 않겠다고 끔찍한 결정을 내린 게 고작 열여덟, 열아홉이었던가요? 물론 그로부터 불과 몇 년 전 어머니가 돌아가셨기 때문이기도 하지만요. 전 지금의 저와 1, 2년 후의 제가 다른 감정을 느낄 것이란 상상을 할 수가 없다고요."

그는 그녀를 애써 설득하려 하지 않았다. 잠시라도 그녀 자신에게서 벗어나는 데 도움이 되기를 바라며 그녀가 하고 싶은 말을 하도록 내버려두었다.

"오스틴은 이유가 있으니까 그런 일이 열다섯 살밖에 안 된 아이에게 일어나도록 만들었을 거란 말이에요." 애덜린이 말했다. "책에서 보면 모든 등장인물이 어머니를 잃은 나이가 시작부터 완전히 정해져 있어요. 오스틴은 그런 세세한 것들에 고민하지 않는다는 걸 우리는 알지만, 그게 바로 오스틴이 우리에게 등장인물에 대한 정보를 알려주는 방식이죠. 앤은 웬트워스를 처음 만났을 때도 여전히 돌아가신 어머니로 인해 슬퍼해요. 그리고 웬트워스뿐만 아니라 다른 가족과의 관계에서도 이리저리 끌려다니는 모습을 보이고요. 제 생각엔 작품 속에 깊이 자리 잡은 슬픔은 보이지 않을 때에도 마음속 한구석에 생생하게 살아 있는 게 아닌가 싶어요."

"누구나 슬픔을 안고 살아가. 다들 그래. 오스틴은 그걸 알고 있었던 거야. 작품 집필 당시 그녀는 살날이 얼마 남지 않았고 그 누구도, 그 무엇도 그녀를 도와줄 수 없다는 사실을 깨달았겠지. 그래서 손쓸 수 없는 상황에서 가족들에게 걱정을 끼치지 않으려고 노력한 게 아닌가 싶어."

"오스틴이 저보다 낫네요. 전 온 마을을 긴장으로 몰고 갔는데."

애덜린이 몇 달 만에 처음으로 우스갯소리를 했다. 순간 그레이 박사는 자신의 내면과 인생의 본질이 돌파구를 맞이했음을 직감했다. 약간의 균열에 불과했으나 분명 틈은 생긴 셈이었다.

"애덜린, 잘 들어. 네가 마음의 준비를 마치면 작은 할 일이 있어. 널 도와줄 수 있을 것 같은 일이야. 제인 오스틴과 관련된 일이기도 하고. 다른 사람도 아니고 애덤 버윅이 제안한 일이야. 더 자세한 이야기를 들려주고 싶은데 혹시 집 밖으로 나올 수 있겠어?"

"아니요. 안 나갈래요. 괜찮다면 저희 집에서 얘기를 나눠도 될까요?"

예전의 애덜린이었다면 더 많은 정보를 알려주지 않으면서 이런 식으로 흥미만 자극하는 그의 화법을 절대 가만히 내버려두지 않았을 것이었다. 하지만 그럼에도 불구하고 시작이 나쁘지 않았다.

"괜찮아. 이해해." 그레이 박사가 잠시 숨을 골랐다. "모두가 널 걱정하고 있어. 물론 네 말도 일리가 있지. 하지만 난 널 잘 알아. 네가 어떤 사람인지 아주 잘 안다고."

그의 말은 지금껏 애덜린이 들은 이야기 중 가장 정직하고 사적인 것이었다. 그레이 박사가 돌아서서 방을 나서는 동안 애덜린은 살며시 벌어진 입을 다물지 못했다.

그녀는 앞쪽 창가에 앉아 마당의 오솔길을 걸어 내려가는 그레이 박사의 뒷모습을 바라보았다. 새끼 고양이를 무릎에 앉히고 그가 시야에서 사라질 때까지 기다렸다가 그가 주고 간 선물로 눈을 돌려 첫 페이지를 열었다.

○——○

"자, 이제 말씀해주세요. 저한테 무슨 말이 하고 싶으신 건가요?"

애덤이 헛기침을 터트리며 당장이라도 도망가고 싶은 얼굴을 했다.

"애덤……." 그녀는 애덤이 새끼 고양이를 데리고 자신을 만나러 왔을 때보다 훨씬 친근해진 기분이 들었다.

그로버가 응접실의 벽난로 옆에서 주저하던 농부가 억지로 입을 열었다. "그러니까, 그레이 박사님과 난 제인 오스틴 기념관을 초턴에 만들어볼까 생각하고 있습니다. 장소는 관리인 별채가 아주 좋을 것 같고요."

애덜린이 퇴창 앞 작은 의자에 앉아 있는 그레이 박사를 돌아보며 물었다. "두 분이 이 계획을 생각해냈다고요? 남자 두 분께서?"

"유감스럽지만, 그레." 그레이 박사가 씩 웃으며 대답했다. "아주 큰 프로젝트가 될 거야. 일단 자선 단체가 됐든 재단이 됐든 조직을 구성한 다음에, 오스틴의 재산이나 오래된 나이트가의 영지를 포함한 온갖 유물을 수집하는 데 필요한 모금 활동을 해야 할 거야."

"프랜시스 양과는 논의해보셨나요?" 두 남자가 고개를 절레절레했다.

애덜린이 특유의 직설적인 태도로 선을 그었다. "제가 아는 한 별채는 아직 나이트가 소유예요. 그러니까 거기서부터 시작해야 겠네요. 그 댁 가장이 편찮으신 상태이니 어쩌면 지금 당장은 계획을 실행할 최적의 시기가 아닐지도 모르겠어요."

"그럼 어떻게 해야 할까?" 그레이 박사가 다정하게 물었다. "어떻게, 도와줄 의향은 있니?"

그녀가 가볍게 눈을 흘기며 되물었다. "저도 이 프로젝트에 동참하라고요?"

"아니. 안 그래도 돼. 내 말은, 그러니까 우리 말은 평소의 너라면 도와줬을 거 같아서."

"제가 아직 정상적인 상태가 아니긴 하죠."

그레이 박사가 한숨을 푹 내쉬었다. 그를 향한 애덤과 애덜린의 따가운 시선이 느껴졌다. "다시 말할게. 그런 뜻이 절대 아니야. 네가 힘들다면 우릴 꼭 도와줘야 한다는 부담을 갖지 않길 바란다는 뜻이었어. 그렇지 않아요, 애덤? 우리는 그저 널 이 프로젝트에 초대하고 싶었을 뿐이야. 혹시 모르니까."

애덤이 앉은 벽난로 앞 소파 옆의 흔들의자에서 몸을 앞뒤로 까딱대던 애덜린이 문득 움직임을 멈추고 입을 열었다. "좋아요. 알겠어요. 저도 포함시켜주세요. 딱히 할 일도 없는걸요 뭐. 그럼 이렇게 우리 셋이 시작하는 거네요. 나이트 양도 함께해준다면 더할 나위 없이 좋겠어요. 재단을 꾸리려면 변호사도 필요할 테고. 예전에 새뮤얼이 얼턴에서 어떤 변호사 밑에서 견습을 했던 적이……."

"앤드류 포레스터."

애덜린이 면도날처럼 날카로운 기억력을 가진 그레이 박사를 감탄의 눈길로 바라보았다. "그분을 아세요?"

"학교를 같이 다녔어."

"그럼 나이가 같은 거예요?" 그녀가 다시 한번 놀란 눈으로 물었다. "진짜요? 그분은…… 좀…… 연배가 있어 보였는데. 좀 옛날 스타일이신 거 같던데. 굉장히 꼼꼼해서 세부 사항도 엄청 신경 쓴다고 들었어요. 그런 분이 이렇게 아마추어 같은 일에 참여하고 싶어 하려나요?"

"내가 한번 물어볼 순 있으니까." 그레이 박사가 두 사람을 향해 말했다.

일단 애덤은 그의 의견에 동의했다. 결단력을 타고난 애덜린이 논의의 방향을 잡아주기를 기대하듯 두 남자가 그녀의 다음 말을 기다렸다. 애덜린이 두 남자를 향해 물었다. "그렇다면 우리 모임은 뭐라고 부르면 좋을까요? 무슨무슨 협회 이렇게 해야 되나……."

"음…… 보존을 위한……." 그레이 박사가 제안했다.

"간단하게 제인 오스틴 소사이어티라고 하면 어떻겠습니까?" 애덤이 목청을 높였다. 그레이 박사와 애덜린이 깜짝 놀라 그를 돌아보았다.

"완벽해요." 몇 주 만에 처음으로 애덜린이 활짝 웃으며 동의했다. "아주 완벽해요."

제 12 장

햄프셔주, 초턴
1945년 12월 17일

며칠 후 그레이 박사는 제임스 나이트의 병상을 떠나던 앤드류 포레스터와 마주쳤다. 새로 결성된 협회를 대표해 앤드류와의 대화를 추진하기로 한 그레이 박사는 함께 산책하며 개인적인 이야기를 나눌 수 있는지 앤드류에게 물었다.

두 사람은 그레이트 하우스의 남문으로 빠져나와 원뿔 모양의 주목(朱木) 울타리로 둘러싸인 낮은 벽돌 테라스를 따라 걸었다. 그리고 깊은 숲으로 이어지는 자갈길을 지나 격자무늬 벽돌담과 멋진 난간이 설치된 위쪽 테라스에 도착했다. 그들 앞에 영지의 전경이 한눈에 들어왔다.

"이 정도면 아무도 우리 이야기를 들을 수 없을 것 같은데." 앤드류가 당혹스러운 얼굴로 입을 열었다. 엘리자베스 시대 양식의 아름다운 저택과 온통 눈으로 덮인 완만한 경사의 잔디밭을 내려다보며 두 사람은 어린 시절 이곳에서 몇 시간이고 눈썰매를 타던 기억을 되새겼다. "나한테 제안할 게 있다고."

그레이 박사가 '작은 프로젝트'—그는 자신들의 계획을 이런 식으로 부르는 게 좋았다—에 대해 설명해야 할 시간이었다. 앤드류는 처음에는 무슨 말인지 이해가 되지 않아 설명이 좀 더 필요한 눈치였다. 사실 앤드류는 제인 오스틴의 책을 몇 권 읽어보았고 꽤 재미있다고 생각했다. 하지만 상당히 까다롭고 보수적인 성향의 앤드류 포레스터는 초턴 같은 작은 농경 마을에서 작가의 역사를 보존하고자 몇 달 동안 시간을 투자한다는 게 선뜻 내키지 않았다.

앤드류는 오랜 친구의 설명을 들을수록 이들의 프로젝트가 쉽게 성사되지 않을 것 같다는 예감이 들었다. 그는 이 협회에게 커다란 걸림돌이 될 일이 무엇인지 아는 유일한 사람이었다. 그리고 협회가 추진하는 프로젝트가 프랜시스에게 끼칠 영향에 대해서 누구보다 잘 알고 있었다. 만에 하나 제임스 나이트의 뜻대로 일이 흘러간다면 이 가문의 전 재산은 미지의 먼 남자 친척의 손에 넘어갈 수도 있었다. 다시 말해 영지의 운명은 한 치 앞을 예상할 수 없는 안개 속에 있는 것과 마찬가지였다. 더욱이 새 유언장에는 별도의 징벌 조항이 포함되어 있었는데, 프랜시스에게는 연간 소액의 연금만이 지불되며 그녀는 일정 기간만 관리인의 별채에 거주할 수 있었다. 이 말인즉슨 상속인이 누구든 별채를 팔아버리는 순간 프랜시스에게는 마땅히 거주할 집이 사라져버린다는 의미였다. 유언장에는 별채가 제인 오스틴의 놀이공원이 되는 걸 원천 봉쇄하려는 의도가 다분히 담겨 있었다. 나이트 씨가 협회의 프로젝트를 눈치채고 계획이 실행되기도 전에 방해하려는 게 아닌가 싶을 정도였다.

그러나 앤드류는 협회가 어떻게든 별채를 손에 넣는다면 제임스 나이트든 불투명한 미래든 상관없이 프랜시스가 평생 살 곳을 보장해줄 수 있는 유일한 단체가 될 것이라 생각했다. 별채는 세분화되어 보존되고 있었으므로 위층에다가 그녀를 위한 공간을 만들면 되었다.

"다만 현재까지 회원이 세 명뿐인 게 좀 우려되네." 그레이 박사가 대화를 이어나갔다. "나, 애덜린 그로버, 애덤 버윅이야. 투표가 가능한 만큼의 정족수가 필요하긴 해. 물론 프랜시스 양도 차차 초대하고 싶고."

"프랜시스 양도 같이? 정말인가?" 앤드류가 화들짝 놀라 되물었다.

영지를 통틀어 자신이 가장 좋아하는 뒤뜰의 벽으로 둘러싸인 정원에 접근하자 벤저민 그레이는 눈앞의 남자를 유심히 지켜보았다. 프랜시스 나이트를 향한 그의 깊은 관심은 여전한 듯했다. 물론 그레이 박사 입장에서는 그의 감정이 다소 의아할 수밖에 없었다. 그도 그럴 것이 프랜시스와 앤드류는 어린 시절부터 나이트가의 영지를 함께 관리하며 자랐고, 여전히 미혼이었다. 더구나 앤드류는 예전부터 프랜시스에게 푹 빠져 있었다. 그레이 박사는 이토록 세심한 남자가 지금도 변함없이 그녀를 돌보면서도 아무런 입장을 취하지 않는다는 게 이해가 되지 않았다.

"어쨌든 난 영지를 관리하는 변호사 아닌가. 뭔가를 결정할 때마다 의견 충돌이 있을까 봐 그게 걱정이 되는군." 앤드류는 자신이 처한 상황의 복잡성에 영향을 받을 수밖에 없다고 말했다. 그는 유언장의 내용을 발설해선 안 되었다. 그러면서도 혹시 스파이처럼 이들을 관찰하고 이들의 일에 관여함으로써 협회의 결정을 프랜시스의 이익을 보호하는 방향으로 미묘하게 조종할 수 있을지 궁금해졌다. 물론 나이트가의 변호사로서 해야 할 의무는 위반하지 않은 채로 말이다. 앤드류는 오랜 경력을 가진 변호사로서 지금까지 단 한 번도 스스로에게 도덕적 회색 지대에 빠질 여지를 주지 않았다. 때문에 이런 생각을 떠올린 자신의 모습에 속이 울렁거렸다.

"투표에 관한 한 자네의 법적 지식은 말할 것도 없고 초턴과 마을의 역사에 대한 자네의 식견도 다른 회원들에게 매우 귀중한 자산이 될 테야." 그레이 박사가 대답했다.

앤드류는 벽으로 둘러싸인 정원 입구 바로 옆에 있는 참나무 벤치에 앉았다. 벤저민이 그의 곁에 자리를 잡았다.

"협회의 자선 목표를 위한 법적 구조 같은 건 구상해봤나? 법적인 책임으로부터 자네를 보호하고, 자금을 모으고, 세금을 최소화하는 법 같은 것 말이야."

변호사 앤드류의 두뇌가 쳇바퀴처럼 열심히 돌아가고 있는 모습을 지켜보며 그레이 박사는 흐뭇함을 감추지 못했다. "실제 자산과 우리가 취득한 자산을 구분해서 관리할 별도의 자선 신탁 같은 것을 생각 중이네."

"좋아. 아주 괜찮은 생각이야. 그런데 대체 누가 이런 생각을 구상한 건가?"

"애덤 버윅. 믿거나 말거나, 그 사람 매년 겨울 제인 오스틴의 작품을 반복해서 읽는 것 같더군."

"말 안 해줬으면 영원히 몰랐을 거 같은데." 변호사는 믿기지 않는다는 얼굴로 고개를 절레절레하며 웃음을 터트렸다.

"혹자는 특정 작품이 트라우마를 가진 환자들에게 실질적인 도움이 된다고 해. 이유는 잘 모르겠지만 제인 오스틴도 추천 도서에 포함돼 있어. 나 또한 그녀의 도움을 받았다네."

"그렇다면 그 처방이 가엾은 애덜린 그로버에게도 도움이 됐단 말인가?"

"난 그렇다고 믿어."

앤드류는 눈앞에 펼쳐진 영지와 그레이트 하우스를 물끄러미 바라보았다. "난 아직도 나이트가의 변호사라는 수식어가 불편해. 어쨌든 내 의무는 고객의 재정적, 법적 이익을 보호하는 건데, 필시 문제 될 일이 생길 거야. 논쟁이 벌어지면 난 기권하거나 아예 참석하지 않겠네."

"이봐, 앤드류, 당연하지. 나 역시 히포크라테스 선서를 한 사람일세. 이건 그냥 자선 사업이야. 우리 중 누구도 금전적 이익을 취할 생각은 없네. 갈등이 생기면 큰 소란 없이 해결해야지."

"좋아." 마침내 앤드류 포레스터가 한숨을 내쉬며 동의했다. "나도 돕지. 연휴가 되기 전에 조만간 한번 모이자고."

"앤드류, 솔직히 회원 넷 중에 제일 바쁜 사람이 누구겠나?"

두 남자는 나란히 벤치에 앉아 어린 시절의 소란스러운 장면을 회상하듯 영지를 둘러보았다. 그들은 서로 아무 말도 하지 않았지만, 협회 활동으로 말미암아 그때 그 시절의 추억을 되찾을 수 있지 않을까, 하는 똑같은 생각에 잠겨 있었다.

제 13 장

햄프셔주, 초턴
1945년 12월 22일

제인 오스틴 소사이어티 첫 번째 모임

제인 오스틴 기념 신탁은 제인 오스틴의 작품으로 대표되는 영문학 연구의 교육적 발전을 위한 자선 목적으로 설립되었다.

제인 오스틴 소사이어티의 첫 번째 업무는 협회의 이름으로 법적 수단을 통해 거래할 수 있는 신탁을 설립해서 회장, 재무 위원, 총무 등 세 명의 이사를 선출하는 것이었다.

　애덜린 그로버는 자신의 집 응접실에서 모임이 열리던 날 회의록 필기 속도에 견주어 총무로 선출되자 이를 받아들였고, 모임이 종료될 즈음에는 이 역할을 영구적으로 맡는 데 합의했다. 그레이 박사는 지역 교육 위원회에서 활동했던 경험을 인정받아 2년 임기의 초대 회장으로 선출되었다. 앤드류는 변호사 이력과 신탁 계정 및 별도의 은행 업무에 대한 지식을 감안해 초대 재무 위원이 되었다. 애덤 버윅은 결과에 크게 안도했다. 재정 상황상 정기적으로 급여를 받으며 생업을 유지할 수밖에 없는 처지라 이사 역할에 전념하기 힘들었기 때문이다.

앤드류 포레스터가 미리 작성한 신탁 증서에는 가입비와 기부를 통해 조성될 기금에 관한 내용이 포함되었다. 그들은 향후 필요할지 모를 부수적인 비용을 인출할 수 있는 계좌를 만드는 데 동의했고, 세 명의 위원들은 30파운드를 기부하기로 약속했다.

세 명의 위원들은 또한 다양한 의무를 준수할 것을 맹세했다. 우선은 신탁의 자선 목적을 수행하고, 법적인 문제가 수반될 가능성이 있는 갈등은 무조건 피하기로 했다. 이를테면 앤드류 포레스터는 나이트가의 영지를 처리하는 수행인이므로 부동산 매입을 위한 자금 사용에 관한 투표에서 기권을 행사하는 데 동의했다.

"아직은 조금 미흡하지만—이건 기록하지 말아요, 애덜린—우리는 자선 단체이고 우리 중 누구도 이익을 바라고 이 일을 하는 사람은 없으니 지금 같은 기권 조항이 유지돼야 합니다. 앞으로 전개될 문제들도 이런 방식에 유념하며 지속합시다."

"이렇게 작은 단체에서 투표할 때 적용할 수 있는 시행 세칙이 따로 있나?" 그레이 박사가 물었다.

"역사적으로 보자면 의회 절차와 똑같이 기권하는 사람의 투표권을 포함해서 전체 이사회의 과반수가 필요하네. 그러니 지금처럼 내가 투표권을 기권할 경우 자네와 애덜린 둘 다 무조건 동의해야만 가결될 수 있지."

"하!" 애덜린이 노골적으로 비웃자 세 남자가 그녀를 향해 돌아섰다.

"좀 그렇지?" 앤드류가 재빨리 대답했다. "그렇기 때문에 우리에게 두 명 이상의 회원이 더 필요한 겁니다. 회원이 최소한 다섯 명은 있어야 해요."

"기금은 어떡합니까?" 애덤이 물었다. "별채를 구입할 수 있는 기금 말입니다."

"최근 이 근처의 부지 매입가에 따르면 별채를 매입하는 데 최소 수천 파운드는 있어야 합니다. 내 생각엔 가능한 한 빨리 회원을 모집해서 충분한 자금을 모금하는 게 중요하다고 봅니다. 그런 다음 문서화된 사업 제안서를 가지고 프랜시스 양에게 가서 우리 제안에 동의하시게끔 아버지를 설득할 수 있길 바라야죠. 너무 늦지 않게요."

그레이 박사는 앤드류의 마지막 말을 듣고 그에게 의아한 시선을 보냈다. "자네 생각엔 우리가 좀 서둘러야 할 것 같나? 나이트 씨가 돌아가시기 전에?" 앤드류는 무릎에 놓인 서류를 뒤적였다. "나이트가의 사유지에 외부의 관심이 많다는 건 여기 애덤에게 들은 사실이라네. 최근 가드머셤 파크 내 소장품이 팔린 것도 그렇고. 한때 오스틴의 오빠가 소유하고 있던 곳 말이야. 여기 카탈로그가 있네. 공식적인 기록이니 자네들과 공유하는 게 부적절하다고 생각하진 않네."

나머지 회원들이 카탈로그를 이리저리 넘겨보았다.

"휴대용 책상 하나의 최저 경매가가 5,000파운드나 한단 말인가?" 그레이 박사가 탄식하듯 물었다.

"팔린 건 세 배쯤 높은 가격이었지. 애덤, 자네가 알고 있는 것을 더 말해주게."

"소더비에서 누군가 프랜시스 양에게 계속 전화를 하고 있습니다."

애덜린이 깜짝 놀라 애덤을 쳐다보며 물었다. "대체 그런 건 어떻게 아시는 거예요?"

"에비가 말해줬어요."

"에비 스톤이요?" 그레이 박사가 물었다. "대체 무슨 일인데 그 아이가 아는 겁니까?"

"그게 무슨 일이든," 애덜린이 대답했다. "난로를 청소하는 것 이상의 일일 거예요. 에비는 너무 어린 나이에 학교를 그만뒀어요. 굉장히 똑똑한 아이인데. 아마 여기 있는 우리보다도 훨씬 똑똑할걸요."

"그건 좀 과장된 것 같은데." 그레이 박사가 씩 웃었다.

"그건 박사님 생각이고요." 애덜린이 진지한 어조로 되받아쳤다.

"알았네, 알았어. 다시 돌아가서 연초에 〈더 타임스〉와 햄프셔 주 지역 신문에 신탁을 법인화하겠다는 공고와 협회 초기 자금을 모금한다는 작은 광고를 게재할 예정일세."

"별채를 매입하려 한다는 이야기도 해야 할까요?" 애덤이 물었다.

"그게 최선이지 않을까 싶은데," 그레이 박사가 대답했다. "사람들에게 어떤 가시적인 목표를 심어줄 필요가 있습니다. 휴대용 책상이나 토파즈 십자가 목걸이보다 훨씬 인상적인 것으로요."

"또 박사님 기준으로 말씀하시네요." 애덜린이 그의 말에 반박하며 대꾸했다. "저라면 오스틴의 보석을 손에 넣을 수 있는데 굳이 마다하지 않을 거 같아요." 그녀의 대답에 그레이 박사는 이상

177

한 만족감을 느꼈다. 날카롭고 직설적인 애덜린이 천천히, 그러나
확실히 돌아오고 있었다.

제 14 장

햄프셔주, 초턴
1945년 크리스마스 주간

"이번 크리스마스이브에는 주인 아가씨께서 친히 예배에 참석하실 수 있을 것 같아?" 톰이 물었다. 톰과 에비 스톤은 성 니콜라스 교회의 크리스마스이브 예배에 이어서 있을 연례 마을 초대 행사에 대비해 그레이트 하우스 메인 홀과 응접실을 장식할 담쟁이덩굴이며 호랑가시나무를 줍고 있었다.

"이번에도 확답을 드리긴 힘들어요." 에비가 대답했다. 스무 살인 톰에 비해 에비는 이제 겨우 열여섯 살이었다. 눈 속을 헤집고 다니느라 에비의 두 뺨이 붉게 달아올라 있었다. 어리고 흠잡을 데 없이 순수한 소녀에게서나 보일 법한 얼굴이었다. "제가 도서관에서 찾아준 책은 읽어봤어요?"

에비는 꾸준히 방대한 양의 책을 읽어왔지만 여전히《오만과 편견》을 가장 좋아했다. 에비는 그레이트 하우스에서 제한적인 사회생활—요리사 조세핀, 어린 하녀 샬럿, 마구간지기 겸 정원사 톰—을 하며 마치 과제를 내주듯 주변 사람들을 열정적으로 압박하고 괴롭혔다. 그녀는 자신이 추천한 책을 즐기지 못하거나 완독하지 못하면 누가 되었든 매섭게 밀어붙이기 일쑤였다.

"음, 아니. 아직." 톰은 헛기침으로 상황을 모면해보려 했다. 그는 최선을 다해 책을 읽는 일을 시도했다. 특히나 에비 스톤을 두고 벌어진 마을의 다른 두 사내들과의 경쟁에서 이기고 싶었던 까닭에 더더욱 애썼다. 그럼에도 좀처럼 향상되지 않는 집중력과 독서 습관은 번번이 그를 무너뜨렸다.

"음, 꼭 읽어봐야 해요, 톰. 진짜로요. 진짜 좋은 책이에요. 정말 재미있다고요." 에비가 양손 가득 나뭇가지를 들고 우뚝 일어서서 그를 향해 미소 지었다. "들 손이 없어서 더 이상은 못 줍겠네요."

톰은 멋쩍게 하하 웃으며 라임나무 밭 너머로 서쪽 들판을 내다보았다. 그레이트 하우스와 들판 사이에는 양들이 정원 밖에서 뛰노는 모습이 잘 보일 수 있도록 도랑을 파서 낮게 설치해놓은 울타리가 있었다.

"해가 빠르게 지고 있다는 건 오후 티타임이 가까워지고 있다는 뜻이겠지. 저기, 에비, 그 책 좀만 더 붙잡고 있어도 될까?"

"나이트 아가씨는 우리가 책 읽는 걸 너무나 좋아하시니 괜찮을 거예요."

에비가 집으로 돌아가기 위해 라임나무 밭을 따라 걷자 톰도 그녀를 따라 발걸음을 옮겼다. 에비는 웬일로 독서를 귀찮아하지 않는 톰의 태도를 보며 과연 이것이 자신을 향한 톰의 관심 덕분인지, 아니면 딱히 할 게 없어서인지 아주 살짝 궁금해졌다. 하지만 딱 거기까지일 뿐 어느 쪽이든 그다지 감흥은 없었다. 아마 제인 오스틴도 에비랑 같은 마음 아니었을까.

그레이트 하우스로 들어선 에비는 거대한 나무 현관문의 왼편 안쪽에 있는 테이블에 주워온 나뭇가지를 쌓아 올렸다. 톰도 그녀를 따라 나뭇가지들을 내려놓았다. 그러고 나서 조세핀이 준비해두었을 차를 마시기 위해 중앙 통로를 따라 부엌으로 향했다. 에비는 일부러 먼 길을 돌아갔다. 그녀는 이 집 사람들이 그레이트 홀이라 부르는 응접실 쪽으로 향했다. 이곳은 서재로 통하는 문이 나 있는 곳이기도 했다. 에비는 여기를 통과해 회랑을 거쳐 가장 좋아하는 장소인 식당으로 갔다.

식당 한가운데에 기다란 마호가니 테이블이 놓여 있었다. 분명 이 테이블에서 제인, 언니 카산드라, 오빠와 그의 열한 명의 아이들, 그리고 그 밖에 다양한 손님들이 다 함께 식사를 했을 터였다. 저택의 서쪽 측면에서 툭 튀어나온 데에 3층 높이의 층고를 낸 식당에는 두 개의 커다란 창가 자리가 있었다. 창문에는 두꺼운 양단 커튼이 달려 있었는데 황동 커튼 봉을 따라 커튼을 쳐놓으면 외부로부터 완벽히 차단이 되었다. 특히 남쪽 창문에 앉으면 눈에 띄지 않고 가끔씩 찾아오는 방문객들을 훔쳐볼 수 있었다.

에비의 예상대로 그곳에 나이트 양이 앉아 있었다.

"실례합니다, 아가씨." 에비가 입을 열자 나이트 양이 몸을 돌려 그녀를 쳐다보았다.

에비는 자신이 모시는 안주인이 걱정스러웠다. 나이트 양은 온몸으로 어두운 기운을 내뿜고 있었다. 그녀의 잿빛 안색뿐만 아니라 태도에서도 삶에 대한 의지라곤 눈곱만큼도 찾아볼 수 없었으며, 마치 한 발은 이 세계에, 다른 발은 다른 세계에 걸쳐놓은 사람과도 같았다. 원체 혼자 지내던 사람이 대부분의 시간을 실내에서 보내기 시작하면서 몇 안 되던 친구와도 자연스럽게 멀어지게 되었다. 아직 어린 에비였지만 그런 아가씨를 보며 진정한 우정은 성실한 노력과 꾸준한 활동 없이는 성립되기 어렵다는 사실을 깨달았다. 학교를 그만두며 동급생들과 작별을 고해야 했던 에비는 최소한의 인력만 남은 크고 텅 빈 저택에서 일함으로써 평범한 사회관계에서마저 벗어나는 처지가 되었다. 가끔 여자 친구들과 영화를 보러 얼턴에 가는 것만이 그녀에게 남은 유일한 외출이자 오락거리였다. 나머지 여가 시간에는 밤늦도록 책을 읽고 도서 목록을 작성했다.

"아가씨, 이번 크리스마스이브 예배에 참석하시나요? 톰도 그렇고, 많은 마을 사람들이 궁금해해서요."

프랜시스는 고개를 저었다. 그녀는 너무 많은 사람들이 모이는 자리에 얼굴을 내비치지 않은 지 오래였고, 어차피 예배에 참석한 마을 사람들 절반 정도는 그녀의 집으로 찾아올 예정이었기 때문이다.

"아니. 그래도 넌 샬럿이랑 톰하고 같이 가서 예배드리고 와. 조세핀은 만찬을 준비해야 하니 나랑 집에 있을 거야. 네 아버지와도 시간 좀 보내야지."

에비가 방 안으로 조금 더 들어섰다. 벽난로 위에 그랜드 투어 (17~19세기 영국의 상류층 자제들에게 유행했던 유럽 여행 - 편집자)를 끝내고 돌아온 직후에 제작된 제인의 오빠 에드워드 오스틴 나이트의 아름다운 실물 크기 초상화가 걸려 있었다. 그는 나이트 가문으로부터 몇 군데의 유명한 영지를 물려받았었다. 제인의 다른 형제는 카리브해나 중국해 같은 먼 곳을 항해하던 성공한 해군 지휘관이었다. 에비는 사면이 바다인 영국에 갇혀 있던 오스틴가의 여자들을 떠올렸다. 물론 그들도 북쪽의 고원 지대나 남쪽의 사우샘프턴을 여행할 수는 있었겠지만 삶의 대부분의 시간은 초턴 같은 작은 마을에 머물러 있었다. 에비는 자신도 그들과 마찬가지로 영원히 이 마을에 갇혀 살아야 할지도 모른다고 생각했다. 과연 세상 밖으로 나갈 기회가 찾아오긴 할지 그녀는 알 수 없었다.

"아가씨, 마을 사람들 모두가 이번 행사를 손꼽아 기다리고 있어요. 사람들을 집으로 초대해 반겨주시다니 아가씨도, 주인 어르신도 정말 친절하세요."

"고맙구나, 에비. 어쨌든 가문의 전통이니까. 전통을 지키는 건 정말 중요한 일이기도 하고. 네 부모님도 오실 수 있다고 하셨니?"

"아버지는 지팡이를 짚고 걷는 걸 아직 힘들어하시지만, 애덤 버윅 씨가 마차를 끌고 집에 와서 교회까지 모셔다 드린대요."

"오, 에비, 정말 잘됐다. 꼼짝 않고 침대에만 누워 있기엔 2년 은 너무 길지."

이 말을 내뱉는 순간 프랜시스는 자신 역시 나름의 방식으로, 그것도 자발적으로 비슷한 행동을 하고 있다는 사실을 깨달았다. 불현듯 잊고 지냈던 작은 행운 같은 감각이 그녀를 덮쳐왔다. 프랜시스는 신실하면서도 조금은 미신 같다고 해도 좋을 기분에 사로잡혔다.

"에비," 프랜시스가 창가 자리에서 일어서며 말했다. "올해는 나도 예배에 참석해야겠다. 네 아버지를 위해 나도 기도를 하는 게 좋겠어. 네 아버지는 매우 강한 분이셔. 너도 알겠지만."

나이트 양이 먼저 나서서 대화를 시작하는 순간은 아주 드물었다. 이런 때면 에비는 밤마다 만들고 있는 서재의 도서 목록에 대해 털어놓고 싶어 죽을 지경이었다. 에비는 진정으로 나이트 양을 아꼈으며, 그분이 덜 우울해하고 덜 초조해했으면 싶었다. 뿐만 아니라 보물 같은 나이트가의 유산이 살아 숨 쉬고 번창할 수 있도록 보탬을 주고 싶은 마음을 담아 비밀스럽게 자신만의 임무를 수행해나가고 있었다. 그렇지만 에비는 이 일을 독단적으로 진행할수록 결정적인 뭔가에 발목이 잡힐 가능성 역시 커진다는 사실을 본능적으로 알고 있었다. 그녀는 자신의 궁금증을 누구에게 털어놓고 조언을 구해야 할지 깨우치자 온몸이 흥분으로 떨려왔다.

에비는 타고난 학자 타입이었다. 다만 미처 깨닫지 못했을 뿐이었다.

에비는 그저 고개만 끄덕하며 차를 마시러 부엌으로 향했다. 홀로 남은 프랜시스는 벽난로 위에 걸린 조상들의 커다란 초상화를 올려다보았다. 프랜시스는 처음으로 할 수 있는 한 최선을 다했음을 인정했다. 아마 제인과 카산드라 오스틴도 이 이상으로는 할 수 없었을 것이다.

제 15 장

햄프셔주, 초턴
1945년 크리스마스이브

크리스마스 시즌의 설렘으로 가득 찬 마을 사람들이 교회로 물밀듯 밀려들었다. 석양이 비치는 묘비에서 아이들이 뛰놀고, 남녀 어른들은 너 나 할 것 없이 가장 좋은 모자와 코트 차림으로 꽁꽁 얼어붙은 공기에 대비한 모습이었다.

버윅가네 마차에서 스톤가 가족들이 내렸다. 마을 경계의 농경지를 지나가는 사이 네 명의 아이들이 그 곁을 따라 걸었다. 애덤은 어머니와 스톤 부인이 마차에서 내리는 것을 도와주었다. 그러고 나서 부상으로 다리를 굽힐 수 없지만 양손의 지팡이에 의지해 발을 끌면서라도 움직일 수 있게 된 스톤 씨를 거들었다.

그레이 박사는 이미 교회 안에 들어가 있었다. 그는 주변을 둘러보며 올해는 과연 나이트 양이 예배에 참석할지 점쳐보고 있었다. 간호사 해리엇이 혼기가 한참 지난 언니와 함께 그레이 박사와 같은 줄에 앉아 있었지만 그는 그녀를 짐짓 못 본 체하고 있었다. 그레이 박사는 그로버가 방문에 대해 루이스 부인에게 전화로 미리 부적절한 귀뜸을 해준 일로 해리엇에게 여전히 화가 나 있었다.

버웍과 스톤 가족은 맨 뒷줄에 앉을 양으로 천천히 교회 안에 들어섰다. 그때 나이트 양이 에비 스톤과 마구간 청년 톰을 대동하고 나타나자 좌중이 소란스러워졌다. 의사로서, 그리고 프랜시스의 오랜 친구로서 그레이 박사는 그녀가 교회에 나오기까지 얼마나 고심하고 노력했을지 충분히 짐작이 갔다. 그렇기에 그는 프랜시스가 통로를 따라 나이트가 사람들이 앉던 제단 오른쪽 맨 앞줄로 나아갈 때 그녀에게 커다란 응원의 미소를 지어 보였다.

모두가 자리를 잡자 파월 목사가 예배를 위해 입당했다. 참석자 전원이 찬송가를 부르기 위해 자리에서 일어서는 와중에, 애덜린 그로버와 루이스 부인이 차가운 겨울바람을 몰고 마지막으로 교회 안에 들어섰다. 두 사람은 가능한 한 조용히 중앙 통로를 지나왔다.

애덜린과 어머니가 그레이 박사와 같은 줄에 자리를 잡았으나 그는 두 사람 쪽을 애써 보지 않았다. 자신을 향한 해리엇과 그녀의 언니의 시선이 느껴졌기 때문이다. 당장 초턴에서 매일 출근이 가능한 간호사를 찾는 일은 힘들겠지만 어쨌거나 새해가 되면 페컴 양에게 권고사직 편지를 꼭 쓰리라 마음먹었다. 손수 고용한 직원 때문에 가십과 투기의 대상이 되다니 우스꽝스러운 일이 아닐 수 없었다. 무엇보다 그는 맹세코 아무 잘못을 하지 않았으므로 그녀의 행동을 절대 그냥 넘어갈 수 없었다.

크리스마스이브 예배는 항상 빨리 끝났다. 파월 목사는 예배도 예배지만 다른 사람들과 크리스마스 시즌을 기념하는 걸 더 좋아했다. 마을 사람들은 마지막 찬송가 '참 반가운 성도여'를 부르고 나서 맨 앞줄의 나이트 양이 교회를 나가길 기다렸다가 각자의 차례에 맞추어 자리를 떴다.

교회 밖 묘지의 비석에 뽀얗게 눈이 쌓여 있었다. 그레이 박사는 비석을 지나며 가장 최근에 만들어진 무덤 하나를 떠올렸다. 무덤은 교회 뒤뜰에서도 제일 안쪽에 나지막이 경사진 들판이 내려다보이는 돌담 바로 아래 있었다. 아이를 잃고 슬픔에 잠긴 젊은 엄마는 그 무덤을 처음으로 방문하는 것일 터였다. 그는 아내를 잃고 지금 같은 일상을 되찾기까지 몇 달이 걸렸다. 매일 아침 잠에서 깨자마자 아내가 누워 있었을 자리에 손을 뻗었고, 주전자에 물이 끓으면 위층에 있었을 아내를 불렀다. 그가 가장 절망했던 순간은 아내의 홈 드레스 자락을 얼핏 보았다고 착각했을 때였다. 그는 아내의 죽음을 쉽게 받아들이지 못했다. 아내는 죽은 게 아니라 잠깐 방을 비운 것일 뿐 금방이라도 다시 돌아올 것 같았다.

그레이 박사는 사람들이 다 지나갈 때까지 기다렸다. 마침내 마지막 사람이 묘지 문을 닫았고 홀로 남았다는 것을 깨달은 그는 은은하게 빛나는 달빛 아래 가장 최근에 만들어진 비석을 향해 걸었다. 불과 몇 발자국 떨어진 곳에는 춥고 황량한 겨울 땅 위에 평평하게 누워 있는 좀 더 큰 비석이 있었다.

제니 클라리사 톰슨 그레이

1900년 5월 23일~1939년 8월 15일

벤저민 마이클 그레이의 사랑스러운 아내 여기 평온히 잠
들다

벤저민 그레이는 잘 다듬어진 석판을 내려다보며 기도했다. 그
는 기도를 자주 하는 사람은 아니었다. 결국 기도라는 건 세상에
대한 분노를 조금 진정시키는 기능만 하지 않던가. 그러나 오늘 밤
만은 하느님이 그의 기도를 들어주기를 바랐다. 그는 도움의 손길
이 필요했다. 자신이나 타인을 다치게 하지 않고 고통을 견뎌낼 방
법을 알아내야 했다. 의학적 지식은 본디 신성하게 구현되어야 하
건만, 그는 의사로서 맹세한 선서를 어기고 말았고 이는 그야말로
큰 죄였다. 에비의 아버지는 절뚝거리는 다리를 끌며 인생을 헤쳐
나가야 했고, 프랜시스 나이트는 두려움으로 스스로를 집 안에 가
두어버렸다. 애덤 버윅이 겪고 있는 내면의 슬픔은 또 어떠한가.
어찌 보면 이들은 서로 다른 방식으로 전쟁의 상흔을 입은 거나
다름없었다. 이들은 두 번의 끔찍한 전쟁을 겪으며 생존자라는 모
순적인 이름을 얻게 되었지만 과연 살아남은 데 대한 의미를 찾았
는지는 알 수 없었다.

그레이 박사는 마을의 제인 오스틴 유산을 어떻게든 보존하려
는 애덤의 헌신에 대해 생각했다. 그리고 애덜린 그로버가 에비와
에비의 아버지 스톤 씨에게 준 도서 목록이며, 그레이트 하우스의
뒤뜰에서 애덜린과 함께했던 차 한 잔과 슈가 번 한 쪽에 대해서
도 생각해보았다. 이런 작고 소박한 것들은 전쟁을 겪고 나니 살
아가는 데에 훨씬 중요하고 값진 것이 되어 있었다.

그레이 박사는 허리를 숙여 오른쪽 손가락을 입술에 댔다가 아

내의 묘비에 새겨진 글자를 손으로 쓸어보았다. 사별 후 거의 7년이 흘렀고, 그는 있는 힘껏 슬퍼하는 것으로 아내에게 진 빚을 갚고 있었다. 제니는 그 누구보다 생기 넘치고, 명쾌하고, 열린 사람이었다. 그녀는 단 하루도, 아니 단 한순간도 지금의 자신처럼 살지 않았다. 아마 지금의 남편을 본다면 아무짝에도 쓸모없는 삶을 살고 있다고 여겼으리라. 가슴에 손을 얹고 말해 그는 지금 제니와 자신 모두를 실망시키고 있는 셈이었다.

그레이 박사는 수그렸던 몸을 곧추세우고 경첩이 삐걱거리는 작은 뒷문으로 향했다. 불현듯 그로버가 출입문의 부서진 경첩이 떠올랐다. 그리고 문을 고쳐야겠다고 마음먹었던 것도 떠올랐다.

o———o

그레이트 홀의 사이드보드에는 알사탕, 럼 볼, 따뜻한 민스 파이가 산처럼 쌓인 3단 트레이가 즐비했다. 조세핀이 벽돌로 된 오래된 와인 창고에서 레드 와인과 샴페인을 꺼내왔다. 커다란 벽난로에 걸어둔 철제 냄비에서는 시나몬 스틱, 정향, 너트메그를 듬뿍 넣은 뱅쇼가 끓고 있었다. 두툼한 흰 리넨이 깔린 테이블에 집안 대대로 내려오는 크리스털 와인 잔과 샴페인 잔이 줄지어 늘어서 있었다. 그 아래에서 스톤가의 어린 두 사내아이가 카드놀이를 하는 중이었다.

애덤은 여차하면 도망갈 준비가 된 사람마냥 서재와 붙어 있는 문 근처에서 어물거렸다. 그는 예배가 끝나고 한참 만에 그레이트 홀에 모습을 드러낸 그레이 박사를 발견하자 그제서야 안도하며 가슴을 쓸어내렸다.

그레이 박사는 어린 하녀 샬럿에게서 샴페인 잔을 받아 들고 애덤에게 다가갔다. 애덤은 천장에 닿을 정도로 기다란 짙은 색 웨인스코팅 몰딩이 된 벽에 딱 붙어 기대서 있었다.

"확실히 시끄럽고 사람도 많네요. 조세핀의 맛있는 민스 타르트를 먹으려면 경쟁이 치열하겠어요. 잘 지냈어요?" 그레이 박사가 물었다.

"네. 잘 지냈습니다." 애덤이 할 수 있는 한 최대한의 친절을 담아 대답했다.

두 남자는 홀 안에 가득한 마을 사람들을 지켜보았다. 그들은 지나가는 사람들과 짧은 대화를 나누며 즐거운 시간을 보내고 있었지만 주목적은 따로 있었다. 그것은 바로 접시에 가득한 오렌지—요즘 같은 시기에 좀처럼 보기 드문—를 먹고, 나이트가의 와인 창고에서 가져온 값비싼 술을 들이켜는 일이었다. 프랜시스 나이트는 축제 현장의 한가운데에 놓인 빈티지한 소파에 앉아 있었다. 평소에는 창백하기 그지없는 그녀의 두 뺨이 근처 벽난로 열기에 불그스름하게 달아올랐다.

"오늘 밤은 나이트 양에게 별채나 우리의 프로젝트에 대한 이야기를 들려주기 어려울 것 같네요."

"제 생각도 그렇습니다. 저녁 행사만으로도 아가씨가 매우 지쳐 보이는군요."

애덤은 머리로 오른편 문간을 가볍게 두드렸다. "이곳에 있는 책들을 보셨습니까?"

그레이 박사가 고개를 저었다. "최근엔 못 봤어요. 이 집에는 서재가 여러 개일걸요. 개중에서도 이 서재가 아주 굉장하다고 들었어요." 농부의 얼굴에 호기심이 스쳤다. "애덤, 잠깐 둘러보러 가겠습니까? 나이트 양은 별로 신경 쓸 것 같지 않은데요. 저택에 관한 한 아주 관대한 사람이니까."

애덤이 고개를 끄덕였다. 두 남자는 그레이트 홀에서 천천히 물러나 옆문으로 이어진 서재로 들어섰다. 그러고는 서재의 구석 자리에 앉아 있는 어린 에비 스톤을 발견했다. 자그마한 중세식 벽난로 옆 나무 의자에 걸터앉은 그녀의 주변으로 빅토리아 시대 양식의 타일 장식이 보였다. 에비의 요정 같은 외모 하며 짧은 머리, 무릎에 있는 뭔가를 움켜쥔 작은 손 같은 것들은 그녀를 훨씬 더 어린아이처럼 보이게 했다.

"아!" 그녀가 깜짝 놀랐는지 수첩 비슷한 뭔가를 가까운 선반에 올려놓으며 탄성을 내뱉었다.

"에비, 미안. 방해하려던 건 아니야." 그레이 박사가 멋쩍게 미소를 지었다. "왜 다른 사람들하고 있지 않고."

에비는 오래 앉아 있던 탓에 군데군데 주름이 져버린 투박한 남색 니트 원피스를 쭉쭉 잡아 내렸다. "음, 일단 남동생 둘은 게임을 하거나 먹기만 하고, 아니면 이상한 것들을 주머니에 집어넣고 있어요. 그걸 보느니 그냥 여기 있는 게 더 좋아요."

"그럼 다른 동생들은?" 그레이 박사가 커다란 웃음을 터트리며 물었다. 에비에게는 네 명의 어린 남동생이 있었고, 다섯 살부터 열세 살에 이르는 남동생들을 향한 에비의 반감에 대해서라면 모르는 마을 사람들이 없을 정도였다.

"이렇게 멋진 서재에 있는 것 자체가 그냥 좋아요. 정말 대단하지 않아요? 여기만 해도 책이 2,000권은 넘는 것 같거든요." 에비가 가까운 서가의 책 하나를 꺼내 들이밀었다. "보이세요? 제본 형식이 되게 특이해요. 이건 나이트 가문의 제본법이에요. 인쇄된 책을 이렇게 특별한 방식으로 감쌌어요. 가죽을 덧대고 가문의 인장을 찍어서요. 마치 직접 만든 거처럼요."

에비가 내민 책을 받아 든 그레이 박사가 가죽 표지를 열어보았다. 1812년 런던에서 발행된 바이런의 《차일드 해럴드의 편력》 초판이었다.

"에비, 서재에 있는 이 많은 책들을 다 둘러본 거니?" 그녀가 고개를 끄덕였다.

"나이트 양도 알고 있고?"

"아, 물론이죠. 아가씨는 집안의 모든 고용인들에게 자유롭게 서재를 이용하라고 말씀하시는걸요."

"아가씨도 서재에서 많은 시간을 보내시고?" 그레이 박사가 서가에 꽂힌 책을 쓰다듬으며 물었다. 애덤 역시 조심스럽게 책 끄트머리를 조용히 매만지고 있었다.

"그렇진 않으세요. 서재에서 자주 뵙지는 못하거든요. 근데 책은 많이 읽으세요. 좋아하는 책으로요. 제 생각에 아가씨는 이미 읽은 책을 다시 읽는 걸 더 좋아하시는 것 같아요."

애덤이 웃음을 터트렸고, 보기 드문 광경에 그레이 박사와 에비의 눈이 휘둥그레졌다. "아, 죄송합니다. 그냥 저도 책 재탕하는 데 둘째가라면 서러운 사람이라."

에비가 깜짝 놀라 애덤에게 물었다. "버윅 씨도요? 어떤 책을 자주 읽으시는데요?"

애덤이 책장을 등지며 대답했다. "그냥, 이런저런." 그레이 박사가 에비에게 웃어 보이고는 몸을 돌려 애덤을 보며 말했다. "애덤, 말해봐요. 부끄러워할 필요 전혀 없잖아요."

에비의 눈이 커다래졌다.

"제인 오스틴." 마침내 애덤이 말문을 열었다.

에비가 농부를 빤히 쳐다보았다. "저도 제인 오스틴을 제일 좋아해서 항상 다시 읽곤 하는데요." 그녀는 애덤 쪽으로 가서 두 권의 책을 뽑아 들었다.

"보세요, 버윅 씨. 놀랍지 않아요? 초판이에요." 그러고는 애덤의 손에 책 두 권을 쥐어주었다.

애덤이 책을 그레이 박사에게 건넸다. "두 권짜리 《에마》라니. 좀 이상하네요."

그레이 박사는 애초 생각보다 오래 이곳에 머물 것 같다는 느낌이 들어 맞은편 구석에 놓인 안락의자에 가 앉았다. "어떤 면에서 이상하다는 겁니까?" 그가 물었다.

"음, 제가 알기로 《에마》의 초판은 세 권이거든요."

에비가 믿을 수 없다는 듯 그를 보았다. "그걸 어떻게 아세요?"

애덤이 책을 펼치며 대답했다. "오스틴의 작품은 모두 그래. 적어도 내가 알기로는. 오," 설명을 이어나가던 그가 놀란 듯 에비에게 책을 내밀었다.

"여기 보렴. 1816년 필라델피아에서 출판됐다고 써 있네."

에비가 고개를 끄덕였다. "네. 알아요. 미국에서 인쇄된 책이 어떻게 여기까지 왔을까요?"

그레이 박사는 다리를 꼬고 앉아 두 사람을 흐뭇하게 지켜보았다. 지금껏 보아온 애덤의 모습 중 가장 적극적이고, 지금껏 보아온 에비의 모습 중 가장 말수가 적은 광경이라 할까.

"어쩌면," 그레이 박사가 둘의 대화에 끼어들었다. "친척이나 누군가 이곳으로 사본을 보내줬거나, 제인 오스틴이 직접 받아봤을 수도 있겠지. 에비, 이 서재에만 책이 2,000권이라고 했지? 다른 서재도 훑어봤니?"

"2층에 있는 서재만요. 전 두 층의 서재만 청소해요. 꼭대기 층 서재는 샬럿이 맡았어요."

"이 많은 먼지를 다 떨어야 한다고?" 애덤이 사뭇 진지하게 물었다.

에비가 폭소를 터트렸다. 에비는 애덤 버윅과 별다른 교류가 없었던 데에다 그녀의 눈에 비친 그는 한없이 조용하고 외로워 보이는 사람이었다. 그런 두 사람이 제인 오스틴이라는 공통점을 가질 것이라곤 상상조차 할 수 없던 일이었다.

"에비." 그레이 박사가 다시 목소리를 높였다. 그는 애덤에게 눈짓을 건넸다.

그의 시선에 애덤이 동의한다는 의미로 말없이 고개를 끄덕였다.

"에비, 내가 애덤하고 요즘 어떤 일을 하고 있거든. 참고로 이건 애덤의 아이디어야. 일종의 작은 프로젝트 같은 거지."

"와, 프로젝트라면 저도 정말 좋아해요." 그녀가 밝게 대답했다.

그레이 박사와 애덤은 젊은이 특유의 에너지에 저도 모르게 슬며시 미소를 지었다. "우린 초턴에서 제인 오스틴을 기념할 만한 일을 준비하고 있단다."

에비가 다시 의자에 걸터앉았다. "동상을 세우거나, 아니면 뭐,

상패 같은 걸 만드시나요?"

"아니. 그 이상이야." 그레이 박사가 애덤을 힐끗거리며 말했다. "애덤, 당신이 설명하는 게 어때요? 어쨌거나 당신 아이디어 잖아요."

애덤은 들고 있던 《에마》를 책장에 다시 꽂은 다음 주저하며 에비를 향해 몇 걸음 나아갔다. "그러니까, 우리가 별채를, 관리인의 별채를 사서 복원하면 어떨까, 싶단다. 제인 오스틴의 시간을 거기에 다시 꾸리는 거지. 가구랑 그림 같은 것도 좀 놓고. 그럼 관광객들이 왔을 때 볼거리가 생기지 않을까, 해서."

에비가 농부에게서 시선을 돌려 그레이 박사를 보았다. "근데 돈은 어디서 구해요? 그런 물건들은 또 어떻게 구하고요?"

"아주 좋은 질문이구나, 얘야." 그레이 박사가 말했다. "일단 기부를 받아서 자금을 조달할 수 있도록 협회를 만들기로 했단다. 그 다음에 별채며 별채를 채울 소장품을 마련할 예정이야. 생각해보렴. 이 마을에 살면서 지난 몇 년 동안 제인 오스틴의 편지나 오스틴 가문이 소유하던 가구들이 여기저기 다른 집에서 발견됐다는 이야기를 들어본 적이 있잖니. 보아 하니 오스틴 부인이 하인들이나 그 가족들에게 이것저것 나눠준 게 꽤 되는 모양인데. 일단 우리가 시작만 하면 뭘 발견할지 누가 알겠니."

"그럼 협회엔 어떤 분들이 계신 건가요? 박사님이랑 버윅 씨요?"

"일단은 우리랑 앤드류 포레스터라고 얼턴의 변호사하고, 루이스 양도 있어. 그로버 부인 말이야."

그레이 박사가 머뭇거리며 애덤에게 시선을 던진 다음 말했다.

"그리고 너도. 물론 네가 관심이 있다는 가정하에."

"저요?" 그녀의 눈이 번쩍 뜨였다.

"음, 솔직히 말하면, 조만간 나이트 양과 이 문제에 대한 이야기를 해볼 작정이란다. 네가 우리 편이 되면 도움이 될 것 같은데. 보니까 네가 이곳 서재에 대해 속속들이 알고 있는 것도 같고."

"제가 강박이 좀 있어서 그래요." 에비가 사뭇 진지한 태도로 말했다. 그레이 박사는 에비 나이 또래의 소녀에게서는 찾아보기 힘든 자의식에 놀라며 자신도 모르게 고개를 치켜들었다. "아버지를 닮았어요. 아버지랑 저 둘 다 루이스 선생님이 주신 도서 목록을 처음부터 하나씩 읽었거든요."

"하지만 이건 그 이상이잖아." 그레이 박사가 물었다.

에비가 그레이 박사를 호기심 어린 눈으로 바라보았다. "박사님, 왜 이런 일을 하세요? 예전에 학교 다닐 때 박사님은 루이스 선생님이 제인 오스틴 작품만 가르친다고 뭐라 하셨잖아요."

"맞아요, 박사님. 왜 이런 일을 하세요?" 셋은 목소리가 들려온 서재의 문간으로 고개를 돌렸다. 그곳에는 애덜린이 서 있었다. 안 그래도 창백하고 피곤해 보이는 얼굴이 머리부터 발끝까지 까만 옷 탓에 더욱 도드라져 보였다.

그레이 박사가 의자를 내어주려 했지만 그녀는 고개를 저으며 애덤과 가까운 책장 앞에 섰다. 그녀가 다가서자 애덤은 두꺼운 책 하나를 슬며시 꺼내 그녀에게 내밀었다. 표지를 유심히 살펴보던 애덜린이 책을 홱 펼쳐보고는 세 사람을 향해 돌아섰다.

"이런 표지는 본 적이 없는데. 나이트 가문의 각인인가 봐요. 이런 책이 서재에 많나요?"

그레이 박사가 에비를 향해 고개를 끄덕이며 입을 열었다. "예전의 네 제자였던 스톤 양한테 직접 물어봐. 책에 관한 한 선생님의 철저함을 완벽히 배운 모양이니까."

"이 책은 《벨린다》의 두 번째 판본이에요. 알고 계세요?" 애덜린이 사람들을 향해 물었다. "마리아 에지워스가 쓴 책이요. 역사상 가장 중요한 여성 교육자라고요. 이런 판본은 값을 매길 수 없어요. 참고로 아프리카에서 온 흑인 하인과 영국 농장의 소녀가 인종을 넘어서는 결혼을 한 장면은 나중에 편집됐어요. 굉장히 센세이션했죠."

애덜린은 책을 덮어 제자리에 꽂고는 그레이 박사가 넘겨준 의자에 앉았다. 그녀가 그레이 박사와 애덤을 천천히 둘러보며 물었다. "스톤 양에게 물어봤어요?"

빈틈없는 애덜린의 태도에 그레이 박사가 씩 웃고 말았다. "물론이지. 우리 협회의 큰 자산이 될 거야."

"에비가 참여하겠대요?" 애덜린이 덩달아 입꼬리를 올리며 여전히 놀라움에 푹 빠져 있는 소녀를 향해 고갯짓을 건넸다. 에비는 존경하는 예전의 학교 선생님과 신뢰하는 어린 시절의 의사 선생님을 번갈아 보았다. 이거야말로 자신이 그토록 바라고 준비해 오던 바로 그 기회가 아닐까 싶었다. 좀처럼 손에 닿지 않던 뭔가에 소속될 기회, 온전히 헌신할 수 있는 뭔가를 가질 기회, 남들은 모르는 뭔가를 배울 기회 말이다.

"네. 할게요." 에비가 흔쾌히 대답했다.

제 16 장

영국, 런던
1946년 1월 3일, 자정

미미는 리츠 호텔의 스위트룸으로 통하는 유리문 옆에 앉아 있었다. 그녀는 새해 전야를 맞아 잭과 함께 이 호텔에 투숙 중이었다. 그녀는 좀처럼 잠이 오지 않아 두 개의 토파즈 십자가 목걸이가 들어 있는 작은 상자만 연신 들여다보았다. 지난가을 미미가 소더비 경매에 올라온 보석을 사들이는 데 관심을 보이자마자 잭은 곧장 그 일을 현실로 만들어주었다. 천성이 그런 남자였다. 경매가 끝난 후 미미는 잭에게 목걸이를 직접 착용하고 싶은 게 아니라 소장하고 싶어서 산 거라고 설명해주어야 했다. 미미는 자신 같은 부유한 특권층이 소장품을 제대로 보존하는 일에 앞장서야 한다는 주의였고, 잭 레너드는 그런 그녀를 좀처럼 이해하지 못했다. 미미 해리슨은 주변의 모든 사람들에게 아낌없는 사랑을 베풀고 있는 것 같았으나 그에게만은 그 사랑이 닿지 않는 듯했다.

《이성과 감성》영화화 작업은 여전히 진행 중이었다. 잭은 시나리오 작가에게 미미가 맡은 역할인 엘리너의 대사를 추가하라고 시켰고, 미미 모르게 윌러비의 대사도 몇 줄 더 집어넣으라고 했다. 잭은 이렇다 할 프로듀서 경력은 없었지만 대본에서 가장 흥미로운 캐릭터를 찾아내는 재주가 있었다. 그의 독특함, 그리고 남들과 다른 지점에 의문을 품는 성격이 한데 어우러지며 연금술사처럼 순간을 포착하는 능력이 빛을 발했던 것이다. 미미 역시 그의 이런 면이 신비스럽기 그지없었다. 이따금 그가 시간을 2년 정도 거슬러 미래에서 온 건 아닐까 싶을 만큼 그의 직감은 언제나 옳았다.

만약 자신이 2년이란 시간을 되돌려 과거로 간다면, 미미는 아마 자신이 제인 오스틴의 반지를 끼고 잭 레너드와 약혼했다는 말을 절대 믿지 못했을 것이다. 햄프셔로 이주할 계획도, 자신이 사랑에 빠졌다는 사실도 말이다. 미미의 근심거리를 현실적으로 해결해주는 잭의 의지와 실행력은 아주 매력적이었다. 그가 머리를 굴리며 어떤 속셈을 가지고 있는지 빤히 보임에도, 그와 함께하는 여정은 짜증 날 정도로 재미있고 가는 데마다 놀랍도록 근사한 일 투성이였다. 예전의 그녀였다면 이런 남자와 사랑에 빠진 자신을 혐오했을 게 분명했다. 나쁜 남자를 사랑해보았자 다치는 건 다름 아닌 그녀 자신일 뿐이라며 스스로를 질책했을 것이다.

뿐만 아니라 그는 과장되고 완고한 행동을 관대함으로 포장하는 능력을 타고났기 때문에 여기에 휘둘리지 않는 것 또한 지극히 어려웠다. 그녀는 그가 아주 단순하며(그는 육체적 욕망을 숨기지 않왔다) 그의 마음속에는 여러 개의 방이 있다는 사실을 알고 있었다. 당장은 스위트룸의 안주인으로서 우위를 차지하며 모든 특권을 누릴지 모르지만, 잭의 과거 행적으로 미루어보아 언제든《맨스필드 파크》의 패니 프라이스처럼 초라한 옥탑방으로 쫓겨날 수도 있었다.

때문에 미미는 소더비 경매가 있고 나서 처음으로 그와 밤을 보낸 후에도 그에게 모든 걸 내주지 않겠다고 굳게 마음먹었었다. 그녀는 잭이 간도 쓸개도 빼주는 타입의 여자를 싫어한다는 걸 직감적으로 알았다. 그는 무단 점거를 하고도 권리를 주장하거나, 자유 재량권을 갖거나, 제1 선매권을 주장하는 유의 여자를 좋아했다. 지칠 줄 모르고 구애를 하는 남자들은 기어코 여자가 두 손 두 발 다 드는 모습을 직접 눈으로 보아야 직성이 풀리는 법이었다.

미미는 킹 사이즈 침대에 잠든 잭을 돌아보며 그가 준 만큼 육체적으로 돌려받아야 하는 사람이라는 사실을 받아들여야만 했다. 어쩌면 처음 만났을 때부터 강렬하게 느껴졌던 육체적 끌림에서 답은 이미 정해져 있었던 것 같기도 했다. 언젠가 미미의 어머니는 말했었다. 결혼은 걷잡을 수 없을 정도로 끌리는 사람과 해야 한다고. 성적 매력만이 결혼을 지속시키는 유일한 방법이라고.

당시 스미스 대학에서 역사와 연기 전공을 앞둔 미미는 어머니의 말이 이해되지 않았다. 어머니는 그 생각만 하고 사나 싶기도 했다. 그러나 지난 6개월을 잭 레너드와 보내며 그녀는 왜 그토록 많은 대중문화가 성적인 문제로 귀결되는지, 사랑의 노예가 될 수밖에 없었던 이들의 모든 이야기가 왜 결국은 잠자리를 같이하느냐 마느냐로 결정되는지도 어렴풋이 이해할 수 있었다. 한번은 어떤 교수가 여배우더러 미화된 매춘부에 불과하다는 언급을 했었다. 미미는 성공한 영화배우라는 타이틀을 스스로 쟁취하고 거머쥐었지만 한편으로는 사람들이 자신을 보며 비슷한 인식을 가질까 두렵기도 했다. 할리우드에서의 경력이 쌓일수록 점점 더 복잡하고 덜 매력적인 역할을 맡기 위해 온갖 수단과 방법을 가리지 않고 모험을 일삼았던 것도 이 때문이었다.

미미는 제인 오스틴의 소설 속에 나쁜 남자들이 등장하는 이유를 비로소 알 것 같았다. 패니 프라이스가 항복에 가까운 선언과 함께 헨리 크로포드로 하여금 마음속에 '작은 구멍'을 만들도록 허락한 것도 그런 맥락이었다. 작품을 읽는 독자들에겐 결코 그런 일이 없기를 바라서였던 것이다. 《오만과 편견》의 다아시는 완벽한 통제력을 지니고 살던 남자가 엘리자베스 베넷을 만난 지 몇 초 만에 그녀에 대한 열정에 이끌려, 비난하고 반대하던 누군가의 행동을 똑같이 되풀이하고 만다는 완벽한 예시를 보여주었다. 내면의 취약함에 겁을 먹은 다아시는 그녀를 이유 없이 몰아붙이고 마음에서 밀어내기 위한 행동을 거듭했다. 어떻게 보면 오스틴은 육체적 이끌림의 힘을 알았던 것 같았다(메리 크로포드와 솔직한 에드먼드 버트럼, 위컴과 리디아, 하다 못해 이야기가 시작되기 20년 전에 만난 베넷 부부 역시 비슷한 모습을 보이지 않는가). 미미는 제인 오스틴의 소설 뒤에 숨겨진 큰 그림이 원시적이고 본능적일 수도 있다는 생각에 한숨을 푹 내쉬고 말았다.

순간 침대에 누워 있던 잭이 몸을 뒤척였다. 잭은 잠결에 미미의 자리를 더듬거렸다. 빈자리를 확인한 그가 마침내 눈을 뜨고 발코니 옆에 앉아 있는 그녀를 발견했다.

"도망이라도 가려고?" 그가 몸을 일으키며 눈을 비비고 턱을 쓰다듬더니 씩 웃었다.

미미가 미소를 지으며 그에게 다가가자 잭이 손을 내밀어 그녀의 핑크빛 실크 가운의 허리끈을 잡아당겼다. "서두르지 마세요, 신사분. 전화 미팅해야죠. 로스앤젤레스 시간으로 네 시잖아. 그새 잊었어?"

잭이 하품을 하며 일어나 앉았다. 미미가 수염 자국보다 조금 옅은 연갈색 머리를 다정하게 밀어 넘겨주었다. 캘리포니아 출신이라 그런지 동부의 사업가치고는 꽤 건강한 안색을 가진 남자였다. 지난 일주일 동안 런던에서 지내며 만난 도시의 변호사들 곁의 잭 레너드는 그야말로 눈이 부셨다.

"알았어. 그 통화만 끝나면 곧장 침대로 돌아올 거야. 아침 일찍 갈 데가 있어."

"어디?" 침대에서 몸을 일으킨 그녀가 책상 위의 전화기를 침대로 가져왔다. 그러고 나서 다시금 그의 따뜻하고 늘씬한 몸에 기대 누웠다.

"깜짝 선물."

"얼마나 대단한 건데? 안대 쓰고 눈이라도 가려야 하는 건가?"

"당신, 그런 거 좋아했어?" 잭이 짓궂게 물었다.

"당신이 내가 좋아할 거라 생각하는 것들…… 난 그런 거 별로 안 좋아해. 엄밀히 말하면 당신이 좋아서 하는 거지." 미미가 되받아쳤다. "나한텐 안 통한다고."

"다들 말은 그렇게 하더라."

잭이 가운을 끌어내리며 미미의 목덜미에 키스 세례를 퍼부었다. 때마침 전화벨이 울렸다.

"아무 데도 가지 말고 여기 있어. 딱 내 옆에." 잭이 전화기를 집어 들었다가 손으로 수화기를 막으며 빠르게 내뱉었다. "일단 손해 보고 팔고, 팔아치운 부분부터 다시 사들이지 뭐."

"잭, 나 때문에 그런 멋있는 짓은 하지 마." 그녀가 그에게 안기며 살며시 눈을 감았다. 그러고는 과연 이 남자가 자신을 어디로 데려갈지 벌써부터 기대에 부풀기 시작했다.

○──○

딱 한 번 방문한 곳인 데다가 심지어 반대 방향에서 기차를 타고 왔으니 주변의 경치를 알아차리지 못하는 것이 당연했다. 두 사람은 런던 외곽에서 남쪽 방향으로 차를 몰다가 켄트에서 곧장 서쪽으로 향했다. 도중에 앤 불린이 튜더 왕조의 화려함과 계략으로 가득 찬 몽환적인 소녀 시절을 보낸 헤버성에서 잠깐 정차했다. 미미는 미국의 억만장자 애스터가 복원한 성과 정원의 아름다움과는 별개로 헨리 8세를 유혹한 젊은 앤 불린의 이야기에는 좀처럼 마음이 끌리지 않았다. 몇 년 전에 앤 역할을 제안받았던 그녀는 아직은 순수한 여인 역할을 할 수 있는 나이라며 고사했었다. 물론이제 30대 중반이 되고 세계적인 대형 영화 제작사와의 계약에서도 자유로워진 그녀에게 시간이 얼마나 더 남아 있을진 누구도 모를 일이었다. 이런 답답한 상황에서 햄프셔주에서 보낼 도피성 여름 휴가는 그 어느 때보다 매력적이었다. 혹시 연극 무대로 돌아갈 수도 있지 않을까 했지만 잭은 터무니없는 생각이라 못 박았다.

"돈을 바라고 연극 일을 하려는 게 아니야." 그녀가 대화를 이어나갔다. 렌트한 1939년식 애스턴 마틴이 막 산울타리를 지나갈 때였다.

"순 엉터리네." 그가 운전대를 잡은 채로 쓴웃음을 흘렸다. "돈도 안 되는 일을 한단 말이야? 그럼 그건 그럴 가치가 없단 얘기네."

"나한텐 가치 있는 일이야. 요즘 들어 캐스팅이 잘 안 들어온다는 건 당신도 나도 아는 기정사실이잖아. 몬테 카트라이트가 뒤에서 손을 쓰는 게 틀림없어. 지금 들어오는 형편없는 대본 몇 개만 봐도 그래."

"감히 그럴 리가. 우리가 그 새끼한테 어떤 존재인지 그놈도 잘 알 텐데."

미미가 고개를 저었다. "그 인간이 그런 걸 신경 쓸까."

잭이 자유로운 왼손을 뻗어 미미의 허벅지를 쓰다듬었다. "음, '이성과 감성'이 모든 걸 바꿀 거야. 걱정하지 마."

"맞아. 하지만 아직 사전 제작 단계잖아. 그때까진 무슨 일이 일어날지 장담 못해. 촬영 들어가기 전에 흰머리라도 나기 시작하면 어떡할 거야. 어쩌면 연극 무대에서라면 우아하게 나이 먹을 수 있을지도 몰라. 아무튼 한때의 꿈을 뒤로하고 떠나는 게 잘하는 일인진 모르겠네."

앞을 보던 잭이 재빨리 미미를 훑었다. "남길 게 뭐가 있는데? 불편한 감정은 아닐 것 같은데. 게다가 난 당신이 하고 싶지 않은 일을 억지로 시킬 생각은 없어."

"꼭 불편한 거리낌 같은 걸 말하는 게 아니야, 잭." 미미가 장난조로 덧붙였다. "당신의 목표가 날 타락시키는 게 아니라면 말이야. 안 그래?"

"절대 아니지." 세 개의 길고 하얀 화살표 모양의 표지판이 있는 교차로를 통과하자 그가 가죽 핸들을 왼쪽으로 꺾었다. "사실 당신이 날 타락시킨 것 같아. 당신 하나 때문에 원래 내 모습에서 얼마나 멀어졌는지 한번 봐. 섭정 시대 배경의 영화를 만들고, 값비싼 목걸이를 경매에서 구입하고, 영국 시골로 여행을 가고."

미미가 큰 소리로 웃음을 터뜨렸다. "당신 말도 일리는 있네. 하지만 내가 아는 당신이라면 그 와중에도 뭔가 이익을 챙기고 있을 거 같은데."

그는 다시 한번 그녀를 힐끔거렸다. 생전 처음으로 잭 레너드는 아름답고 지적인 여자와 함께 있었다. 그가 가장 유혹하고 싶었던 건 그녀의 성격이었다. 잭은 미미 해리슨이 사랑하는 오스틴의 캐릭터처럼 머릿속을 흐르는 이성과 논리의 만류에도 불구하고 그녀가 자신을 사랑해주기를 바랐다. 미미는 종종 오스틴의 작품 속 헨리 크로포드를 언급했었다. 하지만 그 인물이 나오는 《맨스필드 파크》는 미미의 책장에서도 아주 두꺼운 책에 속했던 데에다 미미조차 줄거리를 간략하게 설명하지 못했다. 젊은이들이 연극을 하다가 서로 눈이 맞는다는 내용이라는 게 그녀가 설명할 수 있는 최선이었다. 그러니 잭 레너드 입장에서는 책을 뽑아 들 엄두가 나지 않았다. 단, 《맨스필드 파크》에 등장하는 여성을 유혹하는 다양한 기술을 보지 못하는 점은 애석하기 짝이 없었다.

"내가 얻는 게 뭐냐고?" 그가 되물었다. "난 아주 멋진 여자의 사랑을 받고 있지. 정말 멋진 여자의 사랑을 말이야."

미미가 하품을 하는 척하며 말했다. "진부해. 그런 대답만으로는 충분하지 않다고." 장난을 치던 그녀가 갑자기 오른손으로 가슴께를 부여잡으며 소리쳤다. "잠깐만, 저 표지판에 뭐라고 써 있던 거야?"

"소더비의 야들리가 이곳에 대해 말해줬지. 몇 년 전에 당신이 여기 와봤다며. 그리고 항상 여기로 돌아오는 꿈을 꾸고 있다고 말이야." 잭이 교차로에 차를 대고는 시동을 껐다.

"맙소사, 잭! 믿을 수가 없어." 미미가 겨울 코트 안에 입은 트위드 스커트를 정리하며 차에서 내렸다. 그러고는 양손으로 볼을 감쌌다. "완벽히 환상적인 선물이야. 진심으로."

잭 역시 차에서 따라 내렸다. 만일 이 세상에 모두가 잠든 것 같은 고요한 마을이 있다면 그곳은 바로 초턴일 터였다. 다니기 좋게 포장된 보도조차 없었다. 그저 펍 하나, 찻집 하나, 작은 우체국 하나가 그들이 지나온 전부였다.

"나 좀 떨리는데." 잭이 차 키를 뽑으려고 몸을 수그렸다. "아, 잠깐, 나 뭐 하는 거지? 여기선 차 문을 잠그는 게 의미가 없겠는데. 범죄도 일어날 거 같지 않은 데서 말이야."

"아니야. 그래도 몰라." 미미가 단호하게 말했다. 그녀가 잭의 손을 잡고 그를 길 건너편으로 이끌었다. 그런 다음 벽돌을 쌓아 올려 만든 창문, 붉은 담벼락, 작고 하얀 기둥이 세워진 현관이 있는 L자 형태의 이층집 앞으로 다가갔다.

잭은 미미가 건물에 한 걸음씩 다가가는 모습을 지켜보며 기분 좋은 웃음을 지었다.

"미미, 걱정하지 마. 이런 데 기자들이 있을 리 없잖아."

"아니. 그런 게 아니라, 그냥 방해받고 싶지 않아서 그래. 당신도 그게 어떤 기분인지 잘 알잖아. 근데 이 창문 말이야. 어디선가 읽은 적이 있는데, 여기서 오스틴이 책을 썼다고 했던 것 같아."

미미가 잭을 향해 고개를 돌렸다. 그녀의 얼굴에 떠오른 표정은 잭 레너드의 세계에서 가장 값진 것이라 해도 과언이 아니었다.

"식당으로 쓰는 응접실 문이 삐걱거리는데도 고치지 않고 내버려뒀대." 미미가 횡설수설하며 설명을 이어나갔다. "제인 오스틴은 보통 아침에 글을 썼는데, 그 시간에 오스틴의 엄마와 언니는 집안일을 도와줬어. 제인 오스틴이 집필에 집중할 수 있게. 왜냐하면 둘 다 알고 있었거든. 제인 오스틴이 진짜 천재라는 걸 모를 수 없었겠지. 아무튼 누가 방에 들어올 때마다 문이 삐걱대서 제인 오스틴을 놀래는 바람에 종이에 그렇게 잉크를 떨어뜨렸대. 웬트워스 대령이라고 쓰다가 뚝, 앤이라고 쓰다가 뚝. '당신은 내 영혼을 꿰뚫었어'나 '반쪽짜리 고통, 반쪽짜리 희망' 밑에도 잉크 얼룩이 있다는 거야. 오, 세상에, 여길 오다니!"

"헨리 크로포드는 마음의 구멍을 내고 싶었던 거 아니었어?" 잭이 겨우 생각해낸 농담이었다. 미미는 그가 길가 쪽으로 걸음을 옮기고 나서야 그의 장난에 맞장구칠 여유를 되찾았다.

"당신이 500쪽짜리 《맨스필드 파크》를 그런 식으로 기억하고 있다는 것마저 너무 완벽하네."

잭은 책을 읽지 않았다는 말을 굳이 하지 않았다. 사실 그녀가 무슨 의도로 그런 말을 했는지도 이해하지 못했다.

"그냥 '머릿속에 또렷하게' 자리 잡은 게 그 내용이라." 잭이 저택을 배회하는 미미를 제 쪽으로 이끌며 놀렸다. "봐봐, 정말 멋있고 좋지. 근데 사실 여기 온 이유는 누구를 좀 만나기 위해서야."

미미가 뒤로 물러서며 되물었다. "초턴에서? 누구를, 왜?"

"야들리가 준비해줬어. 여기 그 여자가 살아. 집 밖으로 나가지 않는 여자. 기억나? 엄청난 재산을 상속받은 사람 말이야. 제인 오스틴과 이 집하고도 관련이 있고. 아주 공들여 여자를 설득해서 만나기로 했어."

미미가 제자리에 우뚝 서서 그를 빤히 바라보았다.

"이 집 말이야, 미미. 이 저택. 당신을 위해 이 저택을 사려고 해. 뭐, 가격만 제시한 거지만. 다행히 아직 거절은 당하지 않았어." 그가 미미에게 의미심장한 눈짓을 보냈다.

미미가 그에게서 몸을 돌렸다. 속이 메스꺼운 기분이 들었다.

"이해할 수 없어." 미미가 두 길목의 교차로에 있는 별채 정원을 에워싼 붉은 벽돌담에 기대며 마침내 입을 열었다.

"말한 그대로야. 집을 사겠다고 가격을 제시했어. 최소 100년짜리 임대 계약이 될 수도 있고. 아마 비슷하게 거래가 이뤄질 거야. 어쨌든 야들리가 내 부탁으로 이 영지 거래에 대해 알아봐줬어. 시간이 꽤 걸렸어. 상속인 고집이 말도 못하게 센 데다 집 밖으로 한 발짝도 안 나오고 은둔 생활을 하다 보니."

"그냥 이해가 안 돼. 대체 왜?" 미미가 같은 말만 되풀이했다.

"당신을 사랑하니까, 이 바보야. 이 집이 당신한테 어떤 의미가 있는지 나도 잘 아니까. 어쨌든 야들리가 그랬어. 뭐, 야들리 말이 아니라도 평소 당신을 생각하면 쉽게 유추해낼 수 있지만. 나만 믿어, 미미. 당신 같은 열성적인 제인 오스틴 팬이라면 자격은 충분하니까."

"하지만 여기서 어떻게 살아!" 미미가 큰 소리로 외치며 도망이라도 칠 듯한 기세였다. 그때 진회색 코트와 모자 차림의 기품 있어 보이는 한 남자가 갑자기 나타났다. 남자의 손에는 왕진 가방 같은 게 들려 있었다. 그 바람에 잭은 미미를 황급히 자기 쪽으로 끌어당겨야 했다.

"쉬, 미미, 제발 좀. 이건 좋은 일이야!" 잭이 소리쳤지만 미미는 이미 달아난 후였다. 그가 할 수 있는 일이라고는 도망치는 미미의 모습을 노려보며 걸음을 멈추어선 남자에게 서둘러 가벼운 목례를 하는 것뿐이었다. 의사인 듯한 남자의 얼굴에 혼란스러운 표정이 역력했다. 잭은 그런 얼굴의 의미를 익히 알고 있었다.

"혹시……," 그레이 박사가 혼잣말처럼 중얼거렸다. 잭은 태연하게 어깨를 으쓱했다. "실례합니다만, 아내분이…… 아주 많이 닮으셨는데……."

"저흰 그저 관광을 왔을 뿐입니다." 잭이 재빨리 그레이 박사의 말을 끊으며 대꾸했다.

"좀 불편해 보이시던데요."

"걱정하지 않으셔도 됩니다. 차멀미를 좀 해서 그럽니다. 여기까지 오는 길이 굉장히 좁고 구불거리지 않습니까. 아무튼 영국 사람들이 쓰는 말이 있던데, 그럼, 안녕히?"

그 말을 끝으로 잭은 길 건너에 있는 마을의 크리켓 경기장 옆 공원 잔디밭에서 무릎을 꿇고 있는 미미의 뒤를 따라 황급히 발걸음을 옮겼다.

"진짜 토할 거 같아." 잭이 다가가자 미미가 속삭였다. 그가 그녀를 일으켜 세우기 위해 손을 내밀었다. 하지만 그녀는 힘을 실어 그를 밀쳐냈다. "잭, 그만둬."

잭은 점점 화가 나기 시작했다. "젠장, 미미, 당신을 행복하게 해주려고 그런 거야. 한 번이라도 날 위해 행복해할 순 없겠어?"

그녀가 그를 향해 고개를 치켜세웠다. "그게 무슨 말이야?"

"빌어먹을, 당신이 다아시에다, 펨벌리에다 노래를 불렀잖아. 엘리자베스가 다아시의 집을 보고 나서 사랑에 빠졌단 얘기도 몇 번을 했고."

"그게 아이러니라고. 당신 바보야?"

"그리고 그 모든 게 얼마나 낭만적이고 섹시한가에 대해서도 이야기했고. 봐, 난 그냥 당신이 행복했으면 싶은 마음으로 노력하는 것뿐이야."

"날 섹시하게 만들고 싶어서 그런 건 아니고?"

"아니." 잭이 단호하게 고개를 저었다. "그냥 행복했으면 했어. 믿거나 말거나."

"제인 오스틴의 신전을 사들이다니. 도대체 저 집을 나더러 어떡하란 말이야? 저기서 살 수도 없고, 여름 별장으로 쓸 수도 없어. 그건 정말 미친 짓이지." 미미가 눈을 가느다랗게 뜨며 말했다. "세상에, 당신 정말 미쳤구나?"

"아니. 오히려 난 당신이 미친 거 같아. 아니면 내가 당신을 정말로 사랑하거나." 잭이 등을 돌려 성큼성큼 그 자리를 벗어났다.

홀로 남은 미미는 한동안 무릎을 꿇은 채 그대로 있다가 몸을 일으켰다.

공원 동쪽의 가장 자리에 두 그루의 거대한 참나무가 서 있었다. 맞닿은 나뭇가지의 곡선이 연극 무대의 아치 같았다. 예이츠의 시에서처럼 황금빛 사과 같은 햇살이 나뭇가지 사이로 새어 나와 인근의 언덕으로 날갯짓하는 모습이 보였다.

정말이지 천국이 따로 없었다. 잭 레너드는 그녀에게 천국의 작은 조각을 선사하려던 것이었다.

마침내 미미가 차로 돌아왔다. 잭이 차에 기대서서 지도를 들여다보고 있었다. 그녀가 다가와 그의 가슴에 머리를 대고 가볍게 비볐다. 처음에 그는 아무 반응도 보이지 않았다. 한참이 지나서야 그가 그녀의 정수리에 입을 맞추고 그녀의 어깨를 살포시 흔들었다. 고개를 든 미미가 잭을 바라보며 웃음을 터트렸다.

잭은 이렇게 차 옆에 서서 자신에게 기대어 치대는 미미와 오래도록 머물고 싶은 마음이 굴뚝같았지만, 프랜시스 나이트와의 만남이 남아 있었다. 도로를 따라 그레이트 하우스로 내려가자니 미미에게 예전의 기억이 밀려들기 시작했다.

"길을 제대로 잃어버린 거야. 그러다가 어떤 농부를 만났어. 농부라기엔 좀 젊고 굉장히 친절한 사람이었는데, 그 사람이 제인 오스틴의 어머니와 언니의 무덤을 보여줬어. 난 거기 있을 거라곤 상상도 못했지. 우리 처음 만난 게 '영광의 귀환'을 찍은 직후였잖아. 당신 기억나지?"

당연히 기억하고 있었다. 잭도 원하던 대본이었다. 그 영화는 1944년 당시 수입으로 열 손가락 안에 드는 영화였다.

"그 농부는 전쟁으로 두 형제를 잃었다고 했었어. 그 사람은 겉보기에도 형제를 잃은 고통을 극복하지 못한 사람 같았어. 일종의 자기방어를 하듯 스스로를 가둬버린 거지. 난 그 영화가 가족을 잃은 사람들이 얼마나 많은 희생을 치러야 했는지 알려주는 데 도움이 될 것 같았어. 가족을 잃은 사람들을 이해할 수 있게 도와줄 수 있을 거라고 생각했어."

"꼭 미군 위문 협회(USO)에서 나온 여성 같네."

"잭, 농담 아니야. 징집을 줄여보려는 나만의 방식이었다 할까."

"알아. 아까 일로 장난 좀 친 거야."

두 사람은 자갈길 초입에 멈추어 섰다. 100미터쯤 떨어진 곳에 그레이트 하우스가 작은 언덕을 사이에 두고 위엄 있게 서 있었다.

미미가 잭의 턱을 부드럽게 그러잡고 입을 맞추었다.

"미안해, 잭. 고맙지 않다는 뜻은 아니었어. 그냥 너무 과해서, 알지? 쉽게 받아들이기 힘들어서 그랬어."

"돈이면 뭐든 살 수 있어." 잭은 대수롭지 않다는 듯 어깨를 으쓱했다.

"보통 때 같았으면 그 말에 반박했겠지만 이번엔 당신 말이 맞는 것 같네."

잭이 미미의 팔을 들어 자신에 팔에 꼈다. 둘은 함께 길을 걸어 오르기 시작했다.

제 17 장

햄프셔주, 초턴
같은 날 오후 세 시

프랜시스 나이트는 독서를 위해 만들어놓은 작은 벽장 속 공간에
앉아 있었다. 3층의 일부로서 그레이트 하우스 현관 위쪽과 붙어
있는 공간이었다. 이곳은 방문객의 손이 닿지 않는 완벽한 장소였
으며, 집안에 전해 내려오는 이야기에 따르면 제인 오스틴 역시 같
은 이유로 이곳을 좋아했다고 했다. 전쟁 중일 때도 그레이트 하우
스 주변을 서성이는 방문객들이 보였지만 다행히 그들은 현관 앞
계단에서 몇 백 미터 떨어진 곳의 낮은 나무 문을 두드릴 생각까
지는 감히 하지 못했다. 그저 멀찍이 서서 카메라를 최대한 줌인
하고 제인 오스틴이 살았던 집 사진을 찍기 위해 셔터를 눌러댔다.
  야들리 싱클레어는 석 달간 공을 들인 덕택에 에비, 조세핀과 유
선상의 친분을 쌓을 수 있었고, 결국 나이트 양에게 관리인의 별채

를 사겠다는 제안도 할 수 있었다. 프랜시스는 아버지에게 이 일에 대한 말을 꺼내지 않았다. 아버지의 임종이 머지않은 시점에서 그저 기다리는 게 상책이지 않나 싶었다. 그녀는 스스로에게 이 정도의 계산적이고 교활한 생각쯤은 허락하기로 했다. 아버지가 돌아가시고 난 후를 상상하며 품을 수 있는 작고 이상한 반항심 같은 거라 할까.

야들리는 훼손된 이집트 유물 조각을 하나하나 맞추어나가는 고고학자 같은 마음으로 인내심을 가지고 설득을 멈추지 않았었다. 그러면서 부유한 미국인이 그 작은 별채를 매매하기 위해 시장가보다 훨씬 높은 수천 파운드의 돈을 기꺼이 지불할 예정이라고 말했었다. 야들리 싱클레어는 제인 오스틴 시대의 기존 평면도에 따라 별채를 다시 단독 주택으로 복원하는 원대한 계획을 품었다.

프랜시스는 싱클레어가 오스틴가가 배출한 작가의 열렬한 팬이라는 사실을 눈치챘다. 두 사람 간에 수차례 통화가 오갔지만 그녀는 그의 방문을 계속 미루어오고 있었다. 싱클레어는 자신의 제안이 좀 더 그럴듯하게 들릴 수 있도록 미국인 매입자와 그의 약혼녀가 소더비 경매에서 가드머셤 파크의 소장품을 사들인 일을 강조했고, 이들이 별채를 사게 되면 영국에 체류할 예정이라는 말도 덧붙였다.

프랜시스는 나이트 가문의 영지나 별채의 임대 수입과 관련해 마땅히 받아야 할 만큼의 충분한 가격을 받아내지 못했다는 사실을 익히 알고 있었다. 그리고 나이트가의 마지막 후손이자 실패작인 자신의 감각으로 미루어볼 때 적당한 사람에게 적당한 가격으로 이들을 매각한다면 자신의 죗값을 어느 정도 치를 가능성도 있어 보였다.

야들리는 자신이 소개하는 구매자가 아주 적합한 사람이라는 확신을 그녀에게 주었다. 구매자의 약혼녀가 성공한 사람인 데에다 진심으로 제인 오스틴의 팬이므로 별채의 관리며 유지 비용은 보장되어 있다고 했었다.

프랜시스는 2층의 더 큰 방으로 자리를 옮겨 현관 앞길과 벽난로 위의 시계를 번갈아 보며 앉아 있었다. 오후 세 시에 잭 레너드와 약혼녀가 도착할 예정이었다. 약속한 시간이 되자 고스포트 로드에서 방향을 틀어 자갈길을 따라서 그레이트 하우스로 들어서는 남녀 한 쌍이 보였다. 여자가 너도밤나무 숲 아래 묘지와 교회를 향해 손짓을 건네자 두 사람은 중간에 한번 멈추어 서기도 했다. 드디어 남자가 영지로 들어오는 정문을 열어젖혔다. 30대의 잘 차려입은 커플이 눈에 들어왔다. 남자는 손에 지도를 들고 있었고 여자는 불안한지 연신 고개를 갸웃갸웃했다. 남자는 저택을 똑바로 응시하는 반면 여자는 사방으로 시선을 돌렸다. 여자의 얼굴이 조금 창백한 것이 멀리서 보아도 긴장한 기색이 역력했다.

프랜시스는 두 사람이 도착하기 전에 제임스 1세 시대풍의 난간을 짚으며 참나무 계단을 내려와 응접실로 향했다. 커다란 물레 모양으로 늘어선 창문 옆 사이드보드에는 두 종류의 케이크가 있었다. 커피와 호두를 넣은 케이크, 그리고 정원에서 가꾼 딸기와 영지의 양봉장에서 따온 꿀로 만든 빅토리아 스펀지케이크였다.

프랜시스는 옆에 있는 오토만에 차가 담긴 쟁반을 올려둔 다음 빈티지한 소파에 앉아 방 안을 둘러보았다. 이 집에서 가장 크고 동시에 가장 추운 방이라 자주 머물지 않는 방이었다. 이 방은 어린 시절 파티나 가족 모임을 하거나 새 이웃을 맞이하던 기억이 가득한 장소이기도 했다. 지금은 크리스마스이브 모임 정도만 여기서 하고 있었다. 최근에도 크리스마스이브 예배를 마친 마을 사람들이 대거 모였었다. 그녀는 이런 행사도 이번이 마지막이 되려나 하는 생각이 문득 들었다.

조세핀이 커플을 현관에서 맞아 방으로 안내하자 프랜시스가 자리에서 일어나 그들을 반겼다.

"레너드 씨, 어서 오세요." 프랜시스가 미소를 지으며 한 걸음 앞으로 나아갔다. "이분이 말씀하신 사랑스러운 약혼녀이시군요. 싱클레어 씨가 입이 닳도록 칭찬하셨는데." 프랜시스가 잭 레너드 곁의 아름다운 여자에게 인사치레를 했다.

잭과 미미를 본 사람들은 으레 헉하고 숨을 들이마시거나 짧게 비명을 지르며 놀라는 반응을 보였지만, 프랜시스는 그저 미미가 잭 레너드의 약혼녀일 뿐이라는 듯 서 있었다.

"미미라고 합니다." 미미가 손을 내밀며 인사했다.

"미미? 이름이 특이하시네요."

"메리 앤을 줄인 거예요." 잭이 흥미롭다는 듯 그녀를 바라보았다. "그건 몰랐네."

프랜시스가 미소를 지으며 대꾸했다. "결혼할 사이에도 비밀은 필요하니까요."

"삶을 함께 보낼 사람의 결점은 되도록 적게 아는 게 좋다." 미미는 인용구를 덧붙이며 밝게 웃어 보였다.

"그래서 말을 안 했군." 잭이 폭소를 터트렸다.

프랜시스는 커플에게 맞은편 소파를 권하고는 차를 따라 내밀었다.

"싱클레어 씨 말로 제인 오스틴을 좋아하신다고요." 프랜시스는 가능한 한 잭 레너드에게는 눈길을 주지 않으려 노력하며 미미에게 대화를 건넸다. 프랜시스는 잭 레너드가 가진 유능함과 에너지에서 왠지 모를 불안감을 느꼈다. 프랜시스는 그와 단둘이 남겨질까 봐 두려웠다. 저런 남자라면 발밑의 고풍스러운 인도풍 카펫뿐 아니라 자신의 모든 걸 넘겨줄 수 있을 것 같았다.

미미가 힘차게 고개를 끄덕였다. "예전에 이곳을 방문한 적이 있어요. 전쟁 전이요. 캘리포니아로 이사 가기 전이니까 정말 옛날이겠네요. 작은 별채랑 교회, 묘지를 방문했었는데, 정말 너무 좋았어요. 그때 누군가 이 방에 들어오게 해주는 대가로 뭔가를 요구했다면 가진 걸 전부 다 줬을 거예요." 미미가 잠깐 숨을 골랐다. "죄송해요. 얘기 들은 지 얼마 안 돼서 아직 얼떨떨해요. 방금 전에 별채에 관한 얘기를 이 사람한테서 전해 들었어요. 저희를 이렇게 만나는 게 괜찮으신지 모르겠어요. 상당히 어려운 결정이었을 텐데요. 저라면 절대 못했을 거예요."

잭이 미미에게 따가운 시선을 보냈다. 미미는 사업엔 영 소질이 없었다.

"고마워요. 말씀대로 정말 어려운 일이었어요." 프랜시스가 불편한 듯 몸을 들썩였다. 이제 그녀는 미미마저 똑바로 바라보는 게 어려웠다. 미미의 동그란 얼굴에서 보랏빛 눈동자와 보조개가 빛났다. 그녀는 매우 아름다웠다.

"지난 일은 지난 일이고, 응?" 잭이 대화 중간에 끼어들었다. 사업적 측면에서 과거를 반추하는 일은 아무 의미가 없었다. 물론 삶을 바라보는 방식 또한 마찬가지였다. 프랜시스가 가족의 유산 일부를 포기해야 한다는 이야기를 너무 많이 하면 두 여자는 분명 감상에 젖을 테고, 그렇게 되면 잭이 그런 두 사람을 끌고 가는 역할을 떠맡아야 할 것이었다. 하지만 그는 오늘 일어난 이전까지의 일로 이미 너무 지쳐버렸다.

"우리에게는 논의해야 할 멋진 계획이 있으니까요." 잭이 대화를 이어나갔다. "별채는 나이트가가 자랑스럽게 여길 수 있도록 복원하고 아름답게 꾸밀 예정입니다. 비용은 아끼지 않을 겁니다."

잭이 말을 마치고 자신을 한번 훑어본 다음 주변을 둘러보았다. 그레이트 하우스 안의 모든 게 앤티크해 보였다. 이 집의 물건들에는 마치 거대한 기억의 먼지가 켜켜이 쌓여 있는 것 같았다. 벽난로 위에는 에드워드 시대 복식을 한 나이트 가문 사람들의 초상화와 나이트가의 과거와 관련된 사람들의 유화 같은 아주 오래된 그림들이 걸려 있었다. 이 집에서 현대 문물의 흔적이라고는 전등과 라디에이터밖에 없었다. 프랜시스 역시 나이보다 훨씬 늙어 보였다. 잭은 프랜시스가 자신보다 열 살 위라는 말을 듣지 않았다면, 양피지처럼 얇고 푸석한 목덜미나 잔잔한 눈꼬리의 주름으로 미루어 그녀를 50대로 보았을 것이다.

"제 생각에 이번 매각은," 잭이 계속했다. "모두에게 원원이 될 겁니다. 야들리 말로는 나이트 양께서 아주 현명한 분이시라고……. 전 현명한 사람들과 사업하는 게 좋습니다."

"그런데 왜 그 별채가 필요하시죠, 레너드 씨?"

"여기 제 아름다운 약혼녀 덕분입니다. 세상에서 제일가는 제인 오스틴의 팬이기도 하고요. 진심으로요. 나이트 양께 반지를 보여드려, 자기."

당황한 미미가 고개를 가로저었지만, 잭은 미미의 손가락에 끼워진 터키석 금반지가 보이도록 그녀의 왼손을 잡아당겨 프랜시스에게 내밀었다.

"오, 세상에, 정말 익숙한 반지군요." 중년의 여자는 미미의 손가락에 있는 반지가 최근 소더비 경매장의 카탈로그에 실린 유명한 조상의 반지라는 걸 천천히 깨달으며 멈칫했다. 한때 집안의 소유였던 그 반지가 지금은 전형적인 물질 만능주의자 같은 낯선 미국인이 데려온 약혼자의 손가락에 올라가 있었다.

"그렇습니다." 잭이 대답했다. "미미는 제인 오스틴의 열정적인 팬입니다. 제인 오스틴의 작품을 영화로 제작 중이기도 하고요." 잭이 이런저런 이야기를 하는 사이 미미는 프랜시스를 유심히 살펴보았다. 여자는 어딘가 좀 이상했다. 마치 삶의 움직임이라든가 작은 교류의 과정들이 그녀를 스쳐 지나면서도 완전히 머무르지는 않은 모양새였다. 칼라가 높게 올라온 하얀 블라우스에 치렁치렁하게 긴 스커트를 입고 희끗거리는 금발을 높이 틀어 올린 모습까지, 어쩐지 그녀는 다른 시간에 사는 사람 같았다. 그러다 잭이 영화에 대해 언급하자 그녀의 표정이 조금은 편안해지는 것 같았다.

"영화요? 그럼 감독이세요?"

"제작자입니다." 그가 고쳐 말했다.

"아."

잭이 목청을 가다듬으며 덧붙였다. "음, 제 입으로 말하긴 좀 그렇지만 실은 그보다 영향력이 큰 입장입니다만. 아마 아는 작품일 텐데, 《이성과 감성》이 영화화될 예정이고 작가도 이미 고용했습니다. J. D. 베이트먼이라고, 들어본 적 있으실 겁니다. 어쨌든 그 작가가 작품을 토대로 시나리오를 집필 중입니다. 정말 대단한 작품이잖습니까." 잭이 잇새로 휘파람을 불었다.

프랜시스는 대신 사과하듯 부끄러운 미소만 짓는 미미를 바라보았다. "그럼 미미 양도 영화에 참여하세요?"

미미가 고개를 끄덕이며 차를 한 모금 마셨다.

"참여요?" 잭이 목소리를 키웠다. "미미는 스타예요! 당연히 엘리너 역은 미미가 해야죠!"

프랜시스가 더욱 흥미롭다는 듯 미미를 바라보았다. "그럼 배우세요?"

미미가 다시 고개를 끄덕였다. "그렇게 부르신다면요."

"배우예요!" 잭은 목소리를 낮출 생각이 전혀 없는 듯 소리쳤다. "그냥 배우가 아니라 스타라고요. 미미 해리슨! '영광의 귀환' 모르십니까?"

프랜시스는 공손하게 고개를 저었다. "정말 죄송해요. 극장을 자주 가는 편이 아니라서요. 당연히 성공한 배우이시겠죠." 프랜시스가 미안함을 담아 미미에게 말했다.

런던의 새빌 로에서 산 빳빳한 흰 셔츠 위로 드러난 잭의 얼굴에 짜증이 묻어나기 시작했다. 비록 미미와 잭이 가는 곳마다 사람들의 인정을 받아야 하는 건 아니었지만, 그는 두 사람의 위치가 유리한 효과를 불러온다면 되도록 인정을 받고 싶었다. 잭은 또한 별채 매각이 재정적인 면에서 순전히 프랜시스 나이트 쪽의 의지로 이루어질지도 모른다는 사실을 직감했다. 그는 이 여자가 어느 정도로 금전적 곤경에 처해 있는지, 그리고 자신이 얼마나 버텨야 이익을 얻을 수 있는지 알아야 했다.

"그럼," 잭은 느닷없이 정곡을 찔러 유리한 입지를 선점해야겠다고 마음먹으며 입을 열었다. "어떻습니까, 나이트 양? 이제 현실적인 이야기를 좀 해볼까요?"

프랜시스는 날카롭게 빛나는 이와 가느다란 담갈색 눈동자로 먹이를 덮치듯 몸을 앞으로 수그린 잭 레너드를 바라보았다.

"잠깐만요." 미미는 오른손을 뻗어 프랜시스의 팔에 살며시 갖다 대었다. "너무 부담 가지지 않으셨으면 좋겠어요. 저희가 너무 신이 나서요. 지금 당장 결정하실 필요는 없어요."

미미의 말에 잭은 오래된 편두통이 도지는 듯했다. 이 둘에게 거래를 맡겨놓으면 일이 성사되긴 글러 보였다.

"초턴에는 얼마나 머무르실 건가요?" 프랜시스가 머뭇거리며 물었다.

미미는 잭의 얼굴을 빠르게 한번 보고 대답했다. "글쎄요, 여름에 지낼 곳을 찾을 동안 우선은 런던에 머무는 중이에요. 여기서 그리 멀진 않으니까 언제든 돌아올 수 있어요. 실은 여기 오는 게 저도 좋고요."

"그럼 다시 오세요." 프랜시스가 미미를 향해 미소를 지었다. "한번 두고 보시죠."

잭 레너드에게 있어서 '한번 두고 보자'라는 건 여인의 쇄골을 따라 위스키 흔적을 남길 때나 쓰는 말이었다. 잭은 특유의 자신감 넘치는 모습으로 자리에서 일어나 프랜시스와 악수했다. 프랜시스의 손을 쥔 그의 손아귀에 다소 강한 힘이 들어가 있었다.

미미도 덩달아 자리에서 일어서며 말했다. "잭, 여기서 나이트 양과 단둘이 시간을 좀 보내고 싶어. 여자들만의 시간 말이야." 그녀가 한쪽 눈을 찡긋했다.

잭이 미미와 프랜시스를 번갈아 보며 말했다. "좋아, 자기. 그래도 너무 다 양보하면 안 돼. 참, 나이트 양, 아시다시피 미미가 영화계에서는 유명합니다. 이 일에 미미가 관련돼 있다는 건 당분간 우리끼리만 아는 비밀로 합시다. 사진 기자들이 덤불 속에 숨어 있다가 나타나서 카메라를 들이대는 건 나이트가에서도 원하지 않는 그림일 테니까요."

잭이 떠나고 미미가 다시 자리에 앉았다. "결론이 어떻게 나든 상관없이 그냥 다 감사하다는 말씀을 드리고 싶어요. 이 댁을 방문하게 해주신 것도, 이렇게 시간을 내어주신 것도 전부요. 잭이 약간, 음, 담판을 지으려고 상대를 압박하는 스타일이라서요."

"전혀요. 저희 아버지랑 비슷하시더라고요. 에너지며 열정은 훨씬 더 넘치시지만."

"아버님께서 몸이 안 좋으시다는 얘기를 들었어요. 쾌차하시길 바랄게요."

프랜시스가 고개를 끄덕였다. "언제 돌아가실지 모르겠어요."

"어머나, 정말 유감이에요."

"괜찮아요. 이미 건강하게 오래 사셨는걸요. 올해 여든여섯이세요. 아시겠지만 이 정도면 우리 가문 사람답게 장수하셨다고 봐야죠."

"그래도요. 이런 시기에 두 미국인이 턱끝까지 쫓아와서 너무도 개인적인 결정을 내려달라고 재촉한 셈이 됐으니."

"사실 생각할 시간이 필요했어요. 이런 일을 상의할 사람도 없고. 직계 후손이 저밖에 없어서요. 아버지는 제인 오스틴의 오빠 에드워드 나이트의 고손이세요. 이런 집안 내력이 특권이라면 특권이겠죠. 물론 책임감도 상당하고요."

미미는 제인의 오빠 프랜시스 오스틴 제독이 1860년까지 생존 했다는 사실을 떠올리고 재빨리 머리를 굴려보았다. "그렇다면 아버님께서는 제인 오스틴의 오빠를 어렸을 때 만나보셨겠네요. 세상에나, 놀라워요!"

마침내 완전히 긴장이 풀린 듯한 프랜시스가 고개를 끄덕였다. "크리스마스가 되면 가족들이 이 집에 있는 식당에 모여서 시간을 보냈대요. 이 웨지우드 찻잔이 기다란 식탁에 나란히 놓여 있었겠죠? 여기 이 방에서는 벽난로 옆에서 캐럴도 부르고 뱅쇼도 마시고 군밤도 먹었을 테고요."

"다른 평범한 사람들처럼."

"그렇죠. 우리도 평범한 사람들일 뿐이에요. 저한텐 그냥 가족이고요. 그럼에도 다른 사람들 눈에는 세상에서 가장 위대한 작품의 일부분처럼 느껴지겠죠."

"나이트 양은 어떠신데요? 제인 오스틴 작품을 좋아하시나요?"

"아마 이 대답을 원하신 건 아니겠지만," 프랜시스가 미소를 지으며 말했다. "사실 제가 제일 좋아하는 작가는 브론테 자매랍니다."

미미가 깔깔거렸다. "아주 완벽해요."

"다른 사람들한테는 비밀이에요."

"당연하죠. 걱정 마세요. 특히 잭한테는 말하지 않을게요. 아마 어떻게든 매입가를 깎으려 들걸요."

프랜시스는 미미가 약혼자를 생각보다 잘 파악하고 있는 것 같아 처음 보았을 때보다 안심이 되었다. 잭에게서 지난날의 아버지의 모습을 본 프랜시스는 미미 해리슨이 어떤 걱정거리를 안고 살아야 하는지 앞날이 훤히 내다보였다.

미미가 자리에서 일어서자 프랜시스도 따라 일어섰다.

"또 오세요. 잭과 같이 오지 않더라도요."

미미가 프랜시스를 향해 상냥한 미소를 지어 보였다. "여쭤볼 게 너무 많아서 귀찮으실 수도 있는데요."

"그럴 일은 없을 거예요." 프랜시스가 다정하게 웃어주었다.

미미와 잭이 왔던 길을 되돌아가는 모습을 창문으로 지켜보던 프랜시스는 이 커플의 매력에 맞서 어떤 거창한 시험이라도 통과한 것 같은 기분이 들었다. 미미와 잭의 조합은 작고 조용한 마을에 폭탄이 떨어진 것과 비슷한 파장을 일으킬 위력을 지니고 있었다. 진정한 메리와 헨리 크로포드 같은 문제적 2인조라고나 할까. 프랜시스는 과연 누구에게 그들의 방문에 대해 알려야 할지 고심했다. 그녀의 주변 사람들—에비, 샬럿, 그레이 박사, 심지어 앤드류 포레스터까지—에게 미미 해리슨에 대해 언급했을 때 미미를 알아보는 사람이 있을지 궁금했다.

1월의 해가 빠르게 지고 있었다. 아래층에서 조세핀이 방들의 전등을 켜고 벽난로에 불을 지피는 소리가 들렸다.

에비가 먼지떨이를 들고 응접실로 달려오다가 프랜시스를 발견하고는 급히 멈추어 섰다.

"아가씨, 죄송해요. 침실에 드신 줄 알았어요."

"죄송하긴 무슨. 손님 방문이 예상보다 길어졌어. 하려던 일 다시 하려무나." 프랜시스는 고용인들에게 과하다 싶을 만큼 정중했다. 이 낡은 집과 추억 외에 유일하게 변함없는 존재들이 자신을 떠날까 봐 두려웠기 때문이다.

에비가 조심스럽게 무릎을 구부리며 인사를 건넸지만, 그러고 나서도 제 몫의 집안일을 다시 할 마음은 없어 보였다. 크리스마스이브 이후로 에비는 자신이 소속된 협회의 존재와 회원들의 뜻을 주인 아가씨에게 전하고 싶어 안달을 냈다. 그레이 박사는 나이트 양에게 별채에 대한 적절한 제안을 제시할 수 있을 때까지 아무 말하지 말라고 신신당부했었다. 그렇지만 마침 오늘 소더비 경매와 관련된 손님들이 방문했고 이는 분명 에비와 협회에게 무관하지 않은 일 같아 보였다. 지금이야말로 프랜시스에게 협회에 대해 털어놓을 적절한 시기가 아닌가 싶었다.

"에비," 프랜시스가 소파에 앉으며 입을 열었다. "물어보고 싶은 게 있었는데, 혹시 내가 추천해준 책은 다 읽었니?"

"아, 네. 그럼요. 아가씨 말씀대로 정말 재밌었어요."

"어떤 사람들은 그 책이 이상하고 참을 수 없을 만큼 우울하고 때로는 초자연적인 것을 너무 많이 담았다고 하지만, 개인적으로 《빌레뜨》야말로 샬럿 브론테의 걸작이 아닌가 싶어."

"제가 보기엔 전혀 공상적이지 않던걸요. 완전히 푹 빠져서 읽었어요."

"난 너하고 샬럿이 서재를 얼마나 잘 돌보고 있는지 너희 스스로도 알고 있었음 좋겠어. 책은 그 자리에 있을 뿐 너희들이 다 한 거야. 잊지 마."

"감사합니다, 아가씨." 에비는 손에 먼지떨이를 든 채 여전히 제 자리에 서 있었다.

"저, 아가씨?"

"응?"

프랜시스가 자리에 앉아보라고 손짓해달라는 듯 어린 소녀는 자신의 고용주 앞으로 다가와 반대편 소파 앞에 서 있었다. 아무리 나이보다 성숙한 에비라 할지라도 이럴 때는 제 나이다운 모습이 자신도 모르게 튀어나왔다. 에비가 속사포처럼 내뱉은 협회의 모든 계획이 흥분으로 뒤엉켰다.

프랜시스는 에비의 이야기가 잠깐이라도 소강을 보이길 기다리며 침착하게 귀를 기울였다.

"에비, 혹시 오늘 방문객들이 누구였는지 알고 있니? 더할 나위 없이 완벽한 타이밍에 네가 이런 얘기를 하니까 궁금해서. 아까 그 커플이 별채를 사고 싶어 해. 그 여자도 너처럼 제인 오스틴의 열렬한 팬이래. 아이고, 당황하지 말고. 아직 정해진 건 아무것도 없어. 나 혼자 내릴 수 있는 결정도 아니고, 그렇다고 아버지에게 맡기기엔 건강이 온전치 않으셔서. 그러니 얼마간은 어떤 결정도 내려지지 않을 거야. 이 정도면 안심이 될까?"

에비가 눈에 띄게 커다란 안도의 한숨을 내쉬었다. "그럼 저희와 함께해보시겠어요, 프랜시스 아가씨? 협회는 아가씨 없인 아무것도 아니에요."

프랜시스는 소녀의 열정에 진심으로 감동을 받았다. "에비, 네가 《오만과 편견》을 감명 깊게 읽은 건 알고 있었지만 이런 일에 전념하다니 대단하다. 근데 밖에 나가서 네 또래 친구들과 어울리고 싶진 않니? 벤저민 그레이, 앤드류 포레스터랑 학교를 같이 다녀서 그 둘을 좀 아는데, 이 둘의 사회적 전성기는 지나도 한참 지난 게 아닌가 싶어서 말이야. 더 이상 문제를 일으키지 않으려면 다른 일을 찾아보는 게 현명할 듯한데." 프랜시스가 다정한 미소를 지었다. "아이고, 당연히 농담이지. 두 분 다 선하고 훌륭하시지. 사랑스러운 그로버 부인은 말할 것도 없고. 게다가 애덤이라니. 정말 상상도 못했어. 이게 그 사람의 아이디어라니."

"그럼 참여하시는 거예요, 아가씨?"

프랜시스는 하녀의 끈질긴 설득에 고개를 끄덕이고 말았다. 곧 세상을 떠날지 모를 고용주의 재산 일부를 처분하는 것과 관련된 문제였으니 이렇게 털어놓는 데에는 큰 용기가 필요했을 것이다.

"하지만 아버지께는 협회에 대해 아무 말도 하지 말자, 에비. 너도 알다시피 아버지는 제인 오스틴의 팬이 아니셔. 일단은 우리만의 작은 비밀로 해두자꾸나."

에비는 프랜시스에게 허리 숙여 인사하고 급히 자리를 떴다. 청소는 까맣게 잊어버린 듯했다. 물론 그렇다고 해서 에비가 집안일을 게을리할 거란 생각은 꿈에도 하지 않았다. 프랜시스가 벽난로 위의 시계를 보았다. 오후 네 시가 조금 넘어 있었다. 그녀는 오후의 작은 소동으로 인해 상당히 피곤했지만 저녁 식사 전에 아버지를 보러 가야 했다.

그날 아침 프랜시스는 아버지와 썩 좋지 못한 만남을 가졌었다. 앤드류 포레스터가 부동산 문제를 논의하기 위해 도착했을 때 아버지는 그녀더러 그만 나가라고 했었다. 그녀는 지금쯤이면 아버지가 낮잠을 충분히 자고 일어났을 테니 아까보다는 낫지 않을까 하는 일말의 희망을 품어보았다. 하지만 미국에서 온 두 방문객에 대한 이야기를 꺼내면 그들의 관계는 또다시 흐트러지고 말 것이었다. 아직 아무 일도 벌어지진 않았지만 아버지의 성정을 생각하면 그러고도 남았다.

제 18 장

햄프셔주, 초턴
1946년 1월 10일

애덜린 그로버는 그레이트 하우스 방향으로 난 큰길을 걷고 있었다. 진회색 울 코트 안으로 날카로운 겨울바람이 불어 들었다. 그녀는 예정보다 한 달이나 앞서 내리기 시작한 작은 눈송이에 적잖이 놀랐다. 길가에 핀 꽃을 살펴보는데 누군가 그녀의 이름을 불렀다.

고개를 들어보니 몇 걸음 떨어진 곳에서 리버티 파스칼이 자신을 향해 손을 흔들고 있었다.

"애덜린, 정말 오랜만이다. 잘 지냈어?" 여자는 다소 과장된 투로 안부를 물었다. 이 친구는 대학 시절부터 줄곧 그랬다. 애덜린은 대학에서 교직을 이수했었고, 리버티는 간호 훈련을 받았었다.

"리버티, 세상에, 어떻게 여기서 만나?" 애덜린이 걸음을 멈추었다. 두 사람은 길 가장자리로 자리를 옮겼다. 리버티의 얼굴이 아주 좋아 보였다. 립스틱 색과 적갈색 머리가 적당히 불그스름해서 건강해 보이는 뺨의 홍조와 잘 어울렸다.

"여기서 새 직장을 얻었어!"

"정말? 어디서 일해?" 애덜린은 마을은 물론 얼턴에서도 개업한다는 의사 소식은 들어본 적이 없었다.

"벤저민 그레이 박사님."

"그렇구나." 애덜린이 말했다. "몰랐네."

"네 주치의도 그분이시지? 어머, 미안, 애덜린. 아기 이야기 들었어. 정말 끔찍한 일이야. 네가 얼마나 힘들었을지 감히 상상도 안 된다."

그레이 박사가 고용한 새 간호사는 벌써부터 단점을 드러내고 있었다. "응. 그분에게 진찰받은 지 좀 됐어. 최근엔 선생님을 바꿔볼까 하고 있지만." 즉흥적으로 튀어나온 말이었다. 애덜린의 입은 가끔 머리보다 빨랐다. 그렇지만 경우에 따라서는 이런 식으로 터져버리는 본능적인 실수가 생각보다 더 믿을 만했다.

"어머, 안타깝다. 그레이 박사님은 널 되게 높게 보시던데."

애덜린은 그레이 박사와 리버티 파스칼이 본인이 없는 자리에서 자신에 대한 평가를 내렸다는 생각에 마음이 좀 불편해졌다. 설사 그들의 대화 주제가 자신의 건강에 관한 내용이었다고 해도 말이다.

"이 마을이 아주 좋아질 것 같아." 리버티는 아랑곳하지 않고 재잘거렸다. "초턴이 이토록 고즈넉한 데인 줄은 미처 몰랐어. 넌 이 마을에 대해 한 번도 언급한 적이 없잖아. 정말 너무해. 아무튼 네가 왜 고향으로 돌아와서 교직 생활을 했는지 알 것 같다, 얘."

"그레이 박사님은 어때?" 애덜린은 최대한 무심한 척 물어보았다. "크리스마스이브 예배 때 교회에서 뵙고 한 번도 못 봤네."

"아, 나도 그 교회 알아. 정말 예쁜 곳이더라. 나이트 씨를 뵈러 가는 길에 지나갔어. 저택에서 그분이 목욕하는 걸 도와드렸거든. 임종이 머지않은 불쌍한 노인이야. 정신줄을 놓기 시작했는데 당신은 전혀 모르셔. 벤저민, 아니 그레이 박사님만이 그분을 제대로 돌볼 수 있는 유일한 사람 아닌가 싶더라니까. 내 생각에 그 댁 따님은 하는 일이 없어."

애덜린은 리버티의 제멋대로인 말투와 놀라우리만치 부족한 분별력을 잊지 않고 있어 천만다행이라 생각했다. 리버티 때문에라도 새 주치의부터 찾아보아야 할 것 같았다. 해리엇 페컴에 이어 리버티 파스칼까지 그레이 박사는 희한하게도 거침없고 감당하기 어려운 여성들만 간호사로 채용하고 있었다.

"저, 리버티, 이렇게 만나서 잘됐다. 그레이 박사님께 내가 새 의사를 찾는다는 말을 대신 좀 전해줄래? 아까도 말했지만 안 그래도 조만간 박사님께 말씀드리려던 참이었거든."

"그럼, 애덜린. 널 돕는 일인데 당연히 해줘야지. 잘 지내고." 리버티는 손을 뻗어 애덜린을 힘껏 껴안고 나서 반대 방향으로 걸어갔다.

애덜린도 집으로 향하기 위해 가던 길을 계속 걸었다. 하고많은 사람 중에 하필 리버티 파스칼을 우연히 마주친 탓에 기분이 처질 대로 처졌다. 그녀는 조금이라도 빨리 자신의 조용하고 고독한 집으로 돌아갈 수 있다면 더 이상 바랄 게 없을 것 같았다. 제인 오스틴 소사이어티의 두 번째 회의가 몇 주 후로 예정되어 있었고 그 사이에 그레이 박사를 만날 일은 딱히 없었다. 그래서 기뻤다. 그 레이 박사가 리버티로부터 애덜린의 새 주치의 소식을 전해 듣는다면 몹시도 궁금해할 테지만 이 역시 다음 모임 때쯤이면 아무 일 없었던 듯 잊힐 것이었다.

°——°

몇 시간쯤 흘렀을까, 애덜린은 집 앞 정원에 웅크리고 앉아 계절에 뒤처진 튤립 구근을 심기 위해 땅을 파내고 말라비틀어진 솔방울을 줍고 있었다. 그때 나무로 된 출입문의 경첩이 삐걱거리며 문이 열리는 소리가 들렸다. 다가오는 그레이 박사를 보며 그녀가 자리에서 벌떡 일어섰다.

평소의 그레이 박사는 자신의 감정을 숨기는 데 능숙한 사람이었다. 애덜린은 그런 그의 감정에 틈을 만들어내는 데 많은 시간을 들였었다.

"괜찮은 거야?" 그가 불쑥 물었다.

애덜린이 나무로 된 삽자루에 손을 올리고 기대서서 그를 빤히 쳐다보았다. "네. 견딜 만해요. 박사님은요?"

그레이 박사는 문부터 이어지는 붉은 벽돌담을 따라 애덜린 앞에서 타원형으로 갈라지는 정원 길 쪽으로 걸어오기 시작했다. 애덜린은 낮은 울타리가 에워싼 밭 한가운데에 서 있었다. 새뮤얼이 결혼 선물로 만들어준 정원으로 아직 1년도 채 되지 않은 것이었다.

그레이 박사는 무심코 산사나무 덤불에서 죽은 나뭇가지를 떼어내 땅에 흩뿌리며 울타리 너머로 걸음을 옮겼다.

"리버티 파스칼을 고용하셨더군요." 애덜린이 마침내 목소리를 냈다. "제 대학 동창이에요. 한 성격 하는 아이죠. 아마 순식간에 박사님을 휘어잡을 거라고요."

"대체 그게 무슨 소리지?" 그레이 박사가 고개를 들어 올리며 물었다.

"딱히 무슨 뜻이 있는 건 아니에요. 그냥 그 친구를 거스르기 힘들 거라고요. 프랑스 출신 집안이라."

그레이 박사는 오른쪽 장갑을 벗고 맨손으로 턱을 문지르며 물었다. "애덜린, 왜 날 자르고 다른 주치의를 찾겠다는 거니?"

"박사님을 해고하는 게 아니에요." 애덜린은 지지하는 삽이 제대로 서 있을 수 있도록 힘을 실어 삽날을 더 깊은 땅속으로 밀어 넣었다.

"그래. 그렇단 말이지. 그럼 네가 다른 주치의를 찾는 일을 어떻게 받아들여야 하는 거니?"

"그게 중요한가요?"

"약 때문에 이러는 거야?"

애덜린은 충격에 휩싸여 그레이 박사를 바라보았다. 대체 왜 그레이 박사가 이토록 화를 내는지 영문을 몰랐던 차에 그의 말에 담긴 암시가 그녀를 강타했던 것이다.

"약이라면…… 박사님이 저한테 주신…… 그 약 말씀이세요?" 자신을 향한 그레이 박사의 명백한 분노를 어떻게든 이해해보려던 애덜린이 천천히 입을 열었다.

"내가 더 이상 약을 주지 않아서 그러는 거야?"

"박사님!" 애딜린의 두 눈이 분노로 이글거렸다. 그는 순간 후회했지만 이미 늦어버렸다. "박사님, 제가 무슨 약물 중독자라도 된다고 생각해서 그렇게 꼿꼿하게 서서 절 비난하시는 건가요? 제가 더 많은 약을 구하기 위해 의사를 바꾼다고 생각하시는 거냐고요? 다른 사람도 아니고 박사님이 어떻게?"

그레이 박사는 나머지 장갑을 벗어 코트 주머니에 깊숙이 찔러 넣었다. 깊은 좌절감이 그를 감싸고 돌았다. 앉을 곳을 찾던 그가 야생 능금나무 아래에 뒤집어놓은 항아리를 발견하고는 그 위에 털썩 주저앉았다.

"그런 거냐고요!" 애딜린이 화를 내지르며 버텼다.

그레이 박사는 주변에 떨어져 있는 수국과 마늘 꽃의 말라버린 씨앗 종자를 멍하니 바라보았다. 지난가을 애딜린은 끔찍한 사건을 겪으며 정원 가꾸는 일을 완전히 그만두어버린 듯했다. 그레이 박사는 부서진 문과 남은 정원 일을 생각하며 미망인 혼자 집이며 재산을 어떻게 꾸려갈지 걱정했었다.

"집 근처에 살면서 널 도와줄 사람이 필요해 보이는구나." 그레이 박사는 애딜린의 추궁을 못 들은 척 대꾸했다. 그는 약해진 통제력을 회복하고 두 사람의 치열한 대치 상황에 대처할 적절한 말을 찾고 있었다. 애딜린이 곁에 있으면 그레이 박사는 늘 비슷한 상황에 맞닥뜨렸다.

"말 바꾸지 마시고요."

"내가 잘못 짚은 거라면 사과할게. 하지만 네 주치의로서 더 이상 어떤 일도 일어나지 않게 하는 일 또한 내가 감내해야 할 의

무라고 생각했어. 적어도 그런 일이 되풀이되진 않아야 했다고."

"전 제가 통제력을 잃어버리는 상황이 생기지 않게끔 노력하고 있다는 걸 박사님이 아시길 바랐다고요."

그레이 박사가 애덜린을 올려다보았다. "안타깝지만 우리는 누구나 그런 일을 겪을 수 있어. 그게 현실이고. 그러니 미안한 마음에도 묻지 않을 수 없었어. 네가 아무리 화를 내도 적어도 내 입장에서는 물어볼 수밖에 없었어."

"용자 나셨네요."

그는 애덜린의 시니컬한 유머 감각이 되돌아온 걸 느꼈다. 그러자 그는 그녀가 아기를 잃고 난 뒤로 두려워서 하지 못했던 질문을 해보기로 마음먹었다.

"애덜린, 혹시 내가 널 불편하게 했니?"

"아니요. 그런 건 아니에요. 그냥 새해잖아요. 어차피 협회 때문에 같이 일도 해야 할 텐데 다른 몇 가지 정도는 분리해도 되지 않을까 싶어서요."

그레이 박사는 애덜린의 말을 믿어도 좋을지 알 수 없었다. "그렇지만 너도 알다시피 애덤도, 나이트 양도 내가 돌보잖아. 난 의사로서 일은 정확하게 한다고……." 하지만 그 스스로 듣기에도 이상하리만치 솔직하지 못한 대답이었다. 그는 말끝을 흐리고 말았다.

"저도 그건 알아요. 박사님, 별거 아니에요. 그냥…… 변화가 필요한 시기라는 생각이 들어서 그래요." 애덜린은 이 대화를 끝낼 방법을 찾고 있었다. 그녀는 그레이 박사가 자신을 원망하거나 불신하는 모습을 단 한 번도 본 적이 없었다. 심지어 그가 자신을 원망한다면 스스로도 마음이 불편할 것 같았으며 오히려 그에게 화가 날 것 같았다.

"그럼 누구한테 진찰을 받을 셈인데?"

애덜린도 거기까진 생각해본 적이 없었다. 그레이 박사는 방심한 애덜린을 공략해 그녀를 붙잡을 생각이었던 듯했다.

"음, 웨스트레이크 박사님이요. 하워드 웨스트레이크 박사님 말이에요. 얼턴에서 제 수술을 해준."

그녀의 대답은 그를 더욱 동요시킬 뿐이었다. "그 사람은 믿을 만하다는 건가?"

"그런 뜻 아닌 거 아시잖아요. 그냥 마을 사람이 아닌 새로운 분께 진찰을 받고 싶다고요. 제 상황을 잘 모르시는 분이랑요."

불현듯 피투성이가 된 하얀 레이스 잠옷이 그레이 박사의 머릿속을 스치고 지나갔다. 처음에 그는 둘이서 누구보다 많은 것들을 공유한다는 사실이 기뻤다. 하지만 일련의 비극적인 일들을 함께 겪은 두 사람의 관계는 결코 예전으로 돌아갈 수 없다는 걸 뒤늦게 깨달았다.

"그래. 그렇겠지. 네가 하고 싶은 대로 하도록 해." 그가 마침내 한발 물러섰다. "네 생각이 정 그렇다면."

그는 출입문을 한번 보고는 애덜린 쪽으로 돌아섰다. "애덤을 좀 보내도 괜찮겠니? 고장 난 문 좀 고치게. 난 자타가 공인하는 손재주 없는 사람이니까."

애덜린은 어깨를 으쓱했다. "박사님 생각이 정 그렇다면요."

자신의 말을 똑같이 흉내 내는 그녀의 대답을 들으며 그는 애덜린도 자신만큼이나 솔직하지 않았다는 생각이 들었다. "그럼 몇 주 후에 보자. 다음 협회 모임 때는 볼 수 있겠지?"

애덜린은 또다시 어깨만 으쓱하고 말았다. 그녀는 여전히 그레이 박사에게 화가 나 있었다. 그레이 박사는 대체 그녀가 스스로를 얼마나 잃어버리고 또 얼마나 다시 채워야 한다고 믿는 걸까. 그녀는 그레이 박사가 자신의 슬픔에 그의 고통을 투영하고 있다는 생각은 꿈에도 하지 못했다. 때문에 둘 중 구원이 필요한 사람은 그녀가 아니라 그레이 박사라는 생각 역시 전혀 떠올리지 못했다.

제 19 장

햄프셔주, 초턴
1946년 1월 15일

프랜시스 나이트는 앤드류 포레스터를 마주 보고 그레이트 홀의
빈티지 소파에 앉아 있었다. 조세핀, 에비, 샬럿은 프랜시스의 요
청에 따라 소파 뒤에 서 있었다. 그녀는 자신의 아버지가 고용인
들의 노고를 인정하고—특히 지난 몇 년간은 모두에게 어려운 시
간이기도 했고—그들을 위해 유언장에 일정 부분 보상을 남겼기
를 바라고 있었다.

그레이 박사 역시 같은 공간에 있었다. 그는 전면 유리창을 등지
고 나이트 양의 오른쪽 옆에 조금 떨어져 서 있었다. 앤드류가 그
에게 제임스 나이트의 주치의 자격으로 유언장 낭독에 참석해달
라 은밀히 부탁했기 때문이다.

앤드류가 목청을 가다듬었다. 프랜시스의 눈을 똑바로 쳐다볼

수 없었다. 이 순간뿐만 아니라 수년을, 그는 그녀의 눈을 제대로 들여다본 적이 없었다. 그녀의 눈에는 항상 처참한 실망감과 자기 비난이 담겨 있었다. 어쩌면 모든 게 불가피한 일은 아니었을지 모르나 수동적이고 나약한 자아로 인해 삶이 지금처럼 흘러와버린 데 대한 자각일지 몰랐다.

앤드류가 유언장을 읽어 내려가기 시작했다. "'나, 제임스 에드워드 나이트는 명확한 이성과 기억력을 가지고 1945년 11월 15일 다음과 같이 남긴다.'" 무릎만 바라보던 프랜시스가 고개를 들었다. "'이는 나의 마지막 유언장이자 증언이며, 이전에 작성한 것들은 모두 철회하는 바다. 나는 햄프셔주 얼턴시의 변호사 앤드류 포레스터를 내 재산의 집행자로 임명하며, 몇 가지 예외를 제하고 현재 영국 내에 살아 있는 가장 가까운 남자 친척에게 모든 재산을 증여한다.'"

앤드류의 귀에 프랜시스 뒤에 서 있던 젊은 하인 하나가 숨을 커다랗게 들이마시는 소리가 들렸다. 그러고 나서 누군가—아마도 노년의 요리사 조세핀이 아닌가 싶었다—하인을 찰싹 때리는 소리가 이어졌다.

프랜시스는 잠자코 앉아 있었다. 앤드류는 유언장을 읽고 있는 자신을 향한 프랜시스의 시선을 느꼈지만 그녀를 쳐다보지 않았다. 언젠가는 그녀를 똑바로 마주해야 할 테지만 지금이 그때는 아니었다.

"'상기 언급한 예외 재산에는 첫째, 초턴의 윈체스터 로드에 위치한 관리인의 별채 및 붉은 벽돌담과 뒤쪽 서어나무 울타리로 구분 지어지는 정확히 2.7평인 삼각형 모양 땅을 포함한다.'"

"그분이 침대 밖으로 나와서 직접 발로 재지 않은 게 놀라울 지 경이네요." 조세핀이 화를 참지 못하고 중얼거렸다.

"'이 영지는 살아 있는 나의 유일한 딸 프랜시스 엘리자베스 나이트의 거주지로서 하나, 프랜시스가 죽은 경우 둘, 별채를 처분할 경우 거주권이 소유주에게 돌아가도록 한다. 그 효력은 두 경우가 발생하는 순서와 상관없이 발휘된다. 또한 나는 내 딸에게 연간 2,000파운드의 생활비를 지급한다. 지급은 부동산 수익이 연간 5퍼센트를 초과하지 않을 시까지 지속한다. 유언장에 첨부한 일정에 따라 부동산 총수입의 연간 감소에 따른 생활비 감액 요율을 명시한다.'"

앤드류는 비열한 유언장의 내용 중에서도 마지막 두 조항이 가장 불필요하게 잔인하다는 생각이 들었다. 2,000파운드는 프랜시스가 조금 편안한 삶을 즐기기에나 충분할 뿐 그 이상은 아니었다. 그리고 부동산은 갈수록 손해를 보면 보았지 절대 수익이 늘어날 수 있는 구조가 아니었다. 무엇보다 사망세를 내고 나면 가문의 영지가 지금보다 훨씬 줄어들 게 뻔했다.

앤드류는 어린 하녀 에비가 그레이 박사에게 모종의 동작을 취하고는 고개를 숙인 채 거대한 벽난로 선반에 기대어 있는 것을 보았다.

"'마지막으로, 임종에 가까워진 나를 돌보아준 공을 인정하여 다음과 같이 공로를 치하한다. 조세핀 배로 양에게 연간 50파운드, 에비 스톤과 샬럿 드워 양에게 각각 연간 20파운드의 급여를 지급한다.'"

앤드류는 다시 한번 목청을 가다듬고 유언장을 접으며 말했다.

"'이 서류는 나의 요청에 따라 증인 햄프셔주 얼턴의 변호사 앤드류 포레스터와 햄프셔주 초턴의 해리엇 페컴 양 앞에서 작성하였다.'"

방 안에 끔찍하고 어색한 침묵이 흘렀다. 프랜시스 양이 가장 먼저 말문을 열어야 한다는 사실을 모두가 알고 있었지만, 동시에 그녀가 한마디도 하지 않으리라는 사실 또한 알고 있었다.

마침내 그레이 박사가 소파에 우두커니 앉아 있는 앤드류 옆으로 다가왔다. "프랜시스 양, 오늘 몇 가지 이유로 여기 포레스터 씨가 방문을 부탁했습니다. 두 달 전에 작성된 유언장 작성 당시 아버님의 상태에 대해 궁금한 점이 있으실 겁니다."

프랜시스는 말없이 고개를 저었다. 잠시 후 그녀가 그레이 박사를 올려다보며 쓴웃음을 지었다. "아버지는 마지막까지 당신이 어떻게 해야 할지 정확히 알고 계셨는데요 뭘."

방 안에 있던 사람들의 얼굴에 당황한 기색이 역력했다. 지난 몇 년간 그녀가 내뱉은 말 중 가장 단호하고 완고한 말이었기 때문이다.

"아마 그러셨겠죠. 하지만 아시다시피 이유는 다양할 겁니다. 그러니 여러 가능성을 열어두고……."

프랜시스는 자리에서 일어나 오른손을 살짝 들어 올려 그레이 박사를 만류하며 말했다. "아니요. 됐어요. 말 그대로 받아들이면 되잖아요. 다른 건 몰라도 고용인들의 공은 인정하셨으니 됐어요. 제가 가장 신경 쓰던 부분이었는데."

지난 이틀 동안 벌어진 온갖 괴로움은 노년의 조세핀이 감당하기 벅찬 일이었다. 그녀 곁의 두 소녀 또한 손수건으로 코를 훔쳤다. 조세핀은 두 소녀의 등을 밀치며 함께 방을 빠져나갔다.

"프랜시스, 나이트 양, 잠깐만요." 마침내 앤드류가 입을 떼며 일어섰다. "유언 집행자로서 제 경험에 따르면 합법적인 상속인을 결정하는 데에는 시간이 좀 걸릴지도 모릅니다. 그 기간 동안 우선 나이트 양은 그레이트 하우스에 거주할 수 있습니다. 아마 그 이후로도 가능할 수도 있고요. 법원이 합리적인 기간 내에 적절한 남성 후계자를 선정하지 못하면 나이트 양도 아버님의 가장 가까운 가족이라는 이유를 들어 법원에 상속 신청을 할 수 있습니다."

프랜시스는 허탈하게 고개를 저었다. "지금 당장 그런 생각까진 할 수가 없군요. 별채 세입자들에게 집주인을 안내받으라는 준비만 시켜주면 될 것 같아요. 일단은 누구에게도 폐를 끼치지 않는 금액 선에서 제가 머물 집을 구하는 게 우선인 것 같군요."

그레이 박사가 한 걸음 앞으로 나섰다. "루이자 하틀리가 배스로 이사 갈 계획을 세우고 있더군요. 최근 받은 수술에서 회복하는 대로 아들 가까이서 살 거라고 합니다."

"좋아요." 프랜시스가 단호하게 대답했다. "포레스터 씨께서 법적인 준비만 해주시면 그렇게 하죠. 그리고 두 분 모두 이렇게 참석해주셔서 감사드려요. 어려운 걸음 하셨어요."

프랜시스가 방을 떠났다. 그레이 박사가 응접실의 문을 닫고 돌아왔다. 그는 앤드류와 함께 소파에 털썩 주저앉았다.

"맙소사." 그레이 박사가 한숨을 푹 내쉬었다.

앤드류는 유언장을 가방에 거칠게 집어넣으며 분노를 터트렸다.

"나이트 양의 자제력은 병적인 수준이군." 그레이 박사가 입을 열었다. "젊었을 때도 그랬지. 기억나나?"

"자제력이 적절한 단어인진 모르겠네. 일반 사람들이라면 이런 상황에서 얼마나 난리를 쳤을지 생각만으로도 몸서리가 쳐지니."

그레이 박사가 문득 깨달은 듯 말했다. "이거 때문에 자네가 협회 가입을 그토록 꺼렸구먼……. 난 생각도 못했네. 위안이 될진 모르겠지만 자네는 단 한 번도 변호사로서의 신념을 저버리지 않았잖아. 늘 그래왔듯 자네의 법적 조언은 반박이 불가능할 정도로 완벽했고. 그럼에도 의아한 건 어르신이 어떻게 그렇게까지 우리의 계획과 완전히 모순되는 방향으로 별채를 묶어버렸는가 하는 거네. 〈더 타임스〉에 광고 한번 실은 적이 없는데."

앤드류가 자리를 박차고 일어나 그레이 박사에게서 등을 돌린 채 사이드보드로 걸어갔다. "솔직히 이번 일에 얼마나 많은 우연이 반복됐는지 자넨 모를걸."

"뭐가?"

"벤, 페컴 양은 왜 해고했나?"

이번에는 그레이 박사가 초조해질 차례였다. "지나치게 선을 넘어서. 적진의 감시라도 받는 기분이 들더군. 틈만 나면 다른 숙녀분들에 대해 쓸데없는 첨언을 했어. 그게 너무 불편했고."

앤드류가 상대를 바라보며 안쓰러운 미소를 지었다. 혼자 된 그레이 박사는 마을 사람들 사이에서 뒷담화의 희생자가 되기 일쑤였다. 앤드류는 마을 여자들이 그의 오랜 친구를 괴롭히고 있는 건 아닌지 의심스러웠다.

"그건 말 안 해도 알겠네, 벤. 근데 난 왠지 그 간호사가 훨씬 나쁜 짓을 한 건 아닌가 하는 생각이 들어. 어르신한테 자네랑 애덤의 별채 프로젝트를 귀띔해준 게 아닌가 의심스러워. 어르신이 제인 오스틴의 유산에 대해 얼마나 무관심했었나. 게다가 제인 오스틴 유산을 보려고 관광객들이 시내에서 마을까지 버스를 타고 들어오는 걸 엄청나게 싫어하던 양반이었잖아. 무엇보다 별채가 가족이 아닌 다른 사람에게 팔리는 순간 프랜시스가 살 곳을 잃게 되는 완벽한 계획을 세운 부분이 너무 수상해."

"딴 건 모르겠고, 어르신의 계획 때문에 프랜시스가 궁지에 몰린 건 잘 알겠네. 하, 거참, 술 한잔해야겠어." 그레이 박사가 이를 갈며 말했다.

앤드류가 사이드보드의 트레이에서 위스키 두 잔을 따르며 말했다. "언제는 프랜시스가 궁지에 몰리지 않은 적이 있었나. 프랜시스가 마지막으로 이 집을 벗어났던 게 언제였지? 에비가 이번 크리스마스이브에 그녀를 집 밖으로 데리고 나오느라 꽤 애를 쓴 것 같던데."

"앤드류, 말이 좀 지나치네."

"전혀. 있는 그대로를 말한 건데 가혹할 게 뭐가 있나. 아마도 지난 세월 내내 같은 문제가 있었던 것 같네. 프랜시스 오빠 세실 기억나나? 그치가 얼마나 거친 사람이었는지도? 충격 사건만 해도 말이야. 이런 말을 하는 날 용서하게. 이 집안의 가장은 잔인한 걸 즐기는 인물이야. 잔인한 걸 선망한다고. 제임스 나이트는 모두를 짓밟았어. 프랜시스는 그런 아버지의 모습에 눈을 감아버렸지. 물론 그녀는 아버지가 어떤 사람인지 정확히 알고 있었을 거야. 그럼에도 그녀는 몸을 사리고 아버지가 자신을 멋대로 조종하도록 내버려뒀어. 단 한 번도 자기 뜻을 관철한 적이 없었어. 누가 봐도 착한 딸이었던 거지. 하지만 어르신은 프랜시스가 사람들에게 온화하고 말 잘 듣는 딸로 비쳐지는 걸 싫어했어. 그래서 그녀에게 더욱 혹독했던 거고."

"이봐, 앤드류, 어르신에게 맞서는 게 어디 쉬운 일이었겠나."

앤드류가 미간을 찌푸리며 자리로 돌아와 그레이 박사에게 위스키 잔을 건넸다.

"난 자네가 프랜시스를 너무 심하게 대하는 게 아닌가 싶네." 그레이 박사가 말을 이었다. "그러니까 내 말은, 자네가 이번 일을 다분히 남자의 관점에서 보는 게 아닌가 싶다고. 이런 유의 일은 특히나 여자들에겐 더 달라. 우리 학창 시절을 떠올려보게. 여자가 은행원이나 회계사가 되는 일이 가당키나 했는가. 어르신이 재산을 하나뿐인 딸에게 맡기지 않은 이유도 비슷한 거 아니겠나. 전쟁 전만 해도 여자가 선택할 수 있는 직업이라고는 가사 도우미, 교사, 간호사, 이도 아니면 영화배우 정도나 됐을까? 자네가 나온 케임브리지만 봐도 그렇잖아. 현재까지도 여학생들에겐 학위를 수여하지 않으니 말 다했지. 그냥 요점은, 자네가 이 모든 일에서 손을 떼버리면 결국 어떻게 될지 누가 알겠나, 이 말이야."

"제니처럼 강인한 여자와 결혼한 게 자네에겐 신의 한 수였어, 벤." 앤드류가 부럽다는 듯 한숨을 내쉬었다. "특히 이럴 때일수록 그런 생각이 들어."

"아주 똑똑한 사람이었어. 정말 많이 배웠지."

"아직도 배울 건 많아. 우리 둘 다." 앤드류가 위스키를 한입 가득 들이켰다. "남자들은 왜 그리 오만하고 고집이 셀까? 뭐가 그렇게 두려워서."

그레이 박사가 웃음을 터트렸다. "아, 우리 거기까진 가지 말자고. 이미 충분히 힘든 한 해였어. 애덜린 그로버는 날 주치의 자리에서 밀어내버렸고…….”

"잠깐만, 뭐라고?"

그레이 박사가 어깨를 으쓱했다. "글쎄, 그런 일이 일어났다네."

"이유가 뭔지 말은 해주던가?"

"딱히."

"음, 자네에게 이런 일은 또 처음이네. 이 동네에서 자네한테서 진료를 받지 않는 사람이 있긴 하나? 자존심에 타격 좀 입었겠는데."

"따뜻한 말 고맙네, 앤디. 내가 듣고 싶은 말이었어. 모두를 위해 이게 최선이 아닐까 싶었거든. 애덜린의 관찰력은 가끔 굉장히 정확해. 누구도 그녀의 날카로운 눈에서 벗어날 수 없다니까."

"최선이라고? 왜?"

"무슨 뜻인가?" 앤드류가 남은 위스키를 입속에 털어 넣었다. "꼭 무슨 뜻이 있어서 한 말은 아니고."

"누가 변호사 아니랄까 봐. 그렇다면 나 역시 프랜시스 양에 대해 꼭 무슨 뜻이 있어서 이야기한 건 아닐세."

두 사람은 프랜시스를 비롯해 다른 여자들 몇을 두고 싸우던 젊은 시절의 수많은 순간을 회상하며 서로를 바라보았다.

"마을에서 함께 자라는 아이들에겐 뭔가 다른 게 있나 봐." 앤드류가 말했다. "어렸을 때부터 같이 자라면 너무 친하다 보니 그 사람이 자신에게 딱 맞는 사람인지 아닌지 분간을 잘 못할 수도 있다는 거지. 자네한테 딱 맞는 바로 그 사람이 뒷집에 산다, 이건 좀 이상하잖아. 새뮤얼 그로버가 내 밑에서 수습했던 거 기억하지?"

"오, 맞아. 그랬지. 자꾸 까먹어."

"언제 징집당했더라. 1942년? 43년? 아무튼 그 아이와 애덜린의 결혼식 날이 아직도 생생해. 어찌나 기뻐하던지. 애덜린한테 결혼하자고 몇 년을 매달렸던 것 같더군. 애덜린은 결혼 생각이 별로 없었고."

"지금 그 얘기가 왜 나와?" 그레이 박사는 태연하게 일어나 앤드류의 잔을 가져가서 술을 다시 채운 다음 자리로 돌아왔다.

"애덜린 그로버가 자네를 잘라버린 데에는 이유가 있다고 생각하니까. 애덜린이 자네를 해고한 첫 여자 환자라서?"

그레이 박사가 고개를 흔들었다. "아니야. 틀렸어. 절대 그런 게 아니라고. 날 좀 봐. 그러기엔 나이가 너무 많지."

앤드류가 호탕하게 웃었다. "나 들으라는 말인가? 고맙네."

"대체 무슨 근거로 애덜린을 그런 식으로 생각하나?"

"오, 애덜린이 아니야. 자네가 문제지."

그레이 박사는 복부를 강타당한 듯한 강력한 충격을 받았다. 아무도 그의 비밀을 짐작하지 못했거나, 적어도 그럴 거라고 굳게 믿어온 까닭이었다. 누가 되었든—심지어 앤드류처럼 어린 시절부터 이날 이때까지 함께한 친구라 할지라도—자신의 속마음이 그 사람에게 투명하게 비칠 수 있다는 사실이 그를 두렵게 만들었다.

"괜찮아, 벤. 예전에도 자네가 지금처럼 푹 빠진 모습을 보인 적이 있어서 아는 것뿐이니까."

그레이 박사는 앤드류를 노려보았다. 더 이상 아무 말도 듣고 싶지 않았다.

"그리고 어쨌든 난 애덜린이 자네 마음을 알고 있다고 생각하

247

지 않아. 뭐, 아직은." 앤드류는 아랑곳하지 않고 말을 이어나갔다. "알아차리고 말고 할 것도 없어. 아무 일도 없을 테니까."

"누가 됐든 상대를 꼭 밀어낼 필요는 없어. 게다가 왜 그렇게 단언하나? 상상이 아예 안 되는 일도 아닌데. 우리보다 고작 두 살 젊은 애덤 버웍도 애덜린 주위를 맴돈다던데."

그레이 박사의 머리가 지끈거리기 시작했다. "도대체 왜 우리가 이런 대화를 시작하게 됐지? 자네 말대로 애덜린은 아주 매력적이고 젊은 여자야. 아주 매력적인, 미망인이지. 난 그녀에게 이상한 책임감 같은 걸 느껴. 아마도 아기와 애덜린을 모두 구하지 못한 상황을 직접 겪은 데서 비롯한 공포가 뒤섞인 감정이 아닌가 싶네."

"자네 잘못이 아니야, 벤." 앤드류가 그레이 박사를 부드럽게 나무랐다. "자네가 아무리 의사라 해도 모두를 구할 순 없는 노릇 아닌가. 노력해도 안 되는 일은 늘 있잖아. 그래도 자네는 이 근방에서 제일 훌륭한 의사라고. 자네도 잘 알겠지만."

"하워드 웨스트레이크가 나보다 더 훌륭한 의사인 것 같던데. 애덜린이 새 주치의로 하워드를 지목한 걸 보면 적어도 그녀는 그렇게 생각하는 모양이야."

"딴 거 없고 그저 좋은 의도에서 비롯된 직업적 질투심의 발로 그 이상도 이하도 아니라 이건가. 뭐, 자네 생각이 그렇다면야."

"프랜시스에 대한 자네의 마음, 딱 그만큼?"

"하이고, 벤," 앤드류가 씁쓸하게 대꾸했다. "그럼 우리 둘 다 너무 불쌍한데."

제 20 장

햄프셔주, 초턴
1946년 1월 17일

더 이상 영지의 처분을 논할 자격이 없어진 프랜시스 나이트는 모순을 피할 수 없었고, 마침내 그녀는 모순의 진실과 인상적인 가치에 대해 깨달을 수 있었다. 유언장이 공개된 지 며칠이 지나지 않아, 남도 아닌 친자식의 삶을 비참하게 얼크러트린 나이트 씨에게 화가 난 에비는 지난 2년간 서재에서 정확히 무슨 일을 해왔는지 프랜시스에게 털어놓기로 마음먹었다.

라임나무 숲을 거닐던 두 사람은 오래전 영지의 사냥 대회 때 사용되었던 낡은 오두막을 발견하고는 잠시 멈추어 섰다. 붉은색 페인트가 칠해진 오두막은 집시들의 카라반마냥 네 개의 커다란 바퀴가 달려 있었다. 프랜시스는 오두막의 맨 아래 계단에 걸터앉아 에비의 젊고 빛나는 얼굴을 올려다보았다. 프랜시스는 자신에게서는 좀처럼 찾아볼 수 없는 이 소녀의 활기를 아주 좋아했다. 에비의 입에서 두서없는 말들이 쏟아져 나오자, 프랜시스는 자신이 얼마나 분명한 에너지와 규율을 추구해왔는지 다시 한번 인정하지 않을 수 없었다.

"난 그저 네가 서재 청소를 좋아한다고만 생각했는데. 그것도 아주 많이 좋아한다고 말이야."

"아가씨, 이런 이야기를 들으시고도 어찌 그리 침착할 수 있으세요?" 에비가 두 팔을 휘저으며 물었다. "이곳을 떠나야 할지도 모르잖아요."

프랜시스가 슬픈 미소를 지었다. "정확히 말하면 여긴 집이라고 할 수도 없는걸 뭘. 너나 네 남동생들이 사는 집이나 다른 평범한 사람들이 사는 집하고는 좀 다르니까."

"그래도요. 너무 불공평해요. 어르신이 아가씨의 상황을 필요 이상으로 어렵게 만들어놓으셨잖아요. 그럴 필요까진 없었는데."

"그렇게 보일 수도 있겠지. 그게 사실일지도 모르고. 하지만 모든 행동에는 나름의 이유가 있는 법이잖니. 공짜는 없는 거야. 같은 방식으로는 아니더라도 나 역시 선택을 해야만 하는 순간이 분명히 있거든."

에비는 두 사람이 유산에 대한 주제로 대화를 하는 게 맞는지 확신할 순 없었지만 이쯤에서 그 일에 관한 이야기는 그만두는 게 낫다고 판단했다. 에비는 프랜시스를 잘 알았다. 프랜시스는 하고 싶은 말 앞에서는 절대 망설이지 않으며, 그렇지 않은 말이라면 어떤 노력을 해도 그녀의 입에서 그 말을 들을 수 없었다. 이런 면에서 두 여자는 닮았다고도 볼 수 있었다.

"아무튼 놀라운 소식이 하나 있어. 이런 상황이 아니었다면 더 좋았겠지만. 새해 지나고 얼마 안 돼서 별채를 사겠다고 찾아왔던 미국인 커플 기억하지? 여자분이 되게 사랑스러웠었는데. 그분이 오늘 방문할 예정이란다. 혼자 온대. 멀리서 온 손님이라 상황이 좀 그래도 차마 미룰 수가 없었어. 그녀한테 부동산이 제3자에게 기탁됐으니 내 선에선 처분할 수 없게 됐다고 알려줘야겠지."

사실 에비는 프랜시스의 말에 집중하지 못했다. 하이힐을 신은 한 여자가 숲 사이의 자갈길을 조심스럽게 걸어오는 모습을 발견했기 때문이다.

"정말 이상한 일이네." 에비가 숨죽여 중얼거렸다. "되게 닮았어……. 근데 그럴 리 없잖아……."

프랜시스가 미소를 지으며 자리에서 일어섰다. "에비, 너도 같이 만나볼래?"

에비는 여전히 숲에서 시선을 떼지 못하고 있었다. 하이힐 덕분에 여자는 아주 키가 크고 늘씬해 보였다. 하지만 웬일인지 에비의 머릿속에는 유명한 영화 속 장면만이 스쳐갔다. 나치의 눈을 피하기 위해 공포에 질려 부엌문을 잠그는 모습, 이국적인 해변가의 폴리네시아 출신 공주가 전복된 배의 영국인 선원을 간병하는 모습, 혹은 에비가 가장 좋아하는 19세기 러시아의 백작 부인이 기차 승강장에 서 있는 모습 같은 게 보였던 것이다. 특히 이 러시아 백작 부인은 기차 엔진에서 뿜어져 나오는 증기와 끽끽거리는 기차 바퀴 소리가 끊이지 않는 승강장에서 기차에 치이는 끔찍한 사고를 당하는 걸로 나왔다.

여자가 맞닿은 숲을 헤치며 가까이 다가오더니 정문 옆에 선 두 사람을 향해 손을 흔들었다. 나머지 손으로는 목에 걸린 뭔가를 만지작거리고 있었다.

"안녕하세요, 프랜시스 양!" 그녀가 소리쳤다.

"아가씨, 죄송한데요." 에비는 여전히 작게 중얼거렸다. "근데 저분이요. 정말 닮았어요……."

프랜시스는 낯선 여자를 맞이하며 어린 하녀의 어깨를 살며시 두드렸다. "에비, 내 새 친구 해리슨 양과 인사하렴. 미미, 다시 만나 너무 반갑네요. 이쪽은 집안일을 도와주고, 또 당신처럼 제인 오스틴의 열렬한 팬인 에비 스톤 양이에요."

미미는 어린 소녀의 충격이 익숙하다는 듯 먼저 손을 내밀었다. "안녕, 에비. 만나서 반가워. 네가 내 반만이라도 제인 오스틴을 좋아한다면 서로 할 얘기가 너무 많겠다."

에비 스톤은 생애 처음이자 마지막으로 말문이 막히는 게 어떤 건지 경험했다.

○──○

"세상에, 프랜시스, 너무 끔찍해요. 무슨 말을 해드려야 할지 모르겠어요."

세 여자는 한때 숙녀용 탈의실이었던 참나무 패널 장식이 된 위층 방에 모여 앉았다. 이 방은 저택 남동쪽 코너에 있는 아름다운 제임스 1세 시대풍 계단과 맞닿아 있었다. 프랜시스가 티타임에 에비도 초대했다. 조세핀이 작은 원형 테이블에 은쟁반을 조심스럽게 내려놓으며 안주인과 유명인 손님 사이에 앉은 에비에게 엄중한 눈초리를 보냈다.

프랜시스는 조세핀이 방을 빠져나갈 때까지 조심스럽게 기다렸다가 미미가 선호하는 스타일대로 차에 우유와 설탕을 넣어주었다("정말 어린애 취향이죠!" 미미가 웃음을 터트리며 말했다). 프랜시스가 우아한 찻잔을 받침 접시에 받쳐 미미에게 건넸다. "당신과 레너드 씨에겐 정말 미안해요. 그 별채를 얼마나 가지고 싶어 했는지 너무 잘 아니까."

미미는 고개를 내저었다. "그러실 필요 전혀 없으세요. 어차피 처음부터 마음이 좀 불편했어요. 잭은 빌어먹을 정도로, 어머, 죄송해요. 그러니까 굉장히 고집스러울 때가 있어요. 그 사람 사전에 불가능이란 없어서요."

프랜시스가 이해한다는 듯 고개를 끄덕였다. "그러실 거 같아요. 그분이 요청하면 제 머리칼도 잘라서 내드렸을 거예요."

에비는 테니스 경기를 관람하듯 고개를 좌우로 돌려가며 말없이 두 여자의 대화를 듣고만 있었다.

"그럼 이제 어쩌실 셈인가요?" 미미가 차를 마시려다 말고 물었다.

"마을의 어떤 분이 이사 계획이 있으시다면서 3월 말쯤 연락을 주겠다고 하셨어요. 변호사인 앤드류 포레스터 씨가 절 위해 주변을 정리하고 있죠. 봄까진 이사를 마쳤음 싶은데."

미미는 무심코 이마 끄트머리를 매만졌다. 에비는 자신이 가장 좋아하는 영화 '영광의 귀환'에서 미미가 여러 번 비슷한 행동을 보였던 게 떠올라 자기도 모르게 입이 스르르 벌어졌다.

"그런데 왜 이렇게 서두르세요? 저희 아버지도 판사로 임용되기 전까지 부동산 전문 변호사 일을 하셔서 미국 법을 좀 알거든요. 상속인이 제때 나타나지 않으면 어차피 나이트 양께서 유일한 후계자가 될 텐데. 그때까지 기다리지 않으시고요. 혹시 유언 집행자인 포레스터 씨가 거주를 허락하지 않으셨나요?"

"포레스터 변호사님은 프랜시스 아가씨가 원하는 건 뭐든 하게 만들어주실 분이세요." 에비가 끼어들었다.

두 여자가 일제히 몸을 틀어 그녀를 바라보았다.

"우리 스톤 양이 드디어 목소리를 되찾았나 보네요." 프랜시스가 말꼬리를 돌렸다.

"그래, 에비." 미미는 에비가 당황하지 않도록 최대한 다정한 미소를 지으며 물었다. "제인 오스틴 말이야. 어쩌다 읽게 된 거니?"

세상에서 가장 유명한 배우가 대화를 건네자, 에비는 사기 접시에 올려진 레몬 글레이즈 케이크로 가져가던 손을 거두고 대답부터 했다.

"애덜린 루이스라는 선생님 덕분에요. 프랜시스 아가씨도 아시는 분이세요. 그 선생님은 제인 오스틴을 아주 좋아하시는 데다가 제인 오스틴에 관해서라면 모르는 게 없어요. 책을 통째로 암기하고 인용하실 수 있으셨거든요. 학교에 다닐 때 선생님께서 《오만과 편견》을 빌려주셔서 읽게 되었고 그때부터 제인 오스틴에 완전히 빠져들게 된 거예요."

"그럼 지금은 학교에 다니지 않는 거야? 혹시 지금 몇 살인지 물어봐도 될까?"

"열여섯이요."

"그래. 학교는 언제 그만둔 거니?"

"열네 살이요."

"아주 어렸을 때였구나. 혹시 학교에 다시 돌아가고 싶니?"

"죽을 만큼요." 에비가 한 치도 망설이지 않고 대답한 뒤 곧바로 나이트 양을 향해 몸을 틀었다. "하지만 덕분에 아가씨처럼 훌륭한 주인을 만나게 됐잖아요. 아가씨가 이 집의 모든 고용인들에게 서재에 자유롭게 드나들 수 있도록 허락도 해주셨어요. 런던 근방에서 이 댁 서재에 있는 것보다 더 나은 장서는 찾을 수 없을걸요."

"저희 아버지도 나름 굉장한 서재를 갖고 계셨어요. 물론 나이트가만큼은 아니지만요. 아버지가 저에게 제인 오스틴을 알려줬어요. 밤마다 소설을 읽어주셨거든요. 언젠가 서재의 벽난로 옆에 앉아서 크게 소리 내서 웃는 아버지를 본 적이 있어요. 여덟 살인가, 아홉 살인가 꽤 어렸을 때였는데, 대체 뭐가 그렇게 재미있냐고 여쭤봤더니 엘리자베스와 조카 다아시의 약혼에 대해 경고하는 캐서린 드 버그 부인이 나오는 장면을 읽어주셨죠."

"'실로 커다란 불행이군요. 하지만 다아시 경의 아내라면 더할 나위 없이 행복할 테니 후회할 일은 없겠죠.'" 에비가 소설 장면을 읊었다.

"'이런 고집불통을 보았나!'" 미미가 웃으며 나머지 장면을 따라 했다. "맞아. 바로 그 장면! 제가 아버지 무릎에 앉으니까 아버지가 계속해서 책을 읽어주셨어요. 며칠 뒤에 아버지가 책을 처음부터 다시 읽으셨는데 그때부터 제게 소리 내서 읽어주기 시작하셨어요. 그렇게 몇 년 동안 밤이면 책을 읽어주곤 하셨죠. 단《맨스필드 파크》는 빼고요. 아버지는 패니 프라이스를 별로 좋아하지 않으셨거든요. 주변 인물들에게 너무 수동적이라는 이유였어요."

"그럼《이성과 감성》영화화 계획도 무척이나 좋아하시겠군요."
프랜시스가 물었다.

"글쎄요," 미미가 찻잔에 각설탕을 하나 더 넣으며 짧게 대답했
다. "스스로 삶을 놓으셨어요. 제가 열두 살 때."

에비와 프랜시스가 서로를 바라보았다.

"미미," 프랜시스가 조용히 말했다. "정말 유감이에요. 가족들이
얼마나 상심했을까요."

"끔찍했죠. 여전히 그렇고요. 제가 가장 견디기 힘든 건 혹시 아
버지를 도울 수 있진 않았을까 싶은 마음이 드는 거예요. 원래 그
렇게까지 힘들어했다는 사실을 몰랐다는 게 가장 마음이 아픈 거
니까요. 전 아직도 아버지와 보냈던 시간을 떠올리며 아버지와의
관계를 곱씹어봐요. 아버지의 비밀스러웠던 고통에 대해서는 웬
만하면 생각하지 않으려고 하고요. 아무리 생각해본들 제가 할 수
있는 건 아무것도 없을뿐더러, 할 수 있는 게 아무것도 없다는 건
그 자체로 너무 고통스럽거든요." 미미가 프랜시스를 조심스럽게
쳐다보며 말했다. "프랜시스, 아버지의 임종이 얼마 남지 않았다
든가, 유언장이 새로 쓰였다든가 하는 것들 때문에 괴로워하지 말
아요. 당신과는 하등의 상관없는 일이니까요. 그저 아버님의 삶이
자 아버님의 선택이었을 뿐이에요."

"아가씨도 알고 계세요." 에비가 끼어들었다. "아, 죄송해요, 아
가씨. 아가씨 대신 대답하려고 한 건 아니었는데."

"괜찮아, 에비. 아까 숲에서 비슷한 얘기 중이었는데 뭘." 프랜
시스가 자리에서 일어나 검은색 벨벳 롱스커트를 정리하고는 에
비를 향해 물었다. "해리슨 양이 가시기 전에 아래층 서재를 보여

드리는 게 어떨까?"

세 사람은 아래층으로 내려갔다. 그러고는 그레이트 홀을 지나 바로 옆에 위치한 서재로 들어섰다.

"이 책들은 과연 어떻게 될까요?" 미미는 서재를 돌아다니며 가죽 장정된 책들을 부드럽게 쓸어보았다. "정말 놀랍네요. 야들리가 절 위해서 경매 시장을 살펴봐주곤 했는데, 진짜 보물은 여기 있는 게 아닐까 싶은데요." 미미가 에비를 향해 돌아섰다. "야들리 싱클레어는 소더비에서 일하는 분이셔. 그분도 제인 오스틴의 열렬한 팬인데, 나한테 최신 정보를 귀뜸해주신단다. 사실 그분이 나이트 양을 소개해주셨어."

"그분 정말 집요할 정도로 연락을 자주 하셨잖아." 프랜시스가 덧붙였다.

"맞아요. 가끔은 제가 할리우드와 영국, 두 군데서 사는 듯한 착각이 들 정도예요."

에비는 미미를 둘러싼 화려한 인맥을 상상하는 것만으로 두 눈이 휘둥그레졌다.

"야들리도 프랜시스 양을 무척이나 만나고 싶어 해요." 미미가 프랜시스에게 말했다.

프랜시스는 근처에 있는 책 하나를 멍하니 매만지며 대답했다. "사실 그 만남을 계속 미루는 중이었어요. 늘 하던 대로. 하지만 조만간 만나게 되지 않을까 싶어요. 상황도 상황이고."

"야들리는 믿을 만한 사람이에요. 제가 장담해요. 당신이 어떤 결정을 내리더라도 그때까지 비밀을 잘 지킬 거예요. 그 사람은 스스로를 제인 오스틴의 파수꾼이라고 생각해요. 제인 오스틴의 유

산을 되도록 영국 내에서 보존하고 싶어 하는 사람인데도 저에게
많은 정보를 공유해주고요. 그게 참 고마워요."

"나이트 아가씨," 에비가 무례하게 보이지 않으려고 애쓰며 소
곤거렸다. "혹시 아가씨만 괜찮으시다면 해리슨 양에게 저희 모임
에 대해 말씀드려도 될까요?"

"오, 물론이지, 에비. 말씀드려. 해리슨 양도 분명 좋아하실 거
야."

에비는 만들어진 지 얼마 안 된 제인 오스틴 소사이어티에 대해
미미에게 알려주었다. 제인 오스틴 소사이어티는 가장 최근에 합
류한 자신과 프랜시스를 비롯해 애덤 버윅, 벤저민 그레이 박사,
애덜린 그로버 선생님, 앤드류 포레스터 변호사가 회원으로 있는
모임이며, 그들의 희망 인원인 여덟 명에서 겨우 두 명이 모자란
다는 설명도 함께였다.

미미는 이야기를 들을수록 흥분이 고조되었다. "저도 참여하면
안 될까요? 진심으로요. 제발." 프랜시스와 에비가 깜짝 놀라 서로
를 바라보았다. 에비는 머릿속으로 여러 경우의 수를 계산하는 듯
골똘한 생각에 빠진 얼굴이었다.

"정말이세요?" 에비가 먼저 물었다. "저희는 이 마을을 떠나지
않을 사람들이에요. 하지만 해리슨 양은 굳이 그럴 필요가 없는 유
명한 분이시잖아요."

"아니. 정말 참여하고 싶어. 단언컨대 야들리도 분명 동참할 거
야. 그럼 여덟 명이 딱 되잖아. 어때?"

"하지만 당신은 여기 살지 않잖아요." 프랜시스가 말했다.

"최소 1년 정도는 이 마을에 머물 예정이에요. 문제의 여지가 있

는지 포레스터 씨에게 여쭤봐주실 수 있을까요?"

"물론, 원하신다면요. 하지만 다른 회원들에게 시간을 좀 주세요. 우리 중엔 꽤 낭만적인 신사분들이 계셔서……."

"무려 세 분이나요!" 에비가 오른손으로 숫자 3을 나타내며 불쑥 끼어들었다.

"네. 재밌죠." 프랜시스가 웃었다. "에비 말마따나 그분들은 과하게 낭만적이세요."

"음, 그렇다면 야들리가 더 좋아하겠네요." 미미가 이야기를 이어나가려는데 나머지 두 사람이 말참견을 했다.

"그게 아니라 세 분 모두 엄청난 영화광이거든요." 프랜시스가 말했다. "당신을 보면 충격받을 수도 있다고요."

미미는 두 여자의 얼굴에서 모임을 진심으로 아끼는 마음을 고스란히 읽을 수 있어서 너무나 기뻤다. 이들에게서 협회는 물론 초턴이라는 마을에 대한 진한 애정이 느껴졌다. 미미는 10년이 넘는 세월을 할리우드에서 보냈지만 이런 감정을 느껴보지 못했다. 오히려 할리우드에서의 시간이 길어질수록 자신을 둘러싼 주변 사람들의 속을 더욱 이해할 수 없었다. 이들은 자리 보전을 위해 끊임없이 경쟁하는 삶 말고도 전쟁과 부상과 가난과 고통을 겪은 사람들이 서로 돕고 공존하는 삶도 있다는 것을 몸소 보여주는 듯했다. 이는 제인 오스틴의 소설에서 미미가 찾고자 바라 마지않던 삶과도 닮아 있었다.

제 21 장

햄프셔주, 초턴
1946년 2월 2일

애덜린은 제인 오스틴 소사이어티의 두 번째 모임에 참석하기 위해 그레이 박사의 집으로 갔다. 그런데 리버티 파스칼이 현관문을 열어주자 약간 짜증이 났다.

"애디," 리버티가 말했다. 애덜린은 자신의 이름을 줄여 부르는 걸 굉장히 싫어했다. 그녀를 아는 사람이라면 누구나 알고 있는 사실이었다. "일찍 왔네."

애덜린은 리버티의 벨트에 달린 열쇠고리를 발견하고는 대체 이 젊은 여자가 그레이 박사의 일과 생활에 얼마나 깊이 관여하고 있는지 궁금해졌다.

"박사님은 본인 물건에 특히나 까다로우셔서." 리버티는 애덜린의 의아한 시선을 알아차리고 변명을 늘어놓았다. "진료 시간에 약장을 열 수 있는 사람은 나밖에 없어. 박사님은 열쇠 복사본 하나도 허투루 두지 않으시거든."

"굉장한 책임감이네." 애덜린은 그레이 박사가 하다못해 열쇠도 그리 엄격히 다루면서 그 자신에 대해서는 왜 그렇지 않은 건지 의문이 들었다. "넌 계속 여기 있는 거니?"

리버티가 고개를 끄덕였다. "학교 근처 하숙집에 방을 하나 빌렸어. 너한테도 익숙한 곳이겠네. 그레이 박사님은 네가 대단한 교사였다고 하시더라."

"그래? 좀 놀랍네. 박사님도 다른 이사진들도 날 못 잘라서 안달이었는데."

"어휴, 애덜린!" 리버티가 웃음을 터트렸다. "왜 그렇게 극단적이야!"

리버티와의 불편한 대화가 이어지는 가운데 현관문 두드리는 소리가 들렸다. 그제서야 애덜린은 이 상황에서 조용히 벗어날 수 있었다. 그녀는 병원 복도를 배회하며 지금껏 이렇게 안쪽까지는 들어와본 적이 없었다는 사실을 깨달았다. 복도를 중간쯤 지나오니 위층으로 이어지는 가파른 계단이 보였다. 제니 그레이의 생명을 앗아간 맨 아래 계단의 날카로운 가장자리를 발견한 애덜린은 숨이 턱 막히는 것 같았다.

복도 끝에 뒤편 부엌으로 통하는 작은 턱이 하나 나왔다. 선박의 주방처럼 생긴 이 공간은 집 앞쪽의 엄숙한 진료 공간과는 분위기가 사뭇 달랐다. 밝고 따스한 부엌에는 창문 너비에 맞춘 사각형의 싱크대와 흰 페인트칠을 한 장식장이 나란하게 줄을 이어 서 있었다. 바닥에는 타일이 깔려 있었고, 부엌의 한가운데에 단풍나무로 제작한 테이블이 놓여 있었다. 창문을 반쯤 덮은 크림색의 섬세한 장미 무늬 커튼이며, 상부 장 대신 설치한 선반의 빅토리아 시대 풍 레이스 마감, 그 위에 얹어져 있는 코니시웨어(영국의 유명한 그릇 브랜드 - 옮긴이) 컬렉션까지 부엌 곳곳에서 여인의 손길이 느껴졌다.

그녀가 선반에서 흰색과 파란색 줄무늬 그릇을 집어 드는 찰나 등 뒤에서 인기척이 들렸다.

깜짝 놀란 애덜린이 황급히 몸을 돌리다가 하마터면 그릇을 떨어뜨릴 뻔했다. 그녀는 가까스로 그릇을 붙잡아 제자리에 돌려놓았다.

"아, 죄송해요. 깜짝 놀라서 그만."

주방으로 들어온 사람은 다름 아닌 그레이 박사였다. 그는 예의 양복 재킷에 넥타이를 맨 복장이 아닌 그의 눈동자와 잘 어울리는 갈색 트위드 조끼에 푸른색 셔츠를 입고 있었다. 그레이 박사는 부엌을 바쁘게 왔다 갔다 하는 평범한 누군가의 남편처럼 보였다.

"모임은 응접실에서 할 거야." 그가 말했다.

"알아요. 리버티가 입구에서 안주인 행세를 훌륭히 해내고 있으니 걱정 붙들어 매세요."

그레이 박사는 벽난로 가장자리에 올려져 있는 따뜻한 주전자를 보며 고개를 끄덕였다. "거기서 기웃거리지만 말고 날 도와서 차를 같이 내가는 건 어떠니?"

애덜린은 고개를 끄덕이며 자신과 가까운 선반 아래에 있는 크림 단지와 각설탕 볼을 찾아 손을 뻗는 그레이 박사에게 자리를 비켜주었다.

"스푼과 냅킨은 저쪽 서랍에 있어."

그레이 박사는 애덜린 쪽을 보지도 않고 무심하게 말했다. 애덜린은 자신을 등지고 선 그레이 박사에게 물었다.

"도합 일곱 명, 맞죠? 아니면 리버티도 갑자기 제인 오스틴이 좋다고 하던가요?"

"모르지. 난 리버티가 제인 오스틴 책을 읽어봤는지도 모르는데?" 그레이 박사는 여전히 등을 돌리고 있었다. "아무튼 총 여덟 명이야. 프랜시스 양이 도시에서 손님 두 분을 데려온다고 했거든."

애덜린이 커틀러리와 냅킨을 사람 수대로 세어 쟁반에 담았다. 그 옆에서 그레이 박사도 앞접시를 쌓아 올리기 시작했다. 그러다 두 사람의 손이 살며시 맞닿았고 애덜린은 화들짝 놀라며 뒤로 물러섰다.

그레이 박사는 아무 말도 하지 않았다. 그저 잠깐 방해를 받았다는 듯 쟁반에 널브러진 냅킨과 커틀러리를 한번 보고는 다시 돌아서서 찻주전자와 티백을 챙겼다.

난로 위의 주전자가 끓어오르기 시작했다. 그레이 박사가 애덜린을 살짝 스쳐 지나며 주전자 쪽으로 걸어갔다. 애덜린은 심장이 바닥으로 쿵 떨어지는 것 같았다. 애덜린은 마치 두 사람이 예전부터 바로 이곳에서 이런 식으로 수백 번이 넘도록 부엌일을 함께 했던 것 같은 느낌이 들었다. 그녀는 처음으로 자신과 그레이 박사가 서로의 행동을 얼마나 잘 알고 있는지를 깨닫게 되었다. 서로의 몸이 실제로 스친 적은 없었지만, 한 발자국 이상 떨어져 있었던 적 또한 없었다.

주전자의 휘파람 소리가 그녀의 머릿속을 헤집어놓았다. 그레이 박사가 찻주전자에 물을 붓기 위해 다가왔다.

"조심해." 그가 다시 그녀 곁을 지나가며 말했다.

애덜린은 한 걸음 뒤로 물러섰다. 그러면서도 기실은 그에게서 물러나고 싶지 않다는 걸 깨닫고는 놀라움을 감출 수 없었다.

"괜찮아?" 그가 커다란 브라운 베티 찻주전자에 물을 따르며 말했다. "오늘따라 눈에 띄게 말수가 적군."

"제가 한번에 두 가지 일을 못하는 타입이라서요." 애덜린이 찻잔을 몇 개씩 쌓아 담으며 할 수 있는 한 가볍게 대꾸했다.

"믿기 어려운걸."

"그래서," 애덜린이 화제를 돌리려고 했다. "프랜시스 양이 미미 해리슨이 온다고 그랬다고요? 들으면서도 믿기지 않았어요. 새뮤얼이랑 그 여자가 나오는 영화를 보러 갔었는데."

"프랜시스 양은 남자 회원들이 미미 해리슨이 모임에 들어오는 거에 대해 받아들일 시간이 필요하다고 생각하는 모양이더군. 나 개인적으로는 열정이 넘쳐서 물불 못 가리는 리버티 파스칼을 단속할 시간도 좀 있어야 될 것 같고."

"아, 그래서 그 애가 여기 있는 거군요?" 애덜린이 피식 웃었다. "제 기억이 맞는다면 영화가 그 애 취향이긴 해요. 물론 책도 읽을 줄은 알겠지만."

그레이 박사가 주전자를 다시 난로 위에 올려놓았다. "그렇게 말하면 나도 약간은 찔리는데."

"아주 약간이요. 아무튼 두 사람…… 잘 맞춰가고 있는 건가요?"

그가 오븐 문짝에 달린 작은 꽃무늬 행주에 손을 닦으며 말했다. "글쎄, 난 주변에 살면서 집안일하고 병원 일을 도와줄 사람이 필요하고, 리버티는 내 요청이라면 뭐든 열심히 하고 싶어 하지."

"그 애라면 그럴 거예요." 애덜린의 냉소적인 말투에 그레이 박사가 한쪽 눈썹을 치켜떴다. 애덜린은 방금 내뱉은 말은 하지 말걸, 하고 바로 후회하고 말았다. "아니, 제 말은 그런 게 아니라, 좋은 일이라고요. 아마 리버티는 박사님이 말씀하신 대로만 할 거예요. 게다가 페컴 양처럼 마을에 뒷담화를 전할 만한 사람이 있는 것도 아니잖아요. 적어도 지금까지는요."

그레이 박사는 양손으로 차를 담은 쟁반을 그러잡고 애덜린을 올려다보았다. 애덜린의 큰 키는 볼 때마다 늘 새로웠다.

"애덜린, 크리스마스에 내가 너희 집에 갔을 때 말인데……."

"제 선물을 들고 오셨을 때요?"

"응. 그때. 그때 네 어머니 말씀으로 해리엇 페컴이 전화를 먼저 해줬다고 하던데."

애덜린은 불길한 마음을 감추며 걸음을 옮겼다. 이 대화가 어디로 향할지 깨닫기 시작한 것이었다. 그레이 박사는 지금껏 그녀가 마음속 깊은 곳에 숨겨놓고 단단히 감추어두었던 것에 대한 이야기를 시도하고 있었다.

"네. 해리엇이 어머니한테 전화를 걸어 박사님이 저희 집으로 오고 계시다고 알려줬어요. 아니, 제 기억엔 올지도 모른다고 얘기했던 거 같아요."

"난 그 말을 한 적이 없거든. 어디 간다고 말하지 않았다고. 네가 보낸 연하장을 해리엇이 전해주긴 했지만 봉투에 주소가 따로 적혀 있던 것도 아니었으니까. 난 결단코 해리엇에게 한마디도 한

적이 없어."

"그렇군요." 애덜린이 싱크대에 몸을 기대며 물었다. "혹시 그게 해리엇을 해고한 이유인가요?"

"그것도 하나의 이유긴 하지. 너희 어머니도……." 그가 잠시 말을 멈추었다.

애덜린의 심장이 다시 한번 나락으로 떨어졌다.

"네 어머니 생각엔……." 그레이 박사가 다시 입을 떼었다가 다물어버렸다.

"어머니는 박사님을 굉장히 존경하세요. 박사님이 제 목숨을 구해주셨잖아요."

"아니. 전혀 그렇지 않아. 아기를 구하지 못했잖아. 내가 네 모든 걸 망쳐버렸지."

"세상에, 아니요. 아니에요." 애덜린이 그에게 다가섰다. 그레이 박사가 고개를 돌렸다. 그의 어깨가 조금씩 들썩이기 시작했다. "여태 그런 생각을 하고 계셨던 거예요? 지금껏 걱정하신 게 그거냐고요? 저 때문에요?"

애덜린이 잠시 머뭇거리다가 용기를 내어 그레이 박사의 어깨에 손을 올렸다. 그는 애써 그녀를 외면했다. 그의 팔이 덜덜 떨리고 있었다.

"박사님, 전 말이죠, 단 한순간도 박사님이 제 목숨을 구해주셨다는 거 외에 다른 생각은 한 적이 없어요. 웨스트레이크 박사님이 저한테 다 설명해주셨어요. 그날 박사님이 저한테 오기 전에 미리 구급차를 부르지 않았으면 너무 늦었을 거래요. 과다 출혈로 죽었을 거라고요."

"그렇지만 전날 밤에 네가 피가 비친다고 했어. 허리도 아프다고 했고. 그때 내가 알아차렸어야 했는데. 그랬으면 너와 아기 모두 구할 수 있었을 거야." 그레이 박사는 허리를 곧추세우고 식탁에서 물러섰다. "이젠 뭘 믿어야 할지 모르겠어."

"제가 알아요. 그게 중요한 거 아니에요?"

그는 심호흡을 하며 쟁반을 집어 들었다. "넌 네가 믿고 싶은 대로 믿으면 돼."

"왜 그래야 되는데요?"

"왜냐하면 의사는 나니까. 난 이 마을 모두의 의사니까. 그게 가장 자연스러운……."

"박사님은 더 이상 제 주치의가 아니에요. 잊으셨어요?"

"그걸 어떻게 잊겠니. 날 해고한 건 네가 처음인데."

"그렇다면 결국 자존심 때문이라는 거네요……."

"애덜린," 그레이 박사가 단호하게 말했다. "어쨌든 난 지난 몇 년간 널 진찰하고 보살펴왔어. 그러니 네가 나에게 약간은 후한 점수를 줬다고 보는 게 이치에 맞지."

애덜린은 또다시 혼란스러워졌다. 속이 메스꺼운 느낌이었다. "아니요. 전 박사님께 조금도 후한 점수를 드리지 않았어요. 전 제가 옳다고 믿어요. 박사님이 제 주치의라서가 아니라 제 주치의였음에도 불구하고 믿는다고요."

이제는 그레이 박사가 혼란스러워졌다. 그가 뭐라고 입을 떼려는 찰나 리버티가 부엌 문간에 모습을 드러냈다.

"박사님, 다른 분들이 모두 오셨어요. 나이트 양도 오셨어요. 세상에, 믿어지세요?"

"그래. 고맙네, 리버티. 이제 퇴근해. 토요일이잖아."

하지만 리버티는 퇴근할 생각이 눈곱만큼도 없는 듯했다. 그녀는 그 자리에 꼼짝하지 않고 서서 얼굴이 살짝 붉어진 애덜린을 물끄러미 쳐다보았다. 분명 이 두 사람 사이에 무슨 일이 일어나고 있었다. 한눈에 보아도 알 수 있었다. 리버티 파스칼은 그레이 박사가 자신보다 나이는 훨씬 많지만 상당히 매력적이라고 생각했다. 그에게서는 부인을 잃고 홀로 남은 남자의 짙은 외로움이 느껴졌다. 문득 대학 시절 애덜린 루이스가 한 교수에게 푹 빠졌던 적이 있었다는 사실이 떠올랐다. 비록 고향에 돌아와 제 또래 남자와 결혼을 했지만, 어쨌든 그 교수와 애덜린 사이에 뭔가가 있었던 건 확실했다. 애덜린은 항상 그녀만의 방식이 있었다. 그녀의 넘치는 자신감은 남자들을 겁먹게 하면서도 매력으로 작용했다. 한때 리버티는 애덜린 모르게 그녀를 따라 한 적도 있었다.

애덜린 루이스는 그 자체로 대담한 사람이었다.

○──○

그날 정오 미미 해리슨과 야들리 싱클레어는 빅토리아발 얼턴행 기차에 함께 올랐다. 그녀는 야들리에게 프랜시스 나이트와 그녀를 모시는 특이한 하녀 에비 스톤, 그리고 모두의 계획을 망쳐 놓은 유언장에 대해 이야기하며 시간을 보냈다. 미미는 나머지 네 사람에 대해서는 잘 몰랐다. 그저 그들이 '낭만적인 취향'을 가진 남자 셋에 전쟁으로 남편을 잃은 젊은 여자 하나라는 것만 알았다.

"웬만한 제인 오스틴의 팬들은 다 로맨틱한 성향을 갖고 있다니까요. 제인 오스틴이 거위 깃털에 약이라도 묻혀 책을 썼나 싶을 정도로 중독돼 있잖아요." 야들리는 기차역 카페에서 사온 블랙커피를 사이에 두고 말했다.

미미가 웃음을 터트렸다. "그거 프레밍거의 영화 '로라'에서 훔쳐온 대사 맞죠?"

"우린 경매 사업을 훔쳤잖아요."

"당신이 훔친 거죠. 나머지 사람들은 가격을 높이는 인질에 불과하고요. 이렇게까지 일을 진행시키다니 꽤 체계적인가 봐요."

"인질 하니 떠오르는데…… 약혼 생활은 어때요?"

미미는 야들리를 밉지 않게 흘겨보았다. 잭을 향한 질투에 사로잡힌 질문이 아니란 걸 잘 알고 있었기 때문이다. 야들리는 남자를 좋아했다. 미미와 야들리가 런던에서 가장 오래된 레스토랑 룰스에서 두 번째로 만나 식사를 하던 날 야들리는 자신의 정체성에 대해 분명히 밝혔었다. 그가 레스토랑의 웨이터에게 로스앤젤레스에서나 볼 법한 수작을 걸었던 것이다.

"믿기 어렵겠지만 잭은 아주 사랑스럽고 너그러운 사람이에요."

"당신에게나 그렇겠죠."

"나에게만 그렇다는 게 엄청나게 신경 쓰인다면 이상한 걸까요?"

"미미, 대학에서 역사를 전공했다고 했죠? 대체 뭘 배웠어요?"

그녀는 다시 눈을 가늘게 뜨고 야들리를 노려보았지만 이전보다 기세가 꺾여 있었다.

"그래도 사람은 변하지 않아요. 알죠?" 야들리가 한숨을 내쉬며 고집을 이어나갔다. "적어도 나한테는 안다고 말해줘요. 아니면 난 당신을 포기해버릴 거니까."

"야들리, 이건 불공평해요. 왜 우리 대화는 꼭 내 연애를 하나하나 분석하는 데로 귀결되는 건데요. 당신 이야기는 하나도 안 하고."

"난 만나는 사람이 없잖아요. 무슨 말인지 잘 아시면서."

"그야 물론 선택하고 말고의 문제가 아니긴 한데."

그는 일등석 맞은편에 앉은 미미를 바라보았다. 그녀의 빛나는 눈이 높다란 의자를 덮고 있는 보라색 벨벳 시트와 잘 어울렸다. 두 사람은 이런 유의 대화를 한 적이 없었지만, 야들리는 은근히 바랐었다. 그러면서 미미가 신뢰할 만한 사람인지 확인하고 싶었다.

"좀 힘들죠. 누군가를 만나려면 감옥에 가야 하니까."

"미국도 똑같아요. 그래도 제 주변 배우들을 보면 명목상 룸메이트라고 하거나 공동 세입자라고 하면서 같이 사는 사람들도 꽤 있더라고요. 실제로 애인을 서류상 아들로 입양해서 생명 보험금과 재산을 남기는 경우도 있었고요."

"애초에 이 법을 둘러싼 논쟁 자체가 끝이 없으니까요. 안 그래요?"

"우리 아버지가 판사였는데요. 내가 말했나요? 아무튼 아버지는 침실을 같이 쓰는 사람을 결정하는 건 개인에게 맡기고 나머지만 법이 해결하면 된다고 주장하셨죠."

그녀의 말에 야들리는 다소 안심했다. 몇 초간 그답지 않게 침묵을 지키다 입을 열었다. "그건 그렇고 나이트 씨의 유언장 말이에요. 프랜시스 양은 거기에 어떻게 대처한답디까? 그 뒤로 몇 번

봤잖아요."

"정말 놀라운 분이에요. 좀 무서울 정도로? 모르겠어요. 너무 침착해서 불사의하다니까요. 그냥 다 받아들이신대요."

"그러니까, 체념하셨다는 거군요."

"아니요. 나도 처음엔 그렇게 생각했어요. 근데 가만 보니까 그분은 더 큰 목적을 염두에 두고 계신 것 같더라고요. 내 생각에 그분은 우리와는 굉장히 다른 도덕 체계를 갖고 계신 것 같아요."

"당신이 패니 프라이스에 대한 논쟁을 할 때마다 주장하는 것 아니었나요?"

"어쩌면요. 난 그분이 모든 일에는 다 이유가 있다고 믿고 행동한다고 생각했어요. 마치 코르크 마개가 바다에 둥둥 떠 있는 것처럼 물살을 찾아 헤쳐나가는 게 아니라 그냥 물 위에 존재하며 부유하는 거죠."

"세상에, 부처가 따로 없군요."

"어머, 저기 봐요. 도착했네!" 미미가 벌떡 일어나며 모자와 핸드백을 챙겼다. "야들리, 마음 단단히 먹어요. 이 마을과 사랑에 빠져서 헤어 나오지 못할 수 있으니까."

o——o

미미는 갈색 라이딩 플랫 부츠를 신고 있었다. 비교적 작은 편인 야들리에게 그제서야 그녀의 정수리가 겨우 보였다. 그녀는 야들리와 함께 얼턴에서 초턴까지 걸어가기 위해 평상시에 신는 하이힐을 포기했다. 미미는 마을을 관통하는 가파른 큰길을 걸으며 신이 나서 외쳤다. "분명 제인 오스틴도 이 길로 다녔을 거예요!" 그녀가 구두를 신지 않은 이유가 하나 더 있었다. 협회 사람들과의 첫 만남부터 외적으로 튀고 싶지 않았던 까닭이었다.

두 사람이 얼턴과 맞닿은 삼각형 모양의 땅을 지나자 호랑가시나무와 산사나무로 만든 울타리를 따라 이어진 길의 경계 저편으로 널따란 농장이 눈에 들어왔다. 푸른 들판에 양 몇 마리가 어스름하게 보였고, 멀리 과수원에서 슈롭서 말들이 나무에 매달린 말라빠진 과일을 잡아당기는 모습도 보였다. 길 건너에는 단층 주택이 한 줄로 늘어서 있었는데, 그중 일부는 전형적인 시골집이었고 연립 주택 형태도 있었다. 또 길 끝 쪽에는 그보다 훨씬 오래된 집들도 보였다.

"음, 당신 말이 맞았네요." 미미 곁에서 그녀의 팔짱을 끼고 걷던 야들리가 말했다. "이 마을에 있는 이런 별채들은 작지만 모든 게 다 갖춰져 있어요. 금방이라도 《오즈의 마법사》에 나오는 난쟁이가 튀어나올 것 같은 분위기예요."

"고즈넉하다는 말이 하고 싶은 거죠?" 미미가 웃으며 대꾸했다. "그나저나 당신 표현 맘에 드네요."

"잭이 그 별채를 매입하겠다고 했을 때 당신 얼굴이 딱 지금 같았을 것 같군요. 죽어서 천국에 간 것 같은 기분이었겠어요."

미미는 그때의 기억을 되새기며 미소를 지었다. "맞아요. 바로 그 기분. 자, 이 길 끝에 서서 앞을 내다보면 들판이 다시 시작되는 게 보여요. 마을이 커다란 농장 한가운데 갑자기 우뚝 솟은 것처럼 나타난다니까요."

"내가 전에 말한 적이 있나 모르겠는데, 난 어렸을 때 농부가 되고 싶었어요."

미미가 걸음을 멈추고 야들리를 보았다. "말도 안 돼."

"농담 아니고 진짜로. 지금도 가끔 생각해요. 그 있잖아요, 전문 농사꾼처럼 날씨에 집착하고 허리가 부서져라 노동하고."

그때 두 사람 앞으로 모자를 쓴 건장한 금발 남자가 오른쪽 끄 트머리의 작은 별채를 나서는 모습이 눈에 띄었다. 그를 본 순간 미미는 어딘가 낯이 익다는 생각이 들었다.

"세상에!" 미미가 소리쳤다. "나, 저 사람 알아요! 예전에 막 대학 졸업하고 여기 왔을 때 만났었어!"

"아, 당신의 첫 성지 순례 때 말이군요." 야들리는 고개를 수그린 채 오른팔에 두세 권의 책을 끼고 두 사람 앞을 천천히 걸어가는 남자를 바라보았다. "굉장히 순박한 외모네요. 꼭 D. H. 로렌스의 소설에 나오는 인물 같아. 남자 보는 눈은 분명 있네요. 그건 인정해야겠어."

미미가 손등으로 야들리의 옆구리를 장난스럽게 툭 쳤다. "저분 슬픈 사연이 있어요. 전쟁에서 두 형을 다 잃었대요. 내가 몇 년 뒤에 '영광의 귀환' 찍는 데 큰 영향을 준 사람이라고요."

"오, 맞아. 잊고 있었네. 당신 영화배우였죠……." 야들리가 농담조로 대꾸했다.

미미는 그의 농담을 무시하며 말했다. "저분이 카산드라와 어머니의 무덤을 찾아줬었어요. 하지만 제인 오스틴은 한 번도 읽어본 적이 없다고 했죠. 잘 모르겠어요. 저 사람 걷는 걸 보면 왠지 서글퍼지고 한없이 외롭고 그래요. 그때도 그랬는데."

"그런데 우리 지금 어디 가는 겁니까?"

"울프스 레인에서 모퉁이를 돌면 보이는 첫 번째 집이요. 장미 덤불이랑 초록색 대문이 있는 집. 거기가 그레이 박사님 댁이래요."

두 사람은 모자를 쓴 남자가 몇 미터를 더 걷다가 울프스 레인과 윈체스터 로드의 교차점에서 길을 건너기 위해 방향을 트는 모습을 보았다. 그는 오른쪽에 끼고 있던 책을 왼쪽으로 옮기고 장미로 뒤덮인 집의 초록색 대문을 오른손으로 두드렸다.

"낭만적인 취향을 가진 신사들에 대해 또 알고 있는 게 있어요?" 야들리가 물었다.

두 사람은 서로를 바라보며 피식 웃고 말았다.

제 22 장

햄프셔주, 초턴
1946년 2월 2일

제인 오스틴 소사이어티 두 번째 모임

오늘의 첫 번째 순서는 프랜시스 나이트, 에비 스톤, 미미 해리슨, 야들리 싱클레어의 협회 가입을 축하하고, 프랜시스와 야들리를 제인 오스틴 기념 신탁의 네 번째, 다섯 번째 이사로 승인하는 것 이었다. 미미는 미국에 거주 중이었으므로 신탁 내 이사로서의 역할과 책임을 맡지 않도록 한다는 건 이미 결정되었었다. 그리고 애덤과 마찬가지로 에비 스톤 역시 신탁과 관련해 법적, 재정적, 행정적 부담은 지지 않기로 했다.

앤드류는 나이트가 영지의 집행인으로서 나이트 양의 별채에 대한 잠재적인 관심과 그로 인해 벌어질 갈등의 가능성을 지적해 주었다. 이에 따라 나이트 양은 상속받을 가능성이 있는 별채나 다른 유산을 구입하기 위한 신탁 기금 사용 관련 투표에 모두 기권하는 데 동의했다.

"자," 그레이 박사가 집 전면을 향해 있는 창문 앞에서 선언했다. "다섯 명의 신탁 관리 이사가 참석한 가운데 제인 오스틴을 기리기 위해 설립할 박물관 부지로 별채를 인수하겠다는 목적을 반영한 의사록을 작성하겠습니다. 저는 회장으로서 공채를 모금하는 신문 광고를 올리자는 지난 12월의 결론에 덧붙여, 우리에게 필요한 은행 대출에 대한 논의도 서두르고 싶습니다."

"그렇게 빨리 처리해야 할 이유가 있나요?" 에비가 물었다.

"유감스럽지만, 그렇습니다." 앤드류가 대답했다. "지금 당장 걱정할 일은 아니지만, 잠재적 상속인이 향후 12개월 내에 재산 청구를 할 수도 있습니다. 만약 그쪽에서 유리한 법원 명령을 받을 경우 재산이나 귀속된 소유물을 그쪽이 원하는 방식대로 처분할 수 있습니다. 따라서 다른 사람들과 함께 경쟁 입찰에 참여하지 않으려면 곧바로 가격을 제안할 준비가 돼 있어야 합니다."

"물론 부동산이 제대로만 해결된다면," 앤드류는 프랜시스를 똑바로 응시하며 말했다. "나이트 양은 별채가 시장 가액 이하로 팔리는 한 원하는 건 뭐든 할 수 있습니다. 협회의 이사진은 자산을 되팔아 부당하게 이익을 얻을 수 없고, 이익을 얻은 것처럼 보여서도 안 됩니다. 아무리 공정한 거래라고 하더라도 모임의 자선적인 목적을 고려하면 이사회의 이름으로 매입을 하기 위해서는 법원 명령이 필요합니다. 물론 실질적인 문제는 없을 거긴 합니다만."

"지금 당장 정확히 얼마가 필요한가요?" 앤드류를 마주 볼 수 있는 소파에 앉아 있던 미미가 물었다.

그레이 박사가 앤드류 포레스터와 재빨리 시선을 주고받더니 헛기침을 했다. "약간의 차이는 있겠지만 대략 5,000파운드 정도입니다."

"혹시 허락하신다면 그건 제가 도움을 드릴게요." 미미는 자신을 향한 좌중의 놀라운 시선을 그대로 받으며 말했다. "모임의 입회금 개념으로 5,000파운드를 낼게요."

애덜린은 자신의 옆에 앉은 그레이 박사와 앤드류가 미미의 제안에 지극히 정중하게 고개를 내젓는 모습을 흥미로운 시선으로 지켜보았다.

"해리슨 양, 정말이지 너무나 관대한 제안이십니다." 그레이 박사가 입을 열었다. "그러나 그렇게 큰 액수는 받을 수 없습니다. 죄송하지만 안 됩니다."

"그럼 그만큼의 가치가 있는 물건을 제가 담보로 제공해드리고 그걸로 자금을 빌리는 건요?"

애덜린은 미미의 끈질긴 고집에 그레이 박사의 얼굴이 붉게 상기되는 모습을 지켜보았다.

"사실 오늘 이 협회에 빌려드릴 만한 소장품을 가져왔어요." 미미가 옆에 두었던 핸드백에서 작은 벨벳 상자를 꺼내어 열어 보였다.

상자 안에는 두 쌍의 토파즈 십자가 목걸이가 들어 있었다.

"제가 최근 소더비 경매에서 정확히 5,000파운드에 매입한 거예요."

앤드류는 소더비 카탈로그에 실렸던 두 개의 목걸이에 대해 알고 있었다. 그가 자리에서 일어나 미미에게 다가왔다. "잠깐 봐도 되겠습니까?"그는 늦겨울 기울어진 황금빛 햇볕이 내리쬐는 창문께로 상자를 들어 올렸다.

"두 목걸이는 제인과 언니 카산드라의 것이었어요. 해군이었던 오빠가 선물로 준 거죠." 미미가 방 안의 사람들에게 설명했다. "두 목걸이는 팔찌하고 이 반지하고 같이 제인 오스틴이 소장하고 있던 유일한 보석류예요. 사실 이건 제 약혼반지예요."

미미는 다른 이들의 시선을 의식하며 반지를 빼서 내밀었다. 몇 년 전 한번 만난 적이 있는 애덤이 수줍게 앞으로 걸어 나왔다. 그는 반지를 건네받아 함께 서 있던 애덜린에게 보여주었다.

미미의 옆자리에 앉은 야들리가 처음으로 목소리를 냈다. "물건의 가치는 시간이 지날수록 점점 오를 겁니다. 지금은 최대한 빨리, 많이 모을수록 좋고."

"그럼 광고의 초안을 짜볼까요?" 앤드류가 물었다.

나머지 회의가 진행되는 동안 에비 스톤은 응접실 한쪽 구석에 남아 그레이 박사의 죽은 아내의 것이 틀림없을 작은 피아노 의자에 앉아 있었다. 에비는 눈앞에 있는 다섯 명의 신탁 이사들을 관찰하며 상상의 날개를 펼쳤다. 몇 달간 그녀는 나이트가의 변호사가 어떻게든 나이트 양을 쳐다보지 않으려고 애쓰는 모습을 지켜보았다. 그건 나이트 양도 마찬가지였다. 무뚝뚝하고 입이 무거운 조세핀이 언젠가 딱 한 번 실언을 한 적이 있었다. 어르신이 프랜시스 아가씨와 마을의 똑똑한 청년의 사랑의 기회를 빼앗아갔다는 것이다. 미미와 야들리는 아주 친해 보였는데, 둘은 마치 남매 같았다.

에비는 수년간 제인 오스틴을 읽으며 어떤 이유로든 코앞의 감정을 보지 못하는 인물들에 대한 예민한 감각을 키워왔다. 그런 에비의 눈에 애덜린 그로버와 벤저민 그레이 박사는 가장 큰 흥밋거리였다.

그레이 박사는 애덜린의 오른편에 앉아 있었다. 애덜린이 회의록을 작성하면 이따금 몸을 숙여 그녀가 건너뛰었거나 틀린 부분을 찾아내서 한두 마디씩 지적하곤 했다. 애덜린은 그의 손이 필기 내용을 고쳐주기 위해 자신의 몸을 스칠 때마다 크게 동요하는 듯했다. 마침 그 둘의 찻잔이 빈 걸 발견한 에비는 차를 더 내기 위해 그들에게 다가갔다. 에비는 먼저 그레이 박사에게 찻잔과 받침 접시를 달라고 했다. 그레이 박사는 애덜린부터 찻잔을 채울 수 있도록 애덜린의 노트를 재깍 치워주었다. 그런 다음 애덜린이 하던 노트 필기를 대신하려고 했다. 하지만 애덜린은 차는 되었다고 하며 고집스럽게 그레이 박사의 손에 있던 노트를 뺏어 들었다. 그레이 박사는 이 마을에서 예의 바르기로 둘째가라면 서러운 사람이었음에도 불구하고, 이 순간 애덜린은 어떤 이유에서인지 그의 세심한 배려를 완강하게 거절해버렸다.

에비는 그레이 박사와 애덜린 사이에 보이지 않는 어떤 신경전이 벌어지고 있는 게 틀림없다는 결론을 내렸다. 얼마 전 크리스마스이브 예배에 상복을 갖추어 입고 나타난 애덜린은 식음을 전폐한 듯 창백한 얼굴로 슬픔에 잠겨 있었다. 그리고 그런 애덜린을 바라보는 그레이 박사의 얼굴 또한 유달리 쓸쓸해 보였었다. 에비는 애덜린을 바라보는 그레이 박사의 표정에서 단순한 동정심을 넘어서는 뭔가를 읽을 수 있었다.

에비는 흠잡을 데 없이 완벽한 기억력을 바탕으로, 2년 전 그레이 박사가 지극히 온화한 태도로 애덜린의 수업 계획에 대한 이야기를 나누기 위해 학교에 찾아왔던 때를 떠올려보았다. 두 사람은 에비의 아버지에 대한 이야기도 했었다. 루이스 선생이 오랜 요양으로 지친 에비의 아버지에게 도서 목록을 주었다고 하자 그레이 박사는 그녀를 놀리듯 말했었다. "괜찮다면 나도 그 도서 목록을 보고 싶은데." 그레이 박사는 애덜린에게 일시적인 흥미나 선입견, 혹은 그녀가 겪은 고통이 아닌 그 이상의 감정을 품고 있는 듯했다. 그는 마치 애덜린의 내면 깊은 곳을 파헤쳐 알아내야 하는 일종의 미스터리처럼 여기는 사람 같았다.

당시 열네 살에 불과하던 에비 스톤이었지만 작은 교실에서의 대화가 두 사람이 원하던 종류의 것은 아니었다는 느낌을 받았다. 물론 두 사람이 그 사실을 깨달았는지 확신할 수는 없었다. 단지 애덜린과 그레이 박사 사이는 외부의 누군가, 어쩌면 그들 스스로 세운 철벽으로 인해 좌절된 감정이 잔뜩 쌓여 있는 것처럼 보였다. 에비의 기억이 정확하다면 당시 루이스 선생은 어린 시절부터 함께한 애인과 막 약혼한 상태였고, 나이가 지긋했던 그레이 박사는 마을에 떠도는 뒷담화의 단골 주인공이었다. 설사 당시 그 둘의 행동이 서로에 대한 관심의 연장선상에 있는 것이었다 하더라도 당사자들조차 감지할 수 없을 만큼 너무도 미묘하고 희미했을 터였다. 이제 에비의 궁금증은 나이트 양과 포레스터 변호사가 어떤 식으로 헤어지고 홀로 남게 되었는지로 넘어가고 있었다. 에비는 절대 인생을 그들처럼 흘려보내지 않으리라 다짐했다. 그러면서 원하는 걸 좇을 용기만 있다면 조용히, 하지만 확실하게 비극을 막을 수 있을 거라 생각했다.

이런 때일수록 에비는 자신이 열여섯밖에 되지 않은 것에 감사하며 자신의 비밀스런 작업에만 집중했다. 그녀의 삶에서 사랑할 시간은 앞으로도 충분할 것이었다. 아무리 마구간 청년 톰이 주변을 빙빙 맴돌아도, 또 아무리 나이 많은 애덤 버윅이 어색하고 수줍은 모습을 보여도 지금 시점에서는 방해만 될 뿐이었다.

그렇지만 에비는 너무 어렸고 자신이 생각하는 것만큼 성숙하지도 않았다.

○——○

애덤 버윅은 응접실에서 에비의 맞은편 구석에 오도카니 앉아 있었다. 그는 에비를 똑바로 보거나 그녀에게 다정한 시선을 보내지도 않았다. 그 역시 자신만의 책 속에 파묻혀 안개같이 덮힌 슬픔과 오직 한 가지 목표에 잠식당한 채로 젊은 시절을 보냈었다. 그의 꿈과 대학을 향한 열정은 1차 세계 대전이 가족을 덮치며 갈기갈기 찢겨나갔다. 애덤은 그저 살아 있기 때문에 매일같이 출근했고, 밤이면 잘 시간을 아껴가며 타인이 만든 허구의 세계 속으로 숨어들었다. 그는 책을 읽으면서 자신이 왜 뭔가에는 전혀 신경을 쓰지 않고, 또 다른 뭔가에는 너무 많은 신경을 쓰는지 해답을 찾고 싶었다. 그는 항상 주변 사람들과 자신이 다르다는 느낌을 받았다. 뿐만 아니라 그는 자신 외의 다른 모든 것들을 차단해 버리는 성정을 타고났다. 이 힘은 너무나 강력해서 그 스스로도 어쩔 수 없었다. 마치 그의 내면에는 완전히 다른 세계가 있고, 그 세계는 너무나 거대해서 그가 지금까지 살아온 방식으로는 보이지 않는 것 같았다. 그러나 그를 도와줄 사람이 딱히 없었다. 혼자만의 노력을 해보지 않은 것도 아니었으나, 그의 내성적인 기질과 지지해줄 만한 가족의 부재라는 장벽에 가로막혔다. 게다가 그가 여태껏 살면서 습득한 인생의 교훈만으로는 도저히 역부족이었다.

제인 오스틴을 처음 접했을 당시 애덤은 자신을《오만과 편견》의 다아시와 동일시했었다. 그는 주인공 엘리자베스 베넷을 향한 명백한 욕망에 빠져든 다아시가 염려되었다. 다아시처럼 부와 명예를 다 가진 데에다 고등 교육까지 완벽히 마친 남자가 아닌 자신 같은 처지의 사람이 그러한 사회적 실수를 저지른다면 과연 감당할 수 있으려나 싶었다.

다아시는 그저 어쩔 도리가 없었을 것이다. 애덤은 그 정도는 인정했다. 물론 다아시 본인에게는 명쾌하지 않았을지 모르겠지만. 어쨌거나 이 인물은 모든 행동과 반응을 합리화하는 동시에, 어떻게든 베넷 가족과 혼사를 맺으려는 바람직하지 못한 상황을 만들어낸 빙리에게 자신의 선입견을 투영시킴으로써 엘리자베스의 언니와 그의 절친한 친구가 싹 틔운 사랑을 파열시키고 그런 행동을 하는 스스로의 진심을 파악하지 못했다. 애덤이 보기에 다아시는 꼭두각시를 조종하는 주인 같은 자신의 모습을 즐기는 것 같았다. 그는 자신보다 능력이 떨어지는 사람들을 자신의 지성, 판단력, 재정적 여유로움이라는 끈으로 옭아맨 다음 손아귀에 넣어 좌지우지했다. 책의 전반부에서 다아시가 빙리를 일종의 대리인으로 이용하는 것에서 이런 모습이 확실히 보였다. 다아시는 그렇게 빙리와 제인의 사이를 깨뜨리고 엘리자베스를 향한 자신의 감정도 소멸시키려고 했던 것이다.

책을 읽을수록 애덤은 지금의 사회적 자아를 형성한 건 자기 자신이었음을 천천히 깨닫게 되었다. 그는 자기 손으로 스스로를 무리를 겉도는 불쌍한 대리인으로 만들어버렸다. 그는 형언하지 못할 욕망을 일찌감치 끊어내기로 마음먹은 듯, 내면의 자아가 스스로에게 갇혀버린 사이 사회적 자아를 내세우며 살아왔다. 이제 그는 마흔여섯이 다 되었고, 어머니는 건강이 좋지 않았다. 언젠가 어머니까지 돌아가시고 나면 자신이 세상을 떠날 때까지 빈집에 혼자 남게 될 것이었다.

방 안을 둘러보던 애덤은 문득 자신의 외로움이 제인 오스틴 소사이어티의 일정 부분을 만들어내는 데 기여했다는 사실을 깨달았다. 그에게는 물려받을 유산도, 그가 죽고 나면 그를 그리워할 사람도 없었다. 하지만 외로운 사람들이 주로 하는 이런 생각은 사실과 다른 경우가 대부분이었고 그도 마찬가지였다. 사실 마을 사람들은 계절의 변화를 알려주는 흥겹고 듬직한 애덤의 마차 소리를 좋아했고, 집안에 일거리가 생기면 상당 부분 그에게 의지하고 있었다. 뿐만 아니라 도서관 문 너머로 살짝살짝 보이는 그의 모자라든가, 갓 태어난 강아지를 품에 안고 있는 모습, 아이가 태어나면 선물해주는 손수 만든 나무 딸랑이 등 애덤과 관련된 많은 부분에 깊은 애정이 있었다.

그레이 박사의 응접실에 앉은 애덤은 모임이 제대로 된 꼴을 갖추어가고 있다는 사실에 깊은 만족을 느꼈다. 그러면서도 자신처럼 가정 형편으로 학업을 중도 포기한 에비를 제외한 나머지 사람들은 어딘지 모르게 자신과는 동떨어진 세계에 사는 것 같아 보였다.

게다가 이 집 계단에서 미미 해리슨을 소개받고 아직도 어안이 벙벙한 상태였다. 그녀를 다시 보자마자 십 수년 전 처음 그녀를 마주쳤던 날이 생생하게 떠올랐다. 교회 묘지에서의 딱 한 번의 만남이 어떻게 해서 두 사람을 이곳까지 이끈 걸까. 실로 기이한 운명의 반전이 아닐 수 없었다.

한편 애덤은 애덜린 그로버가 마침내 자신의 본모습을 되찾아가고 있다는 데에도 크게 안도했다. 어쩌면 자신이 파악하지 못했을 뿐 그녀는 완전히 원래대로 돌아온 건지도 몰랐다. 애덜린은 회의 내용을 속기하느라 정신이 없어 보였다. 그레이 박사는 자리를 옮겨 앤드류 포레스터와 프랜시스 양 사이에 앉아 애덜린을 마주 보고 있었다. 프랜시스, 앤드류, 그레이는 이 마을에 있는 작은 학교에서 애덤의 2년 선배였다. 나이트 씨는 외동딸에게 가정 교육을 시켜주기엔 성정이 너무 인색했다. 앤드류와 그레이 박사는 당시에도 사이좋은 라이벌이었다. 프랜시스 양과 두 사람이 삼각관계라는 소문이 돌기도 했지만, 애덤이 아는 한 그레이 박사는 결코 앤드류 포레스터를 상대로 기회를 잡은 적이 없었다. 당시에도 프랜시스 양은 소문난 미인이었다. 창백한 회색빛의 고양이 같은 눈이며, 긴 금발 머리를 느슨하게 틀어 올려 새하얀 목덜미를 드러낸 모습은 시간이 흐르면서 서서히 희미하게 빛을 잃어갔다. 지금 그녀의 두 눈은 하염없이 창백하기만 하고, 희끗해진 긴 머리는 흐트러짐 하나 없이 단단하게 고정되어 있었다.

애덜린의 옆에 앉은 야들리 싱클레어는 애덜린의 필기에 완전히 심취해 있었다.

애덤은 자신을 둘러싼 이 모든 것에 단단히 빠져들고 있었다.

　늦은 시간이라 애덤이 애덜린을 집 앞까지 데려다주었다. 그녀
는 저녁 식사에 애덤을 초대해야겠다는 마음을 먹었으나, 그는 평
소와 달리 정신이 딴 데 팔려 있는 것처럼 보였다. 애덤이 얼마나
수줍음을 잘 타는지 생각해보면 협회 출범이 그에게 다소 버거운
일은 아닌지 걱정되기도 했다. 그러고 보니 오늘 회의에서 한마디
도 하지 않았었다. 애덜린은 사람들이 애덤의 진면목을 보지 못하
는 게 안타까웠다. 최근 병마와 싸우고 슬픔을 겪는 그녀를 위로
하기 위해 애덤이 가끔 찾아와주었고, 그때마다 제인 오스틴을 향
한 애정을 공유하며 그녀는 애덤이 꽤 통찰력 있는 독서가라는 사
실을 새롭게 발견했기 때문이다.

　두 사람은 애덜린의 집을 향해 걸으며 애덤이 가장 좋아하는 캐
릭터인 엘리자베스 베넷에 대한 이야기를 나누었다.

　"엘리자베스처럼 똑똑한 여자가 위컴 같은 바람둥이에게 넘어
갈 줄은 꿈에도 몰랐어요." 애덜린이 웃으며 말했다.

　"다아시의 행동 때문이죠. 무도회에서 처음 만났을 때 엘리자베
스를 무시했잖아요. 엘리자베스를 짜증 나게 해서 본인을 싫어할
이유를 그녀가 찾고 싶게 만들었잖습니까."

　"'그녀는 봐줄 만하지만 날 유혹할 만큼 아름답진 않아.'라니, 세
상에." 애덜린이 웃으며 말했다. "그런 심한 말을 해놓고 그 사람
의 마음을 돌리려고 할 땐 당연히 뭐라도 해야죠. 하지만 당신 말
이 맞아요. 다아시가 엘리자베스의 마음을 아프게 한 탓에 그녀의
마음이 연약해졌고, 그래서 위컴 같은 위선자에게 넘어간 거죠. 사

람 보는 눈을 가려버렸을 거예요."

이야기를 마친 애덜린에게 갑자기 자신이 했던 말들이 지극히 현실적으로 와 닿기 시작했다. 그녀는 재빨리 생각을 머릿속에서 밀어내며 장갑 낀 손을 정원 앞 출입문에 올려놓았다. 손에 힘이 들어갔는지 경첩이 눌리는 게 느껴졌다.

"아까 그레이 박사님이 문을 고쳐달라고 말씀하시더군요." 애덤이 말했다. "내일 아침에 들르겠습니다."

"박사님은 걱정이 너무 많아요."

"그런가요?" 애덤은 의아하다는 듯 되물었다. "저한텐 그저 좋은 분같이 보여요. 실제로 좋은 분이시기도 하고."

"진짜 그냥 가시는 거예요? 저녁은요?"

애덤은 고개를 가로저으며 황급히 손을 흔들어 작별을 고한 다음 왔던 길을 돌아갔다. 애덜린은 그가 어머니와 사는 집과 반대 방향으로 걷고 있다는 걸 깨달았다. 이 밤에 대체 어디 가는 건지 궁금했지만 그를 불러 세우지는 않았다.

애덜린은 달빛 아래 정원 길을 천천히 걸어 올라가면서 바닥에 나뒹구는 이파리나 나뭇가지를 줍기 위해 여러 번 허리를 숙였다. 봄이 오니 정원 일에 대한 강박이 되살아났다. 현관 열쇠를 찾기 위해 코트 주머니를 더듬는데 뒤에서 인기척이 들렸다. 애덜린이 휙 뒤를 돌아보았다.

벤저민 그레이가 현관에서 불과 몇 걸음 떨어진 곳에서 코트 주머니에 손을 욱여넣은 채 달빛 아래 모자도 없이 서 있었다.

"세상에, 또 절 놀래네요. 그만하세요." 그녀는 문을 열기 위해 다시 몸을 돌렸다가 불현듯 뭔가를 깨달았다는 듯 그에게 물었다.

"혹시 여기까지 따라오신 건가요?"

그는 그녀가 서 있는 현관 위로 올라섰다. "애덤이랑 무슨 이야기를 했지?"

"네?"

"집까지 걸어오면서 무슨 이야기를 했냐고 물었잖아."

"제가 왜 그걸 말씀드려야 하죠." 그녀는 화가 섞인 목소리로 받아치며 현관문으로 발길을 옮겼다. 그가 다급히 그녀를 잡아 돌려세웠다.

"알았어요." 애덜린이 초조한 숨을 내뱉었다. "제인 오스틴 얘길 했어요. 우리가 무슨 대화를 나눴을 거라고 생각하셨는데요?"

"그 사람을 사랑해?"

"미쳤어요?" 애덜린이 목소리를 키웠다. "박사님이야말로 절 직장에서 해고당하게 만들었고, 약물 중독이라고 의심했고, 지난 몇 년간 날 그렇게 밀어냈으면서……."

"그동안 널 밀어냈다니 그게 무슨 말이야?"

"맙소사," 애덜린이 중얼거렸다. "대학에서 나랑 사사건건 맞붙고 세계 최고의 스파이처럼 굴던 애까지 직원으로 채용했으면서……."

"애덜린, 그동안 내가 널 밀어냈다니 그게 대체 무슨 소리냐고."

애덜린은 그의 시선을 피하며 애꿎은 부츠만 내려다보았다.

"이해할 수가 없군." 그가 한숨을 쉬며 중얼거리더니 오른손을 이마에 올리고 머리 위에 뜬 보름달을 쳐다보았다. 그러고는 다시 땅바닥으로 시선을 내리꽂았다.

"이해가 안 되세요? 그렇다면 전 너무 많이 이해했나 보네요."

"애덜린, 제발, 내 말 좀 들어봐." 그가 애덜린의 손을 잡으려 했지만 그녀는 어림없다는 듯 뿌리쳤다.

"무슨 말을 들어요? 당신이 얼마나 외로운 사람인지? 내 남편과 애가 죽은 지 1년도 채 안 된 지금 그 말이 하고 싶으신 거예요? 타이밍 한번 대단하시네요!" 그녀가 내뱉는 한 음절 한 음절에 분노가 가득 담겨 있었다.

"애덜린, 제발, 잠깐만 들어가게 해줘. 안에 들어가서 이야기하자."

"아니요. 그만하세요. 말도 안 돼요. 정말이지 이건 말도 안 된다고요. 당신은 그럴 권리가 없어. 알아듣겠어요?" 그녀는 자물쇠에 꽂은 열쇠를 돌리려고 했지만 손이 심하게 덜덜 떨리는 바람에 계속 미끄러졌다. 애덜린은 몇 번이고 문을 열기 위해 시도하는 동안에도 속사포처럼 분노를 쏟아냈다. "왜요, 생각해보니 충분히 혼자 있었다, 이제 좀 나가봐야겠다, 싶으셨어요? 그래서 무작정 바깥세상으로 나와서 만난 첫 번째 여자를 잡은 거예요? 아니다, 첫 번째 젊은 여자라고 해야겠네. 그러고는 누가 제일 만만한가, 했어요? 그냥 아무나 어떻게 좀 해봐야겠다, 하룻밤 같이 보내야겠다, 이렇게요? 어떻게 감히! 다른 사람도 아니고 어떻게 당신이 날 그렇게 넘겨짚어!"

애덜린이 현관문을 활짝 밀어젖히고 그의 손이 닿기 전에 막아섰다.

"애덜린, 그런 게 아니야. 그런 생각은 꿈에도 하지 않았어. 지금쯤이면 네가 내 마음에 대해 다 알 거라 생각했어."

"제발 그냥 가세요." 애덜린이 애원하듯 중얼거렸다. 가득 차

오른 눈물이 뺨을 타고 흘러내렸다. "절 얼마나 더 아프게 하시려고요."

애덜린은 그의 면전에 대고 있는 힘껏 문을 닫았다. 어둠 속에 홀로 남은 그는 현관 너머 집 안에서 새어 나오는 애덜린의 울음소리를 가만히 듣고만 있었다. 그는 자기 손으로 상황을 엉망으로 만들어버렸다. 그레이 박사는 애덤 버윅이 여자들에게 나누어주곤 하던 작은 선물을 떠올리며 질투심에 타올라 그 밤에 애덜린의 집까지 찾아갔었고, 전혀 예상치 못한 결과에 당황하고 말았다. 애덜린이 그에게 다시 말을 걸어준다면 그건 아마 기적이 아닐까.

그는 애덜린의 울음소리가 사그러들기를 기다렸다가 여전히 불이 켜지지 않은 집을 뒤로한 채 정원을 내려갔다. 그는 어둠 속에서 유일한 빛인 달빛에 의지해 걸었다. 지금 이 순간 이토록 외로운 자신을 이끌어줄 사람은 아무도 없었다. 오직 하늘에 높이 뜬 저 달만이 특정한 한 명이 아닌 모두를 위해 빛을 발하고 있었다. 그를 돌아보아주는 사람도, 그의 안녕을 신경 쓰는 사람도 없었다. 우주는 오래전에 그를 기만했다. 그러고는 깊은 고통에 빠져 살거나 아무것도 갖지 말라는 듯 그에게 기약 없는 불공정한 계약을 맺도록 강요했다.

결국 그는 아무것도 손에 쥐지 못하고 제자리에 머물러 있었다. 뭐라도 해보려고 노력할수록 그 과정에서 상처만 더 입을 뿐이었다.

어두컴컴한 집으로 들어서자 진료실 안쪽에 매달린 약장의 열쇠고리가 달빛 아래 가장 먼저 눈에 들어왔다. 지금이라도 기분이 나아질 방법이 있었다. 너무도 쉽게, 아무도 모르게 말이다. 하지만 애덜린은 어떻게든 알아차릴 것이었다. 설사 그녀에게 들키지 않더라도 애덜린이 의심받았던 그 어처구니없는 상태로 스스로 몸을 던진 자신을 버텨낼 수 없을 게 분명했다.

그는 이렇게 스스로가 형편없게 생각될 때면 고통과 중독에 굴복하곤 했다. 설상가상으로 오늘 밤 일을 겪고 나니 더 이상 잃을 것도, 얻을 것도 없었다. 하지만 그는 자신을 포기하고 원하는 걸 취하지 않을 생각이었다. 그가 또다시 굴복해버린다면 지난 세월 동안 스스로 만들어놓은 길이 계속되고, 그 길은 정원을 지나 굳게 잠긴 현관문으로 이어질 것이었기 때문이다. 물론 그에게 행운이 주어진다면 다른 사람을 향해 다른 방식의 길이 열릴 수도 있겠지만.

그는 고통 그 자체인 삶을 살아낼 여력이 없었다. 그는 자신의 삶을 벗어나기 위해 스스로에게 약을 투여했다. 그러다 약장을 멀리한 지 벌써 몇 주째였다. 그는 크리스마스이브 때 작은 교회의 묘지에서 스스로에게 굳게 다짐하고 리버티 파스칼을 고용했다. (애덜린은 리버티 파스칼더러 '사사건건 맞붙고 세계 최고의 스파이처럼 굴던 애'라고 했었다. 이런 순간에도 애덜린의 말을 떠올리면 히죽 웃음이 새어 나오는 건 어쩔 수 없었다.) 매의 눈을 가진 리버티 파스칼의 도움을 받기 위해서였다. 그는 그저 조금이라도 더 나은 남자가 되고 싶었다. 그러나 그럴 이유가 사라져버린 지금 그는 또다시 덫에 걸릴 위기에 빠졌다. 다만 아무런 희망이 남아 있지 않은 지금 같은 상황에서 유혹을 이겨낼 힘이 있다면 그는 앞으로 무슨 일이 닥쳐도 충분히 극복할 수 있을 것이었다. 이는 마치 우주의 거대한 시험과 같았고, 그가 수없이 이 시험에서 떨어졌다는 사실은 오직 신만이 알고 있었다. 더 이상 애덜린이 시험에서 이겨낼 이유가 될 순 없을지라도 그녀는 가장 어두웠던 시절에 스스로의 힘으로 고통에서 벗어난 사람이었다. 그렇다면 차라리 그녀에게서 한 수 배우는 건 어떨까. 애덜린은 자신이 아는 가장 똑똑한 사람이 아니었던가. 안 그래도 힘든 상황에서 굳이 거절당한 일을 떠올림으로써 자학할 필요는 없지 않은가.

애덜린에게 어울리는 남자가 되기 위해 헤쳐나가야 할 길은 너무도 까마득해 보였다.

제 23 장

햄프셔주, 초턴
1946년 2월 2일 자정

회의가 마무리될 무렵 프랜시스는 미미와 야들리에게 하룻밤 묵고 갈 방을 내주겠다고 제안했다. 한때 오스틴가 사람들이 잠을 자던 공간에서 머무를 수 있게 되었다는 생각에 미미는 한껏 신이 났다. 어쩌면 조금 떨어진 데 살던 제인 오스틴도 열이 나는 조카를 간호하러 하루 정도는 묵고 갔을지도 몰랐다.

세 사람은 마을 길을 걸어갔다. 앤드류 포레스터는 얼턴으로 돌아가기 위해 반대쪽으로 사라졌고, 애덤은 애덜린을 집까지 데려다주겠다고 했다. 오후 네 시 반, 해는 기울어진 지 오래였고 보름달의 그림자가 저녁을 기다리며 조금씩 고개를 내밀고 있었다. 야들리가 초턴과 마을의 역사에 대해 질문 세례를 퍼부으며 프랜시스를 괴롭혔지만, 프랜시스는 그의 의문점들을 재치 있게 받아쳤다. 그러면서도 마을의 최고 역사학자는 앤드류 포레스터라고 귀띔하는 걸 잊지 않았다.

그들은 식당에서 늦은 저녁을 먹고 난롯가에서 간단히 술을 한 잔씩 했다. 에비는 남쪽 건물에 위치한 다락방 침실로 가고, 프랜시스는 에비의 다락과 반대쪽에 있는 자신의 침실로 향했다. 그녀의 방 한 층 아래, 즉 2층에는 2주 전 세상을 떠난 아버지의 침실이 있었다. 아버지의 임종 이후 방은 굳게 닫혀 있었다. 프랜시스는 언젠간 용기를 내고 그 방에 들어가서 앤드류의 부탁대로 아버지의 서류를 뒤져볼 만한 배짱을 가져야만 했다.

게스트 룸은 2층 북쪽 끝에 있었다. 프랜시스가 태피스트리 회랑 계단이라고 설명해준 계단 위에 나란히 붙어 있는 곳이었다. 그녀의 설명대로 계단은 플랑드르(벨기에와 네덜란드의 남부, 그리고 프랑스의 북부에 걸쳐 있던 중세 국가 - 옮긴이) 시대의 한 가문의 태피스트리로 장식되어 있었다. 야들리는 흥분을 감추지 못했다. 미미가 지금껏 본 적 없는 모습이었다. 야들리는 같은 쌍의 태피스트리가 뉴욕 메트로폴리탄 미술관에 걸려 있다고 확신했고, 이미 그곳의 상급 큐레이터에게 전화를 걸어 물건의 가치에 대해 논의할 계획을 세우고 있었다.

미미는 회랑 복도에서 야들리에게 인사를 건네고는 자신을 위해 마련된 근사한 튜더 왕조 시대 양식의 침실로 들어갔다. 방에는 조지 시대, 에드워드 시대를 비롯해 중세 때부터 사용되어온 가구가 몇 점이나 들어차 있었다. 그녀는 구석 쪽에 있는 나무 플랫폼에 설치된 욕조에서 따뜻한 물로 샤워를 하고 긴 머리를 감았다. 집은 전반적으로 좀 추운 편이었지만 조세핀이 미리 지펴놓은 벽난로의 온기와 창문 아래 놓인 전기 히터, 그리고 발을 따뜻하게 해줄 보온 팩이면 충분했다. 그녀는 자신을 위해 준비된 하얀 면 가운을 걸쳤다. 미미가 작은 핸드백에 챙겨온 거라곤 선글라스, 파우더 팩트, 빨간색 립스틱 하나가 전부였다. 내일 아침에 사람들이 자신을 알아보든 그렇지 못하든 상관없이 그녀는 온 세상에 민낯을 드러낼 준비가 되어 있었다.

침대에 올라간 그녀는 구스 베개에 얼굴을 파묻으며 잭을 떠올리지 않으려 애썼다. 밤이면 잭이 더욱 그리웠다. 그는 곁에 누운 미미를 꼭 안고 그녀의 어깨에 입을 맞추어주곤 했다. 캐노피가 달린 침대며 벽에 걸린 태피스트리까지 침실마저 위풍당당하고 유서 깊어 보이는 이곳에 대해 잭은 뭐라고 했을까. 잭이 사업차 스코틀랜드에 며칠간 들렀다가 로스앤젤레스로 돌아간 후 그와는 몇 주간 여러 차례의 전화 통화만 했었다. 결혼식은 4월로 예정되어 있었으나, 영국에서 보낸 한 달은 사실상 둘의 신혼여행이나 다름없었다. 미미는 잭과 통화를 하며 나이트가의 영지가 남자 상속인에게 넘어가게 생겼다는 말을 전했다. 더불어 제인 오스틴을 기리는 협회에 참여하게 되었다는 소식도 전했다. 잭은 다른 이야기는 다 떠나서 그녀가 곧바로 미국에 돌아오지 않는다는 데에만 불만을 터뜨렸다. 그날 밤 미미는 스테인드글라스로 된 여닫이 창문 밖에 떠 있는 보름달과 밤하늘을 바라보며 이 방을 거쳐갔을 수많은 사람들을 떠올려보았다. 미미는 끊임없이 앞으로 나아가는 사람이었다. 그렇기에 할리우드에 대한 흥미가 떨어지며, 좀 더 구체적으로 말하자면 자신의 외모가 할리우드에서 더 이상 통하지 않는다는 사실을 깨달으며 영국으로, 과거로, 그리고 자신의 삶을 지배하는 책 속으로 더욱 깊숙이 파고들었다.

미미는 침대에서 일어나 화장대에 놓인 검은 플라스틱 전화로 갔다. 전화기는 이 방에서 유일한 현대적 물건이었다. 그녀는 비벌리 힐스로 수신자 부담 전화를 건 다음 전화기를 끌어당겨 창문 쪽에 자리를 잡았다.

"자기야, 거기 몇 시야?" 전화기 너머에서 잭의 목소리가 희미하게 울렸다.

"자정이야. 거긴 몇 시야? 오후 네 시인가? 칵테일 마실 시간이겠네."

"몬테 카트라이트를 만나러 제작사에 가려던 참이야."

미미가 실소를 터트렸다. "나 대신 안부 전해줘."

"미미, 실은 좀 진지한 이야기를 해야겠어."

"응?"

"그게, 새로운 배급사와 파트너십을 맺었어. 당신이 찍은 '셰에라자드'가 개봉을 앞둔 '이성과 감성' 때문에 볼 손해를 차감해주는 조건이야. 당신이 몬테랑 마지막으로 찍은 작품이 우리 때문에 손해를 보게 된다면서 몬테가 50퍼센트의 투자 지분을 요구하고 나섰어."

"'셰에라자드'는 손실 안 날 거야." 미미가 스멀스멀 피어오르는 걱정을 억누르며 단호하게 말했다. 그녀는 할리우드에서는 다른 건 일도 아닐 정도로 투자 관련 문제가 중요하다는 걸 몸소 경험했었다.

"자기야, 물론 우린 그렇게 믿지. 그래서 더 중요하다는 거야."

"당신한테나 그렇겠지. 당신한테나 중요한 일 아니냐고."

"오늘 독서 모임은 어땠어? 그 오합지졸 모임 말이야. 누가 제일 많이 울었지?" 잭이 농담을 지껄였다. "내가 물어보면서도 웃기네. 누구긴 누구겠어. 분명 야들리 녀석이겠지."

"좋은 시간이었어." 미미가 잭의 말을 끊었다. "어쩌면 큰 성과를 낼 수 있을지도 모른다는 생각이 들어. 영국엔 아직도 보존할 만한 곳이 몇 군데 남아 있어. 물론 대부분의 집들은 철거되거나 없어진 지 오래이거나 아예 사용할 수 없지만. 제인 오스틴이 살던 집이랑 그 시절을 보존할 수만 있다면……."

"저기, 미미, 몬테랑 얘기를 좀 해봤는데."

잭이 목청을 가다듬었다. 잭을 잘 모르는 사람이라면 그가 긴장을 했다고 착각했으리라.

"일단 그냥 말할게. '이성과 감성'의 예산이 백만 달러 정도 돼. 좋은 소식은 절반을 몬테네 제작사에서 끌어올 수 있었어."

"그래. 당신이 방금 말해줬잖아." 미미의 목소리가 조금씩 갈라지고 입안이 말라갔다. 그녀는 전화기를 왼쪽 귀에 받친 채 침대 옆 협탁으로 가서 시원한 물을 한 잔 따랐다.

"응. 그랬지. 음, 당신에게 이런 말하기가 참 어려운데. 그쪽에서 대신 몇 가지 요구 사항을 가져왔어."

"당연히 그렇겠지. 예산의 절반을 투자했는데. 예상했어."

"그래서, 미미, 봐봐, 영화는 여전히 우리 거야. 그렇긴 한데 그쪽에서 엘리너를 다른 배우가 맡았으면 하더라고."

"더 젊은 배우가 했으면 좋겠다는 거겠지."

"꼭 그렇진 않고."

"짜증 나니까 돌려 말하지 말고."

"그러니까⋯⋯ 에너지가 좀 필요하다는 거지. 당신도 알잖아, 응? 메리앤 역할을 하는 앤절라 커밍스랑 서로 보완이 잘 돼야 하는데 자기랑 나이 차가 좀 나니까 느낌이 잘 안 사나 봐."

"헛소리하지 마, 잭. 올리버가 만든 '오만과 편견'에서 그리어 가슨이 엘리자베스를 맡았을 때 나랑 고작 한 살 차이였어, 젠장. 심지어 그리어 가슨은 래리보다 한 살 많았다고⋯⋯."

"근데 그리어 가슨은 MGM사가 뒤에서 받쳐주고 있잖아. 그리고 제작사에서도 그 여자를 꼭 원했고."

"말도 안 돼. 나한테 자유 계약 조건으로 제작사를 엿 먹이라고 한 건 당신이잖아!"

"미미, 자기야, 좀 진정해. 응? 프랜시스 나이트가 놀라서 뛰어오겠어."

미미가 숨을 깊이 들이마시고 천천히 입을 열었다. "당신이 몬테 카트라이트한테 지다니. 믿을 수가 없다. 사실 당신 정도면 그 사람한테 투자받을 필요도 없잖아."

잭이 처음으로 입을 다물었다.

"잭⋯⋯."

"스코틀랜드에 있는 회사를 하나 인수했어. 위험성이 높은 투자는 아닌데. 아무튼 유동 자금이 좀 막혔어. 지금 당장은 경비를 좀 줄여야 돼."

"그 말 못 믿겠는데."

"미미, 사업적인 차입에서 오는 문제일 뿐이야. 한쪽 자금의 위험성을 최소화하다 보면 다른 부분에서 위험 부담을 더 안고 갈 수도 있는 거라고. 당연히 몬테가 이 이상 선을 넘는 건 내가 용납 못해. 지금쯤이면 당신도 내가 어떤 사람인지 잘 알 건데, 왜 그래."

고작 몬테 카트라이트의 요청으로 엘리너의 역할을 내준 것보다 잭의 말투가 훨씬 신경 쓰였다. 그게 바로 잭 레너드였다. 1년을 만났는데, 진작에 알아차렸어야 했다. 누구의 탓도 아니었다. 그가 한결같은 사람이란 걸 미처 깨닫지 못한 본인의 실수였다. 때로는 결혼할 상대의 결점을 모두 아는 게 더 나은 법이었다.

"지금은 당신이랑 할 얘기가 없는 것 같네." 미미가 전화기를 다시 화장대에 올려놓으며 말했다. "끊을게."

미미는 수화기를 내려놓았다. 그러고는 주먹 쥔 가느다란 오른손으로 벽을 세차게 내리쳤다. 옆방에서 야들리가 되받아치진 않을까 싶었지만 아무 소리도 들리지 않았다. 이 집의 모두가 깊은 잠에 빠진 모양이었다. 긴 하루였다.

미미는 넓은 큰 길과 맞닿은 숲 너머 들판이 한눈에 내다보이는 창문가로 갔다. 지극히 어둡고 신비로운 바깥세상이 달빛 아래 빛나고 있었다. 미미는 지구 반대편의 세계이자 자신이 집이라고 부르는 세계, 그리고 모든 게 예상 가능한 슬픈 세계에 화가 났다. 그곳에서 몬테라는 파렴치한이 그녀를 능욕했고, 잭과도 결국 잠자리를 하는 사이가 되었다. 그곳에는 돈도, 권력—그 무엇보다 중요한—도 여차하면 한순간에 잃어버릴 수 있다고 경고해주는 사람 또한 없었다.

그 세계에서는 힘이 전부였다. 힘이 없으면 아무것도 할 수 없었다. 할리우드에서 멀어지는 시간이 길어질수록, 그리고 협상의 입지가 좁아질수록 그녀는 피할 수 없는 내리막을 견디는 것보다 차라리 모든 것을 한번에 불살라버리고 끝내는 게 나을 것 같다는 생각이 들었다.

제인 오스틴은 돈과 권력에 대해 알고 있었다. 그날 밤 미미는 자신이 처한 특별한 상황을 견디며 다시 한번 그 사실을 상기시켰다. 오스틴은 여자의 삶에 경제력이 없다는 게 어떤 의미인지 잘 알았다. 그녀의 두려움은 결혼을 해피 엔딩으로 삼는 이야기의 줄거리 속에서 훨씬 커다란 의미로 숨어 있었다. 오스틴은 남자 친척들이 제아무리 동정이나 후원을 베풀어도 그게 여성에게 진정한 독립을 부여할 수는 없다는 걸 잘 알고 있었다. 그러나 오스틴은 천재였다. 그녀는 돈이나 힘으로는 살 수 없는 천재성을 바탕으로 결국 작게나마 자신만의 독립성을 갖게 되었다. 제 뜻대로 일하고, 살고, 죽을 수 있을 만큼은 충분했다. 그녀가 남긴 여섯 권의 소설은 그 어떤 힘이나 돈을 가진 남자의 방해도 없이 손수 수정을 거듭하고 스스로를 채찍질하며 만들어낸 놀라운 업적이었다.

물론 미미는 모든 게 다 사실은 아니라는 부분을 인정했다. 어쩌면 오스틴의 삶은 다를 수도 있었다. 만약 가족 중의 남자가 그녀를 대신해 판권과 여러 잡다한 결정을 내렸다면 작품은 지금보다 훨씬 더 많았을지도 모른다. 그렇지만 달빛이 새어 드는 창가에 서서 돈을 갖고 줄다리기하는 두 남자 사이에 낀 꼭두각시 같은 자신의 처지를 생각하며, 고작 나이 때문에 끊겨버릴 일보다 계속 발전하고 더 나은 방향으로 나아갈 수 있는 창조자가 되는 게 얼마나 만족스럽고 안전한 길인가를 깨달았다. 연극 무대를 떠나 할리우드에 진출한 자신의 선택이 결국은 파우스트와의 거래(돈과 권력을 좇아 옳지 못한 일을 선택하는 것 – 옮긴이)와 마찬가지였다는 걸 받아들일 수밖에 없었다. 연극 무대에서는 앞에 몇 줄 빼고는 자글자글한 눈

가 주름이라든가 희끗희끗한 머리 따위는 보이지 않았을 터다. 그
녀는 자신의 미모가 만들어낸 허울 좋은 전대미문의 영화 하나로
단숨에 부자가 되었고 아주 유명해졌다. 그런데 자신이 일구어낸
것들을 순식간에 잃을지도 모른다는 의심이 들었다.

미미가 다시 침대 속으로 들어가려던 참이었다. 그때 멀리 숲속
에서 언뜻 누군가를 본 것 같았다. 라임나무 숲 한가운데 세워져
있는 오두막 쪽인 듯했다. 그녀는 희미한 달빛에 두 눈을 찡그리
며 창문을 조심스럽게 열었다. 빗장이 닫히는 소리, 삐걱거리며 나
무 발판을 디디는 부츠 소리 비슷한 소음을 들은 것 같았는데, 아
무래도 착각한 모양이었다. 미미도 에비 못지않게 상상력이 풍부
했던 걸까. 그녀는 자정이 넘은 시간에야 침대로 돌아갔다. 미미는
반쯤 잠에 빠져 머릿속으로 제인 오스틴 소사이어티 회원들의 커
플 매칭을 해보았다. 에비와 애덤, 애덤과 애덜린, 그레이 박사와
프랜시스, 프랜시스와 앤드류…….

°——°

에비가 서재에 홀로 앉아 있었다. 늦은 시간이었고, 그레이트 하
우스의 모두가 잠자리에 든 지 오래였다. 하지만 그녀는 하루 네
시간의 수면을 유지해도 생활하는 데 전혀 지장이 없었기 때문에
새벽 한 시를 넘기고도 해야 할 일을 계속하고 있었다.

카탈로그는 완성을 앞두고 있었다. 에비는 몇 주간 정신없이 마
지막 노트를 채워나갔다. 자그마치 2년이었다. 그녀는 이 시간 동
안 서가의 모든 책을 살피고 기록했었다. 정확히 2,375권이었다.

에비는 모든 책의 출간일, 판권 번호, 표지와 책등의 라벨, 인장, 비문이나 장서표, 표지 상태, 삽화, 판화, 주석 여부 및 개수, 각 페이지의 금박 등에 대해 상세히 기록해두었다.

지난가을 에비는 휴가를 맞아 얼턴의 도서관을 찾았다. 자신이 작성한 도서 목록에 대한 정보를 조사하기 위해서였다. 사흘간의 여행 기간 중 하루는 원체스터 도서관을 방문해 신문 스크랩을 뒤져가며 도서 목록을 다시 한번 점검하고, 최근 이루어진 경매 거래를 통해 유사 도서의 가치며 상태 등에 대해 알아보았다.

에비는 오늘 밤에는 기필코 작업을 끝내고 말겠다고 마음먹었다. 바로 위층에 야들리 싱클레어가 머물고 있으니 이보다 더 좋은 기회가 없었다. 제임스 나이트의 유언장 때문에 언제라도 먼 남자 친척이 불쑥 나타나 서재의 책들을 자기 소유라고 주장할 수 있다는 사실을 깨달은 순간, 에비는 나이트 양과 집안의 책이 갖는 가치를 정확하고 객관적인 자료로서 공유하고자 하는 마음에 카탈로그의 작성을 가능한 한 빨리 끝내야겠다고 다짐했다. 소더비 경매장에서 근무하는 영지 감정 평가사가 협회에 가입한다는 소식을 들었을 때, 그녀는 그 사람이 저택으로 여러 차례 전화를 걸어 나이트 양을 설득하고 자신과도 몇 번 통화했던 싱클레어 씨일 것이라 짐작했다. 이로써 에비는 자신의 임무를 완수해야 할 또 다른 절박한 이유가 하나 더 생긴 셈이었다.

에비의 계산이 맞는다면—자신이 생각만큼 똑똑하다면—이 방의 책들은 수만 파운드의 가치를 지니고 있는 게 분명했다.

에비는 중요하면서도 감정이 어려울 것 같은 책을 선반에 나란히 올려놓았다. 1817년 제인 오스틴이 사망한 직후 출간된《설득》

과 제인의 오빠 제임스 나이트의 서문이 포함된《노생거 사원》이
었다. 제인 오스틴의 생전에 출간된 책들도 있었다. 그중에는 너
무 삭아버린 문고본도 있었다. 당시 출판 시장에서는 맞춤식 인쇄
본이 더 일반적이었으므로 현재 남아 있는 문고본의 가치는 아주
귀했다. 바다를 건너온 논란의 1816년 필라델피아 인쇄본《에마》,
새뮤얼 리처드슨의《파멜라》와 패니 버니의《카밀라》초판, 마담
드 스탈의《코린나》, 그리고 마지막으로 단테의 프랑스어 초판《신
곡》도 포함시켰다. 심지어 셰익스피어의 3절판으로 된 작품 모음
집은 어떤 가치를 지닐지 짐작조차 할 수 없었다. 어느 일요일 오
후 에비는 영국 박물관을 찾았다가 그 작품이 너무도 희귀한 탓에
경매에 나오지 않는다는 사실을 알게 되었었다. 하지만 가장 놀라
운 건 제인이 카산드라에게 보낸 편지였다. 지난 9월 에비는 오래
된 게르만어 책에 숨겨져 있던 편지를 발견했었다. 제인 오스틴의
편지, 게다가 세상이 존재조차 몰랐던 편지라니. 이 편지에는 학자
들이 수십 년을 파헤쳐온 질문의 답이 들어 있을지도 몰랐다. 반
대로 더 많은 질문을 쏟아내게 만들 수도 있겠고.

　에비는 작은 의자에 앉아 완성된 카탈로그를 무릎에 올려놓았
다. 그녀의 황홀한 심정은 말로는 표현할 수 없는 성격의 것이었
다. 학문에 대한 열정이자 누구도 하지 않은 일을 성취했다는 자부
심이기도 했다. 아직 열일곱도 되지 않은 이 소녀는 완전하고 만족
스러운 감정을 자신에게 관심을 보이는 마을의 소년들이 아닌 책
에서 찾아냈다. 에비는 평평하고 하얀 얼음 땅을 가로지른 유명한
북극 탐험가들, 태평양을 항해한 쿡 선장, 수 세기에 걸쳐 전쟁을
일으키고 싸워온 남자들과 모든 걸 정복하고 소유하려던 남자들

의 힘을 떠올렸다. 에비 역시 이들과 비슷한 업적을 쌓은 거나 다름없었다. 그녀는 내면으로, 그리고 더 이상 집이라고 부르기도 애매한 방치되고 낡은 저택의 경계선 안으로 발을 들여놓았다. 그러고 나서 턱밑에 있음에도 놓쳐왔던 것들을 발견해냈으며, 이것들을 지나치거나 일상의 혹독함에 스쳐 보내지 않았다. 그녀는 세상이 자신에게 내려주려고 혈안이 된 것 같은 아주 억제된 삶의 한가운데서 발견의 공간을 창조했다. 에비는 프랜시스가 유령처럼 떠다니는 모습과 애덤 버윅이 오래된 건초 마차에 홀로 앉아 있는 모습을 지켜보았다. 그리고 그레이 박사가 과거의 고통에서 벗어나 친절하고 온화한 세상으로 나아가려는 듯 마을을 걸어 다니는 모습도 지켜보았다. 다만 그가 바라던 세상은 존재하지 않았다. 현실은 고통스러웠고, 또 그 고통과 함께 살기를 요구했으며, 모든 것이 산산이 부서지더라도 결코 그를 놓아주지 않았다.

하지만 같은 세상을 살아가는 에비 스톤은 새롭고 계몽적이며 지축을 흔들 뭔가를 그녀만의 방식대로 조각해냈다. 누구도 그녀에게서 그 결과물을 빼앗을 순 없었다.

"어머나, 이 야심한 시각에 여기서 뭐 해?"

에비는 그레이트 홀로 이어지는 문턱에 서서 자신을 바라보는 야들리 싱클레어를 올려다보았다. 그는 방금까지 그녀가 맹렬한 기세로 필기 중이던 무릎 위의 노트를 빤히 보고 있었다. 그가 주변을 살피더니 조용히 문을 닫고 그녀에게 다가왔다.

"제가 해야 할 질문 같은데요." 어찌 보면 무모할지 모를 자신의 행동에 야들리가 조용히 감명받을 시간을 주기라도 하듯 에비가 천천히 대답했다.

"오후에 프랜시스 양이 서재를 소개시켜줬지만 충분히 살펴볼 여유가 없었거든. 잠이 안 오기에 살짝 내려와서 혹시 읽을 만한 책이 있나 보려고 했는데." 그가 에비에게 한 걸음 다가서자 그녀는 무릎의 노트를 황급히 덮어버렸다.

"에비, 프랜시스 양도 네가 여기 있는 걸 아시니?"

에비는 고개를 끄덕였다. 그녀는 서재 구석에 놓인 작은 의자에서 꼼짝하지 않았다.

"그럼 아가씨는 네가 무슨 일을 하는지도 알고 계시고?"

이번에도 에비는 고개를 끄덕였다. 다만 조금 더 신중하게 고갯짓을 건넸다. "최근에 유언장이 공개되고 나서 말씀드렸어요."

야들리는 이 어린 소녀가 앉은자리에서 절대 움직이지 않으리라 장담했다. 그래서 주변에 있던 의자를 하나 끌어다 그녀 앞에 놓으며 다정하고 신사적인 태도로 물었다. "같이 좀 앉아도 될까?"

에비가 괜찮다는 의미로 고개를 끄덕이자 야들리가 의자에 앉아 손바닥을 내밀었다. "혹시 내가 봐도 되겠니?"

너무도 많은 경우의 수가 에비의 머릿속을 스치고 지나갔다. 프랜시스 아가씨에게 먼저 보여드리기도 전에 이 사람에게 도서 목록을 공개하는 게 어떤 위험을 불러일으킬 수 있는지를 판단하기엔 에비는 너무 어렸고 세상의 이치를 깨달을 만한 경험도 부족했다. 에비는 첫 방문에 온 집 안을 자유롭게 돌아다니는 야들리의 태도 또한 혼란스러웠다. 에비는 오후에 있었던 모임에서 가까이서 그를 지켜보았다. 그때도 그는 호기심 가득한 눈으로 주변을 둘러보는 데 여념이 없었다. 그러니 불면증은 핑계일 뿐 속으로 어떤 꿍꿍이를 담고 있는지 알 수 없는 노릇이었다. 에비가 지금껏

이 도서 목록을 만들어온 목적은 바로 프랜시스 아가씨를 보호하고 아가씨에게 영지의 가치를 제대로 돌려드리고 싶어서였다. 에비는 둘 중 하나라도 망치고 싶지 않았다.

다행히 미미가 야들리를 진심으로 신뢰하는 것 같았다. 영화배우이자 오스틴을 사랑하는 한 사람으로서 에비는 미미가 참 좋았다. 결국 에비는 주춤거리며 노트를 내밀었다. 그러고는 놀라움을 금치 못하며 노트를 한 장씩 넘기는 그의 모습을 내심 흡족하게 지켜보았다.

"맙소사, 에비." 그녀를 바라보는 그의 눈에 눈물이 가득했다.

에비가 기쁜 마음을 감추지 못하며 고개를 끄덕였다.

야들리가 주머니에서 모노그램 무늬가 있는 손수건을 꺼내 눈가를 찍어내며 웃음을 터트렸다. 그녀도 덩달아 배시시 웃었다.

"이럴 수가." 자리에서 일어난 야들리 싱클레어는 뒤를 돌아 서가에 꽂힌 책의 책등을 손가락으로 훑으며 걸음을 옮겼다. "여기다 있는 거잖아. 그렇지? 제인 오스틴이 읽었을 책들, 제인 오스틴이 그 대단한 작품들을 집필하며 읽었을 책들이 다. 그리고 오스틴의 초판까지. 믿을 수가 없어. 이건 기적이야." 야들리가 빙그르르 몸을 돌려 에비를 바라보았다. "정말 예전엔 아무도 이 책들에 관심이 없었다고?"

에비도 자리를 털고 일어섰다. 야들리는 그녀가 얼마나 자그마한지 새삼 실감했다.

"아가씨가 그러시는데 아버님이자 고인이 된 어르신도, 그분의 아버지도 제인 오스틴에 별로 관심이 없으셨대요. 하나도요."

야들리는 무작위로 아무 책이나 끄집어내서 뒤적였다. 그러고 나서 에비가 적어놓은 설명이 얼마나 세밀하고 정확한지 확인했다.

"있잖니, 에비, 넌 아직 너무 어려서 잘 모르겠지만 제인 오스틴의 작품은 작가 사후에 모두 절판됐었단다. 프랜시스 양의 아버지가 태어나셨을 때쯤에야 재출간을 시작했어. 그게 언제라고 했더라, 1860년? 아무튼 빅토리아 시대엔 제 가치를 인정받지 못했어. 그러다가 세기가 바뀔 무렵에야 마침내 제대로 된 비평적 가치를 얻었지. 오스틴에 대한 첫 평론은 아마 1911년 옥스퍼드 대학의 브래들리가 썼을 거야."

"아, 저도 알아요."

야들리가 또다시 웃음을 터트렸다. "내가 너무 바보 같았네. 당연히 너도 알겠지."

에비는 제일 좋은 패를 마지막에 드러내고 싶었다. 야들리와 가까운 서가로 다가간 그녀는 게르만어로 쓰인 책의 전집 하나를 꺼내고는 책을 활짝 펼쳐 그에게 내밀었다. 거기에는 누런 종이가 접혀서 끼워져 있었다. 비스듬하고 낯익은 필체도 함께였다.

야들리가 숨을 깊이 들이마셨다. "설마."

"딱 이거 하나밖에 없어요. 다른 것도 찾고 싶었는데. 그래도 이건 엄청나게 중요한 거라고요. 많은 걸 설명해주거든요."

"열어봐도 되니?"

에비는 고개를 끄덕였다. "종이가 많이 삭진 않았어요. 누구에게도 들키지 않은 채로 100년이 넘는 시간 동안 여기 끼워져 있었나 봐요. 근데 끝을 맺지 못한 편지예요. 부치지도 않았고요. 편지를 쓰다가 다른 일이 생겼고 여기 끼워둔 걸 까먹은 것 같아요. 그게 아니라면," 에비의 감정이 조금씩 북받치는 듯했다. "갑자기 많이 아팠을지도 몰라요. 더 큰일이 생겨서 써야 할 편지의 존재를 아예 잊은 거죠."

야들리는 책에 끼워진 편지를 정성스럽게 꺼내서 자리에 앉아 읽기 시작했다. 편지를 다 읽은 그는 잠시 마음을 진정시킬 시간이 필요했다. 그의 경력에서 유일무이할 위대한 발견이었고, 오스틴의 연구에 있어서도 지금까지 발견된 것 중 가장 중요한 자료가 틀림없었다.

"여기 날짜를 확인해본 적 있니? 1816년 8월 6일? 제인 오스틴이《설득》의 집필을 마친 다음 날이란다." 야들리가 말을 하다 말고 웃음을 터트렸다. "이번에도 당연히 알고 있겠지."

에비는 고개를 끄덕이며 그의 맞은편에 앉았다. "카산드라는 멀지 않은 곳에 살고 있었고, 고작 며칠 짬을 내 근처 친척 집을 방문 중이었던 것 같아요. 그런데도 제인은 언니에게 하고 싶은 말이 있으면 1초도 기다릴 수 없었던 모양이에요.《설득》의 감동적인 마지막 장을 끝내고 곧장 이 편지를 썼다고 상상해보세요. 그럼 말이 돼요. 제인 오스틴에 관한 몇 가지 사실이 이 엄청난 편지에 고스란히 담겨 있다니까요."

"어떤 건 설명되지 않는 부분도 있고," 야들리가 끼어들었다. "그럼에도 아주 생생하게, 진짜처럼. 마치 지금도 살아 있는 사람처럼."

그는 편지를 다시 한번 읽어보았다. 편지는 한 장을 마저 채우지 못하고 갑자기 끊겼다.

"그러니까 결국 카산드라가 방해를 했던 거야. 바닷가에서 만났던 남자와의 로맨스에서 말이야."

"전 자매가 없어요. 끔찍한 남동생만 네 명이나 있죠. 카산드라와 제인이 맺었던 유대감은 정말 강력해 보여요. 가족 중에서도 두 사람은 특히 더 각별한 것 같아요. 제인과 엘리자베스 베넷처럼요. 태풍의 눈 속에서 살면서도 서로를 끔찍이 아꼈던 데에다 다른 사람은 절대 범접할 수 없는 두 사람만의 유대감이 있었잖아요. 제 생각엔 젊은 나이에 약혼자를 잃은 카산드라라서 가능한 일이었던 것 같아요. 누구에게나 배려를 받는 미망인 처지였지만 제인 오스틴에겐 다르지 않았을까요?"

"있잖니," 골똘히 생각에 잠겼던 야들리가 입을 열었다. "난 항상 그게 이상했어. 해변가 마을에 살았다던 그 남자 말이야. 제인 오스틴이 한 달간 요양을 하러 갔다가 마주쳤다던 그 남자의 사망 소식을 알리려고 남자의 가족들이 제인 오스틴에게 편지를 썼다잖아. 그 남자와 제인 오스틴 사이에 분명 편지가 오갔을 거야. 아니면 가족들이 두 사람 사이가 심상치 않다는 걸 알고 있었거나." 야들리는 등을 뒤로 젖히며 편지를 조심스러운 손길로 무릎에 올려놓았다. "역시 자신의 연애가 끝나버린 건 카산드라 때문이라고 생각했던 거야. 그 긴 세월 내내."

"잃어버린 시기이기도 하죠. 같은 시기에 제인 오스틴이 쓴 모든 편지는 카산드라가 없애버렸으니까요. 우리 모두 알고는 있었죠. 이유를 몰라서 그랬지."

"적어도 지금까지는."

"네. 적어도 지금까지는." 의자에 앉아 있던 에비는 자신의 발견에 대한 야들리의 열정적인 반응에 기뻐하며 고개를 끄덕였다.

"그래서⋯⋯," 야들리는 편지를 에비에게 넘겨주고 흥분으로 가득 찬 마음을 진정시킬 수 없어 자리에서 일어섰다. "결국《설득》은 자신의 인생을 다시 써 내려간 작품이었던 거야. 본인 삶의 가장 큰 상실을 딛고 써낸 작품이었던 거지. 언니에게 남은 분노를 녹여낸 거였다고."

"제인 오스틴은 편지를 쓰면서 그 분노를 영원히 묻으려고 했던 것 같아요. 살날이 얼마 남지 않았다는 걸 예감하면서 마음의 평화를 찾고 싶었던 게 아닐까요. 충만하고 온전한 평온함이요. 그래서 편지를 쓰면서 마지막으로 언니를 용서했던 것 같아요. 언니를 용서하고 싶었고, 언니에 대한 감정에서도 자유로워질 필요가 있었으니까요."

"너도 알겠지만, 정말 이상해. 하지만 난 제인 오스틴이라면 분명 자기 작품 속에 자전적 인물 하나쯤은 심어놨을 거라고 생각했거든. 카산드라가 방해만 하지 않았어도, 뭐 한 스물세 살? 스물네 살? 그때쯤이었지? 그때 그 남자와 어떻게 됐을지 누가 알겠어. 그녀의 마지막 작품 세 개는 어쩌면 이 세상에 나오지 않았을지도 몰라."

그의 말에 에비가 대답했다. "제 생각엔 오스틴도 그걸 잘 알고 있었던 것 같아요. 특히 그 시대에는 애를 낳다가 죽는 여자들도 너무 많았고요. 오스틴의 시누이 둘도 그렇게 죽었잖아요. 오스틴도 그런 부분을 두려워했던 것 같아요. 여기 이 편지가 그런 감정을 잘 설명해주고요."

"에비, 우리가 서로에 대해 아직 잘 모르긴 하지만……."

"오, 아니에요. 제 생각엔 이 정도면 잘 아는 것 같은걸요." 에비가 배시시 웃으며 말했다. "우린 닮은 데가 많잖아요."

야들리가 폭소를 터트리고 말았다. "그래. 안타깝게도 우린 참

닮았어. 그럼 네 카탈로그는 이제 완성된 거니?"

"오늘요. 오늘 밤에 끝냈어요."

그가 고개를 절레절레했다. "정말 놀라워. 진짜로. 얘, 에비, 혹시 이 수첩을 나한테 맡길 수 있겠니?"

"네." 에비가 신중한 목소리로 대답했다. "편지는 드릴 수 없지만요. 그래도 거기 다 받아 적어놨어요."

"당연히 그랬겠지. 그리고 네 말이 맞아. 여기 있는 건 어느 하나라도 잃어버리거나 훼손시켜선 안 돼. 그건 그렇고 네 계산이 정확하단다. 이 서재라면 백만까진 아니지만 최소 십만 파운드 가치는 될 거야. 누가 이 서재를 상속받든 이건 역사상 가장 값어치 있는 부동산 서재 매입이 될 거야. 우린 지금부터 이 서재들을 온전히 보존할 수 있는 방법을 모조리 동원해야 돼. 프랜시스 양을 위해서도, 우리 협회를 위해서도. 무엇보다 제인 오스틴을 더욱더 이해하는 일이 중요하겠지만."

"저도 그 말에 동의해요." 에비가 말했다. "싱클레어 씨도 저와 같은 생각이길 바랐어요."

"우리 둘 다 제인 오스틴을 너무 사랑하니까." 야들리가 한쪽 눈을 찡긋하며 말했다. "어떻게 제인 오스틴을 사랑하지 않을 수 있겠니?"

제 24 장

햄프셔주, 얼턴
1946년 2월

콜린 내치불-휴제슨은 마흔두 살의 무분별하고 어리석은 남자였다. 그는 버밍엄 외곽의 작은 연립 주택에서 혼자 살았다. 그는 2월 어느 날 조간신문에서 경마 일정을 체크하다가 〈더 타임스〉지의 광고를 보게 되었다.

1945년 12월 22일 창립된 제인 오스틴의 삶과 작품에 대한 보존, 홍보 및 연구를 위한 협회 출범 통지. 제인 오스틴 소사이어티는 제인 오스틴 기념 신탁을 운영하여 초턴에 위치한 작가의 생가를 추후 박물관 부지로 개발할 목적으로 자선법에 의거하여 설립되었습니다. 여러분의 많은 관심을 부탁드리며 아울러 저희 협회에서는 기부금을 모금하고 있습니

311

다. 기부금은 제인 오스틴 기념 신탁의 햄프셔주, 얼턴시, 하이 로드, 앤드류 포레스터 변호사에게 송금할 수 있습니다.

콜린이 광고를 대충 훑어보고 넘기는데 돌아가신 어머니의 변호사로부터 전화가 왔다. 제임스 에드워드 나이트가 사망했다는 소식이었다.

변호사는 놀랍도록 끈질긴 태도로 제임스 나이트의 사망 소식을 알아냈다. 그는 수십 년 전 콜린의 어머니에게 고용된 이후로 3개월에 한 번씩 직원을 통해 런던의 유언 공증 목록을 확인하고 거기에 나이트나 내치불, 휴제슨의 이름이 포함되어 있는지 확인해 왔다. 또한 자신의 의뢰인이 에드워드와 엘리자베스 나이트의 11남매 중 장녀인 패니 오스틴 나이트 내치불의 직계 후손이라는 걸 안 이후로는 몇 달에 한 번씩 직원을 윈체스터로 보내 햄프셔주 등 기부를 확인하기도 했다. 변호사는 유언장이 검인 절차를 거치게 되면 광대한 영지를 상속받을 수 있는 콜린의 기회가 법에 규정된 12개월의 기간을 넘어갈지도 모른다고 걱정했다.

콜린은 변호사보다도 집안 가계도에 관심이 없었다. 그러니 제임스 나이트의 사망 소식에도 아무 감흥이 없을 수밖에 없었다. 그 집안과 실질적인 연고도 없었던 데에다 계보나 역사에 대한 관심조차 없었다. 콜린은 매일 오후 동네 펍에 가서 맥주를 한두 잔 걸치고, 경마에 돈을 걸고, 축구를 보러 가고, 가끔 펍 종업원에게 선물을 안겨주고 잠자리를 같이하는 걸 더 좋아했다.

수화기 너머의 변호사는 콜린에게 세계적으로 유명한 작가 제인 오스틴 집안의 먼 친척이 사망했고, 그가 상속받을 재산이 뜻밖의 횡재에 가깝다는 설명을 조심스럽게 전해왔다. 그러나 콜린에게 제인 오스틴은 그냥 로맨스 소설 작가였다. 다만 10년 전쯤 개봉했던 로렌스 올리비에-그리어 가슨의 '오만과 편견'은 재미있게 보긴 했다. 그는 특정 연령대의 여자들을 침대로 유혹하는 게 어려운 이유가 제인 오스틴의 소설 때문이라고 여겼다. 그래서 작가에 대한 어떤 적개심 같은 걸 느끼고 있었는지도 몰랐다.

변호사는 최대한 빨리 상속법에 따라 재산 청구 신청서를 제출하려면 햄프셔주 유언 검인 등기소를 직접 방문해야 한다고 콜린을 보챘다. 그동안 변호사는 앤드류 포레스터라는 유언 집행자에게 콜린 내치불-휴제슨이 제임스 나이트의 가장 가까운 남자 친척이며, 초턴 내 프랜시스 엘리자베스 나이트가 거주할 별채와 생활비, 고용인에게 지급할 급여를 제외한 모든 재산 청구권이 그에게 있음을 서면으로 통지하겠다고 했다.

이상이 앤드류 포레스터가 제인 오스틴 소사이어티의 다음 월례 모임을 2주 앞두고 프랜시스 나이트에게 읽어준 편지의 내용이었다.

앤드류 포레스터는 프랜시스에게 얼턴에 있는 그의 사무실을 방문해달라고 요청했다. 그는 얼턴에 은행 업무를 보고 쇼핑도 할 수 있는 상업 지구가 있음에도 프랜시스가 수년간 얼턴을 한 번도 방문하지 않았으리라 확신했다. 그러나 아버지의 죽음 이후 프랜시스는 어딘가 미묘하게 달라져 있었다. 그레이 박사가 주최하는 협회의 두 번째 모임에 참석한 것도 그렇고, 미미 해리슨과 그녀의 소더비 친구를 집으로 초대해서 묵게 해준 일도 프랜시스답지 않았다고나 할까. 어쨌거나 앤드류는 집 안에만 머물러 있던 거치고는 놀라우리만치 건강한 그녀가 40분 정도 되는 얼턴까지의 거리를 걸어서 올 것인지, 아니면 아버지가 물려준 롤스로이스를 끌고 올 것인지 퍽 궁금해졌다. 그는 자동차도 말처럼 오래 묵혀두면 안 된다는 톰 에지와이트의 주장에 따라 그 집 어르신이 톰에게 자동차를 끌 수 있게 허락해준 사실을 이미 알고 있었다.

얼마 후 프랜시스가 도보로 앤드류의 사무실에 도착했다. 늘 단정하게 틀어 올려져 있던 머리가 다소 헝클어져 있었다. 겨울바람을 고스란히 맞은 두 뺨은 장밋빛으로 붉었고, 창백한 잿빛 눈동자는 평소답지 않은 운동 때문인지 밝게 빛났다. 갑자기 그녀가 한때 그가 사랑했던 젊은 시절의 모습과 너무도 닮아 보였다. 앤드류는 액자에 담긴 오래된 사진을 들여다보듯 프랜시스를 빤히 쳐다보고 말았다. 건너편에 앉으라는 손짓을 건네며 커다란 사무용 책상으로 발걸음을 옮기던 그가 괜스레 멋쩍은 기침을 터트렸다.

"오늘 아침에 편지를 한 통 받았습니다. 전 영지의 집행인으로서 프랜시스 양과 내용을 공유할 의무가 있고요." 프랜시스가 허리를 꼿꼿이 세워 앉았다. "편지는 콜린 내치불-휴제슨 씨의 변호사가 보낸 것입니다. 그가 고인이 된 어르신과 팔촌 간이라고 하더군요. 유감스럽게도 돌아가신 어르신의 전 재산에 대해 상당히 합리적인 소유권을 주장하고 있습니다."

프랜시스는 앤드류가 편지에 시선을 고정시킨 채 내용을 읽어 내려가는 내내 잠자코 귀를 기울이기만 했다. 마침내 편지를 다 읽은 그가 프랜시스를 힐끗 바라보았다.

"그럼 이렇게 해야겠네요." 프랜시스가 차분하게 말문을 열었다. "당신도 아시겠지만, 그 사람이 적법한 상속인이라면 전 맞서 싸울 사람이 못 돼요."

이런 식으로 운을 떼우는 건 처음이었다. 1917년 앤드류가 그녀에게 비밀스러운 청혼을 한 후 프랜시스는 결국 아버지의 뜻에 굴복했었다. 그때 프랜시스는 성년이 되지 않은 나이였고, 앤드류는 해군 소집을 앞두고 있었다.

"나이트 양," 앤드류가 서류 한 장을 꺼내 그녀에게 들이밀었다. "두 번째 유언을 작성할 당시 아버님의 정신 상태가 온전하지 않았다는 주장은 설득력이 있습니다."

프랜시스는 단호하게 고개를 저었다. "앤드류, 괜찮아요. 정말로요. 현 유언대로 해도 전 평생 머물 수 있는 집이 생기고, 그 정도 생활비만으로도 충분히 생활할 수 있어요."

"당신이 필요한 것만 말씀드리는 게 아닙니다. 아버님과 가족을 위해 평생을 바친 당신의 희생을 말하는 겁니다. 원한다면 돈은 나중에 다 기부해버리세요. 콜린 내치불이란 자에게 주는 것보단 훨씬 자비로운 방식으로 쓸 수도 있습니다."

"과연 그게 가능할지 모르겠군요. 전 당장 불가능한 일에 집중하는 건 아무 의미도 없다고 생각해요. 지금도 충분히 남들이 갖지 못한 좋은 삶을 살 수 있는데."

프랜시스는 요구도, 불평도 거의 없다시피 한 사람이었다. 앤드류는 그녀가 이 문제에 좀 더 주의를 기울여야 한다고 생각했다. 앤드류가 확신하는 프랜시스의 과거의 실수가 무엇이든 상관없이 지금 그녀에게 최선이 무엇인지를 유념할 필요가 있었다. 어쩌면 두 사람이 공유하는 과거의 기억에 사로잡힌 그가 이 문제로 프랜시스를 과하게 밀어붙이는 걸지도 몰랐다. 해상에 나가 있던 그에게 마지막 편지로써 약혼을 깨버렸을 때 앤드류는 전쟁에서 운좋게 살아남는다 해도 그녀와 다시는 말을 섞지 않겠다고 다짐했었다. 해군 영웅으로 제대한 그는 케임브리지 대학에서 법학을 전공했고 더 큰 도시에서 성공적인 변호사 생활을 시작했다. 그러던 1932년 어느 날 제임스 나이트가 앤드류의 사무실을 찾아와 총격 사고로 큰아들 세실이 사망해서 경찰이 조사 중이니 집안의 변호인이 되어달라고 요청했다. 나이를 먹어가던 집안의 어른이 법적, 경제적 자문을 위해 점점 더 그를 믿고 의지하게 된 후에도 앤드류 헨리 포레스터는 프랜시스 나이트에게 말을 걸지 않겠다던 자신의 다짐을 지키기 위해 갖은 애를 써왔다.

앤드류는 자신이 전쟁에 나가 있는 동안 벤저민 그레이가 프랜시스와의 관계를 발전시키지 않았다는 데 새삼 놀랐었다. 대신 1918년 벤저민은 의과 대학 마지막 학기 재학 중에 근처 킹스 칼리지 런던의 젊고 아름다운 과학자와 사랑에 빠졌다고 했다. 앤드류는 벤저민이 누구보다 똑똑하고 다정하다는 걸 익히 알고 있었지만, 그런 벤저민 그레이라 할지라도 사람이라면 응당 그러하듯 흠이라고 이름 붙일 만한 거리가 있었다. 벤저민 그레이는 스스로를 정의로운 사람이라 여기고 악당으로부터 여자를 구해 영웅이 되고자 하는 구원자 콤플렉스를 가지고 있었다. 반면 앤드류의 성향은 프랜시스와 마찬가지로 순교자에 가까웠다. 두 사람은 오랫동안 다른 누구와도 결혼하지 않은 채 인간관계를 피했다. 그러다 최근 들어 어르신의 건강이 급격히 나빠지며 프랜시스와 앤드류는 결혼 생활과 엇비슷한 삶을 나누게 되었다. 식사를 하거나, 저택에 관한 다양한 개선점을 논의하기 위해 영지를 산책하거나,

나이트 씨의 변덕스러움을 감당하는 등의 일을 함께했던 것이다.

앤드류는 프랜시스가 아버지의 유언장을 상대로 싸움을 벌이고 싶지 않다고 선언했을 때 그녀의 말에 조심스럽게 귀를 기울였다. 나이트 씨가 세상을 떠난 지금에서야 비로소 그녀가 커다란 의미의 독립을 하게 된 건 아닌가 하는 생각 때문이었다. 벤저민은 프랜시스를 두고 그녀가 자진해서 아버지 밑으로 들어가 복종한 거라 했지만, 지금 자신의 눈앞에 있는 이 여자는 전혀 스스로 덫에 걸린 사람 같지 않았다. 그녀는 마침내 무엇을, 누구를 믿을지 확실한 결정을 내린 듯 침착하기만 했다. 물론 일반적인 사람들이 바라는 만큼의 확실한 결정은 아니었으나, 중요한 건 좋고 나쁨을 떠나 누구를 믿을 수 있느냐였다. 프랜시스는 나이트가의 유일한 외동딸로서 아버지에게 경의를 표하고 그에 대한 정당한 대가를 얻어냈다. 물론 나이트 씨가 그녀를 어떻게 생각했는지는 의문으로 남았지만, 적어도 프랜시스가 자기 자신에게 솔직할 수 있게 되지 않았나 싶었다. 제아무리 감정적으로 견디기 힘든 잔인함이 유언장에 적혀 있다 할지라도 자유를 얻어냈으니 말이다.

"당신 생각이 그렇다면 변호사에게 답장을 써서 내치불-휴제슨 씨가 사유지에 방문할 수 있도록 할게요. 그쪽에서 청구서를 제출할 겁니다. 이거 하나는 확실합니다. 법원이 그를 유일한 상속인으로 승인하면 그자는 당신을 저택에서 내쫓을 수도 있어요. 그렇게 부지런하고 빈틈없는 변호사는 본 적이 없으니. 아마 법원의 판결이 어느 때보다도 신속하게 내려질 겁니다."

"괜찮아요. 에비와 전 이미 이삿짐을 꾸리기 시작했으니까요. 에비가 절 위해 서재의 책을 팔아서 제인 오스틴 소사이어티의 자금을 만들려고 해요. 혹시 그게 무슨 문제가 되려나요?"

"꼭 그렇다고는 할 수 없겠지만, 사정 가격은 최대한 빨리 받아내는 게 좋습니다. 그럼 협회의 이사진이 투표를 거쳐 내치불-휴제슨 씨에게 서재의 책을 매입하라는 제안을 할 수 있고, 바라건대 관리인 별채도 포함시킬 수 있을 겁니다. 다만 전 평가에 함께할 수 없습니다. 일전에 약속한 대로 협회 모임이나 투표에 관해 기권을 할 거고, 내치불-휴제슨 씨에게 할 제안은 신탁에서 직접하는 방식으로 진행될 겁니다."

"그 사람이 과연 얼마나 이른 시일 내에 방문할까요?"

"아무 때나 와도 이상하지 않을 거예요." 앤드류가 한쪽 눈썹을 삐쭉거리며 기대에 찬 눈으로 프랜시스를 바라보았다.

"아니면……," 그녀 역시 비슷한 기대감으로 상대를 바라보았다. "협회에 긴급 회의를 소집하는 건 어떨까요? 사람들에게 내치불 씨의 상황을 설명해주고 혹시라도 그가 매각을 서두를 경우를 대비해서 소장 도서와 별채 매입을 요청하라고 투표를 제안할 수도 있잖아요?"

앤드류가 동의하듯 고개를 끄덕였다. "하지만 사정 평가가 먼저입니다. 야들리라면 우리를 도와줄 수 있을 거예요. 정확한 평가가 이루어지지 않아서 그의 직업적 평판에 안 좋은 영향이 미칠까 걱정스럽긴 하지만."

"참, 평가와 관련해서 좋은 소식이 있어요." 웬일로 프랜시스의 얼굴에 기쁨의 미소가 가득 차올랐다. "에비가 이미 평가를 마치고 야들리에게 감정 의뢰를 넘겼어요."

"정말입니까?"

그녀가 행복한 얼굴로 고개를 끄덕였다. "네. 정말 놀라워요. 그 아이가 서재 전체를 두 번이나……."

앤드류가 손을 뻗어 프랜시스의 입을 막았다. 그녀 역시 입술을 깨물며 더 이상의 누설을 삼켰다. 그가 자리에서 일어나 책상의 서류를 뒤적거리다가 프랜시스 나이트를 다시 한번 가만히 응시했다.

"우리 둘만 있어서 하는 소리인데요. 당신의 집행인이자 친구로서 말하는데 에비 스톤의 날카로운 눈썰미로 챙길 수 있는 건 모조리 챙겨야 할 겁니다."

제 25 장

햄프셔주, 초턴
1946년 2월 19일

제인 오스틴 소사이어티 긴급 모임

모임은 다음 날 저녁 일곱 시 그레이 박사의 응접실에서 열렸다. 제인 오스틴 소사이어티의 회원 중 그레이 박사, 애덜린, 애덤, 미미, 에비 이렇게 다섯 명이 참석했다.

앤드류와 프랜시스는 토론과 투표에 참여하지 않았다. 야들리는 미미와 동행하지 못하고 런던에 남았다. 사실 처음에 앤드류는 아무리 협회에 중대한 재정적 영향을 끼칠 수 있는 문제라 하나 어쨌든 아마추어적인 감정 평가가 될 터인데 이런 일에 야들리가 개입함으로써 그의 평판이라든가 소더비의 감정 평가사라는 커리어에 폐를 끼칠까 우려했지만, 다행히 일은 모두에게 좋은 쪽으로 잘 풀렸다.

결국 애덜린과 그레이 박사만 제인 오스틴 기념 신탁의 이사로서 투표를 할 수 있었다. 절차에 따라 다섯 명 중 과반수를 넘긴 세 표가 필요했다. 앤드류 포레스터와 야들리가 전화로 간단한 대화를 나눈 후 미미가 야들리의 투표 대리인으로 지정되었다. 앤드류와 야들리는 세 가지 사안을 논의했다. 우선 소더비가 나이트가의 부동산에 법적, 재정적 이익과 향후 예상되는 이자에 관심이 없다는 걸 확실히 해야 했다. 그리고 야들리는 투표를 행사함으로써 개인적으로든 직업적으로든 이익을 얻지 않을 것이며, 투표 결과가 어떻게 나오건 간에 결과를 받아들인다는 데 동의했다. 더불어 야들리는 제인 오스틴 기념 신탁의 이사로서 자선을 목적으로 신탁에서 이루어지는 문화적, 문학적 가치 평가에 자신의 전문 지식을 사용하도록 허가를 받았다.

회의는 버밍엄시의 내치불-휴제슨이 나이트 가문의 영지를 두고 긴박하게 소유권을 주장한다는 이유로 소집되었으며, 그레이 박사는 초턴의 그레이트 하우스 내 서재 매입 및 별채 임대와 관련한 제안서를 상속인에게 제출하는 안건의 투표를 요청했다.

투표는 신속하게 진행되었다.

"현재 시장 가치를 정확히 알 수 없기 때문에 서재 매입에 적당한 가격을 투표에 부쳐야 한단다, 에비." 그레이 박사가 설명했다.

피아노 옆 작은 걸상에 앉아 있던 에비가 스르륵 일어섰다. 에비는 서재에 있는 2,375권의 도서 목록과 낱장으로 된 편지 하나를 들고 있었다. 네 명의 참석자들이 에비의 노트를 돌려 보았다.

"그러니까 네 말은, 여기 포함된 장서 중에 특정 판본은 판매 이력이 아예 없다는 소리니?" 그레이 박사가 놀란 눈으로 노트를 넘기며 물었다.

에비가 고개를 끄덕였다.

"싱클레어 씨도 이 목록을 보셨어?" 애덜린이 물었다.

"네. 협회 첫 모임이 끝나고 저택에서 머물고 가신 날에요. 밤늦게 서재에서 작업을 하고 있는데 그분을 딱 마주쳤었거든요. 말씀하신 장서 몇 권을 보여드렸더니 노트를 자세히 살펴볼 필요가 있다고 하시면서 빌려가셨어요."

"그리고?" 그레이 박사가 재촉하듯 물었다.

이번엔 미미가 입을 열었다. "오늘 아침 런던에서 기차에 오르기 전에 야들리를 만나서 노트를 돌려받았어요. 다른 분들은 다 참석하셔서 정말 다행이에요. 야들리가 공개 기록을 바탕으로 계산해본 바로는 서재 매입 비용이 최소 십만 파운드, 아니면 그 이상이 될 거래요."

"그럼 최대 얼마란 말입니까?" 애덤이 물었다.

미미는 그레이 박사 뒤에 애덜린과 함께 서 있는 애덤을 쳐다보았다. 애덤과 애덜린은 그레이 박사의 어깨 너머에서 노트를 들여다보는 중이었다. "글쎄요, 셰익스피어의 3절판이 최소 만 파운드 이상의 가치가 있으니까요. 문학, 비문학 할 거 없이 18세기의 중요한 작품 초판이 수십 권이에요. 윌리엄 블레이크의 《유리즌의 서 1》이나 《돈키호테》 초판만 해도 각각 수만 파운드에 달하고."

"정말이지 놀라운 일이야." 그레이 박사가 탄성을 터트렸다. "세상에나, 에비, 네가 얼마나 대단한 일을 해냈는지 알고 있니?"

에비의 얼굴에 학자로서의 성취감과 자부심이 가득 차 있었다. "그럼요, 박사님. 이 일이 얼마나 중요한지 알기에 더 열심히 했던 건데요."

노트 속 마지막 목록은 도서가 아니었다. 1816년 8월 6일 제인 오스틴이 카산드라 오스틴에게 쓴 편지였다.

"이건 《설득》의 집필을 끝낸 달이잖아!" 애덜린이 깜짝 놀라 소리쳤다.

"어째서……," 그레이 박사가 에비와 미미를 번갈아 보며 중얼거렸다. "맙소사, 그럴 리가."

에비와 미미는 서로를 바라보며 웃기만 했다. "여러분께 하루라도 빨리 말씀드렸어야 했지만, 프랜시스 양에게 이 모든 걸 비밀에 부쳐야 할 특별한 이유가 있었어요." 에비가 설명했다. "원래 싱클레어 씨와 프랜시스 아가씨만 알고 계셨고, 오늘 오후엔 미미 양도 알게 됐고요."

그레이 박사는 에비가 꼼꼼하게 받아 적은 편지의 사본을 읽기 시작했다. 원본은 여전히 1층 서재에 있는 2,375권의 책 중 한 권 속에 안전하게 숨어 있었다. 에비는 어느 일요일 영국 박물관에 갔다가 그곳에 전시된 《설득》의 원고에서 제인 오스틴의 살짝 기울어진 필체를 확인했으며, 그만큼 자신의 '베끼기'가 정확하고 완벽할 거라 말했다.

그레이 박사는 편지를 다 읽고 나서 뒤에 선 애덜린에게 말없이 넘겨주었다. 애덜린은 편지를 받아 들고 피아노 근처의 불빛 아래에 서서 애덤과 함께 읽었다.

방 안의 모두가 침묵에 휩싸였다.

마침내 애덜린이 입을 열었다. "이 편지가 어떤 가치를 지니고 있는지 과연 우리가 헤아릴 수나 있을까요?"

"모르죠." 미미가 대답했다. "야들리가 사방으로 확인을 해봤어요. 지금까지 경매에 나온 적이 거의 없대요. 1930년에 소더비에서 한 통의 편지가 팔리긴 했는데, 고작 천 파운드에 불과했어요."

"이 편지의 가치를 그런 잣대로 평가할 순 없어요." 그레이 박사가 말했다.

"맞습니다. 이 편지는 배움 그 자체나 다름없습니다." 애덤이 덧붙였다. 모두가 그를 쳐다보았다.

"맞아요." 에비가 자랑스럽게 말했다. "배움엔 가치를 매길 수 없잖아요."

"편지는 여전히 제자리에 있는 거지?" 그레이 박사가 물었다. "잘못하면 우리가 의도적으로 편지를 숨기거나 훔쳤다는 혐의를 받을 수도 있어."

"걱정 마세요. 먼지 떨 때만 잠깐 옮겨놨다가 죄다 제자리에 꽂아뒀어요." 에비가 말했다. "내치불 씨가 모든 게 제자리에 있는지 직접 확인하고 싶어서 불시에 찾아오셔도 상관없을 정도예요."

"그럼 우린 총 얼마를 생각하면 됩니까?" 그레이 박사가 좌중을 향해 물었다.

"4만 파운드요." 미미가 거침없이 대답했다. "최근 몇 년간 소더비와 크리스티 경매에 올라온 제인 오스틴의 모든 소장품을 추적해봤어요. 전쟁 중에도 대체로 가격은 안정적이었죠. 책 한 권당 20파운드라고 치면 빠른 매각을 원하는 사람은 꽤 타당한 추산 가격이라고 생각할 거예요."

"하지만 우리가 그 많은 돈을 대체 어떻게 모을 수 있죠?" 애딜린이 물었다.

미미가 모두를 둘러보며 입을 열었다. "제가 드릴게요." 미미가 자리에서 일어나 대화를 이어나갔다. "물론 여러분들이 제가 후원금을 내는 일에 대해 망설이고 계시다는 거 잘 알아요. 하지만 앤드류 씨 말로는 〈더 타임스〉에 낸 광고를 통해 들어오는 모금 속도로는 정해진 기간 내에 목적 금액을 달성하기에 턱없이 부족하대요. 여러분, 전 정말 괜찮아요. 고작 영화 한두 편 출연료예요. 제 자랑이 아니고요. 저에겐 그런 일에 쓸 충분한 재산이 있다는 말씀을 드리는 거예요. 그리고 제 약혼자의 재산도 상당하다는 건 모두가 아시잖아요. 일단 제인 오스틴과 관련 없는 책들이 적당한 때에 적당한 방법으로 팔리고 나면 신탁은 수만 파운드의 자금으로 별채를 매입할 수 있고, 오스틴의 유물도 있는 대로 다 모을 수 있게 될 거예요. 그렇게 되면 미래에 동력이 될 만한 충분한 이자도 발생하고요."

애덜린과 그레이 박사가 서로를 가만히 바라보다가 미미에게 고개를 돌렸다.

"일단 신탁이 판매를 통해 수익을 만들고 나면 당신이 낸 후원금을 갚게 해주세요."

"꼭 그래야 하시겠다면요." 미미가 미소를 지었다. "전 에비와 야들리를 믿어요. 서재를 제대로 매각만 하게 된다면 그보다 몇 배 이상으로 신탁 기금이 불어날 거라고요."

"자, 그럼," 그레이 박사가 선언했다. "투표를 진행하겠습니다."

○────○

미미가 얼턴으로 넘어가 런던의 호텔로 돌아갈 기차를 타기에는 너무 늦은 시간에 회의가 마무리되었다. 애덜린은 번거롭게 굳이 그레이트 하우스까지 걸어가지 말고 자신의 집에서 묵고 가기를 권했다. 오후 내내 흥미진진한 안건을 두고 회의를 하느라 지칠 대로 지친 미미는 오늘 하루 정도는 제인 오스틴의 역사가 가득한 침실을 포기해도 괜찮을 것 같았다.

달빛을 받으며 애덜린네 집 앞뜰로 들어선 미미는 집 너머로 펼쳐진 마을의 오밀조밀한 길을 돌아보았다. "그레이 박사는 저번 모임 때보다 기분이 훨씬 좋아 보이던데요."

"아마 지구를 뒤흔들 만한 역사적 발견이 그분을 그렇게 만들었을 거예요." 애덜린이 응수했다.

"두 분 사이도 점점 좋아지는 것 같아요. 지난번 회의 때 전 당신이 그분을 잡아먹는 줄 알았어요. 혹시 이런 질문 괜찮을지 모르겠지만 두 분은 대체 어떤 사이예요?"

"그냥 오해예요. 아무 사이도 아니에요." 애덜린은 미미가 먼저 들어갈 수 있도록 출입문을 열고 기다렸다. 그녀는 아직도 이 유명한 여배우 앞에만 서면 살짝 위축되었다. 애덜린은 이토록 매혹적인 여배우의 학력이며 날카로운 이해력, 그리고 현실적인 태도에 점점 더 깊은 인상을 받았다. 물론 미미가 그런 척하는 사람이 아니라는 것도 알았다. 미미는 경쟁에는 하등의 관심이 없었고, 그저 자신 앞에 놓인 일에 전적으로 집중할 뿐이었다. 애덜린 역시 같은 유의 사람이었다. 그래서 자신의 그런 모습이 리버티 파스칼 같은 여자들에게 너무도 쉬운 표적이 되었던 건 아닐까 생각했다. 그런 여자들은 촉수를 멀리 뻗어 상대방을 급습하고 다양한 희생자를 만들어내는 데 혈안이 되어 있으니까.

"정말, 오해라고요? 그레이 박사님은 그런 오해를 하는 분 같진 않던데."

"저와 애덤 사이에 뭔가 있다고 생각하셨던 모양이에요. 완전히 터무니없는 소리죠."

"그렇구나."

두 여자가 잠깐 서로를 마주 보며 눈썹을 찡긋거렸다. 그러고는 상대방이 먼저 입을 열기를 기다렸다.

"근데요, 의사가 환자의 로맨스에 그런 관심을 보이는 게 일반적인가요?"

"그분은 제가 유산을 했을 때부터 절 좀 과잉보호했었어요. 아마도 그거 때문에 제 일이라면 과도하게 반응하시는 게 아닌가 싶어요. 전 너무 걱정돼요. 박사님이 자책하시는 게……."

두 사람이 현관문 쪽으로 향하는 사이 미미가 애덜린의 허리를 살며시 감쌌다. "오, 애덜린, 아기 일은 정말 유감이에요. 진작 말했어야 했는데."

"괜찮아요, 정말. 그레이 박사님도 걱정하지 않으셨으면 좋겠어요. 더구나 그분은 이제 제 주치의도 아니시니까."

미미가 한쪽 눈썹을 치켜뜨며 물었다. "진짜요? 언제부터요?"

"한…… 한 달 전쯤? 그전이었나?"

대답과 함께 애덜린이 현관문을 열었고, 미미가 그녀를 따라 안으로 들어갔다.

"음, 말씀드렸다시피 위층에 방이 많아요. 이제는 저 혼자 살아도 괜찮다고 생각하셨는지 어머니도 본가로 돌아가셨어요. 실은 서재의 책을 모두 구입하게 되면 이 집에 보관해도 괜찮을 것 같아요. 책을 다 채울 공간이 충분해서요. 미미 양은 오른쪽에서 두 번째 방을 쓰시면 돼요." 애덜린이 복도 끝의 커다란 괘종시계를 힐끗거리며 물었다. "아직 열 시도 안 됐는데, 올라가시기 전에 마실 거라도 좀 드릴까요?"

"너무 좋죠. 준비하시는 동안 집 구경 좀 해도 돼요?"

애덜린이 미소를 지으며 부엌으로 향했다. 미미는 오른쪽에 있는 응접실로 들어섰다. 그러고는 테이블 위의 전등을 발견하고 스위치를 켜보았다. 창가에 애덜린이 만들어놓은 자리가 보였다. 의자 위에 책들이 위태롭게 쌓아 올려져 있었다. 쿠션 더미에서는 불그스름한 갈색 털을 지닌 사랑스러운 새끼 고양이가 잠을 자고 있었다. 미미가 관리인 별채의 낡은 벽돌담 너머를 기웃거릴 때 돌아다니던 고양이와 무척 닮은 듯도 했다.

미미는 책장을 뒤적거리다 특히 닳은 책을 뽑아 들었다. 그러고 나서 소파 옆 램프의 불을 켰다. 그녀는 자리에 앉은 다음 구두를 벗고 편안하게 쿠션에 발을 올렸다.

애덜린이 양손에 셰리 두 잔을 들고 돌아왔다.

"고마워요. 정말 좋네요. 전 책이 없는 날이면 자기 전에 꼭 술을 한잔씩 해요. 아, 잭은 제 약혼자예요." 이 말이 입 밖으로 새어 나옴과 동시에 미미는 반짝이는 은색 액자 속 여전히 새것처럼 보이는 결혼식 사진을 발견했다. 고작 1년 사이에 애덜린이 겪어야 했던 상실감을 미미는 가늠조차 할 수 없었다.

"애덜린, 어떻게 지내요? 제 말은, 진짜 괜찮아요?" 미미가 조심스럽게 물었다.

애덜린은 미미와 마주 보고 있는 소파에 자리를 잡았다. "잘 모르겠어요. 제가 어떻게 지내는지 설명할 수 있는 단어가 없는 것 같아서. 아마 그레이 박사님도 걱정하는 게 그런 부분일 테고." 애덜린은 말을 할수록 점점 더 슬프고 혼란스러워지는 것 같았다. "그레이 박사님과 전 어떤 일이 있건 간에 서로를 존중했었어요. 적어도 지금까지는요. 서로가 모든 면에서 너무나 달라도요. 어느 때고 진료실에서 마주쳐야 하는 남녀가 할 수 있는 최선의 노력이었다고 봐야죠."

미미가 웃음을 터트렸다. "아, 잘 알죠. 전 저보다 젊은 여자애를 영화에 캐스팅해서 더 많은 돈을 벌고 싶어 하는 남자에게 제 인생을 걸기 일보 직전인걸요."

애덜린 역시 웃음을 터트리고 말았다. "그분, 정말 매력적인데요."

"오, 근데 그 사람은 진짜 그래요. 소년의 연약함과 거침없는 에너지가 뒤섞여 있다 할까. 제 커리어와 관련된 모든 걸 이뤄줄 수 있는 사람이죠. 그동안 제가 찍은 영화만 봐도 아시겠지만 전 별로 인기가 없거든요. 아무튼 당신과 그레이 박사 이야기로 돌아가서, 방금 존중이라고 했잖아요……."

애덜린이 유리잔에 담긴 호박색 액체를 빙글빙글 돌리며 입을 열었다. "아무래도 제가 일련의 일들에 대처하는 모습을 보고 박사님이 실망하신 것 같아요."

"아, 애덜린, 그건 아닐 거예요. 진짜로요. 설마 하니 다른 사람도 아니고 본인도 사별을 경험했으면서 그런 판단을 하실 것 같진 않아요."

"하지만 그게 바로 문제예요. 그분도 같은 고통을 겪었지만 이겨내고 다른 사람들의 사소한 문제에 귀를 기울여주고 있잖아요. 모든 걸 지혜롭고 침착하게 해결하고. 근데 제 생각엔 너무 침착한 거 아닌가 싶거든요."

"모든 문제가 겉으로 보이는 만큼 사소하진 않아요. 그리고 타인의 문제를 해결할 수 있는 방법을 아는 사람은 없을걸요. 그저 감당해내고 무사히 밤을 견디는 거죠." 미미는 마치 뭔가 어렴풋하게 떠오르는 듯 애덜린을 물끄러미 바라보았다. 그러다 벤저민 그레이와 애덜린에 관한 이야기라면 조금 더 밀어붙여도 괜찮을 것 같다는 느낌이 들었다. "어쨌든 내가 아는 한 그레이 박사는 애덜린을 최고로 존중해주고 있어요. 과하다 싶을 정도로. 아, 당신이 회의록 기록하는 일을 지적하는 것만 빼고."

그녀가 다시 웃음을 터트렸다. "정말 철저하신 분이에요. 그분도, 앤드류도. 감사한 일이죠. 그 두 분이 아니었다면 우리 모임은 매번 헨리 크로포드와 윌러비 중에 누가 더 바람둥이인가를 두고 몇 시간씩 끝장 토론을 펼치다 끝났을걸요."

"애덤이 주도하겠죠. 진짜 재밌는 건 뭔 줄 알아요? 딱히 생각해본 적은 없지만 잭은 저에게 예의를 차리며 매력 발산을 하는 쪽은 아닌 것 같아요. 같은 의미에서 나도 그 사람을 그런 식으로 대하지 않고요.

"우정을 나누는 사이라면 예의를 바탕으로 한 존중이 훨씬 중요하겠죠. 결혼도 마찬가지고요. 하지만 당신과 약혼자 사이에선 더 강렬한 자질이나 매력을 공유하지 않으세요? 두 분 다 커리어적으로 성공을 거뒀고, 그런 면에선 존경심이 들잖아요."

"그래요. 아마도요." 미미는 생각에 잠긴 듯 고개를 끄덕였다.

"근데 다아시와 엘리자베스는 서로 그렇게 다른데도 존중하잖아요. 앤 엘리엇과 웬트워스 대령도 그렇고요. 음, 나이틀리랑 에마는 잘 모르겠네요. 두 사람은 깊은 애정과 매력을 나누는 사이인 것 같기도 하고."

애덜린이 셰리를 홀짝거렸다. "나이틀리가 에마라는 사람을 그토록 정확하게 꿰뚫고 있지만 않았어도 그녀를 조금은 존중해줬을지도 몰라요. 하지만 에마를 똑바로 볼 수 있었기 때문에 그녀를 더욱 사랑하게 되었고, 그게 두 사람의 관계를 더욱 돈독하게 만든 건 아닐까요. 에마한테서 버릇없는 성격이 튀어나올 때마다 나이틀리는 에마가 진리에 한 걸음 더 다가가고 옳은 일을 할 수 있게 도와줬잖아요."

"와, 애덜린은 정말 에마를 별로 안 좋아하네요. 맞죠? 이쯤에서 밝혀야겠네. 난 사실 에마가 제일 좋아요."

"아, 알아요. 애덤이 말해줬어요."

"그분이요?" 미미가 깔깔거렸다. "세상에, 그분이 그걸 어떻게 알고?"

"당신이 말해줬다고 그러던데요. 몇 년 전에요. 이 마을에 처음 오셨을 때. 애덤도 에마를 좋아해보려고 애는 써봤대요. 그런데 애덤과 전 엘리자베스를 제일 좋아해요. 그레이 박사님은 당신처럼 에마를 제일 좋아하시고요. 그분은 에마가 자신이 원하는 건 다 가져야 하고, 절대 사과하지 않고, 타협 없이 끈끈한 관계를 맺는 모습이 좋대요. 에마가 카리스마가 넘쳐서 다른 사람들이 에마의 의지에 굴복하고 만다고 하면서요."

미미는 재잘재잘 이야기를 늘어놓는 애덜린을 가만히 응시했다. "어머, 애덜린, 완전 본인 얘기 아니에요?"

"저요? 전혀요. 절대 아니에요. 전 직설적일진 모르지만 필요하면 타협도 잘한다고요."

미미 역시 에비처럼 애덜린과 그레이 박사의 관계를 전문적으로 갈고닦은 관찰력을 통해 지켜보는 중이었다. 그리고 이 두 사람 사이에 타협은 절대 없을 것 같다는 잠정적인 결론을 내렸다.

"새뮤얼이랑은 타협을 잘했어요." 애덜린이 말을 이어나갔다. "결혼 생활이 그리 길진 않았지만, 어렸을 때부터 같이 자랐고 그 사람은 오래전부터 결혼을 하고 싶어 했고요. 사실 전 준비가 안 됐었어요. 그 이유는 아직도 잘 모르겠어요. 그냥, 너무 편했어요. 전부 다요. 그러다가 징집 명령이 떨어졌고, 갑자기 모든 게 그리 중요하지 않아 보이는 거예요."

"애덜린, 이렇게 말해서 미안하지만, 결혼이란 건 타협한다는 느낌으로는 절대 할 수 없는 거잖아요."

애덜린 역시 고개를 끄덕였다. "알아요. 그땐 그냥 그 사람이랑 함께한 시간에 너무 몰입해서 그게 옳은 선택이라 믿었어요. 어쩌면 제가 단어 선택을 잘못한 건지도 몰라요. 타협이 아니라……."

"체념…… 아닐까요? 내 말이 맞을걸요. 모두가 한 번쯤은 겪는 일이니까."

"다 떠나서 확실한 건 제가 그 사람을 정말 사랑했다는 거예요. 아주 많이. 이제 그 사람은 없어요. 사람들은 다 제가 이겨내기만을 바라요. 벌써 1년이나 지났으니까 밖으로 나올 때가 됐대요. 산책을 좀 해라. 밖에 나가서 오랫동안 걸어봐라. 영화도 보러 가고. 그렇게 다시 밖으로 나와 살아가라."

미미는 젊은 나이에 남편을 잃은 애덜린을 슬픈 눈으로 바라보며 고개를 저었다. "애덜린, 제가 아주 어렸을 때 아버지가 자살을 했어요. 그 일의 여파는 아직도 제 인생에 남아 있어요. 돌이킬 수 없는 끔찍한 사고였으니까요. 그 일 이후로 전 무슨 짓을 해도 완전해질 수 없었어요. 상실은 당신 때문에 불거진 문제가 아니에요. 절대로."

애덜린의 뺨에 눈물이 흘러내렸다. 정원에서 벌어졌던 그레이 박사와의 밤 사건 이후로 눈물을 흘리는 건 처음이었다.

"슬프지만 어느 누구도 당신의 상실을 이해해줄 순 없어요. 그건 당신 몫이라서 오직 당신에게만 영향을 주니까요. 그러니까 다른 사람들은 이해할 필요가 없는 거예요." 미미가 잠깐 숨을 골랐다. "하지만 누가 뭐래도 당사자인 당신은 이해해야 해요. 당신만큼은 그 사건이 당신을 어떻게 변화시켰는지 알아야 한다고요. 그래야 나아갈 수 있어요. 그래야 살 수 있고요. 그리고 변화를 경험한 사람은 다른 걸 원하거나 다른 사람을 원할지도 몰라요. 알아요. 하늘이 용서하지 않을 것 같겠죠. 어떻게 감히 다른 사람을 다시 사랑해요. 근데 애덜린, 당신은 아직 너무 젊어요. 그런 큰일을 겪고도 잘 견뎌온 데에는 다 이유가 있을 거예요. 그 이유를 낭비하지 말기를 바라요."

애덜린은 흐느끼고 있었다. 미미는 지금껏 애덜린이 가장 두려워하던 말을 해주었다.

애덜린에게 꼭 필요했던 말이었다.

제 26 장

햄프셔주, 초턴
1946년 2월 21일

콜린 내치불-휴제슨은 그레이트 하우스의 메인 응접실을 돌아다니며 액막이 자국이 나 있는 벽난로의 나무 선반 위에서 여러 가지 물건을 무작위로 집어 들어 구경하다 말고 참나무 세공 벽에 가져다 놓은 사이드보드를 향해 걸어갔다.

"그 그릇은 가문에 전해 내려오는 도자기 세트의 일부예요." 프랜시스가 소파 가장자리를 가리키며 말했다. "에드워드 오스틴과 제인이 직접 고른 거죠. 그릇 테두리에 가문의 문장 보이시죠?"

콜린은 타원형으로 된 웨지우드 접시를 내려놓았다. "제인 오스틴 책은 읽어본 적이 없어서요. 고용된 하인은 많습니까?"

"유감스럽지만 한 손에 꼽아요. 그 이상은 재정적으로 감당하기 힘들어서요. 집안일을 하는 두 하녀 아이들을 제외한 나머지는 아주 오랫동안 일해주신 분들이에요. 상황이 어떻게 바뀌든 간에 계속 일은 해주실 거예요."

그가 문득 관심을 갖고 돌아보았다. "하녀들이라⋯⋯."

프랜시스는 그의 시선에 왠지 모르게 초조해졌다. "방금 현관에서 만난 사람이 조세핀이고요. 톰 에지와이트라고 마구간과 정원을 돌봐주는 청년이 있어요. 밭과 목초지를 관리하는 마을 농부 애덤 버윅도 이 집의 일을 해주고 있어요."

콜린이 서재 쪽을 어슬렁거리고 있었다. 프랜시스가 자리에서 일어나 그의 뒤를 쫓았다.

"와," 그가 휘파람을 불며 말했다. "책이 정말 많네요. 이거 다 읽어보셨습니까?"

"다는 아니고요. 에비가 제가 좋아하는 작가의 책을 따로 추려서 저기 저 아래쪽 선반 두 개에 모아놨어요. 나머지는 집안에서 오래도록 보관하던 것들이에요."

"텔레비전을 놓기 딱 좋은 방인데요." 그가 서재 한가운데에서 한 바퀴를 휙 둘러보았다. "집에 텔레비전은 있으십니까?"

"아니요. 아쉽지만 거실과 부엌에 라디오만 한 대씩 있어요."

"요즘 텔레비전이 대유행입니다. 전쟁이 끝났으니 BBC도 방송을 재개할 거라더군요. 텔레비전 세트 갖추는 데 수백 파운드 정도 든다던데. 여기 있는 책을 조금만 떼다 팔아도 충분하겠는데요." 그가 오래된 책 더미에서 무작위로 책 한 권을 집어 들었다. "이거 하나면 텔레비전 두 대도 사겠네."

프랜시스는 혹시나 자신이 말실수를 할까 싶어 애꿎은 입술만 잘근잘근 씹었다. 그녀는 체질적으로 솔직하지 못한 언행에 서툴렸다. 그러나 프랜시스는 그레이 박사, 에비, 야들리 싱클레어 등등 많은 사람들을 떠올리며 꾹 참았다. 그들은 그녀가 이런 '얼뜨기'—에비의 표현에 따르면—에게 빚을 진 게 아니라고 몇 번이고 강조했다. 그러면서 그녀가 콜린 내치불-휴제슨이 이 집을 이용해 이익을 내는 데 도움을 줄 의무가 전혀 없다고도 말해주었다.

서재 구경이 지루해진 콜린은 식당으로 향했고, 프랜시스도 마지못해 그의 뒤를 따랐다.

식당은 그녀가 가장 좋아하는 공간 중 하나였다. 식당에는 기다란 식탁과 안쪽으로 깊이 들어간 창가 자리가 있었고 한쪽 구석에 그랜드 피아노가 놓여 있었다. 콜린이 피아노 앞에 앉았다.

"사실 전 꽤 괜찮은 음악가랍니다. 한번 보실래요?" 콜린 내치불이 히죽거리며 '젓가락 행진곡'을 두들겨댔다.

프랜시스는 자신이 얼마나 더 견딜 수 있을지 더 이상 확신할 수 없었다. 이 남자와 피가 한 방울이라도 섞여 있다는 게 의심스러울 정도였다. 이런 생각을 하는 스스로가 우월 의식에 젖어 있는 게 아닌가 싶었지만, 남자가 너무 별로라서 죄책감조차 느껴지지 않았다.

프랜시스는 그에게 메인 층의 나머지 공간을 보여주고 나서 북쪽 계단으로 향했다. 콜린이 계단 아래에 있는 쌓여 있는 이삿짐을 발견하고는 어울리지 않게 인간적인 모습을 보였다. "모든 걸 포기하고 떠나야 하다니 힘들겠습니다. 괜찮으십니까?"

"아, 그럼요. 영지가 온전히 유지되고 맥을 이어나가는 게 중요하죠. 어찌 보면 우리는 그저 관리인일 뿐이에요. 지금은 당신이 그 역할을 할 때인 거고요."

"거참, 훌륭한 태도이십니다. 정말로요. 굉장히 훌륭해요."

콜린은 그녀에게 먼저 올라가라는 손짓을 건넸다. 프랜시스가 위층으로 올라섰다. 두 사람이 2층 서재에 도착하자 서가의 꽂힌 책(물론 에비가 먼지를 떨어내며 값진 것들은 아래층으로 옮겨놓았다)을 본 콜린이 또다시 커다란 휘파람을 불어젖혔다.

"빌어먹을 책이 더 있네." 그는 방금 전에 했던 것처럼 방 한가운데에서 한 바퀴 획 돌았다. 프랜시스는 이틀 전 협회 사람들이 가르쳐준 말을 건네보려고 쭈뼛거리며 다가갔다.

"이 집에 있는 것들의 평가를 받으려면 시간과 돈이 좀 필요할 거예요." 프랜시스가 가능한 한 무심한 목소리로 말했다.

콜린이 신경 쓰인다는 얼굴로 그녀를 돌아보았다. "그런 데다 단 1초도, 단 1실링이라도 낭비하고 싶지 않은데요."

프랜시스가 엄숙하게 고개를 끄덕였다. "시간도 결국은 돈이니까요."

"당연하죠." 콜린이 말했다. 이 나이 든 여자가 생각보다 말이 좀 통하겠다 싶은 눈치였다.

"그나저나 책에 대해 제안드리고 싶은 게 하나 있는데요."

"어떤 거죠?"

"이 지역에 작은 협회가 하나 있어요. 일고여덟 명 정도 되는 지역 주민들이 만든 작은 모임이죠. 여기서 제인 오스틴과 관련된 소장품을 사기 위해 자금을 모으는 중이에요."

그가 눈썹을 치켜뜨며 비웃었다. "그래요? 하이고, 재밌네."

"그런가요." 프랜시스는 당황해서 억지웃음을 지었다. "그냥 소소한 취미예요. 이렇게 작은 시골 마을에서 살면 딱히 흥밋거리가 없거든요."

콜린은 그녀의 말을 주의 깊게 듣고 있었다. 그녀의 한마디, 한 마디에 그의 전부와도 같은 경마며 축구 경기, 여종업원과 시시덕 대는 시간 등이 비눗방울 터지듯 하나씩 사라져갔다.

"어쨌든 저희 협회에서 여기 있는 책 중 일부를 당신에게 사고 싶어서요. 예를 들면, 여기 이 서가랑 아래층에서 본 낮은 책장 두 개요. 아, 아래층 서재의 책 몇 권도 같이." 그녀는 할 수 있는 한 오래도록 이야기를 끌었다. 그 사이 콜린은 앞으로 살아야 할 세 상을 머릿속에 그려보았다.

"물론 감정 평가사를 모셔오겠다고 하시면……." 그녀는 과도 하게 활기가 넘치던 그의 얼굴이 걱정으로 물들어가는 걸 지켜보 았다. "이 두 서재만 해도 대략 3,000권쯤 되는 책이 있거든요."

"3,000권이요……."

"네. 뭐 몇 백 권의 오차는 있겠죠. 아무튼 전체 도서 목록을 만 들고 평가하는 데에만 수개월, 어쩌면 1년이 넘게 걸릴 거예요. 책 을 한 장, 한 장 살펴봐야 할 테니까요."

콜린 내치불-휴제슨에게는 그럴 만한 1년이 없었다. 평소의 그 라면 절대 하지 않을 짓이었다. 그는 지금껏 축구 경기나 경마, 도 박판에서 죽치고 살아왔다. 그저 자기 몫의 돈을 원했고, 당연히 지금 당장 손에 쥘 수 있는 것이어야 했다.

"얼마를 예상합니까?" 콜린이 말을 끊으며 단도직입적으로 물 었다.

"협회에서는 서재의 책을 모두 매입하는 데 4만 파운드를 드 릴 수 있어요."

프랜시스는 이틀 전 밤 급하게 열린 세 번째 모임과 미미가 돈을 기부하겠다며 일어서던 순간을 떠올렸다.

콜린은 두근거리는 마음을 가라앉히며 오른쪽 검지로 턱끝을 두드렸다.

"일단 그렇게 하면 영지에서 현금을 좀 가져갈 수 있죠. 매각을 할지 말지 고민하는 동안에요." 프랜시스가 사근사근한 표정으로 말을 덧붙였다. "지금 당장은 부동산에서 얻는 이익이 바로바로 운영 비용으로 들어가거든요. 안타까운 일이죠."

"뭐라고요?" 콜린이 턱을 두드리다 말고 되물었다.

프랜시스는 앤드류가 알려준 부동산의 금융 상태를 곱씹으며 말했다. "그게 말이죠, 집행인이 그렇게 알려줬어요. 아마 당신도 똑같이 해야겠죠. 아마가 아니라 떼어놓은 당상이긴 해요. 사실 영지를 관리하는 데 손해가 좀 있어요."

"손해요? 어떻게 그런 일이?"

"아시다시피 부동산이 상속될 때마다 사망세가 엄청나게 붙어요. 새 상속자는 세금 때문에라도 물건을 팔아치워야 해요. 영지 땅 조금, 헛간, 그것도 아니면 별채 같은 것들이요. 돈은 좀 될 테니까요. 문제는 저희가 소유하는 거라곤 이 저택하고 위쪽의 별채 자유 보유권이랑 그 집의 내용물 같은 것들뿐이라서요."

"아, 당신이 머무를 예정이라는 그 작은 별채 말씀이시군요."

프랜시스가 고개를 끄덕였다. "집행인의 말에 따르면 현재 영지에 부과될 사망세와 관리 비용 증가 때문에 약간은 상황이 어려운가 봐요. 그분은 집을 주택으로 개조해서 임대를 주라고 하더라고요. 그럼 충분하진 않지만 운영하는 데 필요한 소득이 조금 생

기니까요. 물론 지금 당장 자금을 만들려면 언제든 별채를 파서
도 되겠죠."

콜린은 사업에는 영 젬병이었다. 프랜시스가 알려주는 재정적
인 애로 사항들을 듣는 것만으로도 머리가 지끈거렸다. 차라리 도
박판에 돈을 걸고 운에 맡기는 게 훨씬 쉬울 것 같았다. 이길 때도
있고 질 때도 있으며 노력하지 않아도 되는 그런 방식 말이다. 그
게 콜린의 스타일이었다.

"생각을 좀 해봐야겠네요." 그의 입에서 의도치 않은 말이 튀어
나왔다. 사실 프랜시스 나이트가 모르는 사이에 그는 이미 이 땅
을 매입할 잠재적 구매자를 염두에 두고 있었다. 스코틀랜드의 골
프장과 호텔 체인을 보유한 회사의 이사 하나가 초턴의 재산을 상
속받게 된 먼 친척이 나타났다는 소식을 듣고 변호사에게 접근해
왔던 것이다. 재정적 어려움으로 말미암아 큰 부지를 쪼개 팔아치
우는 땅들을 눈여겨보다가 기회가 오면 사들이던 그 회사가 호텔
과 골프장을 세울 부지로 초턴 파크를 점찍어둔 모양이었다. 관리
인의 별채는 회원과 회원의 가족 및 지인을 위한 클럽 하우스와 식
당으로 만들 예정이라고도 했다.

콜린은 머릿속에 큰 그림을 그리고 있었다. 일단 이 퀴퀴한 냄
새가 나는 오래된 책들을 치워버리는 게 급선무인데, 이 재산을 돈
도 있고 의욕도 높은 구매자에게 통째로 넘기는 게 낫지 않겠는가.
물론 그렇게 하면 프랜시스 나이트는 평생 살 집을 잃어버리게 되
겠지. 하지만 마을의 친절한 이웃들이 그녀를 불쌍히 여기고 조치
를 취해주지 않을까. 그는 스스로에게 속삭였다. 원래 시골 생활
이 다 그렇지 않은가.

"물론이에요." 프랜시스가 최대한 상냥한 미소를 지으며 대답했다. "필요한 만큼 고민해보세요."

제 27 장

햄프셔주, 초턴
같은 날 오후

콜린 내치불-휴제슨이 그레이트 하우스에서 주머니에 들어올 돈을 셈하는 사이, 벤저민 그레이 박사는 그가 가장 두려워하던 예방(禮訪)을 앞두고 있었다. 그는 얼턴으로 향하는 윈체스터 로드를 걸어 내려가다가 작은 길목에서 방향을 바꾸었다. 그러고 나서 한 줄로 늘어선 연립 주택의 첫 집 앞에서 발걸음을 멈추었다. 그는 자신의 모습을 한번 쓱 훑고는 단호하게 힘을 실어 노크를 했다.

잠시 후 현관문이 열리더니 연로한 버윅 부인이 모습을 드러냈다. 그녀는 막 70대에 접어들었다.

"사고라도 났나요?" 그녀의 입에서 나온 첫 마디였다. 그레이 박사가 나이 많은 노인의 집에 예고 없이 나타날 때면 다들 비슷한 말로 운을 뗐다.

"아니요. 별일 없습니다. 혹시 애덤 집에 있습니까?"

"아니요. 와이어즈 농장에서 동물 하나가 출산을 앞두고 있다고 해서 거기 갔어요." 버윅 부인이 독서용 돋보기를 코끝으로 내리며 말했다. "차 마실 시간이 되면 돌아올 테니 그때 다시 오시든가요."

"사실 애덤이 아니라 부인을 뵈러 왔습니다. 혹시 들어가도 되겠습니까?"

그녀가 어깨에 두른 숄을 여미고 그를 안으로 들이기 위해 한 걸음 물러섰다. 집에 있는 거라고는 두 사람이 서 있는 현관과 뒤편의 부엌, 위층의 침실 두 개가 전부였다. 그레이 박사는 버윅가가 살았던 몇 킬로미터 떨어진 곳의 커다란 농장을 떠올렸다. 지금은 그곳에 스톤 가족이 살고 있었다. 두 집안은 몇 년 사이에 많은 어려움을 겪었다. 그레이 박사는 같은 집에서 자랐지만 너무나 다른 성향의 애덤 버윅과 에비 스톤이 어쩌다 제인 오스틴 소사이어티라는 협회의 회원이 되었는지 생각할수록 놀라웠다. 논리로는 도저히 설명할 수 없고 인간 위의 신비로운 존재가 아니고선 만들어낼 수 없는, 이 얼마나 아름다운 모순인가.

애덤의 어머니는 벽난로 옆자리를 권했다. 그레이 박사는 그 자리에 앉아 바닥에 쌓인 책 몇 권을 훑어보았다.

"당신들이 제인 오스틴에 대한 헛소리를 한 후로 애가 거기에 완전히 정신이 팔려버렸어요."

그레이 박사가 부인에게 너그러운 미소를 지어 보였다. 그는 이디스 버윅 같은 여자에게는 불필요한 말대꾸를 하지 않는 게 상책이라는 걸 잘 알았다. 앞으로 벌어질 다른 설전을 위해서 말을 최대한 아끼는 게 낫기도 했다.

"제가 왜 찾아왔는지 궁금하지 않으십니까?"

부인은 눈을 가늘게 치켜뜨면서 아무 말도 하지 않았다. 그녀는 그에게 한 치의 양보도 하지 않을 작정인 듯했다.

"이디스, 버윅 부인, 이제 때가 된 것 같습니다. 애덤에게 말씀하세요. 지난주에 두 분의 상황이 급작스럽게, 그것도 아주 극적으로 바뀌었습니다. 물론 나이트 씨의 유언장 이야기는 들으셨죠?"

그레이 박사에게 신경질적으로 침을 삼키며 자신을 빤히 쳐다보는 버윅 부인의 시선이 느껴졌다. "네. 그게 애덤과 나랑 무슨 상관이 있단 말이죠?"

"애덤이 나이트 씨의 가장 가까운 후계자 아닙니까." 그레이 박사가 최대한 힘을 주어 말했다.

"그 애는 절대 아니에요."

"이디스, 제발, 애덤에겐 알리지도 않고 모든 걸 빼앗을 순 없어요." 그레이 박사가 작고 어두운 방을 둘러보았다. "애덤이 버윅가의 전답을 되찾고 저택과 마구간도 소유하게 될 거예요. 물론 그것들을 그대로 유지하고, 바꾸고는 애덤의 마음이겠죠. 하지만 제가 아는 애덤은 필시 그 오래된 장소를 보존하고 마을의 전통을 계승하는 중심지가 될 수 있게 할 겁니다. 애덤이 아닌 사람이 영지를 차지하게 되면 무슨 일이 일어날지 신은 아실 거라고요."

"그 말은 다른 상속자가 또 있다는 걸로 들리네요."

역시 그녀는 생각보다 많은 걸 알고 있었다.

"네. 버밍엄시에 내치불-휴제슨이란 자가 있습니다. 바로 지금 그레이트 하우스에서 프랜시스 양과 집 안을 둘러보고 있을 겁니다. 우리 모두 프랜시스 양에게 생긴 일이 얼마나 부당한지 잘 알고 있지 않습니까. 물론 그 댁 어르신이 앙심을 품은 게 그리 놀랄 일은 아닙니다만."

그레이 박사는 버윅 부인의 옛 고용주를 비난함으로써 자신의 명분에 도움이 될지, 아니면 방해가 될지 고심했다.

그녀는 고집스럽게 고개를 저었다. "말하지 않을 겁니다. 박사님이 이래라저래라 할 문제가 아니에요. 의사로서 선서하셨잖아요."

그레이 박사는 들으라는 듯 한숨을 푹 내쉬었다. "그랬죠. 그래서 20년이 넘도록 비밀을 지키고 있었고요. 1919년 1월이 맞을 겁니다. 어떻게 잊겠습니까. 그때 당시 전 전쟁 통에 홀로 애쓰시던 심슨 박사님을 돕기 위해 마을에 돌아왔었고요."

"난 절대 그 아이에게 말하지 않을 거예요." 부인은 아무것도 들리지 않는다는 듯 같은 말만 되풀이했다.

"대체 누굴 더 걱정하시는 겁니까? 부인입니까, 아니면 애덤입니까? 애덤의 주치의로서 말씀드리는데, 그 친구는 이 일을 감당해낼 수 있을 만큼 충분히 건강한 사람입니다. 몇 년 전만 해도 이 얘기를 털어놔도 괜찮을지 확신이 안 섰어요. 하지만 지금은 다릅니다. 지금 애덤은 저에게 둘도 없이 좋은 친구예요. 게다가 애덤을 지지해줄 사람들도 많고요. 여태껏 부인이 그래왔던 것처럼 말입니다."

"그 아이는 제 아버지를 누구보다 사랑했어요. 그런 애가 이 사실을 쉽게 받아들일 수 있을 리 만무해요. 난 알아요."

그레이 박사가 버윅 부인을 유심히 뜯어보았다. 그는 그녀가 가지고 있는 이기적인 성향, 타인의 실패에 대한 지나친 관심과 기뿜에 대해 잘 알고 있었다. 특유의 냉소주의와 온몸에서 뿜어져 나오는 자기혐오까지도. 그레이 박사는 그녀를 좋아하지 않았다. 단한 번도 좋게 생각해본 적이 없었다. 물론 버윅 부인은 몰랐을 것이었다. 그도 그럴 것이 그는 변함없이 다정한 미소를 지으며 예의를 갖추고 그녀를 대했기 때문이다. 그녀가 마을 사람들을 향해 독기를 뿜으며 불평을 내뱉을 때마저도 그랬다. 그는 의사로서 응당 그렇게 행동해야 한다고 생각했으므로 선한 태도를 잃지 않았었다. 버윅 부인은 날카롭고 지독한 언행을 무기 삼아 마을 내에서 일정 부분 통제력을 발휘했다. 누구도 이디스 버윅의 반대편에 서고 싶지 않아 했다. 그레이 박사는 부인의 행동이 불쌍한 애덤의 건강에 어떤 영향을 끼칠지 걱정했었다.

그가 새로이 고쳐진 유언장의 내용을 듣고 난 후 골똘히 생각에 잠겨 있었던 데는 이유가 있었다. 때는 그레이 박사의 인턴 시절로서 전쟁이 막 끝나고 초턴뿐 아니라 전 세계에 스페인 독감이 휘몰아치던 시기로 거슬러 올라갔다. 며칠 동안 열이 내리지 않던 버윅 씨가 갑자기 설명할 수 없는 출혈을 일으켜 얼턴 병원에 급히 이송되었다. 전쟁에서 군의관으로 복역하고 지역의 영웅으로 돌아온 하워드 웨스트레이크는 서부 전선에서 배운 기술을 이용해 수혈을 제안했다. 부자지간인 애덤과 버윅 씨의 혈액형이 일치할 가능성이 가장 높기에 애덤은 발 벗고 나서서 헌혈에 임했다. 그럼에도 버윅 씨의 생명을 구할 수는 없었다. 그레이 박사는 만일의 경우에 대비해 버윅 부자의 혈액형을 교차 대조했었다. 그리고 애덤이 버윅 씨의 아들이 될 수 없다는 엄청난 진실을 맞닥뜨리게 되었다.

그레이 박사는 남편을 잃은 버윅 부인이 너무도 큰 슬픔에 잠겨 있었기 때문에 홀로 진실을 파헤치는 수밖에 없었다. 그로부터 몇 년 후 그는 심슨 박사의 병원을 이어받아 초턴으로 돌아왔고, 이후로도 꽤 긴 시간이 흐른 어느 날 그녀는 평소답지 않은 신뢰와 솔직함으로 무장한 채 그에게 모든 것을 털어놓았었다. 어쩌다 그렇게 되었는지는 잘 기억나지 않지만, 한 가지 확실한 것은 그 후로 그녀는 마치 그레이 박사의 치명적인 비밀을 손에 넣었다는 듯 군림해왔다는 사실이다. 응당 그 반대가 되어야 함에도 불구하고 말이다. 그녀는 그레이 박사가 의사로서의 선서를 배신하고 깨뜨리기를 기다리기라도 하듯 둘만이 읽어낼 수 있는 무언의 협박을 통해 우위를 선점했었다.

그는 버윅 부인이 아들 문제를 두고 얼마나 오래 거부하며 버틸지 짐작해보았다. 막대한 재산이 애덤에게 돌아갈 절호의 기회였다. 제아무리 몰락해가는 가문일지언정 1년에 수천 파운드의 수입은 들어왔다. 이 정도면 그녀의 불안감을 떨쳐내기에 충분하지 않나 싶었다. 이전까지 그레이 박사는 제인 오스틴의 유산과 초턴을 향한 애덤의 헌신을 잘 몰랐고, 그래서 나이트가의 전 재산이 애덤에게로 넘어가는 걸 꺼렸다.

게다가 그는 내심 프랜시스가 상속자가 되기를 바랐기 때문에 오늘날까지도 함구했던 것이다. 그레이 박사가 몸을 들썩였다.

"대체 왜 오신 겁니까?" 버윅 부인은 그의 마음을 읽기라도 한 듯 물었다.

"그냥 때가 된 것 같아서요."

"하지만 유언장의 내용은 몇 주 전부터 알았잖아요. 애덤이 말해줬어요. 유언장을 공표하던 날 박사님도 거기 계셨다고요." 그녀는 공격적으로 퍼부었다. "아니, 그보다 더 오래전부터 알고 있었을 텐데요. 해리엇 페컴 같은 여자가 박사님 밑에서 일을 했으니."

"전 아무것도 발설할 수 없습니다. 제 환자의 일이니까요. 제가 신중하게 움직일 수밖에 없다는 걸 부인께서도 이해하시리라 믿습니다. 하지만 처음에 말씀드렸듯 최근 상황이 너무 극적으로 뒤바뀌었습니다. 무엇보다 전 부인께서 결정을 내리시는 게 최선이라고 생각했습니다. 어떤 식으로든 부인의 결정을 존중하겠습니다. 장담하죠. 하지만 시간이 별로 없습니다. 내치불 씨가 나타났으니까요. 이 부분을 확실히 말씀드리고 싶었을 뿐입니다."

"제 아들은 그 어떤 것도 원하지 않을 거예요."

"제 생각엔 이번만큼은 부인이 틀리셨습니다."

"아니요. 난 내가 옳다는 걸 알아요. 모두가 알게 될 텐데, 그런 수치가 또 어디 있겠어요. 그리고 이 마당에 땅과 돈이 무슨 소용이겠냐고요."

"어떤 생각이신지 잘 압니다. 안 그랬다면 기회가 있을 때 부인께서 직접 나이트 씨에게 말씀을 하셨겠죠. 버윅 씨가 세상을 뜨고도 이렇게 오랜 시간이 흘렀는데 어르신에게도, 그리고 애덤에게도 털어놓지 않으신 데는 다 이유가 있을 거라 생각합니다. 하지만 제발, 부인의 이유가 진짜 그것뿐인지 한번만 재고해주시면 안 되겠습니까."

그 말을 마지막으로 자리에서 일어난 그레이 박사는 망연자실해 앉아 있는 버윅 부인을 가만히 바라보았다. 그는 어느 정도 안심해도 될 것 같다는 느낌을 받으며 애덤의 집을 나섰다. 그가 의사의 비밀 유지 의무를 위반하지 않으면서 애덤을 위해 할 수 있는 일은 여기까지였다. 어쨌든 그가 가진 가장 강력한 카드를 내밀었으니 일단은 기다려보기로 했다. 한편 그는 버윅 부인이 나이트가의 재산과 애덤의 출생의 비밀, 그리고 제인 오스틴 소사이어티의 연결 고리에 대해 깊이 파고들지 않았다는 사실에도 안도했다. 그레이 박사가 이렇게까지 나서는 데에 개인적인 욕심이 개입되지 않았다고 한다면 거짓말이었다. 때문에 그는 몇 주간 생각할 시간이 필요했다. 그러다 문득 애덤 버윅을 알고 지낸 그 오랜 세월 동안 지금처럼 그가 다른 것에 몰두하는 걸—그것도 아주 의욕적이고 행복한 모습으로—본 적이 없었다는 데 생각이 미쳤다. 그레이 박사는 제인 오스틴 소사이어티가 애덤에게 커다란 의미를 가진다는 사실을 잘 알고 있었고, 가장 좋아하는 작가를 기리기 위해 별채를 인수하는 게 애덤의 꿈이라는 사실도 잘 알고 있었다. 그리하여 그레이 박사는 생각했던 바를 실행에 옮기기로 결정을 내리고 버윅 부인을 찾아갔던 것이다. 비밀은 더 이상 그레이 박사나 버윅 부인만의 것이 아니었다. 애덤은 진실을 알 자격이 있었다. 그 비밀을 어떻게 받아들일 것인지는 애덤에게 달린 문제였다.

○——○

다음 날 아침 일찍 평소보다 훨씬 밝은색 립스틱을 바른 리버티 파스칼이 그레이 박사의 진료실 문간에 나타났다. 그녀는 이따금씩 문틀에 몸을 기대는 우스꽝스러운 방식으로 그레이 박사로부터 잠깐 들어와 앉아보라는 말을 듣기를 은근히 기대했다. 그런 파스칼을 보며 그레이 박사는 자신이 애덜린과 관련된 것도 모자라 그녀에게 경쟁의식까지 있는 사람을 고용했다는 사실에 새삼 혀를 내둘렀다.

"무슨 일이죠, 파스칼 양?"

"애덤 버윅이 박사님을 뵈러 왔어요. 예약 장부엔 이름이 없던데요."

"괜찮아요. 들여보내줘요."

그레이 박사는 직장에서는 감정적인 태도를 보이지 않으려 노력했고, 이런 자신의 조절 능력에 대해 자부심을 가지고 있었다. 하지만 애덤이 가진 과거의 몇 안 되는 즐거운 기억이 그가 미처 알지 못했던 진실을 마주해야 하는 현실을 떠올리자 갑자기 가슴이 짓눌리는 듯한 압박감이 느껴졌다. 일이 예상했던 대로 흘러가지 않는 걸 원하는 사람은 없지 않은가.

잠시 후 리버티가 애덤을 데리고 나타났다. 애덤은 진료실에 들어서며 모자를 벗어 인사를 건넸다. 그레이 박사는 리버티가 두 남자를 두고 진료실을 나서며 유독 자신에게만 활짝 웃으며 예의를 차리고 있음을 알아차렸다.

"애덤, 어서 와요." 그레이 박사가 자리에서 일어나 문을 단단히 닫고 책상 앞에 앉았다.

"그 이야기라면 더 하고 싶지 않습니다." 애덤이 얼떨떨한 기색이 가시지 않은 얼굴로 입을 열었다.

"물론이죠. 충분히 이해해요. 당신뿐만 아니라 어머니도 계시니까요. 어머니가 그 얘기를 얼마나 힘겹게 털어놓으셨을지 나로선 상상조차 할 수 없네요."

모자를 꽉 움켜쥔 애덤의 손가락 마디마디가 하얗게 질려 있었다. 그레이 박사의 마음이 조금씩 아려왔다. 애덤은 정말 편치 않은 삶을 살아왔다. 그런 그가 그레이 박사, 애덜린, 에비 같은 사람들과 더불어 살아보려 애쓰고 있었다. 그의 작은 세계 밖에서 뭔가를 이루어보려고 혼신의 힘을 다하고 있었던 것이다. 애덤 같은 사람에게는 뭘 하든 큰 배짱과 용기가 필요했다. 끔찍했던 전쟁과 예상 못한 가족의 죽음이 몇 년 전 애덤의 모든 것—이를테면 희망 같은 것 말이다. 결국 희망이야말로 사람이 가져야 할 전부가 아닌가—을 빼앗았다. 그러나 희망만으로는 충분하지 않은 때도 있는 법이었다.

"협회가 별채를 얻을 수 있는 방법에 대해서 당신과는 되도록 거론하지 않으려 해요. 친구로서 말하는데 당신은 정말 강한 사람이에요. 당신이 어떻게 살아남았는지 한번 봐요. 어떤 결정을 내리든 이번에도 당신은 살아남을 거예요. 모든 건 제자리를 찾을 테고. 다만 결정은 당신 몫이어야 해요."

"제 아버지가……."

애덤의 목소리가 조금씩 사그라들며 고통에 잠겼다.

"다시 말하지만 그 얘기라면 난 다 알고 있어요. 그러니 굳이 그 얘기를 꺼낼 필요는 없어요. 하지만 의사로서 이렇게만 말할게요. 아기의 탯줄과 부모의 눈물을 보면서 내가 기억하는 건 딱 하나뿐이에요. 바로 사랑이에요. 당신은 충분한 사랑을 받았어요. 그리고 지금도 사랑을 받고 있고. 당신의 아버님은 당신을 사랑했고, 당신은 그저 그분과의 기억을 소중히 여기면 되는 거예요. 그 기억은 당신이 원하는 대로 지켜낼 수 있다는 말이에요."

애덤이 주머니에서 손수건을 꺼내 코를 훔쳤다. "별채 생각이 머리에서 떠나지 않습니다. 책이며 다른 물건들도요. 이 모든 걸 잃게 되면 그땐 어떡하죠? 프랜시스 양은 또 어떻고요. 살던 집을 떠나 홀로 지내시게 될 텐데."

그레이 박사가 자리에서 일어나 책상 끝에 몸을 기대고 애덤을 마주 보았다. "벌써부터 그런 걱정은 안 해도 될 거 같은데요? 나도, 당신 어머니도 그저 당신이 알고는 있어야 하지 않나 싶어서 말해준 거뿐이에요. 물론 당신이 어떤 결정을 내리든 누구도 그것에 대해 왈가왈부할 순 없어요. 그리고 프랜시스 양의 거처와 관련해서도 너무 걱정 말아요. 내치불 씨가 아무것도 팔지 않을지도 모르고."

그레이 박사는 말은 그렇게 하면서도 눈앞의 남자가 겪는 갈등에 내심 감동을 받았다. 그레이 박사 역시 애덤과 같은 마음으로 내적 갈등을 겪어왔다. 협회의 회원 모두가 자신보다 혹은 각자의 이익보다 더 큰 뭔가를 위해 믿을 수 없을 정도로 책임을 다하고 있었다.

"전 그냥 누구라도 저한테 방향을 알려줬으면 좋겠습니다."

그레이 박사는 아주 오랜만에 진심 어린 미소를 지었다. "누구나 그럴 때가 있죠."

"박사님이라면 어떻게 하시겠습니까?"

"솔직히 나도 잘 모르겠어요. 그게 바로 이 문제가 어려운 이유 아니겠어요? 너무도 완전하고 철저하게 당신만의 문제라서. 근데 사는 게 다 그렇잖아요. 타인의 화살과 돌팔매질을 전혀 신경 쓰지 않고 살아가는 사람은 없어요."

애덤이 손수건을 앞주머니에 쑤셔 넣었다. "투표를 하면 좋겠어요."

"네?" 그레이 박사가 깜짝 놀라 되물었다.

"협회 말이에요. 회원들에게 말하고 싶습니다. 박사님이 말씀해주셨으면 좋겠습니다. 그리고 모두가 투표에 참여해줬으면 좋겠습니다. 어제 와이어즈 농장에서 돌아오는 길에 잠깐 저택에 들렀는데 프랜시스 아가씨가 말씀하시길 내치불 씨가 그 집에서 나오는 돈에 꽤 관심을 보인다고 합니다. 잘하면 그 책들을 손에 넣을 수 있을 것 같다고도 하셨고요. 물론 책은 어렵지 않겠지만 별채나 나머지는 혹시 압니까. 그러니 투표를 하고 싶습니다. 정식 절차를 통해 공식적으로, 최대한 빨리요. 전 협회 회원 모두를 믿습니다."

그레이 박사가 그를 찬찬히 살펴보며 입을 열었다. "애덤, 우리가 회원 전부를 속속들이 알진 못해요. 싱클레어 씨나 해리슨 양은 아직도 꽤 낯설고. 물론 둘 다 좋은 사람들이고 난 그들을 존경하지만요."

애덤이 단호하게 고개를 저었다. "아니요. 괜찮습니다. 전 믿어요. 그리고 박사님도 믿습니다." 애덤은 감정이 북받쳐 오르는 눈으로 그레이 박사를 응시했다. "그동안 다 알고 계셨으면서도 한마디도 하지 않으시다니."

그레이 박사가 애덤의 어깨에 오른손을 올렸다. 환자들에게는 절대 감정을 드러내지 않는 그의 직업적 철칙에 따라 최대한 절제하며 드러낸 내적 연민의 다독임이었다.

"애덤, 제 입장에서 비밀을 누설하지 않는 게 중요했던 건 사실이에요. 하지만 당신이 어떻게 생각하느냐에 따라 그건 별로 중요하지 않은 일이 될 수도 있어요. 달라지는 건 아무것도 없어요. 당신이 아버님과 함께한 시간은 무엇과도 바꿀 수 없어요. 나머지는 말이죠, 심지어 그 이야기를 해준 당신 어머니의 역할도 부수적일 뿐이에요. 내 생각은 그래요. 삶에는 중심이 있고 나머지는 그 주변을 떠다닐 뿐이죠. 오직 당신만이 중심에 뭘 두고 싶은지 결정할 수 있어요. 다른 사람이 그걸 결정하게 내버려두지 말아요."

애덤이 가만히 고개를 끄덕였다.

"그래도 투표는 했으면 좋겠어요."

제 28 장

햄프셔주, 초턴
1946년 2월 23일

제인 오스틴 소사이어티 두 번째 긴급 모임

오늘 저녁 회의의 의제는 앤드류 포레스터를 초조하게 만들기에 충분했다.

"그래서 오늘 애덤이 나이트가의 후계자라는 걸 주장해야 하는지에 대한 투표를 하자고 모인 건가? 딱 그 투표 하나? 심지어 애덤조차 어제인지, 그제인지까지만 해도 몰랐던 사실을? 애덤이 나이트 씨의 친자라는 사실을?"

그레이 박사가 고개를 끄덕였다. 모두가 그의 집 응접실에 다시 모였다. 그들 앞에 놓인 결정의 규모에 비추어볼 때 무엇보다도 다행인 것은 애덤을 제외한 협회원 전원이 참석했다는 점이었다.

미미는 토요일 오후에 역으로 야들리를 마중 나갔다. 그녀는 나흘 전 첫 긴급 모임이 끝난 이후로 런던에 돌아가지 않았다. 미미는 첫날은 애덜린의 집에서 머물고 다음 날에 그레이트 하우스의 게스트 룸으로 옮겼다. 시골 공기는 그녀와 너무도 잘 맞았다. 미미의 아름다운 외모가 지금처럼 빛난 적은 없었다.

"자네는 이 일을 다 알고 있었고? 대체 얼마나?" 앤드류가 그레이 박사에게 물었다.

"알다시피 난 이 일에 관여할 수 없어, 앤드류." 그레이 박사가 대답했다. "하지만 애덤과 그의 어머님이 재산 청구권의 근거를 협회 회원들에게 공개한다는 서면 승인서를 보내왔네. 부동산 집행인으로서 변호사들이 극비로 부치는 사항들이 담긴 서류를 우리를 믿고 공개했다고." 그레이 박사는 서류를 앤드류에게 넘겨준 다음 자리에 앉았다.

"가엾은 애덤," 애덜린이 목소리를 높였다. "어머님 빼곤 다 잃었는데, 이젠 이런 일이. 애덤은 어떻게 지내고 있어요?"

벽난로 가까이에 놓인 윙백 체어에 앉아 있던 그레이 박사는 팔걸이에 두 손을 얹은 채 바닥을 가만히 내려다보았다. "물론 애덤은 내 환자이니 자세한 얘긴 할 순 없지만, 애덤이 오늘 이 자리에서 우리 모두가 다음 단계에 대한 투표를 해주길 요청했습니다. 우리 도움 없이 결정을 내리기에 감정적으로 너무 힘든 상태이기도 하고요. 단, 투표 결과가 어떻게 나오든 애덤에게 어떤 결정력이나 구속력을 발휘할 순 없을 겁니다. 순전히 그의 결정을 돕기 위한 것일 뿐입니다." 그가 말했다.

"박사님도 말을 하기까지 얼마나 힘드셨겠어요." 애덜린이 덧붙였다.

그레이 박사는 애덜린의 이해심 가득한 말투에 놀라 고개를 들었다. 그녀가 이렇게 연민을 담은 말을 그에게 건넨 지가 벌써 몇 개월은 된 듯했다. 다른 사람들에겐 별것 아닌 일일지 몰라도 그레이 박사는 크게 안도했다. 동시에 희망도 보였다. 그가 애덤처럼 아주 오래전에 잃어버린 바로 그 희망의 감각이었다.

앤드류는 눈앞에 놓인 두 개의 진술서를 훑어보았다. "그래서 잠정적으로 유효한 청구라, 이거로군. 이 부분에 대해서는 의심의 여지가 없단 뜻인가?"

그레이 박사가 고개를 끄덕였다.

"그럼 자네나 애덤, 버윅 부인 말고 이 사실을 아는 사람이 또 누가 있나? 나이트 씨는 전혀 몰랐다고? 사실인가?"

"응. 그래서 유언장의 표현이 중요하네. '가장 가까운 남자 친족'이란 문구 말이야. 혹시 법적으로 내가 틀렸다면 바로잡아주게. 혈연관계에 있는 누구라도 상속을 신청할 수 있으니."

"맞아. 정확해. 그게 바로 토지 소유법이지." 앤드류가 대답했다. "그럼 논의하고 투표에 부치기로 하지. 물론 버윅 씨, 프랜시스 양, 나는 이 투표에서 기권해야 해. 의회 절차와 동일하게 여덟 명의 구성원 중 과반수인 다섯 명 이상이 찬성표를 던져야 통과되는 거야. 오늘 투표에 참여하는 다섯 명은 상당히 곤란하겠구먼."

"글쎄요, 전 뭘 논의해야 하는 건지 잘 모르겠어서요." 애덜린이 다시 입을 열었다. 그녀는 작은 소파에 에비와 함께 앉아 있었다. 미미와 야들리는 맞은편 소파에 앉아 있었다. 앤드류는 벽난로를 마주 보는 자리에 또 다른 윙백 체어를 끌어당겨 앉았다. 그의 맞은편으로 그레이 박사와 프랜시스가 앉아 있었다.

"애덤의 심정은 충분히 이해가 가고, 갈등하는 건 당연한데요."

애덜린이 말했다. "애덤의 평소 성격을 고려했을 때 이토록 개인적인 이야기를 온 마을 사람들이 알게 되는 게 그에게 안정을 줄 수 있을진 잘 모르겠거든요."

"애덤이 심리적으로 불안정한 사람은 아닌 것 같아요. 과묵하긴 해도." 야들리가 대꾸했다.

"하지만 당신은 우리만큼 그분을 알지 못하잖아요." 애덜린이 약간 퉁명스럽게 되받아쳤다. "이렇게 작은 마을에 산다는 건 때론 치열하기도 해요. 사람들은 아주 사소한 거라도 놓치질 않는 법이죠. 익명성은 말할 것도 없고, 상태가 안 좋아도 도시에서처럼 날 숨길 수 없어요. 이웃이라는 이유만으로 모든 걸 알길 바라고요."

"애덜린, 너무 매도하는 거 아냐?" 그레이 박사는 그녀가 먼저 손을 내밀었다는 안도감에 약간은 놀리듯 말했다.

"한동네에 산다고 해서 일거수일투족을 보고해야 할 의무는 없잖아요."

"찬성이든 반대든 상관없이 어느 쪽으로 의견이 더 기울었는지만 알아도 결정을 내리기 훨씬 수월하지 않겠어요?" 프랜시스가 물었다.

"무슨 말씀인지 알겠어요." 미미가 말했다. "어찌 보면 할리우드랑 비슷하네요."

모두가 고개를 돌려 그녀를 바라보았다.

"진짜로요." 미미가 피식 웃으며 말했다. "근데 초턴식 할리우드요."

미미는 폭소가 터지려는 걸 겨우 참았다. "다른 뜻은 없어요. 그

낭 많은 사람들이 서로에게 관심을 주는 곳에 사는 게 참 좋은 일
이라는 거예요. 단, 사람들이 왜 서로에게 관심을 갖는지를 이해하
는 게 중요한 것 같아요. 제가 이 마을을 사랑하는 이유는 여러분
들이 같은 마음으로 지난 세월을 공유하고 관심을 보이기 때문이
에요. 여러분은 서로의 부모님뿐만 아니라 조부모님까지 다 알고
있고, 형제자매들과 다 같이 서로의 마당에서 뛰놀면서 자랐고, 또
힘들 때 서로 도와 헤쳐나가잖아요. 이런 면에서 실제 할리우드는
정반대죠. 모두가 새로운 것을 시작하고 역사를 만들어보려고 몰
려드는 곳이니까요. 심지어 이름도 바꿔요. 제 이름은 미미가 아
니라 메리 앤이에요."

"세상에, 말도 안 돼!" 에비가 소리쳤다. "'이성과 감성'에 엘리
너로 출연하실 분의 본명이 메리 앤이라고요?"

"음, 좀 아이러니…… 하지? 근데 지금은 어떻게 될지 확실하지
않아. 제작사에서 갑자기 나보다 더 어린 배우가 엘리너 역을 맡아
줬으면 한다나 봐. 메리앤을 더 어린 배우로 캐스팅하고 싶어서."

애덜린과 프랜시스가 서로를 바라보았다.

"레너드 씨가 일이 그렇게 되도록 가만둘까요?" 프랜시스가 물
었다.

"그 사람이 그렇게 결정한 것 같던데요." 미미가 대답하자 두 사
람은 다시 재빨리 시선을 주고받았다. "제가 어디서 왔는지는 고
사하고 제 실명도 모르는 사람들만 있는 이곳을 왜 전 떠나지 못
할까요? 어째서 이렇게 발이 묶인 걸까요?"

"장담하건대 우리도 그런 일을 자주 겪어요." 애덜린이 대답해
주었다. "초턴은 누구든 제 분수를 모르는 사람을 싫어해요. 교육

만 해도 그래요. 에비가 왜 그동안 서재에 틀어박혀 혼자 공부했겠어요. 하지만 그렇다고 해서 이 마을을 사랑하지 않는 건 아니니까요." 애덜린이 에비를 향해 미소를 지으며 말했다.

그레이 박사와 앤드류는 오늘 밤 토론해야 할 안건이 산으로 가고 있다는 생각으로 서로를 바라보았다.

"그래서, 애덜린," 앤드류가 대화에 끼어들었다. "당신은 이 일이 애덤의 감정적인 면에서 보든, 그의 평판을 생각하든 너무 위험하다는 거죠. 그럼 에비하고 야들리는?"

에비는 선뜻 대답하지 못했다. 야들리는 소파에 앉아 에비를 마주 보고 있었다. 야들리와 에비는 한동안 서로를 응시하며 둘만 아는 미소를 지었다. 에비는 서재에서 야들리에게 자신의 비밀을 모두 털어놓았던 일을 떠올렸다. 그들은 닮은 구석이 정말 많았다. 그날 밤 그들은 집 안 곳곳과 서재에 숨어 있는 제인 오스틴 관련 유산을 온전하게 보관하자며 둘만의 굳은 맹세를 했었다.

"제가 먼저 의견을 낼까요?" 야들리가 물었다. "비록 여러분 모두에게 전 만난 지 얼마 안 된 외지인에 불과하지만, 전 애덤이 무슨 일이든 감당할 수 있으리라 확신합니다. 지금까지의 애덤을 보세요. 협회와 우리가 하는 일을 얼마나 열정적으로 지지해왔는지를 보시라고요. 그리고 전문가의 입장에서도 한 말씀드리면, 자칫하면 별채는 말할 것도 없고 소장품마저 모두 잃을 위험도 큽니다. 일단 매입 시기를 놓치면 오스틴가의 소금통 하나도 얻어내지 못할 수도 있어요. 게다가 저택에 있는 그림이나 가구 같은 건 제대로 보지도 못했잖아요. 혹시 압니까. 사실 여러분께 처음 얘기하는 건데, 오늘 아침 프랜시스 양이 아버님 침실에 있던 휴대용 마호가니 책상을 보여주셨어요. 그런데 말이죠. 이 책상이 예상 외의 거대한 발견이 될 수도 있거든요. 지난 9월 소더비 경매에서 제인 오스틴이 여행 중에 사용했을 거라고 추정되는 책상이 만 파운드가 넘는 가격을 받았어요. 제 직감상 그레이트 하우스에서 본 게 진품일 것 같습니다. 저 책상 하나로 수만 파운드를 얻을 수 있다는 말씀을 드리는 거예요."

"거참, 모순적이네요." 앤드류가 불쑥 끼어들었다. "바로 그 책상에서 어르신이 유언장을 그토록 잔인하게 수정했거든요."

앤드류의 다소 격앙된 어조에 좌중의 놀란 눈들이 그를 향했다.

"에비," 앤드류는 모두의 시선을 못 본 체하며 토론 진행을 이어 갔다. "네 이야기만 들으면 되겠구나. 넌 카탈로그를 만든 장본인이잖아. 네 생각은 어때? 야들리 씨에게 동의하니?"

에비는 사람들에게 의견을 말하는 게 영 익숙하지 않았다. 그녀는 자신의 의견이 혹시라도 프랜시스 양이나 애덤에게 해가 될까봐 두려웠다. 그리하여 어찌할 바를 모르고 제 주인만 바라보았다.

"전 전문적인 건 잘 몰라요. 근데 야들리 씨의 말씀이 일리는 있다고 생각해요. 제가 그동안 이 작업을 해온 목적은 단 하나였어요. 수 세기에 걸쳐 버림받고 잃어버렸던 것들을 찾으려는 시도였다고요……. 문화적으로 중요한 소장품들이 파괴될 가능성이 있는데, 그런 일은 애덤 씨도 원하지 않을 거예요. 제가 아는 애덤 씨라면 그럴 거고요."

"물론 제인 오스틴과 관련된 소장품이 모조리 파괴되진 않겠죠." 그레이 박사가 에비의 말을 받았다. "제인 오스틴은 여기서 10년을 살며 마지막 작품 세 권을 집필했습니다. 그러나 스티븐

슨에서도 꽤 살았고, 배스에서도 오래 거주했어요. 오스틴이 살던 다른 저택들이 어디에 있는지 우리 모두 잘 알잖습니까. 특히 배스에서 머물던 집은 아직도 그 자리에 잘 보존돼 있습니다. 애덤이 정당한 권리를 주장하지 않더라도 우리에겐 여전히 콜린 내치불에게 장서를 구입할 기회가 있어요. 프랜시스 양의 말을 들어보니 그 사람이 놀라울 정도로 책에 관심이 없는 것 같던데요. 아마도 책상이나 여타의 소장품들을 비슷한 방식으로 매입할 수 있지 않으려나 싶습니다. 요점은, 모든 게 아예 다 사라지는 건 아니라는 겁니다. 나중에 시간이 좀 지나서 다른 적절한 장소를 찾을 수 있을지도 모르는 일이고요."

"정말 그렇게 생각하시나요?" 애덜린이 물었다.

"그럼. 그렇지 않고서야 이런 말을 할 이유가 없지 않니." 그레이 박사가 다소 날을 세워 대답했다. 애덜린이 어깨를 으쓱하며 한 발 물러섰다. "다른 뜻은 없으니 오해 마세요. 그냥 박사님답지 않아서요. 박사님은 순리대로 살아야 한다는 주의시잖아요."

그레이 박사는 앤드류의 호기심 어린 시선이 불편해 이리저리 몸을 들썩였다.

"제가 한마디 더 해도 될까요?" 미미가 물었다. "어쩌면 제가 너무 감정적일 수도 있는데요. 직업병이라 할까. 뭐, 어쩌겠어요? 아무튼 전 누군가의 삶에 후회가 남는다는 게 어떤 건지 잘 알아요. 진정한 후회 말이에요. 전 애덤이 그 어떤 것도 후회하지 않았으면 좋겠어요."

그녀는 잠시 말을 멈추었다. 방 안의 모두가 유독 침묵을 지켰다. 과연 미미가 전 세계 극장의 6미터 남짓 되는 스크린을 휘어잡은 데에는 이유가 있었다.

"그리고 전 아버지를 잃는다는 게 어떤 기분인지 알아요. 아버지의 부재에 무력감을 느끼고 어떻게 해서든 아버지를 구할 수 있는 방법이 있진 않았을까 늘 궁금해하며 살았거든요. 슬픔과 후회는 가슴속에 그 무엇도 채울 수 없는 구멍으로 남아요. 정말이에요. 경험에서 말씀드리는 거예요. 여러분들도 분명 지난 세월 그 공백을 메우려고 노력해봤을 거라 생각해요. 하지만 무너진 현실 앞에서 마음의 빈자리를 채우는 일은 쉽지 않아요. 돈이나 물건, 예술, 심지어 다른 사람으로도 그 자리는 메울 수 없죠. 타인을 사랑하고 신뢰하는 법을 다시 배운다고 해도요."

미미는 다시 한번 말을 멈추고 숨을 골랐다. 그녀는 확실히 모두의 마음을 휘어잡고 있었다. 그녀 자신도 분위기를 읽을 수 있을 정도였다. 그녀가 아무리 훌륭한 연기를 펼쳐왔을지언정 지금처럼 관객을 제대로 이해시킨 적은 없었다.

"제가 보기에 우린 지금 애덤의 마음속에 공허한 구멍을 심을지 여부에 대한 투표를 하는 것이나 마찬가지예요. 결과가 어떻게 나오든 애덤이 잘 이겨내길 바라면서. 근데 전 그렇겐 못하겠어요. 기꺼운 마음으로 투표할 수 없을 거라고요. 우리의 결정이 틀려서, 그래서 애덤이 매 순간 그 결과를 견뎌야 한다고 생각해보세요. 세상 무엇과도 비교할 수 없을 고통일 거예요."

"동의해요." 애덜린이 말했다. "제인 오스틴도 분명 동의했을 거예요."

그레이 박사가 등을 기대고 앉아 물었다. "이제 투표를 할까요? 아, 잠깐만, 프랜시스, 의견을 내지 않으셨군요. 어떻게 생각합니까? 사실상 가장 관련이 깊으신 분이시잖아요."

난로 곁에 앉은 프랜시스는 주먹 쥔 손을 무릎에 올려놓은 채
아무 말이 없었다.

"저한테 남동생이 있었던 거잖아요." 프랜시스의 뺨 위로 조용
히 눈물이 흘러내렸다.

다른 말은 필요 없었다.

제 29 장

햄프셔주, 초턴
1946년 4월

잭 레너드와 미미 해리슨의 결혼식 날이 빠르게 다가오고 있었다. 잭은 제인 오스틴 소사이어티의 낡은 저택을 두고 농담 삼아 미미의 지참금이라 부르곤 했다. 그는 그 저택에 머무는 걸 썩 내켜 하지 않았다. 썩어가는 책이 켜켜이 쌓여 있는 저택이 아닌가. 미미는 다수의 영화 계약서에 사인을 한 대가로 받은 출연료로 약속한 4만 파운드를 만들어냈다. 이 영화들만 끝내면 더 이상 그만큼의 영화를 찍을 계획은 없었다.

두 사람이 풀 파티에서 처음 만난 지도 어느덧 1년이었다. 잭은 어딘가 모르게 조금씩 불안해지고 있었다. 그는 자신의 감정을 정확히 알고 있었다. 약지에 어렴풋이 남아 있던 반지 자국은 힘겹게 싸워 쟁취한 것이었다. 이게 바로 그가 짧은 약혼 기간을 원했던 이유였다. 그는 이렇게까지 긴 시간 동안 자신의 권리를 찾지 않을 만큼 인내심이 좋은 편은 아니었다. 그러나 미미가 초턴의 교회에서 결혼식을 올리고 싶어 했다. 다행히 파월 목사가 잠깐씩 머무르던 별채를 임대 매각한 후에 일이 어느 정도 진전을 보이기 시작했다.

이후로 거래에 더 이상 져줄 마음이 사라진 잭은 초턴 파크와 별채를 신부의 도피처로 생각하는 대신 투자의 기회로 여기기로 마음먹었다. 그는 열렬한 골프광으로서 최근 알파 투자 주식회사라는 스코틀랜드 골프장 개발 회사에 이사로 이름을 올렸다. 나아가 향후에 있을 개발을 위해 나이트가의 영지 전체를 매입하자는 아이디어도 제안했다. 한동안 그는 제인 오스틴 소사이어티의 최신 동태, 나이트 양의 경제적 어려움, 그리고 미미가 한때 털어놓길 거부했던 협회의 미심쩍은 투표와 내치불이란 자를 나이트가의 후계자로 인정했다는 이야기에 귀를 기울이며 고민의 고민을 거듭했다.

"그러니까 당신들 다섯이 내치불이란 사람을 끌어내릴 수 있는 정보를 가지고도 그 사람과 싸우지 않기로 투표를 통해 결정했다는 거야? 내가 제대로 들은 건가?"

"응. 웬만큼." 수화기 너머의 미미가 대답했다.

그의 질문이 이어졌다. "협회 사람들이 설립 목적을 이해하긴 한 거야?" 하지만 이 질문의 답은 들을 수 없었다.

잭은 이 기밀 정보를 바탕으로, 한 사람의 죽음 이후 이어진 막대한 의무와 전쟁 후 다소 가라앉은 영국의 경제 상황에 비추어 멍청하기 짝이 없는 콜린 내치불에게서 그 영지를 사들일 기회를 엿보고 있었다. 그러면서 알파 투자 주식회사의 이사회에 되도록 낮은 수준의 제안서를 제출하라는 충고를 건넸다.

잔뜩 신이 난 미미가 서재의 책에 대해 시도 때도 없이 떠들었지만 잭은 이런 것에는 별로 관심이 없었다. 책이 지닌 잠재적 가치 따위 상관하지 않았으며 사실 그 가치를 높이 쳐주고 싶지도 않았다. 그는 오로지 제인 오스틴을 향한 관심세가 얼마나 지속될지에만 신경 썼다. 소위 협회 회원이라는 자들이 시골 의사, 노처녀, 학교 선생, 혼기를 넘긴 농부, 좀 특이한 경매인, 분쟁을 싫어하는 변호사, 하녀, 할리우드 영화배우라니. 그는 자신의 귀를 의심했다. 잭에게 있어서 그들은 사업에 대한 전문 지식이라고는 눈 씻고 찾아볼 수 없는 부적응 집단 그 이상도 이하도 아니었다.

전쟁 전 그레이트 하우스와 주변 영지, 작은 별채의 재산 평가액이 10만 파운드였다. 프랜시스가 보관하던 서재의 책값으로 절반 가까운 금액을 내치불에게 지불했다는 이야기를 미미에게서 전해 듣던 순간, 잭은 너무 놀라서 누워 있던 라운지의 선 베드에서 굴러떨어졌다. 알파 투자 주식회사의 주주들이라면 그 금액의 반 토막이라도 지불할 리 만무했다. 하지만 잭은 가만히 앉아 미미가 그 돈을 협회에 기부하도록 내버려두었다. 미미는 그 자체로 너무 흥분 상태였고, 잭은 흥분한 여자들을 좋아했다.

결혼식과 제인 오스틴 소사이어티의 다섯 번째 모임을 일주일 앞두고, 콜린 내치불의 빠릿빠릿한 행동과 변호사는 감정이 어려운 서재의 모든 책을 제인 오스틴 기념 신탁에 4만 파운드에 매각하겠다는 서면 서류를 작성해주었다. 다음 날 애덤 버윅은 건초 마차를 저택 정문으로 끌고 갔다. 협회 회원 여덟 명과 프랜시스의 고용인 셋이 달라붙어 2,375권의 책을 모두 옮겼다. 책들을 에비 스톤의 카탈로그에 따라 정확한 위치에 꽂아둘 예정이었으므로 책 나르는 일만으로도 꼬박 하루가 걸렸다. 어쨌든 앞으로 있을 최종 감정 평가를 한결 쉽게 받기 위해서라도 책을 구분해놓는 게 도움이 되었다. 애덤의 마차가 마을을 가로질러 애덜린 그로버의 집으로 향했다. 책들은 애덜린 집에 있는 여분의 침실 두 군데에 보관될 예정이었다.

이제 협회가 할 수 있는 일은 가만히 앉아 제인 오스틴 박물관의 가장 이상적인 장소가 관리인의 별채라는 사실을 내치볼이 깨닫고 제때에 팔기로 동의하기를 바라는 것뿐이었다.

∘——∘

"세상에, 얘, 저것 좀 보렴." 결혼식 당일 아침 일찍 애덜린의 어머니가 현관 창문 앞을 내다보며 외쳤다. "버윅 씨가 나이트가의 롤스로이스를 몰고 왔다. 무슨 일일까?"

루이스 부인은 벽난로 옆 흔들의자에 앉아《오만과 편견》문고본을 읽고 있는 딸을 보며 배시시 미소를 지었다.

"얘, 그 책 좀 치워라. 멋진 신사가 널 찾아 왔잖니." 루이스 부인이 창가 자리를 정리하며 말했다. "아이고, 이 책은 다 뭐며 위층에 있는 솔기가 다 떨어진 낡은 책은 또 뭐야. 네가 무슨 짓을 벌이고 다니는지 당최 알 수가 없으니 원."

"어머니, 저 대신 문 좀 열어주실래요? 이 장을 거의 다 읽어가는 중이라서요."

루이스 부인이 고개를 좌우로 저었다. "웃기네. 얘, 너 그 책 열 번도 넘게 읽었잖아. 네가 직접 맞아라. 그리고 애덜린, 부탁인데 제발 다정하게 굴고."

"어머니!" 애덜린이 마지못해 책을 덮고 한숨을 쉬며 말했다. "너무해요. 제가 언제 애덤한테 친절하지 않은 적이 있었어요? 물론 애덤은 정말 다정한 사람이지만," 애덜린이 한층 목소리를 높여 강조하듯 말했다. "어머니가 생각하는 그런 건 아니에요."

"왜 다들 애덤을 그렇게 얘기하는지 모르겠어. 애덤처럼 사랑스럽고 온순하고 보기 좋은 구석이 많은 사람이 어디 있다고."

"음, 한 가지 이유는 제가 알려줄 수 있어요. 그분은 저 같은 사람에겐 관심이 없답니다."

"말도 안 돼! 너 아니면 대체 이 마을의 누가 그의 관심을 사겠어! 그 어린 에비 스톤은 절대 아니겠지. 어찌나 의뭉스럽고 영악한지. 글쎄, 그 애가 지난번에 우리 집에 왔을 때 말이야. 위층에서 책을 뒤지고 있는 거야."

"어머니, 그건 제가 이미 말했잖아요. 에비는 나이트가의 서재에서 나온 전집 중에 분명 마을에 분산되어 있는 책이 있을 거라고 생각해요. 그래서 나이트 가문의 인장이 찍혀 있는지 살펴보는 거라고요."

루이스 부인은 딸이 딱하다는 듯 고개를 절레절레했다. "난 그냥 이해가 안 된다."

"그리고 하나 더," 애덜린이 격분하며 덧붙였다. "애덤은 저보다 나이가 훨씬 많다고요."

"쓸데없는 소리! 많기는 무슨. 그리고 나이 든 남자가 정신적으로도 성숙한 법이라 오히려 적당한 짝이 될 수도 있다는 걸 왜 몰라. 게다가 너보다 나이가 많아 봤자 얼마나 많다고."

"애덤은 점잖은 그레이 박사님과 고작 두 살밖에 차이가 안 나는걸요." 애덜린이 지난겨울 집을 찾아왔던 마을 의사에게 보인 어머니의 차가운 반응을 떠올리며 조심스럽게 눈치를 살폈다.

"그래? 뭐, 남자 나이 40대면 한창이지. 자식 못 낳을 걱정할 나이는 아니야."

"세상에, 어머니," 애덜린이 입꼬리를 올리며 대꾸했다. "어머니가 나한테 얼마나 큰 도움이 되는지 아셨으면 좋겠네요. 방해만 좀 덜하시면 좋을 텐데."

그때 조심스럽게 현관문을 두드리는 소리가 들렸다.

"하, 제 어미보다 곰팡이 핀 책 더미를 더 좋아하면서." 부인이 대답했다. 딸만큼이나 날카롭고 직설적인 말투의 루이스 부인이었다. 애덜린이 자리에서 일어나 현관으로 향했다.

애덤, 애덜린, 루이스 부인은 잠깐의 티타임을 가졌다. 그러고 나서 애덤과 애덜린은 이번 주 내내 하던 대로 위층으로 올라갔다. 보통 책이 보관된 방에 가면, 애덜린은 바닥에 책상다리를 하고 앉았고 애덤은 뒤집어놓은 나무 상자에 앉았다. 두 사람은 야들리가 에비의 카탈로그를 찍어서 만든 사진 세트를 가지고 있었다. 그들은 고요한 흥분 속에서 상자 위의 번호와 내용물이 카탈로그와 일치하는지 확인했다. 지금까지 살펴본 바에 따르면 수백 권의 책 중에서 단지 한두 군데에서만 오류가 발견되었다. 둘은 기쁜 마음으로 붉은색 잉크 펜으로 표시를 해두었다. 서재 전체를 고작 지난주에, 그것도 정신없이 옮긴 점을 감안하면 이는 굉장한 안도감으로 다가왔다.

두 사람은 한 시간이 넘도록 작업을 이어갔다. 그때 프랜시스 나이트가 문간에 나타나서는 두 사람을 놀랬다. 애덤이 자리에서 일어나려 하자 프랜시스가 손사래를 치며 계속 앉아 있으라는 시 늉을 했다.

"좀 있으면 결혼식이 시작돼요. 슬슬 준비를 해야 하지 않겠어 요?" 프랜시스가 애덤에게 미소를 지어 보였다. 애덤은 오래되긴 했지만 썩 잘 어울리는 양복을 입고 있었다. "버윅 씨, 아니 애덤, 오늘 정말 근사해 보이네."

애덤의 얼굴이 붉어졌다. 프랜시스 양을 위해 일하며 그녀를 존 경해온 세월 내내 오늘처럼 친근하고 장난스러운 모습을 본 적이 없었다. 사실 그는 친자 사건 이후로 자신을 이전보다 훨씬 더 따 뜻하게 대해주는 프랜시스가 너무나 고마웠다. 그 이야기를 처음 들었을 때 어머니가 자신을 속여왔다는 배신감이 든 것도 잠시, 친 누나가 생긴다는 데에 머리 위로 한 줄기 빛이 내리쪼이는 것 같 았다. 프랜시스같이 멋진 사람이 누나라니. 애덤은 자신에게 주어 진 흔치 않은 몇 번의 기회를 통해, 포기하지 않는다면 인생이 먼 저 자신을 포기하는 일은 없다는 사실을 조금씩 깨닫는 중이었다.

"당신도 너무나 아름다우세요, 프랜시스. 그레이트 하우스에서 열릴 피로연 식사 준비는 어떻게 돼가나요?" 애덜린이 물었다.

프랜시스는 체념하듯 양손을 흔들었다. "조세핀이 모든 걸 완벽 하게 하려고 난리랍니다. 그런데 두 분께 지체하면 안 될 중요한 일이 있어 왔어요."

애덜린과 애덤은 프랜시스가 결코 호들갑을 떠는 사람이 아니라는 걸 알았다. 두 사람은 걱정스러운 눈빛으로 프랜시스를 바라보았다.

"두 분이 모두 계셔서 얼마나 다행인지." 그녀가 풍성한 스커트의 오른쪽 주머니에서 편지를 꺼냈다. "앤드류 포레스터가 오늘 아침 저에게 먼저 가져왔어요. 제 등기 변호사에게서 받은 거래요. 최근 콜린 내치불이 재산 상속 판결 명령에 따라 전 재산을 알파 투자 주식회사라는 골프장 개발 회사에 매각해버렸다는 내용이에요. 게다가 집세를 내지 않아도 되는 초턴의 별채 역시 넘어갔어요. 그보다 더 최악인 건, 이 모든 일을 주도한 회사에 잭 레너드 씨가 이사로 등재돼 있다는 사실이에요. 분명 그 사람이 벌인 짓이에요. 전 두 분께 이 말씀을 드리려고 급하게 왔어요. 앤드류는 지금 오는 중이고요. 다른 세입자들에게도 가능한 한 빨리 알려야 할 것 같아서요."

애덜린이 책 더미에서 조심스럽게 일어섰다. 모두들 에비가 공들여 작업해놓은 수십 개의 상자 속 책의 순서가 뒤섞일까 봐 걱정이 이만저만이 아니었다.

"저도 좀 읽어볼게요." 애덜린이 프랜시스가 꼭 쥐고 있던 편지 쪽으로 손을 뻗었다. "이해가 안 돼요……. 그럼 당신은 이제 어디서 살아야 하는 거예요?" 애덜린이 상자에 털썩 주저앉으며 멍하니 프랜시스를 바라보았다.

"포레스터 씨는 뭐라고 하십니까?" 애덤이 물었다.

"그분은 아버지의 유언으로 제 집이 된 그 별채가 콜린 이후의 주인에게는 법적 구속력이 없다는 점을 분명히 하겠다고 했어요. 앤드류는 시간이 지나며 자연스럽게 제가 소유권을 갖게 되길 바랐지만, 일단 제가 그곳에 거주하지 않았으니 일반적인 법률상의 권리를 가질 순 없을 것 같대요."

애덤과 애덜린은 복잡한 법적 용어로 말미암아 머릿속이 다소 혼란스러운 듯한 프랜시스를 바라보았다.

"만약 제가 그 집에 오래 살았다면 소유권이 주어졌을지도 몰라요." 프랜시스가 한숨을 쉬며 덧붙였다. 그리고 그 모든 실패에 처음으로 노골적인 불쾌감을 드러냈다. "내치불 씨와 그분의 변호사가 결혼식이 끝날 때까지 저택에 머무르는 걸 왜 허락해줬나 했더니."

애덤이 프랜시스를 똑바로 보지 못하고 무릎 위에 놓인 책으로 시선을 가져갔다. "다 제 불찰입니다. 제가 나서서 한마디했어야 했는데."

프랜시스가 그의 어깨를 도닥였다. "그런 생각은 하지 마, 애덤. 이제라도 알았잖아. 내가 이 세상에 혼자 남겨진 게 아니라는 걸 말이야. 그게 우리가 투표한 이유 아니겠어?"

"그래도요. 이건 당신에게 정말 끔찍한 일인걸요." 애덜린이 끼어들었다.

프랜시스는 애덜린에게서 건네받은 편지를 다시 스커트 주머니에 집어넣었다. "어떻게든 될 거예요. 늘 그랬잖아요. 다만 협회 회원들에게 미안해요. 에비에게 특히. 그렇게 열심히 노력했는데. 그리고 미미는 당장 오늘이 결혼식인데 이런 소식을 전해야 하다니."

애덤이 손목시계를 보며 입을 열었다. "싱클레어 씨가 열 시 반 기차로 도착할 예정입니다." 그가 상자에서 일어나 무릎에 묻은 책 먼지를 떨어냈다.

프랜시스가 애덜린에게 말했다. "애덤에게 롤스로이스를 빌려 줬어요. 근사한 모습으로 야들리를 마중 나가라고요."

애덤이 애덜린에게 손을 내밀었다. 애덤의 도움을 받아 자리에서 일어난 애덜린이 마지못해 입을 열었다. "그럼 이제 어떡해요? 결혼식이 끝날 때까지 별채에 관한 말은 하지 말아요? 제 결혼식 날이 생각나네요. 전 초조해서 어쩔 줄을 모르고 신랑 될 사람은 세상모르고 멋있기만 했었는데."

프랜시스는 깊은 한숨을 내쉬었다. "미미는 똑 부러지는 사람이에요. 그녀의 인생에 전환점이 될지도 모르는 때에 잭 레너드가 득이 될지, 실이 될진 모르겠네요."

"무슨 말인지 알겠어요." 애덜린이 대답했다. "그래도요. 결혼식 몇 분 전에 이런 얘기를 털어놓을 순 없죠. 게다가 제인 오스틴이라는 공통점 말고는 우리 중 누구도 미미에 대해 잘 안다고 할 순 없잖아요."

"어쩌면요." 프랜시스가 대답했다. "하지만 누군가에게 마음을 쓰고 있다는 걸 드러내기에 잘못된 때나 너무 늦은 때는 없지 않을까요."

그때 문간에서 헛기침 소리가 새어 들어왔다. 세 사람이 고개를 돌린 자리에 앤드류 포레스터가 서 있었다. "방해해서 미안합니다만, 이제는 진짜 교회에 가야 합니다."

프랜시스가 자신과 함께 성장해온 책으로 가득한 방을 둘러보았다.

"힘드시죠." 앤드류가 말했다. "책들이 이렇게 여기 옮겨진 걸 보고 있는 게."

"아니요. 전혀요. 사실 그 반대예요. 책들은 여기 있음으로써 훨씬 인정받는 것 같아요. 책이 사랑받고 보존되고 주목받는 게 더 중요한걸요."

애덤은 앤드류가 프랜시스에게 보내는 의아한 시선을 눈치챘지만, 우선은 모두를 움직이게 하는 게 최선이라고 여겼다. 애덤이 애덜린에게 고개를 돌려 물었다. "역에서 돌아오는 길에 들려서 모시고 갈까요?"

"아니요." 그녀가 짜증스러운 한숨을 내쉬며 말했다. "전 그레이 박사님과 리버티랑 걸어가기로 돼버렸어요. 아, 신이시여. 리버티가 한시도 쉬지 않고 떠들 텐데."

"그레이 박사님은 좋아하시는 것 같던데요." 프랜시스가 말했다. 세 사람은 앤드류와 함께 아래층으로 발걸음을 옮기기 시작했다. "특유의 활기찬 기운이요."

마지막 계단을 밟은 애덜린이 뒤를 돌아 프랜시스를 올려다보았다. "그게 무슨 뜻이에요?"

프랜시스가 천진한 미소를 띠며 말했다. "벤저민 그레이는 충분히 외로웠잖아요. 리버티라면 그분에게 잘 어울릴 것 같아서요."

"리버티 파스칼이요?" 애덜린이 너무 크게 외치는 바람애 애덤, 앤드류, 프랜시스 모두가 휘둥그레진 눈으로 그녀를 쳐다보았다.

"리버티는 꽤 아름다운 숙녀예요." 애덤이 한쪽 눈을 찡긋하며 덧붙였다.

"그런 말은 꺼내지도 마세요." 애덜린이 장난스럽게 애덤을 찰싹 때렸다. "여태 한마디도 안 하시던 분이 그런 소리는 왜 하시는 거예요?"

애덤은 프랜시스와 앤드류가 나갈 수 있도록 현관문을 잡아주
었다가 팔짱을 낀 채 복도에 서 있는 애덜린에게 돌아왔다.

"그럼, 즐겁게 걸어오십시오." 애덤이 농담을 던졌다. 애덜린은
보란 듯이 문을 쾅 닫아버렸다.

∘——∘

그레이 박사와 리버티는 교회를 향해 가고 있었다. 가는 길에 잠
깐 들러 애덜린 그로버를 데리고 갈 요량이었다. 그레이 박사는 그
날 아침 유독 신경 써서 목욕을 하고, 머리를 빗어 넘기고, 죽은 아
내가 사준 향수를 뿌렸다. 그 향수는 아내와 보낸 마지막 크리스
마스 때 아내가 선물로 저민가(街)에서 사준 것이었다. 면도를 하
고 턱선을 따라 향수를 찍어 바르다가 향수병을 들여다보았다. 지
금과는 비교할 수 없을 정도로 평화로웠던 그해 크리스마스 아침
이 떠올랐다. 과거의 그는 이렇게 문득 기억이 찾아올 때마다 애
써 밀어내는 데에만 급급했지만 지금은 그렇지 않았다. 과거의 순
간은 흐르지 않고 어떻게든 그 자리에 머물러 있었다. 과거의 기
억은 자신이 누구인지, 원하는 게 무엇인지, 마땅히 가져야 할 것
들이 무엇인지 떠오르게 해주었다. 제니라면 그가 계속 살아가기
를 바랐을 것이다. 그리고 너무도 무한하고 너무도 지독했던 그녀
를 향한 사랑을 돌아보지 않기를 바랐을 것이다. 그는 더 이상 아
무런 후회도 없었다. 제니 역시 그를 원없이 사랑했으며, 그녀는
그가 다시 행복하고 만족할 만한 삶을 살아가기를 바랄 것이었다.

그러면서 그는 제니라면 자신이 리버티 파스칼 같은 여자와는 함께하지 않기를 바랄 것이라고 확신했다.

리버티는 그레이 박사의 팔짱을 끼고 걸으며 쉴 새 없이 떠들었다. 그녀는 늘 하던 대로 애덜린 루이스 그로버의 옛 남자 친구들에 대한 뒷담화를 지껄였다. 그레이 박사는 애덜린의 연애 생활에 이렇게까지 집착하는 리버티가 이상하면서도 불쌍했다. 정원 사건 이후로 그는 부러 애덜린을 피하고 있었다. 하지만 리버티는 애덜린이 혼자가 된 젊은 미망인이란 사실을 그에게 쉴 틈 없이 일깨워주곤 했다.

"아, 전 결혼식이 너무 좋아요." 리버티가 말했다. "세상에 결혼식만큼 로맨틱한 건 없는 것 같아요. 전 늘 결혼식이 좋았어요. 박사님은요?"

"모르겠네. 결혼식을 그렇게 많이 다녀보질 않아서. 마을이 꽤 작으니까."

"오, 그래도 애덜린의 결혼식은 가셨겠죠. 언제였더라, 작년 2월이던가? 얼마나 안됐어요. 결혼하고 그렇게 오래되지도 않아서. 그렇죠?"

"왜?" 그레이 박사가 멍하니 물었다.

"왜라니요. 애덜린과 새뮤얼의 결혼식에 참석은 하셨죠?"

"아, 응." 그레이 박사가 고개를 끄덕였다.

리버티는 그의 얼굴을 뚫어져라 쳐다보았다. 그레이 박사는 참으로 맞추기 힘든 타입이었다.

"뭐, 어쨌든 그날이 세상에서 제일 로맨틱했던 날 같아요. 어린 시절 연인과 결혼이라니. 근데 애덜린은 어렸을 때부터 같이 자랐으니 결혼해야겠다, 이런 마음이 좀 없어 보였어요. 대학 다닐 때 애덜린이 말했던 고향에 두고 온 남자 친구가 누굴까 되게 궁금했었어요. 말만 들어선 천사가 따로 없었는데. 근데 전 뭐, 잘 모르지만, 한쪽으로 기운 연애라 해야 되나, 남자가 매달리는 것 같더라고요."

그레이 박사는 연립 주택 앞 길가를 가득 메우고 있는 수선화밭을 바라보았다.

"그리고 어떤 교수님도 한 분 계셨어요." 리버티가 속삭이는 듯한 말투로, 그러나 그렇다기엔 다소 큰 목소리로 떠들었다.

"음?"

"뭐, 결혼 생각하면 도망가고 싶을 수 있잖아요. 아무튼 다들 그랬어요. 새뮤얼이 징집된 게 아니라 일종의 도피를 한 건 아닌가 했다니까요. 두 사람이 결혼하자마자 새뮤얼의 징집 소식이 들리지 않았나요?"

그레이 박사의 머릿속에는 결혼식 당일 크림색 드레스를 입고 제단에 서 있던 애덜린의 모습만 떠올랐다. 구불거리는 머리카락이 어깨 위를 넘실거리고, 흰 장미로 만든 화관을 머리에 쓴 그녀의 두 뺨이 분홍색으로 물들어 있었다.

"근데 말이죠, 교수만 있었던 게 아니에요." 리버티가 우물쭈물하며 입을 놀렸다. "애덜린이 확실히 부인과 사별하거나 그런 스타일의 나이 든 남자라면 사족을 못 쓰나 봐요. 대학 시절에 저한테 털어놓은 적이 있어요. 그때 뭐라고 했냐면……."

리버티가 문득 말을 멈추었다. 그레이 박사가 가만히 서서 그녀를 빤히 쳐다보았던 것이다. 그날 밤 정원에서 애덜린은 말했었다. "지난 몇 년간 날 그렇게 밀어냈으면서……."라고. 그녀의 말이 마치 오랫동안 억눌려 있던 메시지처럼 그의 머릿속에서 툭 튀어나왔다.

"지금 뭐라고 했지?"

리버티가 입술을 잘근잘근 씹었다. 그녀는 보통 그레이 박사보다 두 걸음 정도 빨랐는데, 오늘따라 웬일인지 그레이 박사에게 따라잡힌 이후로는 줄곧 뒤처지고 있었다.

"어머, 내 정신 좀 봐. 정신없이 떠드느라 도착한 줄도 몰랐네요. 여기 계시면 제가 들어가서 애덜린을 데리고 나올게요. 잠깐 쉬고 계세요."

리버티가 애덜린의 집 정원 길을 달려 올라갔다. 그레이 박사가 나무 문의 경첩을 이리저리 만져보았다. 경첩은 앞뒤로 부드럽게 움직이고 있었다. 애덤 버윅이 왔다 간 모양이었다.

그때 경적 소리가 들렸다. 뒤를 돌아보니 애덤이 나이트가의 롤스로이스 운전대 앞에 앉아 있었다. 조수석에 앉은 사람은 다름 아닌 야들리 싱클레어였다.

"그레이 박사님!" 야들리가 애덤이 앉은 운전석 창가로 가까이 기대며 외쳤다.

그레이 박사가 웃으며 모자를 들어 올려 인사를 건넸다. 차가 속도를 줄이자 그레이 박사 또한 두 남자를 맞이하기 위해 도로 쪽으로 발걸음을 옮겼다. "오시는 길은 괜찮으셨습니까?" 엔진이 멈추며 소음을 내는 통에 그레이 박사는 한껏 목청을 높여야 했다.

"애덤의 운전 실력이 상당한걸요." 야들리가 커다란 목소리로 되받아쳤다.

차를 향해 다가선 그레이 박사는 뒷좌석에서 이상한 소리가 들리자 고개를 돌렸다. 새끼 보더 콜리 한 마리가 당당하게 앉아 혀를 내밀고 있었다. "하이고, 이건 누구신가?"

"딕슨이요." 야들리가 운전석의 애덤에게 눈짓을 보내며 배시시 웃었다. "애덤에게 줄 선물입니다. 기운을 좀 북돋아줄 선물이요."

근래에 겪은 극도의 스트레스에도 불구하고 오늘 애덤은 한없이 멋있어 보였다. 진정으로 편안해 보이는 모습을 눈으로 확인할 수 있어 의사로서 그리고 친구로서 참 기분이 좋았다. 그러나 한편으로는 애덤이 단순히 봄이 오는 게 좋은 건지, 아니면 마을의 누군가를 떠올리며 행복해하는 건지 궁금해지기도 했다.

"이번 주말이 참 기대되네요." 야들리가 대화를 이어나갔다. "책들을 보고 싶어서 일주일 내내 손이 근질거렸거든요."

그레이 박사가 애덜린의 집 2층 창문가를 턱끝으로 가리켰다. "모두 저 위에 있어요. 방 두 개가 바닥부터 천장까지 책 상자로 꽉 찼습니다."

"제가 런던으로 돌아가기 전 월요일 아침에 모이는 거죠?" 야들리가 운전대를 잡고 있는 애덤을 향해 피식 웃음을 흘렸다. "감정을 내릴 만한 충분한 시간이 있길 바라야겠네요. 결혼식 주말은 방해물이 너무 많으니까요."

"음, 난 크게 바쁜 건 없습니다." 그레이 박사가 대꾸했다. 마침 애덜린과 리버티가 정원을 따라 내려오고 있었다.

야들리가 큰 소리로 휘파람을 불었다. "이야, 벤저민 박사님, 원하시는 걸 꼭 손에 넣으시길 바랄게요. 하나든 둘이든요."

애덤이 다시 한번 경적을 울렸다. 차가 속도를 내기 시작하자 야들리의 웃음소리가 차창 밖으로 흘러나왔다. 그레이 박사는 잠시 모자를 벗고 관자놀이를 문질렀다. 야들리의 농담에 심각한 편두통이 몰려오는 기분이었다. 과연 결혼식이 치러지는 동안 잘 참아낼 수 있을지 확신할 수 없었다.

∘──∘

미미는 정오에 거행될 결혼식을 30분 앞두고 있었다. 프랜시스의 뜻에 따라 잭과 미미는 각방을 쓰게 되었고, 그녀는 그레이트 하우스의 게스트 룸에서 결혼식 전날 밤을 보냈다. 그녀는 아주 공들여 화장을 하는 중이었다. 제작사의 메이크업 담당자가 화장을 해줄 때는 의자에 기대앉아 편히 쉬기만 하면 되었었다. 아쉬운 건 딱 그거 하나였다. 다른 건 하나도 그립지 않았다. 미미는 초턴의 모든 게 좋았다. 에비, 프랜시스와 저택의 벽난로 앞에서 밤늦게까지 이야기꽃을 피우는 것도, 애덤 버윅이 끄는 마차에 타는 것도, 어퍼 패링던과 로어 패링던으로 향하는 긴 산책로를 걷는 것도, 야들리와 작은 펍에 앉아 생기 넘치는 마을 주민들과 수다를 떠는 것도 좋았다.

반면 잭은 이곳을 그다지 좋아하지 않는 것 같았다. 뜨거운 물과 차가운 물이 따로 나오는 수도꼭지(그는 뜨거운 물에 데인 손을 흔들며 "난 그냥 물이 따끈했으면 좋겠다고!" 하고 투덜댔다), 그에게 필수적인 먹을거리의 부재(그는 매일 일정량의 설탕과 카페인이 필요했다), 밥 먹듯이 내리는 가느다란 이슬비, 자조적인 농담이 섞인 비관주의 등 많은 것들이 그에겐 생소했다. 특히 잭은 영국식 농담에 적응하지 못했다. 그는 에너지와 자신감으로 가득한 사람이었다. 또한 진취적으로 나아가야 하는 사람이자 자신이 파는 모든 것에 반응해주는 세상이 필요한 사람이었다. 그는 언제나 뭔가를 팔아치우는 사람이었으니까.

미미는 1년에 몇 개월씩 영국에 머무르는 일이 잭에게는 불가능하다는 걸 알았다. 그나마 초턴이 런던과 가까워 이따금 그의 사치스러운 감각을 채워줄 수 있었다. 게다가 인구 400명의 이 작은 마을에는 수요와 공급이 정확히 일치하는 집이 나타나지 않았다(프랜시스는 그녀에게 "사실상 누가 돌아가셔야 집이 나오겠네요."라고 했었다). 하지만 미미는 희망을 버리지 않고 부동산 매물이 나오기만을 끈기 있게 참고 기다렸다. 그동안 잭은 프랑스 남부 지역을 돌아다녔다. 몇 달 안에 프랑스 칸의 카지노에서 전 세계 20여 개국이 참여하는 베니스 영화제와 견줄 만한 영화제가 열린다는 정보를 접한 잭은 지금이야말로 칸에 부동산을 사야 할 적기라고 확신했다. 소식이 아직 세상에 알려지기 전이었고, 무엇보다 그의 상업적 본능은 틀린 적이 없었다.

미미의 침실 문을 두드리는 소리가 들렸다. 그와 동시에 프랜시스가 방 안으로 고개를 불쑥 내밀었다. "그로버 부인의 집에서 막 돌아오는 길이에요. 애덜린과 애덤이 무릎 높이까지 올라오는 책들에 파묻혀 있더군요."

"빨리 신혼여행을 갔다 와서 보러 가고 싶어요. 패니 버니 책은 무조건 제가 먼저 읽을 거예요."

"그럼요." 프랜시스가 다정한 미소를 지으며 침대 끝에 걸터앉왔다. "사실 저도 결혼을 할 뻔했었어요."

미미가 의자를 홱 돌려 앉았다. "전혀 몰랐어요. 그런 말씀 없으셨잖아요."

"음, 왜냐하면 비밀스러운 약혼이었기 때문이에요. 부모님에게만 말씀드렸었죠. 딱 거기까지였어요."

"제가 아는 분인가요?" 미미가 웃으며 물었다. 자기 입으로 말했지만 너무나 어처구니없는 질문이 아닌가 싶었다.

"네. 앤드류 포레스터요."

미미가 마스카라를 내려놓으며 물었다. "어머, 농담이시죠. 아니다. 농담이 아니네요. 그렇죠? 세상에, 이제야 모든 게 말이 되네."

프랜시스의 눈이 휘둥그레졌다. "뭐가요?"

"당신을 향한 그분의 배려요. 그리고 그분의 염려도요. 협회와 관련된 모든 일에 대해 위험도가 너무 높은 걸 싫어하시고, 우리가 이사나 신탁의 의무를 위반하고 감옥에 갈까 봐 우려하시고, 그럼에도 불구하고 유언장과 관련해서는 콜린 내치불에 맞서 싸우라고 당신에게 애원하시고."

"전 별로 상관없어 보이는데요."

"프랜시스, 제발요. 그분은 법조인이니까 어쩔 수 없었던 거잖아요. 아마 할 수만 있었다면 두 번째 유언장을 불태워버렸을걸요. 대체 이게 무슨 일이람?"

"너무 오래전이라 기억이 가물가물해요. 약혼은 했었지만, 저희 아버지가 반대를 심하게 하셔서 헤어질 수밖에 없었어요."

"제 입장에선 좀 이해가 안 돼요."

"그러고 나서 앤드류는 전쟁에서 돌아와 법학을 공부하고 도시에서 꽤 성공한 사람이 됐어요. 정확하게 위험 여부를 판단하는 능력이 뛰어나서 햄프셔주에서 완전히 이름을 날렸죠."

"이해고 뭐고, 이게 무슨 일이에요, 프랜시스."

"알아요. 저도 그렇게 생각해요." 프랜시스가 체념한 듯 한숨을 내쉬었다.

"그러니까 아버지만 아니었다면 두 분이 결혼해서 후계자를 낳았을지도 모르는 거네요. 근데 미혼이라는 이유로 상속을 못 받으셨잖아요. 이건 뭐, 베티 데이비스가 출연한 영화 줄거리네요."

프랜시스가 스커트 오른쪽 주머니에 넣어두었던 편지를 꺼냈다. "그래도 나쁜 결혼보다는 아예 하지 않는 편이 나아요."

"그야 물론 그렇죠. 《오만과 편견》의 샬럿 루카스라면 반박했겠지만……." 미미가 볼을 살짝 꼬집어 혈색을 입히고 그 위에 루즈를 톡톡 발랐다. 자연광에 화장이 너무 과해 보이지 않게 해주는 메이크업 아티스트가 알려준 팁이었다.

"미미, 혹시 알파 투자 주식회사라고 들어본 적 있어요?"

"아니요. 왜요?"

"앤드류가 일 때문에 그 회사의 연간 보고서를 확인하다가 잭이 그 회사의 이사로 등기돼 있다는 걸 발견했어요."

미미는 몇 주 전 파리의 샤넬 매장에서 산 장밋빛 립스틱을 바르는 중이었다.

"아, 맞아요. 사업 때문에 스코틀랜드에서 회의를 한다는 얘기는 들었어요. 골프, 어쩌고 했는데, 전 잘 몰라요. 잭이 골프 이야기를 시작하면 그냥 한 귀로 듣고 한 귀로 흘려버려서요."

프랜시스가 편지를 내밀었다. "앤드류가 오늘 그 회사 회장으로부터 이 편지를 받았어요. 음, 당신이 직접 읽을 수 있게 여기 둘게요."

미미가 립스틱을 내려놓고 은장 케이스에서 휴지를 한 장 뽑아 입술을 가볍게 찍어냈다.

"프랜시스, 오늘은 제 결혼식 날이라고요." 미미가 핀잔을 주듯 말하며 편지를 집어 들었다. 자리에 서서 편지를 읽던 미미는 프랜시스가 앉아 있는 침대 끝에 주저앉았다.

"잠깐만요. 다 뺏겼다고요? 별채까지 전부?"

프랜시스가 고개를 끄덕였다.

"그럼 당신은 어디서 살아요? 그리고 책은 어디다 둬야 하죠? 우리 박물관은 어떡해요? 대체 뭐 때문에? 그놈의 골프 클럽 하우스 때문에?" 그녀는 화가 나서 손에 들고 있던 편지를 갈기갈기 찢어버렸다. 그러고는 망연자실한 목소리로 중얼거렸다. "말도 안 돼. 그 사람이 날 이용하다니. 분명 내가 그 사람에게 한 얘기를 정보로 써먹은 거야……."

"결혼식 전에 말을 해줘야 할지 정말 고민했어요. 이건 사업의 일환이잖아요. 생각해보면 콜린은 원하는 누구에게나 재산을 팔 수 있었어요. 잭은 그럴 권리가……."

미미는 프랜시스의 말이 채 끝나기도 전에 방을 빠져나갔다.

홀로 남은 프랜시스가 한숨을 내쉬며 방 안을 멍하니 둘러보았다. 그러다 발을 바닥에 둔 채로 침대에 누웠다. 바닥까지 끌리는 기다란 스커트의 묵직한 주름 사이에서 바스락거리는 소리가 났다. 그녀는 다시 일어나 앉아 왼쪽 주머니를 더듬어보았다. 자신의 이름이 쓰인 종이 한 장이 나왔다. 누구의 필체인지 알아볼 수 없어 일단 편지를 읽어 내려갔다.

프랜시스,

이토록 늦은 답장이라니 현명한 남자라면 아마 보내지 않는 게 도리어 낫지 않을까 생각할 수도 있겠소. 그러나 나는 이대로 과거를 홀로 내버려둘 수 없소. 우리가 서로 말을 하지 않은 그 오랜 시간, 나의 알량한 자존심에 대해 그리고 무엇보다 당신의 독특하고 끈기 있는 마음을 진정으로 이해하지 못한 것에 대해 미안한 마음을 전하고 싶소. 나는 그동안 당신에게 빚을 지고 있던 것이나 마찬가지라오.

나는 사랑을 향한 인내심 같은 미덕이 없었소. 그래서 목적지도 없이 쓸쓸한 마음으로 앞만 보며 달렸고, 나의 단 하나뿐인 반려자에게 상처를 주고 말았소. 내가 바라는 건 하나뿐이오. 당신이 스스로를 위해 조금 더 현명하고 조금 더 친절했으면 하오. 비록 나는 실패했지만.

나는 당신이 방금 떠난 초턴 별채의 응접실에서 이 편지를 쓰고 있다오. 그리고 이 편지를 미미 양의 결혼식 날 당신에게 전달해줄 셈이오. 지금도, 그리고 앞으로도 우리가 우정을 함께 나눌 수 있기를 간절히 바라며.

당신을 진정으로 아끼는,
앤드류

프랜시스는 편지를 접어 스커트 주머니에 도로 집어넣었다. 너무나 혼란스러웠다. 편지는 과거에 대한 이야기였고 딱히 요구하는 바도 없었다. 이 편지는 그녀에게 일어난 황망한 사건들—갑자기 남동생이 생긴 일, 콜린을 속여 서재를 사들인 일, 초턴 별채에 대한 임차인의 권리를 잃어버린 오늘 일과 그 결과 미미에게 결혼의 부담을 덜어준 일—과 마찬가지로 커다란 사건이었다. 프랜시스는 누군가에게 손을 내밀어 관계를 맺으려 할수록 어쩐지 그 사람의 손을 더럽히는 것 같은 기분이 들었다.

그녀가 집 안에 가만히 있어야 더 이상 나쁜 일이 생기지 않을 것 같았다.

그러나 프랜시스는 잠시 후면 이 침대에서 일어나 홀로 교회에 걸어 들어간 다음 모든 하객들에게 결혼식은 없을 거란 발표를 해야 한다는 사실을 알고 있었다. 그러고 나서 자신이 할 수 있는 한 가장 침착한 태도로 앤드류를 마주해야 한다는 것 또한 알고 있었다.

그녀는 마지막으로 크게 한숨을 내쉬며 침대에 다시 누웠다. 기억나는 한 가장 어린 시절로 돌아가보았다. 수 세기에 걸쳐 그레이트 하우스를 방문했던 온갖 유명인들이 미미 해리슨과 마찬가지로 이 침대에서 잠을 자고 떠났다. 심지어 프랜시스가 네 살이던 시절 영국의 왕세자 웨일스 공 역시 이 방에 묵었었다. 저녁 식사 때 왕세자는 그녀의 볼을 가볍게 꼬집으며 옆에 앉으라고 했었다. 절대 잊을 수 없는 기억이었다. 이 집을 방문했던 수많은 손님들은 프랜시스에게서 다정하게 사랑해주며 진정으로 딸을 이해해주는 아버지의 부재를 읽고는 순수한 관심을 끌어보려고 했었다. 어느 순간 그녀의 기억은 현재로 돌아와 있었다. 그녀는 앞날을 내다볼 수 있는 수정 구슬이 있다면, 그래서 인생의 굴곡을 미리 알 수 있다면 얼마나 좋을까 생각했다. 그때 바로 옆 침실에서 미미가 울부짖으며 꽃병을 집어 던지는 소리가 들렸다.

제 30 장

햄프셔주, 초턴
1946년 4월 20일
결혼식

결국 결혼식은 취소되었다.

프랜시스는 정오가 되기 직전 따스한 봄 공기 속에 활짝 열린 나무 문에 노크를 하며 교회로 들어갔다. 그러면서 방금 전 미미 해리슨이 해외에서 안 좋은 소식을 들었다고 하며, 오늘 결혼식을 진행하기 어려운 상황이라는 이야기를 전했다. 하객들은 본의 아니게 교회를 떠야 했고, 런던에서 온 몇몇 사진 기자들을 포함해 이 작은 마을까지 어려운 걸음을 한 군중들은 교회 밖에 모여 있다가 뜻밖의 소식에 탄식을 터트렸다.

사람들이 떠나고 교회에는 협회 회원 여덟 명만이 남았다. 회원들은 예배당의 맨 앞줄에 모여 앉아 있었다. 파월 목사는 그들에게서 꽤 멀리 떨어진 곳에서 홀로 성전을 정리하느라 여념이 없었다.

프랜시스가 교회에 나타나 불길한 소식을 전하기 직전까지도 그 모든 참사에 대해 모르고 있었던 에비와 그레이 박사가 알파 투자 주식회사에서 보낸 편지를 읽는 중이었다. 미미는 눈밑에 까맣게 번진 마스카라를 닦을 생각도 못하고 야들리의 어깨에 기대 쉬고 있었다. 통로 반대쪽 자리에 앉은 애덜린은 연분홍 모란, 장미, 라넌큘러스를 조합해 만든 미미의 부케를 들고 있었다. 애덤이 애덜린 곁에서 자리를 지켰고, 프랜시스와 앤드류는 다른 회원들에게서 살짝 떨어진 곳에 서 있었다.

"고맙다는 인사를 해야겠어요, 프랜시스." 마침내 미미가 입을 뗐다. "솔직하게 말해줘서 고마워요. 쉽게 나설 수 없었을 텐데."

"음, 앤드류," 그레이 박사가 큰 소리로 물었다. "그럼 프랜시스 양이 머물 곳을 찾을 길은 없는 건가?"

"나라면 그런 소린 하지 않겠네." 앤드류가 곁에 선 프랜시스를 힐끗거리며 황당한 표정을 지었다.

"혹시 우리가 별채를 위해 반대 입찰을 할 수 있지 않을까요? 그 사람들이 거부하기 힘든 제안을 내민다거나?" 야들리가 물었다.

"신탁의 과반수가 찬성하더라도 공정한 시장 가치를 크게 상회하게 되면 우린 자선 단체로서 곤경에 빠질 수도 있습니다." 앤드류가 답변을 이어나갔다. "우리가 어떤 대가를 치르더라도 별채는 그만한 가치가 있다고 믿습니다. 아마 언젠간 값을 매길 수 없을 정도로 큰 가치를 지닐 수도 있죠. 하지만 현재 별채의 가치는 3,000파운드 정도로 알파 같은 회사에겐 하찮은 푼돈일 뿐입니다."

"그래도 시도는 해볼 수 있잖아요?" 에비가 물었다.

"이런 상황에서 물어보기 미안하지만, 미미, 잭이 그 회사의 이사가 맞긴 한 거예요?" 그레이 박사가 물었다.

반쯤 누워 있던 미미가 허리를 곧추세우며 고개를 끄덕였다. "하지만 이제 와서 제가 그 사람을 설득할 순 없을 것 같아요. 더군다나 지금 당장은 더더욱 안 될 거 같아요."

"미미," 앤드류가 한 걸음 앞으로 나섰다. "잭이 당신이 공유한 정보를 콜린과의 거래에 사용했다고 했죠?"

그녀가 다시 고개를 끄덕였다.

"그럼 저도 참 미안한 질문을 해야겠는데요. 혹시 잭의 거래에 대해, 그러니까 사업이든 다른 어떤 것이든 당신이 아는 게 있습니까? 우리가 써먹을 만한 거요. 그래야 좀 공평할 것 같은데요."

모두가 고개를 돌려 앤드류 포레스터를 바라보았다.

"앤드류 헨리 포레스터!" 프랜시스가 소리쳤다. "대체 무슨 그런 제안을……."

그가 손을 들어 올렸다. "난 제안을 하는 게 아닙니다. 제인 오스틴 소사이어티에 뭐라도 하라고 제안하는 게 아니라고요. 뭘 어떻게 할진 미미만이 알겠죠." 앤드류는 자신을 바라보는 회원들을 한번 휘둘러보았다. 그러고 나서 난생처음으로 자신의 모든 걸 걸고 모험을 하기로 결심했다.

"프랜시스, 우리 사이도 마찬가지요. 난 그저 당신에게 지붕이 돼줄 공간을 마련해주고 싶을 뿐이에요. 그리고 내 마음도 당신에게 전부 주고 싶소. 당신은 충분히 그럴 자격이 있으니까."

프랜시스 엘리자베스 나이트는 제인 오스틴 소사이어티의 회원들 앞에서 걷잡을 수 없는 울음을 터트리고 말았다.

"프랜시스, 제발, 울지 말아요." 앤드류가 다정하게 속삭이며 재킷 주머니에서 손수건을 꺼냈다.

그녀는 계속 흐느끼기만 했다. 사람들은 프랜시스가 이런 식으로 감정을 드러내는 걸 한 번도 본 적이 없었다.

"난 말 그대로 빈털터리가 됐어요, 앤드류. 당신도 익히 알겠지만." 프랜시스가 스스로를 간신히 진정시키며 입을 열었다. "다른 사람은 몰라도 당신은 너무나 잘 알잖아요."

"프랜시스, 30년이나 지난 마당에 그런 게 중요할 리가 없잖아요. 그게 뭐가 그리 대수라고."

그녀가 손등으로 눈물을 닦으며 그를 향해 애정 어린 미소를 드리웠다. "진심이에요?"

"프랜시스, 난 당신의 온 세상이 떨어져나가는 걸 옆에서 지켜봤어요. 그럼에도 당신은 여자의 몸으로 그 모든 걸 견뎌냈어요. 그런 당신의 남편이 된다면 이보다 더한 영광은 없을 겁니다."

야들리가 제단 뒤로 달려가 파월 목사에게 몇 마디 건넸다. 파월 목사는 즉시 영국 교회를 대신해 식을 거행하고 나머지 의식은 생략하는 데에 동의했다.

애딜린이 자리에서 벌떡 일어나 미미를 바라보며 고갯짓을 했다. 그리고 프랜시스의 떨리는 손에 부케를 건네주었다. 에비는 조세핀과 샬럿을 붙잡으러 가기 위해 그레이트 하우스로 뛰기 시작했다. 평생을 간절히 바라던 이런 경사를 놓치게 되면 그들은 에비를 영원히 용서하지 않을 터였다.

프랜시스가 미미를 돌아보며 말했다.

"정말 우리가 식을 올려도 괜찮겠어요?"

"오, 프랜시스, 당신의 결혼만이 모든 걸 바로잡을 수 있어요."

미미의 진심 어린 축복을 받은 프랜시스 엘리자베스 나이트는 앤드류 헨리 포레스터의 손을 잡고 제단 앞으로 나아갔다.

○——○

그레이 박사는 라임나무 숲에 홀로 서서 세 시를 알리는 종소리를 들었다. 결혼식은 몇 시간 전에 끝났다. 협회 회원들은 저택 마당에 모여 원래는 미미의 결혼식 피로연이었을 자리를 즐겼다. 이후 야들리는 애덤과 애덜린의 집으로 가서 책들을 뒤지기 시작했고, 미미는 게스트 룸으로 돌아가 쓰러지기 일보 직전인 몸을 누였으며, 에비는 신혼여행을 위한 짐을 싸는 데 손을 보탰다. 앤드류는 새 신부와 브라이튼으로 가는 기차표를 사기 위해 서둘러 얼턴으로 향했다.

그레이 박사는 시원하게 펼쳐진 들판이며 벽으로 둘러싸인 정원, 양을 지킬 목적으로 숲 주변에 쳐놓은 울타리를 쭉 둘러보았다. 지난여름 애덜린과 비를 맞으며 산책하던 일, 나이트 씨의 침실로 왕진을 왔던 일, 그리고 크리스마스이브 예배와 모두가 모인 가운데 공개했던 유언장 따위를 떠올렸다. 이 일련의 일들은 관련된 사람들의 삶에 크나큰 압박이었다. 그는 더 먼 과거로 기억을 돌려 교구 묘지에 아내를 묻고 돌아오던 날, 그리고 그보다 더 전인 자신의 결혼식 날을 떠올렸고, 앤드류, 프랜시스와 저택의 숲에서 뛰놀던 어린 시절로까지 기억을 더듬어갔다.

크고 작은 모든 기억들은 아주 중요한 한 가지 공통점을 가지고 있었다. 기억이란 과거이자 보이지 않는 것이고, 현재에는 그 흔적이나 표식을 남길 수 없었다. 오직 순간으로 남는 것이었다. 기억은 그랬다. 오직 순간으로만 존재할 수 있으며, 시간의 단편으로서 생각을 끝내기도 전에 사라져버렸다. 모든 기억은 덧없고 동시에 영원했다.

만일 벤저민 그레이 박사가 단 몇 초만이라도 과거로 돌아갈 수 있다면 그는 그의 목덜미에 제니의 뺨이 닿는 순간을 골랐을 것이다. 그는 그녀의 사랑이 담긴 손길이 그리웠다. 사랑받던 기분이 그리웠다.

지금 그는 구원이 필요한 홀로 남은 한 남자일 뿐이었다. 대체 리버티 파스칼이 어떻게 자신의 감정을 알아차렸는지는 모르겠으나, 어쨌든 리버티는 무슨 짓을 해도 결코 애덜린 그로버를 넘어설 수 없으리라. 그레이 박사는 그날 아침 리버티가 내뱉은 도발적인 발언 때문에 머릿속이 복잡했다.

잘은 모르겠지만 어딘가 찜찜했다. 희한하게도 애덜린은 그를 삶으로 되돌아오게 만들기 위해 노력하는 것 같았다. 특히 두 사람의 의견이 엇갈릴 때—그녀가 마을 학교의 교사이던 시절처럼—대담한 행동을 하게끔 부추기는 것 같은 느낌을 받았다. 그는 은연중에 자신이 그녀에게 부탁했던 것들에 대해 돌이켜보았다. 당시에는 두 사람 간에 일어나는 마찰이 오로지 학교와 관련되어 있다고만 믿었다. 수업 계획, 다른 이사진들, 교수법을 둘러싼 그녀의 반항 같은 것으로 치부했었다.

하지만 지금 그는 둘 사이에 벌어진 언쟁이 다른 이유였기를 바라고 있었다. 바로 그 자신에 대한 것이었으면 싶었던 것이다.

마침내 그는 지금껏 그녀가 자신에게 관심을 보낸 것이었다는 사실을 깨달았다.

그레이 박사는 라임나무 숲을 돌아 삼림 지대를 지나쳤다. 그러고는 두 개의 다른 '공간'으로 이어지는 붉은 벽돌로 둘러싸인 정원으로 향했다. 정면에는 라일락나무가 대칭을 이루며 서 있었고, 그 뒤로 장미 덤불이며 각종 채소와 과일나무가 더욱 커다란 숲을 이루고 있었다. 양옆으로는 붉은 벽돌담이 높게 쌓여 있었다. 벽돌담은 총 세 겹으로 둘러쳐져 있었고 각 담에는 굳게 닫힌 붉은색 나무 문이 달려 있었다. 그는 문밖에 뭐가 있는지 잘 몰랐다. 생각해보니 그는 영지에서 보낸 지난 모든 시간을 통틀어 단 한 번도 저 문을 열고 나가본 적이 없었다.

그레이 박사가 두 번째 문을 지나 밀폐된 정원으로 들어서자마자 마지막 벽돌담 근처의 작은 벤치에 애덜린이 앉아 있는 걸 발견했다. 애덜린은 지난 크리스마스에 그가 선물로 준 《오만과 편견》문고본을 읽고 있었다.

"여기서 혼자 뭐 하는 거야?" 그가 깜짝 놀라 물었다.

"그러는 박사님은 여기서 뭐 하세요? 리버티와 숨바꼭질이라도 하시는 거예요?"

"그냥 숨어 있는 거지." 그가 웃으며 슬쩍 그녀의 곁에 앉았다. "음, 모든 게 다 잘 끝난 것 같지?"

"네. 마치 셰익스피어 작품 속 엔딩 같았어요. 결혼식과 함께 끝나는 그런 결말이요."

"아니면 오스틴이라든가."

애덜린이 웃음을 터트렸다. "그 오랜 세월을 견뎌내고 결국 이렇게 잘 풀리는 걸 보니 너무 좋아요."

"혹자는 절대 돌아갈 수 없다고도 하던데."

"박사님 생각도 그래요?"

"아니. 옛날엔 몰라도 지금은 아니야." 그가 애덜린을 곁눈질했다. "앤드류 포레스터만큼 굳건하고 굽히지 않는 남자도 결국 돌아갔잖아."

"박사님을 제외하고요." 애덜린이 반박했다.

"네 말도 틀린 건 아니네." 그가 피식 웃음을 터트리며 져주었다.

두 사람은 한동안 가만히 앉아 과수원의 나무 꼭대기에서 지저귀는 찌르레기와 피리새의 노랫소리에 귀를 기울였다.

"이렇게 같이 앉아 있는 게 참 오랜만이죠." 애덜린이 입을 떼었다.

"작년여름 이후로 처음이지."

그녀는 무릎 위의 책을 조용히 덮었다. "그때 《에마》에 대한 얘기를 나눴잖아요."

"늙은 남자의 아둔함에 대해."

"나이틀리는 늙진 않았어요."

"더 많이 이해했어야 할 만큼 충분히 나이를 먹긴 했지." 그레이 박사가 덧붙였다. "하나 나이는 전혀 상관이 없어. 에비 좀 봐. 그 애가, 몇 살인가, 이제 겨우 열여섯 됐을 건데, 19세기 영국 문학 전체를 다 알아냈잖아."

"박사님이 알아내고 싶은 건 뭔데요?"

"너." 그레이 박사는 차분한 목소리로 대답했다. 애덜린이 가만히 그의 어깨로 머리를 가져갔다. 그는 이 순간을 영원히 붙잡아

두고 싶었다. 이 순간을 영원에 연결시킨 다음 반복해서 재생시킬 수 있으면 좋겠다고 생각했다. 비록 순간이란 것이 제아무리 무의미하고 덧없다고 할지라도 말이다.

"전 참 뻔했는데. 이 정도면 커닝 페이퍼를 손에 쥐어준 거나 마찬가지였는데."

그가 실소를 터트렸다. "그럼에도 난 비참하게 낙제했지."

애덜린이 고개를 들어 그레이 박사의 우수에 찬 잘생긴 이목구비를 바라보았다. "전 새뮤얼을 사랑했었어요."

"나도 알아, 애덜린. 나도 알아."

애덜린이 눈물을 쏟아내기 시작했다. 그레이 박사가 애덜린의 손을 살며시 잡아주었다.

"아무도 이해 못할 거예요." 애덜린이 울음 섞인 목소리로 말했다.

"그게 그렇게 중요해?"

"아니요." 그녀가 소매 끝으로 눈물을 닦으며 말했다. "하지만 새뮤얼한텐 중요한 일이었을 거예요."

"새뮤얼의 마음을 다 안다는 듯 지레짐작해버리면 그 사람에게 미안한 일을 하는 거야. 프랜시스 아버지가 프랜시스한테 그런 것처럼. 나이트 씨는 프랜시스의 인생을 통째로 뒤바꿔버렸어. 그 어른이 망쳐놓은 걸 좀 봐. 네가 틀리면 그땐 어떡하려고?"

애덜린이 자세를 바로 하며 그레이 박사에게서 살짝 떨어졌다. "알 수 없죠. 그래서 너무 힘들어요."

"근데 나도 알 수 없어. 내가 만약 네 아기를 구할 수 있었다면 어떻게 됐을까? 제니를 구했다면 또 어떻게 됐을까? 좀 더 솔직히 내가 맞닥뜨렸던 모든 생명을 구할 수 있었다면 어떻게 됐을까? 그렇지만 한 가지는 확실해. 난 매번 최선을 다했어. 남들은 몰라도 내가 알아. 게다가 난 내가 나름의 노력을 하지 않았단 생각이 들면 스스로에게 합당한 벌을 내렸어."

애덜린이 눈물 자국이 고스란히 묻은 손을 뻗어 그의 뺨을 매만졌다. "하지만 더 이상 그런 짓은 하지 않는 거죠?"

"알고 있었니?"

애덜린은 손을 거두고 그의 뺨에 입을 맞추었다. 그러고는 그의 시선을 피하며 말했다. "최근에요. 미미가 실없는 소리를 했는데 그 말을 듣고 문득 생각나더라고요. 리버티에게 약장 열쇠를 맡겼던 거며, 뭐 그런 것들요. 전 박사님이 제 약한 모습에 실망했다고 생각했어요. 근데 오히려 박사님이 당신과 같은 수렁에 빠지려는 절 구하려고 했던 게 아닐까 생각했어요."

"이젠 끊었어. 정말이야. 약속해. 세계 최고의 스파이 같은 파스칼 양을 고용할 이유가 그거 말고 뭐가 있겠어?"

애덜린이 저도 모르게 피식 웃고 말았다.

"하지만 앞으로도 고군분투해야겠지. 물론 앞날을 생각하면서 이겨낼 거야. 절대 뒤돌아보지 않겠어. 이거야말로 파우스트와의 거래 아니겠어. 너만 날 받아준다면 난 절대 떠나지 않을 거야."

애덜린이 그레이 박사를 똑바로 마주 보고 앉았다. "그럼 우린 어떻게 되는 거예요?"

그는 그녀를 끌어당겨 무릎에 앉혔다. 그러고는 자신의 얼굴을 그녀의 목덜미에 깊이 파묻고 맞닿은 그녀의 부드러운 뺨을 느꼈다. 이 순간이 아무리 덧없고 찰나와 같아도 상관없었다. 애덜린이라는 사람의 사랑스러움 말고는 다른 건 생각하고 싶지 않았다.

"혹시 이 문 열어본 적 있어?" 그가 벤치 뒤를 돌아보며 물었다.

애덜린이 눈에 눈물이 그렁그렁한 채로 웃음을 터트렸다. "아니요. 그러고 보니 한 번도 안 열어봤네요."

"그렇다면 세계 최고의 스파이가 어디까지 찾아오나 한번 도전해볼까."

"벤저민 그레이……." 애덜린이 행복 가득한 목소리로 중얼거리며 그의 입술에 입을 맞추었다.

에필로그

햄프셔주, 초턴
1947년 3월 23일
제인 오스틴 소사이어티 첫 번째 연례 회의

현재 제인 오스틴 소사이어티의 회원은 마흔네 명이 되었다. 햄프셔주와 런던의 신문 광고를 통해 각계각층에서 회원 가입을 신청했다.

작가 제인 오스틴의 삶과 작품에 대한 보존, 홍보 및 연구를 위한 제인 오스틴 소사이어티의 첫 연례 모임을 공지합니다. 제인 오스틴 소사이어티는 제인 오스틴 기념 신탁 운영을 통해 초턴에 위치한 작가의 생가를 추후 박물관 부지로 개발할 목적으로 자선법에 의거하여 설립되었습니다. 우선 최근에 있었던 초턴의 별채 인수 소식을 발표하게 되어 기쁘게 생각합니다. 더불어 1947년 3월 23일 일요일 오후 7시 초턴 윈체스터 로드의 초턴 별채에서 개최될 연례 회의에 참석할 새로운 회원들에게 환영의 인사를 보냅니다.

협회의 새로운 회원 서른여섯 명 외에도 제인 오스틴 기념 신탁의 이사 다섯 명을 포함한 원년 회원 여덟 명 역시 모두 참석할 예정이었다.

신탁 이사들은 그레이트 하우스의 서재 소장 도서를 모두 인수할 수 있게 도움을 준 초기 회원 미미 해리슨에게 기부금 4만 파운드 전액을 상환하는 데에 만장일치로 동의했으며 이번 회의에서 이를 발표할 예정이었다. 소장 도서의 판매는 소더비 경매에서 지난가을 내내 대략 50일에 걸쳐 이루어졌으며, 총 40만 파운드라는 기록적인 낙찰가를 달성했다. 이를 바탕으로 협회는 알파 투자 주식회사에 합리적인 금액인 4,000파운드를 지불하는 조건으로 관리인의 별채를 인수할 수 있었다. 또한 신탁 이사들은 낙찰가 중 5만 파운드를 나이트가의 적법한 상속인이라 할 수 있는 프랜시스 나이트에게 기부하는 데 만장일치로 동의했다. 초턴 별채를 확보하는 데에 그녀의 공로를 인정한 결정이었다.

미미 해리슨은 '십이야'의 올리비아 역을 맡아 뉴 시어터 극장 무대에 오르고 있었는데, 다행히 당일 저녁에는 공연이 없어 연례 회의에 참석할 수 있었다. 그녀는 케임브리지 대학 지저스 칼리지에서 안식년을 보내고 있는 하버드 대학의 미국 문학 교수인 약혼자와 동행할 예정이었다. 또한 그녀는 이번 모임을 통해 비밀리에 선물을 기부할 예정이었다. 제인 오스틴의 소장품으로서 두 개의 토파즈 십자가 목걸이와 함께 값을 매길 수 없는 귀중품이라 알려진 터키석 반지가 바로 그것이었다.

제인 오스틴 소사이어티와 제인 오스틴 기념 신탁의 초대 회장인 벤저민 그레이 박사의 개회 연설도 예정되어 있었다. 그의 아내 애덜린 루이스 그로버 그레이가 출산을 한 달가량 앞두고 있었기 때문에 연례 회의의 날짜도 이를 염두에 두고 선정되었다.

변호사 앤드류 헨리 포레스터와 아내 프랜시스는 최근 얼턴에서 초턴으로 이주했다. 그러면서 앤드류는 법률 사무소의 규모를 확장해 두 명의 후배 변호인을 더 고용했다. 그는 마침내 다른 데시선을 돌릴 여유가 생겼다. 그중 하나는 그의 아내가 자기 몫의 부동산 매물에 설립한 지역 내 작은 호스텔과 관련된 것이었다. 이 호스텔은 홀로코스트로 가족을 잃고 전쟁 후 돌아갈 집이 없어진 유대인 난민 아이들을 위한 곳이었다. 그들은 달 내에 두 아이를 공식적으로 입양하겠다는 내용이 담긴 서류 작업을 마무리 지었다. 포레스터 씨의 전폭적인 지지와 더불어 아이들은 나이트가의 성을 따르게 될 것이었다.

에비 스톤은 케임브리지 대학에서 봄 학기를 막 마쳤으며, 새 학생 신문 〈바시티〉의 4월 창간을 앞두고 바쁜 나날들을 보내고 있었다. 제인 오스틴 소사이어티는 포레스터 부부의 경제적 지원을 바탕으로 에비가 중도에 포기하지 않고 1946년에 문법 학교를 졸업할 수 있게 도와주었다. 여기에는 그레이 부인의 상당히 혹독한 지도도 한몫했다. 에비는 1947년 1월 케임브리지 대학에 입학했으며, 전후 처음으로 이루어진 여학생의 대학 입학이라는 점에서 매우 큰 의미가 있었다.

잭 레너드는 물론 회의에 참석하지 않을 것이었다. 그는 2차 세계 대전 당시 국내외의 각종 법률을 위반한 혐의로 미 연방 정부에 기소된 상태였다. 또한 익명의 제보에 따라 내부자 거래에 대한 혐의로 증권 거래 위원회의 지속적인 조사를 받는 중이었다.

야들리 싱클레어는 기록적인 가격으로 그레이트 하우스의 서재를 인수하고 판매한 공을 인정받아 소더비의 박물관 전담 국장으로 승진했다. 승진에 따른 재정적 보상 덕분에 그는 마침내 오래도록 꿈꾸어왔던 자작농이 되어 주말이면 도시를 떠나 자신만의 도피처를 찾게 되었다.

애덤 버윅은 그레이트 하우스가 골프장으로 재개발되며 직장을 잃었다. 그러나 다행히도 애덤은 막대한 금액을 상속받은 것으로 여겨지며, 야들리와 공동 명의로 초턴의 경계에 있는 자그마하고 사랑스러운 농장을 매입했다. 주말이면 그와 야들리가 반려견 딕슨을 사이에 태운 채 낡은 건초 마차를 타고 황금빛으로 물들어가는 하늘 아래 마을의 너른 들판을 지나가는 모습을 볼 수 있었다.

작가 노트

이 책에 등장하는 사람들과 사건들은 상상에 기반한 완전한 허구임을 밝힌다. 다만 배경이 되는 장소는 실존한다. 나는 제인 오스틴에 대한 공통된 애정으로 모인 다양한 계층의 사람들에 대한 자유로운 소설을 쓰고 싶었다. 그리하여 인터넷에서 찾은 초턴의 인구 조사 기록을 참조해 실제 인물과 겹치지 않게 등장인물의 이름을 조합했다. 유일한 예외는 나이트, 내치불, 휴제슨이란 이름이다. 다시 한번 강조하지만 이 가문의 가계도, 상속 과정, 후손에 대한 묘사는 작품의 극적인 효과를 위해 허구적으로 창조해 낸 것이다.

제인 오스틴 소사이어티라는 개념은 과거에 실제로 일어난 한 특별한 사건에서 비롯되었다. 1940년 도로시 다넬은 길에서 주운 쓰레기 하나를 계기로 제인 오스틴 소사이어티를 설립했다. 그리고 오래된 관리인의 별채를 박물관으로 인수하기 위해 다양한 활동을 벌였다. 안타깝게도 전쟁으로 기금 모금이 어려워졌으나 1948년 토머스 에드워드 카펜터가 2차 세계 대전에서 전사한 아들을 추모하기 위해 관리인의 별채를 구입해 국가에 기증하면서 기념 신탁이 만들어졌고 제인 오스틴의 박물관 설립도 가능해졌다. 토파즈 십자가 목걸이와 터키석 반지 같은 박물관 소장품들은 이 작품에서처럼 1940년대의 할리우드 스타가 소더비 경매에서 구입한 것은 아니었지만, 각자 나름의 멋진 경로를 통해 박물관으로 이관되었다.

초턴 하우스는 1990년대 초까지 나이트 가문이 돌보고 소유권을 유지하다가 과도한 부동산세와 관리 비용을 이유로 골프장 개발 회사에 매각을 제안했지만 해당 회사가 부도를 맞으며 무산되었다. 그러다 저택을 복원한 시스코 시스템즈사의 공동 창업자인 샌디 레너에게 매각되었고 이후 세계적인 도서관이자 문화유산으로 발돋움했다.

초턴 하우스를 방문하면 이 책에 묘사되어 있는 저택의 영지, 벽으로 둘러싸인 정원, 오두막 등을 찾아볼 수 있을 것이다. 단, 나이트가의 서재 위치는 실제와 다르다. 소설 속 서재를 메인 응접실의 코너에 둠으로써 등장인물들이 예기치 않게 서로 맞닥뜨리며 내용을 전개해나가는 장치로 작용할 수 있게 했기 때문이다.

감사의 말

이 책은 처음부터 나의 이야기와 인물들을 넓은 마음으로 품어준 에이전트 미첼 워터스의 책임감 없이는 세상에 나오지 못했을 것이다.

데뷔하는 신인 작가에게 세인트 마틴스 프레스가 보여준 친절함, 노고, 자신감은 큰 힘이 되어주었다. 특히 12월 어느 날 아침 10시 10분 내 인생을 송두리째 바꾸어준 키스 칼라, 앨리스 파이퍼, 리사 센즈에게 감사 인사를 전한다. 또한 이 결과물을 더 멀리, 더 넓은 세상으로 보내준 마리사 산기아코모, 도리 웨인트라우브, 브랜트 제인웨이, 그리고 인물들을 아름답게 다듬어준 마이클 스토링스와 그의 팀에게 고마운 마음을 전한다.

이 책은 커티스 브라운의 사라 페릴로와 스티븐 살피터의 열정과 전문 지식 덕택에 큰 이득을 보았다. 두 사람에게 초콜릿과 차를 대접하는 것만으로는 결코 충분하지 않으리라.

초기 스토리를 들려준 이래로 10년간의 공백 끝에 책으로 출판되기까지 늘 동기 부여를 해준 초창기 독자들 제시카 왓킨스, 페트라 리나스, 말린 라시크에게 무한한 감사를 표한다. 제시카의 남편이자 유능한 미디어 변호사인 이언 쿠퍼가 해준 지도와 조언은 출판 과정에서 큰 도움이 되었다.

저명한 제인 오스틴 전문가 로렐 앤 내트레스는 편집자, 작가, 블로그 운영자로 소설을 처음 읽었을 때부터 지금까지 이 책이 다양한 독자들에게 널리 알려질 수 있도록 너무도 열정적으로 노력해주었으며 그 고마움은 말로 다 할 수 없을 정도다. 필리스 리처드슨은 이 책에 등장한 비문 작성을 도와주었다. 그리고 린 페스타 교수, 수산나 풀러턴 교수, 클레어 하먼 교수, 캐롤라인 나이트, 스티븐 타디프 교수, 휘트 스틸먼, 줄리엣 웰스 교수, 데보라 야폐 등의 작가와 강연자가 제공해준 제인 오스틴에 관한 전문 지식은 집필 활동에 열정을 쏟아부을 수 있게 발판을 마련해주었다.

딸 피비 조세핀이 없었더라면 이토록 근사한 책이 세상 밖으로 나오지 못했을 것이다. 딸은 남편과 나 사이의 어두운 시간들을 구원해주었고, 딸의 활기찬 기운, 유머, 마음 깊은 곳의 격려와 동기부여는 하루도 빠짐없이 힘이 되어주었다.

이 책은 남편이자 첫 독자 로버트 넬슨 리크가 없었다면 쓸 수 없었을 것이다. 사랑스러운 남편 로버트는 내 인생과 작가 생활의 우여곡절을 함께해준 믿음직한 동지나 마찬가지다.

마지막으로, 이 책을 제인 오스틴에게 바친다. 그녀의 작품이 과거에 주었고, 현재에 주고 있고, 또 미래에 줄 모든 즐거움에 감사 인사를 전한다. 제인 오스틴은 삶의 불확실성, 아픔, 절망 앞에서도 우리 모두를 위해 예술을 창조해낸 위대한 작가로 남을 것이라 믿어 의심치 않는다.

제인 오스틴
소사이어티

1판 1쇄 인쇄	2021년 9월 13일
1판 1쇄 발행	2021년 9월 27일
지은이	내털리 제너
옮긴이	김나연
발행인	황민호
본부장	박정훈
책임편집	강경양
편집기획	김순란 한지은 김사라
마케팅	조안나 이유진 이나경
국제판권	이주은 한진아
제작	심상운
발행처	대원씨아이㈜
주소	서울특별시 용산구 한강대로15길 9-12
전화	(02)2071-2094
팩스	(02)749-2105
등록	제3-563호
등록일자	1992년 5월 11일
ISBN	979-11-362-8593-5 03840